Jo Winkler ist Werbetexter und kein sehr netter Mensch. Er ist zynisch, frauenverachtend und überheblich. Dabei ignoriert er seine körperliche und moralische Verfassung, denn sie passt so gar nicht in das Selbstbild des Senior Texters der Kölner Werbeagentur Gold Reklamen. Das gelingt ihm auch ganz gut – bis zum diesjährigen, mehrtägigen Betriebsausflug, bei dem sein Chef alles auffahren lässt, was seiner Meinung nach am Rhein dazugehört: Dampferfahrt, Kegeln in Bad Neuenahr und ein abschließender Kasinobesuch. Doch nicht nur Winkler muss sich hier der Wahrheit stellen …

»Winkler, Werber« zeichnet die innerliche Verfassung derer nach, die für die ökonomische Katastrophe verantwortlich sind und nun selbst von ihr verschlungen werden. In den inneren Monologen Winklers geht Enno Stahl auf die Suche nach den seelischen Abgründen ihrer Verursacher und zeichnet so ein Psychogramm der Krise. Das Tempo des Romans passt sich dabei stets dem Erregungsgrad Winklers an. Enno Stahl bedient sich eines »Pulsationsstils«, der den Monolog Winklers beschleunigt und verlangsamt, so lange, bis sich das Verdrängte nicht mehr leugnen lässt.

Enno Stahl wurde 1962 in Duisburg-Rheinhausen geboren. Autor, Kritiker, Literaturwissenschaftler, Organisator und Performance-Künstler. Journalistische und belletristische Veröffentlichungen in Zeitungen und Sendern sowie in Zeitschriften und Anthologien. Zahlreiche Bücher, zuletzt »Heimat & Weltall. Zwei Zyklen« (2009) sowie das Hörspiel »Hector – Die Geiselshow«, WDR 2007.

Enno Stahl hat im Verbrecher Verlag die Romane »2PAC AMARU HECTOR« (2004) und »Diese Seelen« (2008) sowie den Essay »Für die Katz und wider die Maus – Pohlands Film nach Grass« (2012) veröffentlicht.

ENNO STAHL

WINKLER, WERBER

ROMAN

VERBRECHER VERLAG

Erste Auflage
Verbrecher Verlag Berlin 2012
www.verbrecherei.de

Einbandentwurf: Sarah Lamparter
Lektorat: Doris Formanek
Satz: Christian Walter

ISBN: 978-3-943167-09-2

Printed in Germany

Der Verlag dankt Josefine Haubold

Für Kiki

Für Siri

PROLOG

… gerade ich hab das schon immer gemacht. Und besser als die meisten, schließlich ist die Werbung … also die Werbung ist die zweite Realität. Oder sogar die erste. Und wer hätte das besser kapiert als ich, daher bin ich eben, bin ich … Werner, der sagt das andauernd: *Was ich an dir schätze, ist dein Selbstbewusstsein,* ganz genau, stimmt auffallend, oh Mann, schon wieder. Die Alarmglocke, Telefon, haben wir kein Sekretariat, den Klingelton könnte man auch mal ändern, mindestens hundert Mal heute, krieg bald 'n wundes Ohr hier, also wer will was? Die Milch, hätte ich mir denken können, wie bitte? Wer? Radio leiser: »Ach, Frau Segebrecht, schönen guten Tag. Wenngleich, wir hatten ja schon …« Einmal mehr Frau Segebrecht, ihres Zeichens PR-Frau, Frau Segebrecht mit den Nikoläusen. Nikoläuse aus weißer Schokolade.

»Ich möchte noch einmal betonen, wie sehr uns an einem nicht zu flippigen Corporate Design gelegen ist.« Ja, das sagten Sie bereits. Nikoläuse eben. Ihre Vorstellungen haben auch einen Bart.

»Ist angekommen, wird berücksichtigt, ich schwöre, Sie werden zufrieden sein, davon bin ich überzeugt.« Zufrieden, zufrieden, wie soll das gehen? Siebzehn Mal heute. Ach was heute. Jeden Tag rufen die siebzehn Mal an, jeden Tag, der Chef, der Abteilungsleiter, der Werbetyp, der Grafiker, aber Frau Segebrecht ist die schlimmste, so viel ist sicher. Als kleines Mädchen hat sie schön gebetet: »Lieber Gott, lass mich heute wieder alles richtig machen.«

Immer wieder neue Bedenken, die man ihr ausreden muss. Nikoläuse, Kuhschwänze, apropos Schwänze, davon weiß sie natürlich nichts.

»Jo! Jo-o-o-?! Kannst du mal übernehmen?« Aggi von drüben, ich hab noch nicht mal aufgelegt, ey: »Frau Segebrecht, entschuldigen Sie, ich habe da ein Gespräch auf der anderen Leitung, noch einen wunderschönen Tag.« Und jetzt? Ah, die Fotofritzen ... »Wir wollen den Termin bestätigen, die Models sind gecastet, alles Weitere dazu Mitte nächster Woche.« Okay, Models, nächste Woche, abgespeichert, blabla und tschüs, aber wieso rufen die überhaupt mich an, nicht Sven. Sven ist unser Art Buyer, ach nee, der ist ja im Urlaub, dann eben Aggi, Visuals sind ihre Baustelle, wollte sie nicht ...? Als hätte ich nicht genug zu tun, aber was soll's, gebt das alles mir, gebt alles dem Jo, der macht das schon, gar kein Problem, sieben Sachen gleichzeitig, dreizehn Sachen gleichzeitig, normal, ganz normaler Tag, der normale Wahnsinn. Kennen wir, können wir mit umgehen, da würde uns womöglich was fehlen, wenn wir nicht rund um die Uhr rotieren würden, Telefon, Besprechungen, interne Vorträge, Josh will was, Vanessa, und Aggi kann nicht weiterarbeiten, bevor ich nicht die Entwürfe mit ihr durchgehe, wie auch, komm schon her, reden wir halt gleich drüber, nur nichts anbrennen lassen, nur keine Stagnation, keinen Stau aufkommen lassen. Immer im Flow, fließen muss das in schönem Tempo, mit Stress hat das nichts zu tun. Ist mir egal, ob mein Blutdruck auf 170 ist, was soll der Geiz, das muss halt, das braucht man, das kann man einsetzen, und ich mag das ja auch. Wirklich. Eben in der Küche. Diese komischen Werkstudenten, Hospitanten oder wer waren die? Noch nie hier gesehen, eigenartig genug, Werner könnte einem die Leute ruhig mal vorstellen, Hinz und Kunz taucht hier auf und macht sich breit, und du hast gar keine Ahnung, wer das ist. Vielleicht kennt Werner die selber nicht, Kumpels von anderen

Hospitanten, *kommt mal vorbei, guckt euch mal an, wie es in der Arbeitswelt läuft.* Für Studenten sicher eine gute Erfahrung, da sehen sie mal die Wirklichkeit, auf der Uni, ich meine ... Und dann stehen die in unserer Küche und klagen über Stress. *Das ist immer so ein Stress hier. Kann man gar nicht aushalten auf Dauer.* Die Ärmsten. Muss man denen mal erklären, wie's läuft: Hektik ist kein Problem, sage ich, die Zeiten sind nun mal schnell. Aber ja. Und sie werden immer schneller. Die Leute im Mittelalter konnten vielleicht 700 Reize erfassen, jetzt sind es 300.000. Mindestens. Also, wenn man jetzt alles zusammenrechnet. Und die? Solche Augen. *Da haben wir noch nie drüber nachgedacht. Reize? Was'n für Reize.* Nachhilfe, alles Nachhilfe, was wir hier machen.

Damals war die Zeit egal, sag ich, heute ist sie alles. Zeit, Zeit, Zeit, für alles ist keine Zeit. Damit muss man sich abfinden und ganz langsam sein Ding machen, im Auge des Hurricanes herrscht große Stille, wer Stress blöd findet, sage ich, kann gleich einpacken. Durch den Stress merkt ihr, dass ihr lebt. Da gucken sie aber. Und zucken mit den Schultern. Weise Worte eines alten Sacks. Denken sie. Sollen sie mal denken. Mir egal, ist ihr eigenes verdammtes Problem, was aus ihnen wird, niemand wartet mehr auf die Absolventinnen und Absolventen irgendwelcher Hochschulen. Akademiker sind wie Mikroben im Heuaufguss. Kann ich euch jetzt auch nicht helfen, sage ich. Müsst ihr selber sehen, wie ihr klarkommt. Diese Reserven, diese Zügel muss man abwerfen, wenn man was erreichen will. Wozu ist die allgemeine Beschleunigung denn sonst gut gewesen? Wollt ihr wieder in die Höhle? Geht wohl nicht, denn die Mammuts sind ausgestorben. Pamm, die Tür: »Jo, was ist mit der Milch?« Anklopfen hätte er schon können. Immerhin denke ich hier gerade. Na gut, Werner ist der Chef, der darf das.

»Scheiße.« Allerdings. Die Milch ist gerade das Problem. Wenn die mich mal in Ruhe ließen, aber immer diese Anrufe, da kann es gar nicht klappen, das Problem ist sowieso immer nur der Auftraggeber, wenn die einen einmal, nur ein einziges Mal ließen, wie … dann wäre ich schon viel weiter. Was sage ich, fertig. Aber jetzt. Schlecht. Ist der Wurm drin, irgendwie festgefahren. Dabei ein guter Anfang heute, he, lass den Stift liegen, das ist ein Andenken. Die Fluglinie – erledigt, auch die Bank, Sack zu, Konzept gefressen, zumindest das Storyboard rübergemailt, was auch erst mal reicht, ist das nichts, das ist doch was, eben nur zu der fucking Milch … da fällt mir nichts ein, echt. Nada. Niente.

»Sechzig Zeichen, Werner, um dem Kunden zu erklären, dass Bio-Milch besonders wertvoll ist und deshalb doppelt so viel kostet. Ich meine, denk mal, Milch! Für uns alle ist Milch der Inbegriff von Natur, gesund und wundervoll, Muttermilch, Kindermilch, die ist so was von Bio!« Na, nu' lach mal?! Nee? Gar nicht: »Wir müssen da mal zum Finish kommen, Jo!« Guter Witz. Ich will auch zum Finish kommen, saublöder Auftrag, der. Aber wenn er mir nichts als eine Praktikantin an die Hand gibt, wie soll das gehen. Wie soll ich das machen? Allein und mit nichts. Raoul dauerkrank, was heißt krank, Entzug, wer weiß, ob der jemals wiederkommt. Sehr langmütig von Werner, Alkohol, Tabletten, keine Ahnung, was der sich alles eingepfiffen hat, kann passieren bei unserem Job, das ist der Druck. Da möchte ich im Meeting mal drüber sprechen, ob das in Ordnung ist, dass ich so völlig ohne Support hantieren muss.

»Ich grübele, Werner, ich grübele. Und ir-gend-wann wird das Grübeln ein Ende haben, versprochen!« Besteht gar kein Grund zur Aufregung, die Deadline ist erst Ende nächster Woche. Nächste Woche, das ist wie nächstes Jahr, nächstes Jahrhundert, so weit weg. Irgendwie ist er übernervös, gar nicht seine Art. Die Ruhe selbst, manchmal fast zuviel. Bis zur Lethargie. Kommt mir dann immer vor wie 'ne bescheuerte Echse im Terrarium, hockt auf der Stelle, wechselt vielleicht mal die Farbe, aber rührt sich ums Verrecken nicht. Und jetzt? Blanke Aufregung. Da lasse ich mich jetzt nicht anstecken. Ach, der Jeans-Katalog: »Lässt du mir einen da?« Er knallt das Ding auf den Tisch, als wollte er 'ne Fliege totschlagen. Danke schön, Werner. Habe ich dir irgendwas getan? Nee. Keineswegs. Da ist er schon wieder durch die Tür. Besser so. Kann seine Scheißlaune bei sich behalten. Habe ich gar keine Zeit für, ich nämlich *arbeite* hier! Wie immer am Stück und ohne Unterlass, das Musterbeispiel eines Kreativen. Andere würden jetzt vielleicht sagen: Nee, geht mir am Arsch vorbei, ich lass das erst mal, streich durch die Stadt, um auf andere Gedanken zu kommen, mach 'nen Abstecher in den Zoo oder was weiß ich. Oder gleich: Der Job ist absolut beknackt, den kann jemand anders machen. Und wenn du 'n Problem damit hast, geh ich eben zur Konkurrenz.

Könnte ich. Aber nee, Jo ist korrekt, Jo ist immer loyal, der bleibt auf seinem Hintern sitzen, brütet weiter, feilt weiter. Am Knaller-Claim. Auch wenn nichts danach aussieht, dass der plötzlich vom Himmel fiele. Aber wann ist das schon mal so. Inspiration gleich Transpiration, geschenkt bekommt man nichts, was anderes erzählt nur der Märchenonkel. Und der hat 'nen Bart, genauso 'nen Bart wie der Nikolaus, wer Bart trägt, dem glaubt man nicht, wer weiß, was der in seinem Sack, ich würde das natürlich selber gerne abschließen, bevor wir fahren. Was denkt der denn? Arbeit liegen zu lassen, nervt einfach, da kann man dann nicht mehr aufhören, dran zu denken. Weiß ich jetzt schon, Bio-Milch, die ganzen nächsten Tage, Bio-Milch, wie ein Bandwurm, ein Sprung in der Platte, das arbeitet weiter und weiter und ist dann tatsächlich Stress. Liegst du im Bett und denkst: Milch, Milch, Milch. Das kann man sich gar nicht wünschen, besser man legt es ad acta, gleichgültig, wie lange man daran rumfuhrwerken muss. Bis spät in die Nacht, na und?! Ist der Job gemacht, alles easy, lange pennen, unrasiert im

Schlafanzug rumrennen wie der Gauloises-Mann. Gerade ich. Ich bin geradezu ein Prototyp von Abhänger, wenn alles erledigt ist, Weltmeister im Abhängen! Da kann mich die Firma mal, kann mich Werner mal, gegessen ist gegessen, der Rest ist privat. Jawohl. Privates gibt es wieder. Heute. Milch, Milch, Gesundheitsflash, die Bio-Lawine, Bio-Explosion, Überproduktion, ha, das reimt sich, noch mal das Fact Book, die Markenbeschreibung lese ich jetzt zum dreihundertsten Mal durch, ob da nicht irgendwas ... Allein das ist schon derart langweilig, *guter Haltungskomfort, ausgewogene und leistungsgerechte Fütterung,* wer füttert *mich* denn ausgewogen? Das muss knallen, irgendwie, laut und deutlich, andererseits hatten wir dieses Jahr bereits genug Lawinen und Explosionen, vielleicht mal wieder einen Gang zurücklegen, was ganz Kleines, Feines, Edles. So was wie.

Wahnsinn, draußen dämmert's bereits ... Eben doch schon Herbst, obwohl das Wetter so fantastisch ist. Erste Neonreklamen springen an, klimper, klimper, das bräuchte ich jetzt auch, so eine Initialzündung. Monstermäßiger Schwall von Jugendlichen da unten in der Ehrenstraße, blaue Stunde, Kaffeezeit, morgen stechen wir in See, ich hab nicht die geringste Idee. Die ganzen Modeläden, einer wie der andere, Jeans, Streetwear, Sneaker, bei den Mieten hier, was war das noch, eine Million im Jahr? Die müssen Umsätze machen und alles mit den Kids. Die können es sich offensichtlich leisten, nur wie? Irgendwer muss ihnen Geld schenken, die Eltern. Oder der Staat. Deine Pflichten als Konsument, ja, früh übt sich. Der erste Betriebsausflug seit Ewigkeiten. Wegen mir müsste es nicht sein. Dann wäre es jetzt leichter, was du heut nicht kannst besorgen, verschiebe halt auf morgen. Wir kleben schon genug aufeinander, was für ein Hin und Her, was machen wir, was machen wir?

Kanufahren auf der Lahn, Paintballspielen in Brabant, Reitausflüge in der Eifel? Alles Quark. Hat Werner vom Tisch gefegt, *diese ganze Eventkacke,* er muss es schließlich auch bezahlen. Ein Glück, ich hatte mich schon absaufen sehen in knietiefem Wasser und danach dann Typhus oder so was, nein danke. Krieg spielen wäre zwar nicht schlecht, um die innerbetriebliche Aggressivität abzureagieren, aber ob das so sicher ist? Nachher kriegst du so 'n Farbball zwischen die Hörner und erblindest, langwierige Prozesse bleiben erfolglos, geistig und moralisch ruiniert als Ergebnis eines Betriebsausflugs. Auf ein Pferd bekommt mich ohnehin niemand, dieses eine Mal nur, da wurde ich so was von überfahren: der Guide, der überall Geld verteilte an Polizisten und sonst wen, jeden, der da irgendwo rumstand, Ramadan halt, ein Zehntel der Monatseinkünfte verschenken, klärte er uns auf, müssten wir mal machen, so schlecht kann der Islam nicht sein, oder war eben doch nur ordinäre Bestechung. In Gizeh, die Pyramiden zu Pferd, und ich auf diesem Foto, das Corinna damals schoss, voll verzweifelt, alles andere als lässig.

Werners Idee war aber auch nicht viel besser: Naturprogramm Ost! Mecklenburgische Seenplatte, ausgerechnet! Vanessa gleich: *Bloß nich in' Osten! Da sind nur Nazis!* Na, eben. Hat sie ja Recht. Und wie lange du da unterwegs bist. Erst nach Berlin mit'm Zug, oder? Und dann mit der Bimmelbahn über Land, wahrscheinlich, muss ja, was anderes haben die da drüben gar nicht, zerschlagen und gerädert kommst du anderthalb Tage später an. Und womöglich geteert und gefedert wieder zurück. *Hey, wir wollen keine Fremden hier. Westlerfreie Zone.* Wenn's nach mir gegangen wäre, hätten wir nach Paris fahren können. Paris ist nah, das ist 'ne coole Stadt, Paris hätte ich schon gut gefunden, aber Werner, dieser Knauser, er gleich wieder: *Spinnst du? Weißt du, was das kostet?* Dieser Knauser. Und auch wenn wir selber was zugeschossen hätten, das wäre wenigstens ein vernünftiges Ziel gewesen. Hätte man sich mal absentieren können, hätte ich Carla mal wieder getroffen, wie lange ist das her? Zu lange, bald brauche ich es gar nicht mehr zu versuchen. He, gehst du wohl da rüber? Ja, paff, passt, wenigstens die Patience geht auf, Patience, das passt zum Tag.

Aber als dann Josh damit ankam, das war wirklich original Josh, dem fällt nie was Normales ein. Jedenfalls nichts, an das ich denken würde. Also normal für Leute in meinem Alter, in Werners und meinem Alter, Josh meint, komisch, dass gerade der mit so was, weil der hat mit Volks- und Brauchtum nichts am Hut, gerade Josh nicht, da meint der doch: *Kegeln. Kegeln in Bad Neuenahr.* Da gebe es diese geile Kegelbahn. Dass er das Wort überhaupt kennt, »Kegelbahn«. Wahrscheinlich gibt es da ein Spiel im Netz, wo sich so kranke Junkies, wie Josh selber einer ist, die ganze Nacht durch Riesen-Kegel-Fights liefern und jede soziale Bindung dabei verlieren, voll aufschwemmen oder im Gegenteil magersüchtig werden, weil sie immer nur spielen, spielen, spielen - obwohl Kegeln? Selbst digital riecht das irgendwie muffig.

Und das Kasino, da gehen wir ins Kasino! Na ja, eben. Kasino ist immerhin mal eine Maßnahme, das finde ich auch. Trotzdem. Schon eine Art achtes Weltwunder: Ausnahmsweise mal alle einer Meinung, passiert sonst nie, immer Streit und Diskussion, besonders bei so 'nem Kram, hier auf einmal Harmonie und Eintracht, *gar nicht so übel, der Plan. Kegeln, na ja, aber Kasino, das ist okay.* Alle gucken sich an, das Kernteam, die Springer und freien Kräfte, klar, einige haben was zu nörgeln, aber die Mehrheit ist nicht abgeneigt, und wir sind ja schon eine Demokratie, so was Ähnliches jedenfalls, *ulkig, abgefahren, hat so 'n Retro-Charme, wieso überhaupt immer diese Fernziele, das Gute liegt nahe, gleich um die Ecke, man denkt nur nie daran, unterstützt das regionale Tourismusgeschäft, und Wein, denk nur, der gute Wein von der Ahr,* und außer Josh ist niemand je dort gewesen. Bad Neuenahr, das ist doch nur ein Name, ein Name für etwas, das keiner kennt. Vielleicht ist das gerade der Fehler, fahren wir also dahin, was soll's, schon in Ordnung, lange Reisen sind momentan eh nichts, bei dem ganzen Stress, und dass Werner mit seinem Naturfimmel unbedingt davor mit einem Dampfer den Rhein runterschippern will, na ja. Sollst du haben, Werner …

Betriebsausflug. Wann war der letzte? Und was? Keine Ahnung. Zwischenzeitlich war's fast wieder vom Tisch. Gar nicht mehr dran gedacht. Ja, damals im Mai, damals im Maiiiii, da war es schon einmal ganz konkret geworden, Jahreszeit wäre auch besser gewesen, wenngleich das Wetter soll ja. Himmelfahrt war das doch, langes Wochenende, hatte Werner nicht bereits das Hotel gebucht? Meine ja, aber dann der dicke Deal mit Continental, einen Monat lang nichts als Reifen und Gummi, wie ein Tunnel, dann tauchst du auf und stehst bereits vor dem nächsten Job, immer dasselbe, ein Auftrag jagt den nächsten, Gold Reklamen, Name ist Programm. Man kann sich nicht erlauben, kurzerhand mal für zwei Tage die Pforten zu schließen, wenn man gerade einen Lauf hat, dafür sind wir viel zu klein. Was die Besetzung angeht, natürlich nur.

Aber da musste Werner mal ein Machtwort sprechen, *Keiner soll mir nachsagen, dass ich meinen Angestellten den Betriebsausflug nicht gönne! Anfang Oktober fahren wir, sonst fahren wir nie! Donnerstag bleibt der Laden dicht und Freitag ist Tag der Einheit, das passt, mit dem Wochenende macht das drei ganze Tage, und Sonntag dann zurück.* Genau, 2003 war der letzte. Da kann man sagen, dass Betriebsausflüge eher die Ausnahme sind, denn die Regel. Es ist auch immer … einerseits kann's ganz nett sein, andererseits … Gedrängt hat ihn niemand, besonders heiß ist man halt nicht darauf. Er braucht das wahrscheinlich, um's abzuschreiben. Und kann sich bei uns Liebkind machen, ohne dass es groß was kostet.

Zigarette? Ja, Zigarette, ein Unding, dass wir im Büro nicht mehr rauchen dürfen. Ab auf den Flur mit dir, Aussätziger! … Dass Werner, also wirklich, sich so einem Scheiß anzuschließen …

Zack, was soll das denn jetzt? Will hier keiner mehr anklopfen, oder was? Schnell das Spiel wegklicken, eigentlich ist es egal, ich darf das, natürlich darf ich, trotzdem: Meine Kreativpause gehört mir, muss nicht jeder wissen, Vanessa jedenfalls nicht: »He, Jo, noch 'nen Kaffee?« Rotblonder Lockenkopf, zwischen Tür und Angel, winkt, winkt mit der Kanne. Hast du auch Brötchen, Frau Antje, Käsebrötchen?

»Du willst meinen Tod! Ich hab bald zwei Liter weg!«

»Okay. Nur, dass du nachher nicht jammerst.«

Was soll's: »Ach, komm. Gib her!«

»Männer. Halt- und prinzipienlos.« Gieß ein, Kind. Und schweig.

»Der Kopf ist rund, damit das Denken die Richtung wechseln kann.« Von wem ist das noch? Ist aber gut, dass sie jetzt da ist: »Hast du endlich was in Sachen Milch?« Nee, gar nicht. Selbstverständlich, wäre zu schön, um wahr zu sein. Kein Wunder, dass mir nichts einfällt, dieser Scheißjob, warum muss Werner ausgerechnet mich darauf ansetzen, mit nichts, kein Raoul, kein Sven, ich als einziger verbliebener Rest der Textabteilung, Chef ohne Mitarbeiter und nur Vanessa, weil Aggi wieder, Aggi hat wieder so viel um die Ohren mit ihrem persönlichen Kunden da aus Hamburg, muss alle absaugen, die sonst noch was helfen könnten. Der Hamburger Etat, der wird in Watte gepackt und ich krieg die lausigen Krümel, die vom Tisch fallen, die Krümel und Vanessa, die noch ganz grün ist. *Das packst du schon, Jo, wer sonst, wenn nicht du.*

»Ich brauche irgendeinen gottverdammten Satz! Identitäten,

Role Models, auf denen wir aufbauen können. Wir hatten da doch diese Almbäuerin, Almbäuerin mit solchen Eutern, ist die jetzt Kuh oder Melkerin, Gesundheit, Mutterschaft, das ganze Programm. Ich muss was vor mir sehen!«

»Eigentlich wollte ich heute etwas früher gehen. Hab noch einen Termin.«

Ich glaub, ich werd nicht mehr: »Mädel. Es ist noch keine sechs Uhr und du denkst an Feierabend? Vielleicht solltest du bei der Stadtverwaltung anheuern?!«

Das sitzt, knallrot, als hätte ihr einer 'nen Bluteimer übern Kopf gegossen wie diese eine da in dem Film, dem Horrorfilm. Tja. Nun kapiert sie. Besser spät als gar nicht, das Wichtigste ist, dass man versteht. Versteht, wie der Hase läuft. Aber dabei kann ich ihr helfen, dafür sind wir ja da, vorbildliche Betreuung, würde ich mal sagen.

»Weißt du, was ich hier alles tue? Das hat mir vorher niemand von euch gesagt!« Deine Rechtfertigungen kannst du dir sparen: »Vanessa, weißt du, wie viele hier jeden Tag anrufen, weil sie deinen Job wollen?«

»Okay. Okay. Ich lass mir was einfallen.«

»Ja, los, was stehst du noch hier rum? Mach irgendwas, muss nicht perfekt sein. Perfektion ist Zeitlupe, Phantasie ist Lichtgeschwindigkeit, kapiert?!«

»Ja, Jo.«

»Phantasie, Lichtgeschwindigkeit! Denk drüber nach!«

»Jo ... in Ordnung, ich hab's gefressen!«

Tu mal nicht so gequält, du hast hier immerhin so etwas wie eine Chance. Sollte sie ein wenig anstacheln, manchmal braucht es einen kleinen Anreiz: »Du willst ja nicht ewig Praktikantin bleiben, oder? Gib mir irgendwas! Ein paar Stichworte, eine Headline, eine Slogan-Idee!« Unsinn, aber was soll's? Bei uns wird sie nicht unterkommen und das müsste sie wissen, wenn sie realistisch wäre, deutlich genug klargemacht haben wir ihr das: Unbezahltes Praktikum, mehr ist nicht drin und wird auch nicht draus werden. Und sie hat genickt, jajaja, okay, ist in Ordnung, *Hauptsache, ich kann in dieser Trendagentur arbeiten, was ich da alles lernen werde, diese praktischen Erfahrungen, die sind Gold wert,* was ja passt, weil Gold Reklamen. Das sagen sie alle und denken natürlich, vielleicht klappt es dennoch, wenn ich mich nur anstrenge, Glück habe, irgendein Mitarbeiter sich ein Bein bricht, Schwangerschaftsvertretung, Hirnschlag und so weiter, Dinge, die niemals eintreten, nicht bei uns, sondern höchstens in der Stadtverwaltung. Sag ich ja. Umso sinnvoller dieser kleine Appell an die Möglichkeit, Mitarbeitermotivation nennt man das. Und Vanessa? Nun, sie zuckt mit den Schultern, besonders motiviert wirkt sie jetzt nicht, diese Generation ist durch nichts zu beeindrucken. In Ordnung, schmoll ruhig, aber schieb ab, danke. Milch, Calcium, gesunde Zähne, Bio, Bio, Bio, damit Sie auch morgen noch … Ihre Kinder werden 's Ihnen danken, ach, immer diese Ethikschiene, bringt nichts, wo gibt es denn heute noch Moral, nicht mal den eigenen Kindern gegenüber, getrunken wird, was auf den Tisch kommt, schließlich kann Mami nicht durch tausend Geschäfte rennen, wenn schon Bio, dann kauft Mami das bei LIDL, ist eh billiger und dann kriegt man den ganzen anderen Kram gleich mit, was denn jetzt schon wieder, ach, Aggi: »Die Flieger-Kampagne gerät ins Trudeln. Die haben angerufen.«

»Wer, der Marketing-Chef?«

»Nein, jemand aus der Abteilung. Der Typ hat angedeutet, dass denen das zu viel Text ist. Was machen wir dann? Wenn die plötzlich Catch Visuals wollen, das brächte Extrakosten, und wir sind schon jetzt über dem Budget!«

Und das ist alles? Irgendwer muss ihr mal erklären, dass Aufregung sich nicht lohnt, bevor tatsächlich was passiert ist. Versuche ich das nicht schon die ganze Zeit? Aber selbstverständlich, ich red mir regelrecht den Mund fusselig, trotzdem kommt sie immer wieder mit dieser Tour: »Niemals schlafende Kunden wecken. Zerbrich dir nicht den Kopf darüber, bevor die überhaupt zucken.« Ganz überflüssig, Zweifeln ist komplett überflüssig, Zweifeln ist ein Zeichen fehlender Sicherheit, und das ist hundertprozentig Aggis größtes Problem. Sie geht mir dermaßen was von auf den Sack manchmal, bei aller Liebe ...

»Und wenn die uns nachher die Pistole auf die Brust setzen? Und wir ein völlig neues Konzept raushauen müssen? Bei den ganzen Sachen, die in der Warteschleife stehen ... Ich fände es besser, über ein Rewrite für den Notfall nachzudenken.«

Wenn, wenn, wenn. Wenn ich das wieder höre, Rewrite, Bescheid, kein Schneid. Man kann nicht immer alles bis zum Ende durchkalkulieren. Mädchen, hier herrscht das rheinische Prinzip, predige ich das nicht seit Ewigkeiten? Bei uns herrscht Spontaneität, Improvisation, nicht der Plan. Aber klar, wie sollte das anders sein, das ist die Herkunft, das ist der Osten. Das hat sie ja so gelernt, Drei- und Fünfjahrespläne, Siebenkommasechs-Jahrespläne, was. Na, und rein genetisch natürlich, preußisch ist Aggi durch und durch. Die kann niemals Fünfe gerade sein lassen oder dergleichen, nicht mal Fünfjahrespläne. Ironie versteht sie gar nicht: Echt? Meinst du das ernst?

Aber das hat auch Vorteile, ehrlich ist sie und beharrlich, bleibt dran wie ein Bullterrier, wenn sie mal zugebissen hat. Und sonst, na ja, typische Ostfrau. Auf den ersten Blick erinnert sie an diese Theatertanten, schwindsüchtige Lippenstift-Tussen in Schwarz. Alles Tarnung, neurotisch oder überkandidelt ist sie nun gerade nicht. Ganz im Gegenteil, eher beinhart. Und eigentlich ganz in Ordnung, wenn sie nicht mit dieser Planscheiße nervt. Die gute Aggi. Aber ja. Begreift halt nicht, wie das bei uns läuft. Mit der Fluglinie fange ich keinesfalls noch mal an, das ist mal klar: »Vergiss es, Aggi. Wir fahren morgen, vor Montag läuft nichts mehr.«

»Hoffentlich hast du Recht und wir müssen nicht wieder Nachtschichten kloppen.«

»Vielleicht fällt uns unterwegs was ein!« Also einverstanden, die Fluggesellschaft ruht erstmal, bis nach der Exkursion. Werner von nebenan schreit auf, wahrscheinlich hat einer der unfähigen Praktikanten was verbockt, das Telefon, »Ja, Aggi, wir sind dann klar, oder?« – ah, Gerd: »Hallo, Gerd! Wie sieht's aus?«

»Unsere Badminton-Verabredung heute Abend, ich kann nicht. Tut mir echt leid.«

»Schade eigentlich. Und sonst, jobmäßig?«

»Ein paar freie Mitarbeiten, eine größere Auftragsgeschichte ...« Wie immer nur Vages, lieber nicht dran rühren. Frag nur, weil es mich wirklich interessiert ...

»Wie wär's mit einem Treffen übernächste Woche? Auf ein Kölsch?!«

»Ja. Warum nicht.«

»Aber nicht wieder kneifen!«

Angesichts des Terminhorrors passt mir das gut in den Kram, bisschen Abhängen ist auch mal ganz schön. Wenngleich der Ausgleichssport allmählich ins Hintertreffen gerät, kaum mehr als Ausgleich zu bezeichnen, muss ich gestehen. Rainer und Uwe haben halt immer viel um die Ohren, Inventur, offener Sonntag oder sonstwelche Promo-Maßnahmen ... Da muss der Sport dran glauben, Sport ist Luxus, Überleben ist alles. Also nur mit Gerd, aber in den letzten Monaten, komisch, seit der im August arbeitslos geworden ist ... Zeit müsste er jetzt genug haben. Nicht mal zum Medientreff im Brauhaus kommt er. Am Geld kann es auch nicht liegen. Hat super verdient, Redakteurssalär, dazu die Abfindung. Wie viel hatte er gesagt? Irgendwie massig, anderthalb Jahresgehälter oder so. Opfer der Krise im Journalismus. Der Kaffee ist lauwarm, sonst nichts da für die Tablette. Extra in die Küche für 'n Glas Wasser? Nee. Muss so gehen.

Der Nachmittag nimmt unbarmherzig seinen Lauf. Unbarmherzig, gnadenlos und grauenvoll, unvorstellbar brutal, bamm, was'n das jetzt wieder, hat da jemand ein ganzes Tablett ... verdammt, wie soll man denn arbeiten bei diesem Lärm? Alles Hornochsen, können die gar nichts in der Hand halten, ohne dass ... Dunkelgrau rieseln die Vorboten des Abends, grau zwischen den Häusern. Die selbst dagegen strahlen. Strahlen wie jeden Abend. Milch, Calcium, Almbäuerin, solche Möpse. Licht der Schriften, Logos und Auslagen. Calcium, Calcium, enthält Milch nicht auch Magnesium? Sport, Fitness, die körperbewusste Klientel, die da draußen durch die Fußgängerzone trabt. An die wollen alle ran, gleichgültig, wie spießig ihre Produkte sind. Jugend ist Zukunft, jugendliche Kunden gleich Zukunft am Markt, mein Klopapier hat einen Fünfundvierzig-Prozent-Anteil bei Jugendlichen unter achtzehn, haha.

Der Verkehr wird immer lauter, die Dämmung ist auch nicht mehr, was ... oder ist das wegen der Rush Hour? Kann man regelrecht spüren, physisch, dieses dauernde Brummen und Vibrieren. Bei jedem LKW rappeln die Scheiben. Und dann natürlich unsere Nachbarn von unten, Skateboards und Equipment mit Dauerbeschallung: Bässe, den ganzen Tag Bässe, Lockmusik, das Buhlen um konsumgeile Teenies, *he, du da, wie wär's mit 'nem Glas Milch? Bio-Milch!* Oh, wird mir schlecht. Schon bescheuert der ständige Krach, aber bei der Lage darf man nicht meckern, direkt in der Innenstadt, keine fünf Minuten von Bahnhof und Dom.

So. Egal. Schluss jetzt. Endkontrolle bei Vanessa, Welt hinter Glas, Terrarium, die hängt völlig verkrampft vor dem Bildschirm, so wird das sowieso nichts, der Teppichboden schluckt meine Schritte vollständig. Wenn ich sie jetzt anspreche, kriegt sie 'n Infarkt. In dem Alter? Trotzdem, leises Räuspern: »Und? Wie schaut's?« Zuckt doch zusammen. Ist sooo konzentriert ...

»Äh ... geht so. Weiß nicht. Aber ich liefere dir was, heute noch, versprochen.«

»In Ordnung.« Telefon. Ist das in meinem Büro? Ja, aber nee, keine Lust. Heute nicht mehr. Bestimmt wieder Frau Segebrecht. Das verpacke ich nicht. Heute nicht mehr. Lasse ich mir eben Zeit für den Rückweg, bis das Klingeln aufhört. Beschäftigen wir uns stattdessen mit den eingerahmten Plakaten im Flur: tausendmal gesehen, aber immer wieder gerne. Meine paar Auszeichnungen, die ich für Gold Reklamen ergattern konnte. Hat schließlich nicht jeder. Nee, keineswegs. Heute kommt keine mehr dazu. Kann ich gleich mal wieder eine rauchen -- ·· -- Scheiß-Husten, echt, kann man hier nicht mal in Ruhe seine Zigarette rauchen -- ·· -- ohne, ohne ... Was sind das jetzt für Leute? Eine Reisegruppe, Kunden oder was? Werner zeigt ihnen die Teeküche: »Das ist unsere Teeküche!« Wie interessant. Keine Ahnung, wer das ist. Will ich gar nicht wissen, wer hier immer rumrennt, neulich, die hatten sich nur verlaufen, geht die Tür auf, kommen diese drei Typen rein und fragen mich, wo die Anwaltspraxis ist. Stehen vor *meinem* Schreibtisch. Wie sind die überhaupt bei uns reingekommen, irgendwer muss ihnen aufgemacht haben. -- ·· -- Geht auch nicht so was. Nicht, dass die mich jetzt noch anlabern. *Hier, das ist mein Stellvertreter, darf ich vorstellen ...* Lieber mal wieder ins Büro flüchten, Sicherheit.

Und hinsetzen. Der Schreibtisch. Die komplette Leere in meinem Hirn, weißes Rauschen und mein Puls rast. Bestimmt Bluthochdruck. Ich spüre das immer sofort, hätte den Kaffee besser gelassen. Halb sieben. Die große Elektrouhr vorm Fenster. Es hat keinen Zweck. Macht mir nichts aus, bis Mitternacht im Büro zu hocken. Mir nicht. An grammatischen Bezügen zu feilen, einzelnen Buchstaben gar, aber es muss Sinn machen. Wenn ich den Hauch einer Chance sehe, ihn hinzukriegen: den Satz, der alles toppt, direkt ins Herz der Ware. Aber wenn nichts hilft, hilft eben nichts. Die besten Sätze sind immer Tautologien.

Der Bleistift fällt. Fällt wie in Zeitlupe und landet mit einem dünnen Klack auf der grünen Schreibtischunterlage, super-spießiges Teil, *Ey, wo sind denn deine Ärmelschoner, Jo?* Und wenn schon, ein Erinnerungsstück, genau wie der Schreibtisch selbst. Damals ganz am Anfang, diese alte Schule, die Werner und ich geplündert haben. Halbe Ruine, aber noch voller Mobiliar. Wir hin, mit Schraubenzieher, Zange und Brecheisen, wer will schon Geld für Büromöbel ausgeben, wenn man sie umsonst haben kann. Wie lange ist das jetzt her? Fünfzehn Jahre. Das andere Zeug ist längst verschwunden. Von dem Tisch kann ich mich echt nicht trennen, er ist ein Symbol, jawohl. Ein Symbol für den Aufstieg, aus nichts ganz viel gemacht. Und überhaupt muss ich das vor niemandem rechtfertigen. Nicht die Spur. Erste Regel: Niemals rechtfertigen! Ein Gewohnheitstier bin ich deshalb noch lange nicht.

Also Feierabend und aus. Der Rechner hat lange genug Strom umsonst verbraucht. Werners Tür ist offen, aber nein, er bemerkt mich nicht. Na klar: Hängt über seinen Aktien wie jeden Abend, hallo, winkewinke ... Immer noch nicht. Sind die Kurse wieder im Keller, Werner? Bestimmt, bei dem Gesicht, das er zieht. Besser gar nicht ansprechen. Aggi ist auch noch da: »Bis morgen, Frau Kollegin!«

»Hast du dir den Abend frei genommen, ja?« Immer diese Spitzen. Werde ich jetzt mal kalt lächelnd ignorieren, obwohl es mich absolut anätzt. Stattdessen ein Schmetterschlag, der Federball zischt durch die Luft, schnell wie ein Torpedo, patsch! Zielgenau gegen Aggis Stirn. *Gotcha,* siehst du, was du davon hast, ein schlechtes Gewissen lasse ich mir von dir nicht einreden! -- ·· --

Fast dunkel, aber schon die Lichtschüsse, voll laser-like, brennen unheimlich in den Augen oder werden die empfindlicher? Die Augen, das Alter, die Einzelteile verschleißen eben – aber kann ja nicht, oder? Noch nicht, das sind schon auch diese Scheinwerfer, diese neuen, die. Stechend, mal dran gewöhnen, das Büro, diese schöne Kapsel, Raumkapsel, und natürlich der Monitor, wenn du da die ganze Zeit draufglotzt, jetzt, wumm, Supernova in der Einkaufszone, ausgefranste Coronen wie so Sonnen im All, pamm, ich taumele hier rum, alles sehr laut und jäh, aber das ist eben das Leben zu Beginn des dritten Jahrtausends, und daher gerade gut. Bei unserer Arbeit kickt man sich völlig weg. Basteln, Konstruieren, da könntest du hocken und Moos ansetzen, der Realitätsschock ist dann kein Wunder. Zudem wieder mal die Mittagspause vergessen. Vergessen, verschwitzt, nichts gegessen, nicht pausiert. *Das ist dermaßen ungesund.* Ja, Margie, ich weiß, der Kreislauf, und so weiter. Mittags mal rausgehen, an die frische Luft, harhar, guter Witz, Abgashölle Kölner Bucht, Spaziergänge durch die smogverpestete Innenstadt? Was ist daran gesund? Blasenkrebs. Kriegste davon. Wenigstens die Beine vertreten, aber ja, und dann noch ein paar Kniebeugen ...

Wogende Passanten, prasselnde Schritte, Abertausende, und diese Satzfetzen, Gesichter, dass die einem immer so nah kommen müssen. Hier ist genug Platz, oder? Schließlich sind wir nicht in Mumbai. Brrr. Der Herzschlag, ist der etwa unregelmäßig? Schwindelig auch, noch eine Tablette? Nee. Alles alle und bin eh schon über die Tagesdosis drüber. Dann einfach ganz ruhig sein, nur in einem verspannten Körper können diese – ·· – · –– Der Menge anpassen, einer der ihren werden. Und atmen. Atmen. Ist alles kein Problem. Die Probleme macht man sich nur selber. Genau, nicht die Dinge sind beunruhigend, sondern nur unsere Gedanken daran.

Na also, wird ja besser. Immer mit der Ruhe. Schlendern, flanieren, bummeln. Wie alle anderen. Es wird besser. –– ·· –– Angebote sondieren, das machen alle anderen auch. Das lenkt ab. Damit wir heute wissen, was wir morgen kaufen können. Wach muss man sein und offen, wir leben schließlich von der Konsumwelt. Trittbrettfahrer sind wir. Trends und Anti-Trends. Im Moment sind nur Dumping-Preise en vogue. Sparen, Krise, bei Kauf dieser Ware kriegen Sie ... noch fünfzig Euro in bar dazu. Ja, so weit ist es gekommen, Geld dafür, dass man überhaupt kauft. Überall Riesenrabatte, Schnäppchen, Ausverkauf, 30 %, 50 %, 70 %, gigantische Farbklebelettern, die schreien und tanzen, machen absurde Performances, damit man sie ja nicht übersieht. Keine Sorge, ich kriege es mit, *Winseln der Ware um Konsum,* von wem war das noch mal, Totalräumung wegen Geschäftsaufgabe, die haben nicht einmal ein Jahr durchgehalten, ach, das war ... noch weniger, höchstens ein halbes. Nebenan wechseln die Besitzer sowieso im Quartalstakt. Krise, Verfall und Pleite. Traurig für den Einzelnen, uns ist es gleichgültig. Geworben wird zum Glück immer. Gerade jetzt. Die harte Konkurrenz ist das beste Argument. Was soll denn das? Na, du bist vielleicht 'n blödes Arschloch! Haste keinen Blinker? Hupt hier rum wie so 'n Gestörter. Ja, ich komm dir gleich hinters Lenkrad, ja! Arschloch, blödes. –– ·· –– Wo ist denn mein Spray? Da, gut. Obwohl. Paar Agenturen sind auf der Strecke geblieben. Na klar. Irgendwer blutet immer. Tlering, XX & XXL erst dieses Jahr. Wir haben selbst gehörig abgespeckt. Mitte der Neunziger waren wir noch fünfundzwanzig Festangestellte, das ging ja nicht, konnte keiner mehr bezahlen. Da hat Werner korrekt reagiert, radikal verschlankt. Tut mir leid, ich will auch nur hier durch?! Könnte ich vielleicht? Was für eine Fresse. Ich glaub, wir sind doch in Mumbai. Werner ganz bleich in mein Büro: *Ich muss mit dir reden*, und ich: *Was gibt's?* und er: *Wir müssen die Hälfte der Belegschaft entlassen, hilft alles nichts.* Ging ihm zu Herzen das. Macht niemand gerne so was, aber was willst du tun? Bevor der ganze Laden den Bach runtergeht. Hat dann keiner mehr was von. Das ist die Abwägung. Zaudern bringt nichts. Wer da nicht reagiert, hat in der Wirtschaft nichts zu suchen. Werner hat das energisch durchgezogen, weg mit dem Full Service, den ganzen Produktionsbereich outgesourct. Was das an Kosten gespart hat, Millionen. Und die hätte man erst mal reinkriegen müssen, das ist das Problem. Die anderen haben in den Neunzigern munter weiter expandiert und hatten dann den Salat. Sind reihenweise gecrasht. Wir nicht. Wir doch nicht. Gold Reklamen ist halt 'ne Trafo-Station. Aber wirklich. Innovativ, geschmeidig, ständig unter Dampf. Das könnten wir uns wortwörtlich ins Portfolio schreiben. Werner mal vorschlagen.

Verdammt, einkaufen muss ich noch. Mist. Eben. Da war doch was. Gut, dass es mir jetzt einfällt. Und nicht erst zu Hause. Hier gerade ganz praktisch, steh ja direkt vor der Tür. Also rein. – – ¨ – – Karstadt, Lebensmittelabteilung. Was ist eigentlich mit denen zur Zeit? Sind die übernommen oder schließen die demnächst? Stickig ist das immer. Kaufhausluft. Geschwind jetzt, gleich Rolltreppe runter, ab ins Untergeschoss, na, was hat *die* denn an? Manchen Leuten ist rein gar nichts peinlich, Leggins, und das bei dem Arsch, Einkaufswagen abklinken, habe ich denn mal wieder keinen Euro? Ah, hier dieser Plastik-Chip von Margie, hatte ich ihr gar nicht wiedergegeben. Hinein ins Fress-Mekka, da kann man schon schwach werden. Greyerzer, französische Wildschweinsalami oder lieber Antipasti? Es ist schwerschwer, aber ich werde der Versuchung widerstehen, heute keinen Wein an der Bistrotheke, wie das eine Mal, als ich mit Johann hier versackt bin. Har, versackt in der Karstadt-Lebensmittelabteilung. Kannst du auch keinem erzählen. Sondern lieber anstellen beim Fischstand. War doch Fisch, was Margie sich gewünscht hatte?

Nur die alte Frau vor mir. Was veranstaltet die denn für ein Theater?! Ja, welchen willst du denn jetzt? Nein, wieder nicht? Zu teuer? Ja, Fisch ist nun mal, na ja, also, nimmst du dir 'n Hering, ist auch was Feines. Au Mann. Rentner kosten Zeit. Daran muss man wirklich arbeiten, dass man im Alter nicht so total belämmert wird. Und nur noch im Weg rumsteht. Endlich. Kurz und knapp und ohne Vertun: »Hier, gib mir mal die zwei Rochenflügel!« Na, eben. Gut. Genau das Richtige. Eingepackt und weggesteckt. Was jetzt? Beilagen. Kartoffeln brauche ich … einen Salat. Wo war noch. Ach, dort hinten. Gemüse kauft man selten hier. Eher Fleisch, Wurst, Fisch, Käse. Ach ja, die Weinabteilung, noch 'ne Flasche Chablis schnappen …

Wie bitte? Geht's denn? Wer bist du überhaupt? Eine »junge« Mutter, ist klar. Guck mal, die Augen. Voll der Stress. Hechelnd. Die hechelt mit den Augen, klasse. Und mit ihrem Baby-Jogger. Stehe ich dir im Weg? Das tut mir aber leid. Baby-Jogger. *Für die dynamischen Eltern von heute, Sie können damit laufen, Sie können damit skaten, Sie brauchen wegen ihres Blags auf nichts mehr zu verzichten.* Jetzt reicht's aber wirklich! Musst mir deinen Panzerwagen nicht unbedingt hinten reinrammen.

»Bitte, gehen Sie doch vor! Nachdem Sie mir den Wagen schon zweimal in die Hacken gerannt haben!« Voll freundlich, eins a, da sagst du nichts. Und? Findest du jetzt Scheiße, was?! Denke ich mir.

»Tja!« Oh, tolle Geste, das mit dem Kinn. Wo hat sie sich denn das abgeguckt? Soll wohl heißen: *Kann man nix machen!* oder

Halt's Maul, Typ! Denn schließlich hat sie ein verbrieftes Recht auf Haxenrennen, sie ist Mutter! Und was für eine! Dieses dämliche Strickjäckchen mit aufgestickten Blümchen, voll Hippie, voll debil, zwei Zöpfe links und rechts, wieder so eine, die nicht in Ehren altern kann, sondern mit ihrem Töchterlein zurück in den Kindergarten will. Dabei geht sie stramm auf die Vierzig zu. Für solche Fünze mache ich Werbung.

Werbung wie: Bio-Milch, das Beste für Ihr Kind. Wie ätzend, es ist echt bitter, ich zerbreche mir hier den Kopf, schon den ganzen Tag. Wo geht sie hin? Auch in die Weinabteilung. Die Frau mit ihrem Kampf-Kinderwagen, ich hinterher, und dann kurzer Prozess, trete sie in die Flaschen, Dreckstück, da hast du's. -- ·· -- Da liegst du, jetzt kannst du wimmern und um Gnade flehen, aber zu spät, *Pardon wird nicht gegeben!* Na, ihr Kind lasse ich in Ruhe, das kann nichts dafür. -- ·· -- Eine solche Mutter ist schon Strafe genug. Bio, Milch, Calcium, gesunde Bio-Energie, Kühe fressen Gras, Kühe geben Milch, gesunde Kühe, Bio-Kühe, aus kontrolliert biologischem Anbau, Bio-Milch ist Kindermilch. Gesunde Kuh, gesundes Kind. ... *Wenn Sie Ihrem Kind nicht schaden wollen ...* Dann ein Bild von einem Mongoloiden.

Ah, prima. Der große Vorteil der Karstadt-Lebensmittelabteilung: Die Kassen sind immer leer. Weil schweineteuer. Zwei Rochenflügel, Kartoffeln, Salat und Wein, macht zusammen vierunddreißig Euro. Kein Problem. Bequemlichkeit und Zeitersparnis kann man sich ruhig was kosten lassen. Trotzdem raus hier, jetzt sofort, da ist wieder alles zu. Zu eng irgendwie, hab ich denn auch noch Klaustrophobie? Nein, das ist was anderes, die rettende Rolltreppe. – ·· – Hoch ins Erdgeschoss, quälend langsam, letzter Blick ins künstliche Paradies aus Spiegeln, Lichtern, Glas. Bunte Aufsteller, Türme von Töpfen und anderem Küchengerät. Ganz ausgestorben, Kunden gibt's keine mehr. Kaufhäuser sind eben eher siebziger Jahre.

Besser Arkaden, man will halt nicht immer in einem Laden sein, sondern lieber mal wechseln. Das ist Spazierengehen, ohne nass zu werden, und dabei ohne diese verdorbene Kaufhausluft, man kann zwischendrin durchatmen, einen Kaffee trinken in einem dieser Wintergärten, kalt ist es auch nicht, also immer schön in Sicherheit beim Einkaufsbummel.

Die zwei Geschäftsleute an der Sushi-Bar, die Stäbchen vorfreudig gezückt, den einen kenne ich, nur woher? In Mimmos Pastaküche daneben ein einziges Dampfen und Zischen. Kopf einziehen! Nein, muss gar nicht. Jedes Mal, wenn Rollband und Decke zusammenstoßen ... gibt zwar diese Plastikwinkel zum Schutz, aber wenn man da hängen bliebe. Der rechte Arm, die Rolltreppe ruckt und zerrt, Gelenk verdreht, immer weiter, moderne Streckbank, bis es die Spannung nicht mehr hält, zlatsch, ist der Arm ab, echt unangenehmes Gefühl, aua, nicht, lieber nicht.

Auf der Straße weiter rappelvoll, die langen Öffnungszeiten, seitdem flaut das nicht vor acht, neun ab. Im Grunde immer noch zu früh, in den USA ... aber bei uns? Die Gewerkschaftler, diese Schnarchnasen, blockieren, tun eh nichts und haben Zeit zum Einkaufen, wann immer sie wollen, morgens, mittags, abends. Sollte mich noch schnell bei Giorgio blicken lassen, schauen, ob jemand da ist ... eigentlich ist immer jemand da, Kunden, Kollegen, Konkurrenten, alles gleich bedeutsam. Socializing. Was Aggi nie kapieren wird, so läuft das hier im Rheinland, am Tresen, außerhalb der Geschäftszeiten. Und? Heute nicht, erstaunlich leer. -- ·· --Nur die Rundfunkmitarbeiter. Beim Pegeltrinken. Ist aber auch die schönste Theke der Stadt, dieser Marmor ... Und wieder kreischt die Kaffeemühle, die Maschine hätte ich auch gerne. Unsere ist ja nichts. Diese kleinen Dinger, da kriegst du es nie mit hin. Aber ich damals, ausnahmsweise wollte ich mal sparen. Dabei gab es diese ... diese ... Da hinten ist Junghans, wie war das? Neuerdings Designartikel? Und Anita. Die sitzt jeden Tag hier rum, ist auch beim Sender, Sekretärin oder so.

Ha! Da! Setzt sich auf, leckt sich die Lippen. Nicht zu fassen. Zupf, zupf am Rollkragenpullover, Bauch rein, Titten raus, nicht zu fassen. Aber die Jahre sind nicht spurlos vorübergegangen, im Gesicht aufgegangen wie ein Hefeteig. Immerhin, die Brüste sind in Ordnung. Obwohl – Push-up, plastische Chirurgie, weiß man's? Nee, ich geh nicht rüber. Wozu soll das führen? Ihr zulächeln, aber nicht hingehen. Sie lächelt zurück. Das ist schon Jahre her. Das ist wirklich eherne Vergangenheit. Und die sind bestimmt nicht echt, die.

»Hi, Giorgio!«

»Hm, Jo? Hm?« Jetzt winkt der mit der Averna-Flasche. Verlockend, tatsächlich verlockend, aber nein, heute nicht. Lohnt nicht. Ist ja keiner da. Und ich muss kochen.

Was hatte Margie noch gleich? Hatte sie doch. Heute morgen. Ach ja, Abendkurs. Einkäufe in die Küche und erstmal den Fernseher an. Ab aufs Sofa. Das hat der Papa sich verdient. Auch ohne Milch-Claim. Milch ist etwas abartig Langweiliges, da mach ich lieber Klopapier. Eben. Das braucht jeder. Tatsächlich auch die Jugendlichen, obwohl Marktanteil bei denen, das ist natürlich ... Trink ich vielleicht Milch? Nein. Da ist es doch kein Wunder. War das nicht sogar irgendwie ungesund? Ach ja, Makrobiotiker, die ... Ah, ist das etwa der ultra-coole Tauben-Spot? Nee, schade, nur der übliche Schwachsinn, konnte auch gar nicht, ist schon Jahre her: Vöglein, Vöglein, zwitscher-tirili, hockt auf seinem Baum, ein wunderbares Leben in der Natur, fliegt ein Ründchen, und, großer Fehler, landet auf der Motorhaube eines Ford Ka, da – PAMM! – klappt der Deckel auf, die Taube saust in hohem Bogen durch die Luft, klatscht auf die Straße, Matsche. Das ist gerade das, was man sich bei Tauben wünscht. Hagelte natürlich Proteste von Tierschützern. Das Beste, was einem Werber passieren kann, Schwengel & Mett aus Hamburg, die machen super Geschichten, letztes Jahr knapp am Clio vorbeigeschrammt. Da haben wir viel zu wenig von in Deutschland. Alle immer so ängstlich, *können wir nicht machen, da ist der Ärger vorprogrammiert*, wie schrecklich, bloß kein Ärger, bloß nicht auffallen. Hä? Wie verblödet seid ihr eigentlich?

Der dazugehörige Zwillings-Spot kursierte bloß im Netz. Der mit der Miezekatze. Schon hart. Wo die vom Schiebedach geköpft wird, kriegste nicht ins Fernsehen, so was. Na klar. Ziehen sich Zombiefilme rein, wo mehrere hundert Leute bei lebendigem Leib gefressen werden, aber eine Katze …! Das gehört zensiert, verboten, bestraft. Trotzdem. Oder gerade deswegen: Das Teil wird Kult, rollen sich alle drüber ab, posten es ihren Freunden, das Produkt bekommt eine Hipness-Aura, die mit der ursprünglichen Botschaft des Markenkerns nichts mehr zu tun hat, könnte alles sein, zum Beispiel … ja, zum Beispiel eben Klopapier.

Was muss ich eigentlich mitnehmen für morgen, muss ich was mitnehmen, was Bestimmtes? Wie spät? Kurz vor acht, paar Minuten bis zur Tagesschau, dann mal los, wir wollen die Frau mit einem fertigen Mahl beglücken. Wenn sie denn überhaupt mal kommt. Den Fisch darf ich natürlich erst rein tun, wenn sie da ist. War zu teuer, um ihn zu versauen. –– ·· –– Erst die Kartoffeln. Am besten im Ofen. Am besten auf'm Blech. Wenig Arbeit, gutes Resultat … Abwaschen, wo ist denn die Gemüsebürste? Verdammt, die liegt doch immer … Warum muss sie immer neue Plätze für alles finden? Und ich such mir stundenlang den Arsch ab, regt mich dermaßen auf jedes Mal. Warum kann man nicht feste Plätze für alles behalten, kann so schwer nicht sein. Wenigstens in der Küche. So, gut trocknen. Handtuch? Handtuch?? Ach, ja.

Zahnbürste. Die sollte ich nicht vergessen. Die letzten Male habe ich immer die Zahnbürste vergessen. Und dann ist natürlich Sonntag und du rennst rum, keine Chance, eine zu kaufen. Na, vielleicht am Bahnhof, 'nen Bahnhof wird's auch in Neuenahr geben. Wie macht sie das? Auf einen Löffel und dann dünn einkerben. Mist, bei mir klappt das nie, wieder ganz durchgeschnitten. Scheißdreck. Mach das besser ohne Löffel. Als ich in Gießen war, was fehlte da, Rasierschaum, habe ich doch verzweifelt rumgesucht, irgendeinen Supermarkt, der am Samstag nach zwei auf hat. Nach zwei! Da ist man doch gerade erst aufgestanden, im Normalfall. Ich sage ja: Gewerkschaften. Hier geht es zwar. Aber in der Provinz merkst du, wie rückständig dieses Land ist. Deshalb ziehen alle weg, verödende Gegenden, alles in die Städte, unter solchen Bedingungen will doch, bitte schön, keiner mehr leben. Müssen die sich eben dahinterklemmen, Infrastruktur und so Sachen. Das reicht, ab aufs Blech. Wir wollen ja nicht fett werden. Ofen an, so viel zu den Kartoffeln. Und weiter? Salat. Waschen. -- ·· -- Und schleudern, schleudern, schleudern. Genug. Ah, Shit, das war zu früh, dreht sich noch, das Ding, fliegen einem die Blätter einzeln um die Ohren. Kacke, so 'ne Kacke, verflucht, den ganzen Dreck jetzt einzeln aufklamüsern, wenn mich eins nervt, dann hier so. Ey, Mann, komm schon. Wie spät? Verdammt, Nachrichten sind schon dran. Und nun? Schüssel oder Teller? Schüssel, das ist leichter. Vom Teller rutscht alles runter.

Den Rest vorm Fernseher. Was brauch ich? Zwiebeln, Brettchen und Schälmesser. Ja, jetzt voll den auch noch runter ... Was geht denn da ab? Trümmer, Rauch und Leichenteile, Anschlag? Hm, Bombenanschlag. Irak? Ja, Bagdad, danke Amerika, zweiundfünfzig Tote, kein neuer Rekord, aber schon ein gewisser Blutzoll. Hhhhh, das ist wieder eine von den Zwiebeln, die muss man geradezu schälen wie Kartoffeln, blöd. Woran liegt das nur? Bei der einen geht die Haut ohne Weiteres ab, an der nächsten klebt sie wie Pattex. Noch nie was von Gentechnik gehört, höchste Zeit, das zu optimieren. Aha, Sprengstoffwagen, Sperre durchbrochen, wieso die das nicht entsprechend sichern. Selber schuld. Machste wie früher an der Zonengrenze, Betonpoller, Panzersperren, da kommt keiner durch, nicht lebend, mit so was müssen die doch rechnen, dort unten.

Inlandsnachrichten. Soll ich noch irgendwas in den Salat tun? Tomaten, haben wir denn noch? Oder irgendwelche blöden Kerne, wo sind die? Gesetzesänderung, Reform, Gelaber, heißer Brei, die Interessenvertreter äußern ihre Interessen, die Politiker skizzieren das Mögliche. Und beide zusammen würgen jeden neuen Ansatz ab, muss ich mir das antun? Fassaden. Wer da welche Kulisse wohin schiebt, tut gar nichts zur Sache. Alle am Gängelband der großen Bosse. Die verdienen nämlich zwanzigmal mehr als der Bundeskanzler, wie viel war das? Der Bundeskanzler? Mehr als ich, aber reich? Na, aber was unter der Hand dazu kommt, hier eine Gratifikation, da ein Bestechungssümmchen, das macht den Kohl dann fett. Nicht fett genug für die großen Konzerne, der Staat ist nichts dagegen. Siemens oder so hat ein Finanzvolumen wie Nordrhein-Westfalen. Da willst du gegen anstinken? Na, dann mal happy Begräbnis. In den Siebzigern, da gab es noch Träume. Etwa diese Illusion, dass es was nützt. Demos, Sitzblockaden, Hausbesetzungen, dieses ganze Zeug, tja, lang, lang ist's her, tut mir leid, Herr Richter, ich gestehe, ich saß einst vor einer Kaserne. Seien Sie gnädig, ich weiß, ich habe mich äußerster Sinnlosigkeit schuldig gemacht.

Darf man heute keinem mehr erzählen. KBW-Mitglied. Ich. Darf ich mir noch nicht mal selber mehr erzählen. Absurd. Maoismus, was für'n Unsinn. Maoismus, Masochismus: Die wollten einem sogar die Sockenfarbe vorschreiben. *Du hast den Parteiabend verpasst? Da ist öffentliche Selbstkritik fällig.* Aber die süße Britta, die war sogar eine Genossin, als die mir da, als ich da die Beichte ablegen sollte, gewissermaßen, und die über »konkrete Bestrafungen« für mich diskutierten, also nee. Wieso sollte Sex schädlich sein für die Revolution? Seh ich noch vor mir, Hansjürgen mit Haaren bis zum Arsch, der ist heute Finanzbeamter im höheren Dienst. Und Rick, der hat, als er wegen Radikalenerlass nicht in den Schuldienst übernommen wurde, diese ganz steile Karriere als Immobilienmakler hingelegt, Immobilienmakler und Maoismus, wenn das nicht zusammenpasst. Der sitzt doch in, war das nicht Rodenkirchen? Klar, hohes Tier im örtlichen Tennisverein, von denen, ausgerechnet ... Das wurde mir zu bunt, da habe ich mal klipp und klar gesagt, was Sache ist. Nämlich ohne mich, sofortigen Austritt erklärt, ab jetzt lieber auspennen als morgens um sechs Flugblätter verteilen vor den Werkstoren von Felten & Guillaume. Ist ja nicht, dass ich das gebraucht hätte, wer braucht denn so was? -- ·· -- Die Zeit bei den Grünen war allerdings auch ein Flop, seit die in Regierungen vertreten sind ... Der Kilian war in unserer Gruppe, wenn ich den jetzt reden höre, Fraktionsvorsitzender im Landtag, Wendung um 180 Grad hat der hingelegt. War da grad was im Treppenhaus? Ist sie das? Nee, wohl der schwule Grieche von oben. Hat sich 'n Fickburschen mitgebracht. Wobei, dafür ist es noch zu früh. Allmählich könnte sie mal. Nicht dass sie noch spontan auf ein Bier mit den Kollegen weg ist. Neulich hatte sie nicht mal angerufen, ihr Handy aus, angeblich Akku leer, ich sitze hier wie 'ne Hausfrau mit der Schürze um den Bauch, und wer nicht kommt, ist sie. *Stell dich nicht so an, es war gerade sehr lustig, wir sind kein jung verheiratetes Ehepaar mehr, dass sich immer gleich anrufen muss, wenn es mal ein bisschen später wird.* Sehr witzig. Was das mit jung verheiratet zu tun hat. Wenn ich das Essen fertig habe. Und da sitze. Voll das Klischee. Aber. Kann mich auch draußen rumtreiben, wenn ich das weiß, muss wirklich nicht den Kochlöffel schwingen, mach ich schließlich extra für sie.

Tja, Politik. Werbung ist eigentlich Politik genug. Wenn doch alles politisch ist? -- ·· -- Und überhaupt. -- ·· -- Man hat heute große Freiheiten. Gerade jetzt, das wirkliche Leben liegt im Trend, Arbeit und Soziales, Wetterbericht, es soll schön bleiben, gut für die Schiffspartie, alle Reste einsammeln, was sagen die Ofenkartoffeln? Brauchen noch, der Fisch kann also warten. Margie sowieso nicht da ... Dann, endlich: Zeit für einen Schluck. Hurra. Wo ist die Magno-Flasche? Der Schwenker? In der Spülmaschine. Sooo. Goldgelber Saft, edel sieht das aus, edel im Licht. Bisschen großzügig kann ich schon sein, zack, noch 'n kleiner Nachschlag. Bin immerhin sowohl bei Giorgio als auch im Karstadt sauber geblieben, schwapp, gut ölig, das Zeug. Alles in Öl. Vorm Flurspiegel: ein Mann und sein Getränk. Jetzt wie in dem T&T-Spot, wo dem Typen dieser werwolf-artige Backenbart wächst. Nein, nichts dergleichen, kein plötzlicher Haarwuchs und auch sonst. Alles im grünen Bereich. Paar Falten um die Augenpartie, macht nichts, die kommen von meiner guten Laune. Bestes Mannesalter, ja. Und nächstes Jahr genauso und übernächstes Jahr. Haha. Was war ich denn mit zwanzig, dreißig? Gar nicht viel, ein junger Kerl, eingeschnürt von Zwängen, Hemm- und Hindernissen. Das verliert man, schleift sich alles ab, jetzt ist's viel besser. Kein Grund zu klagen, woher denn, sollte mir nur noch mal den Kopf rasieren, bevor wir losfahren.

Na, endlich. Schlüssel im Schloss. Margie. Bist du auch schon da? Ziemlich fertig, ganz grau im Gesicht, die Augen auf Halbmast, kein schöner Anblick, komisch, dass man das bei ihr immer so merkt. Ich sehe nach zwei durchgeackerten Nächten aus wie das blühende Leben. Gerade dann. Die Frauen auf der Straße, die gucken mir nach, gerade dann, dieser leicht morbide Zug, sie wissen ja nicht, woher der kommt, knallharte Arbeit.

»Was für'n Tag.«

»So hart?!«

»Unsäglich anstrengend. Bildbearbeitung tagsüber. Kurze Pause, und dann noch vier Schulstunden Grafik/Gestaltung in der VHS, die haben nix geschnallt, du stehst vor 'ner Wand aus Blödheit, Horror!« Ein Bild des Jammers, wie gemalt, die verzweifelte Frau und so weiter, rauft sich die Haare.

»Suchst du Feuer? Hier.«

Eben. Wer wird denn gleich in die Luft gehen? Immer mit der Ruhe. Puh, ihr Arm, schwer über meinem Nacken, soll ich deine Leiden mittragen? Geht wohl nicht.

»Was kommt im Fernsehen?«

»Thriller.«

»Na, fein. Kann nichts mehr tun.«

»Gleich gibt's Essen.«

»Hab eigentlich gar keinen Hunger.«

»Bist du verrückt? Das kannst du mir nicht antun! Ich hab hier gezaubert ...«

»Was gibt's denn?«

»Lass dich überraschen. Du bleibst hier sitzen und ich karre das Essen an.«

»Na ja.«

Den Salat noch anmachen. Und Öl in die Pfanne für den Fisch.

»Hab einen Riesenstreit mit Lempertz gehabt.« Mann, ich verstehe dich kaum! Liegt wieder im Wohnzimmer und schreit zu mir rüber. Wie soll ich das hören? Schon tausend Mal gesagt. *Wenn du dich unterhalten willst ...* Soll ich so tun, als hörte ich sie nicht? Nein, besser nicht: »Lempertz, wer?«

»Dr. Lempertz, der Geschäftsführer der Erwachsenenbildung

e.V.! Den hab ich schon zigmal erwähnt.« Kann mir nicht jeden Namen merken. Gut, du hattest einen harten Tag. Dafür kann ich nichts. Nicht meine Schuld, okay?

»Und was war los?«

»Es geht um die Stundenzahl. Das Arbeitsamt will die Gelder reduzieren.«

»Und du?«

»Ich hab dem gesagt, für Bildbearbeitung brauch ich vier ganze Tage, wenn ich das demnächst in zwei durchziehen soll, dann können wir's vergessen. Mal sehen. Unter drei läuft gar nichts.«

Den Fisch wenden, zwei Minuten braucht der noch, nicht mehr. Die Kartoffeln? Gleich raus aus dem Ofen, höchste Zeit, sie sind bereits etwas schrumpelig. Das war's. Den Salat rüber, Tisch decken: »Ist gleich fertig.« Ich bin echt ein Musterehemann. Keinerlei negatives Feedback auf Margies beschissene Laune, halte mich voll zurück, dabei hätte ich selber allen Grund, aber echt, die Scheiß-Milch, weiß gar nicht, wann mir ein Auftrag zuletzt derart auf die Nerven gegangen ist.

»Begreifen kann ich's ja. Von den Leuten kommt kaum einer unter, und wenn sie noch so qualifiziert sind, promoviert, habilitiert. Einmal raus, immer raus. Aber für mich geht es ganz konkret um tausend Euro weniger.«

Sie ist immer noch bei ihren Seminaren. Ständig redet sie über ihre Seminare, halte ich Gold Reklamen nicht völlig raus aus unserer Beziehung? Nichts über die Milch, nichts darüber, dass Werner so komisch verpeilt ist in den letzten Wochen, also Schluss damit: »Hinsetzen! Essen fassen!« Mist, der Wein, aber schnell, nicht, dass mein Fisch kalt wird.

»Fang ruhig schon mal an.« Wo hatte ich den denn? Genau, in der Tiefkühltruhe, aber gut, jetzt hat er exakt die richtige Temperatur. Korkenzieher? Hier nicht, hier auch nicht, Scheiße … wo ist das Ding denn? Wo hast du den jetzt wieder hingelegt, der gehört in die Schublade, verdammt, der Fisch, gleich ist er kalt, stimmt, auf dem Esstisch müsste noch einer liegen, das hätte ich mir sparen können ...

»Und?«

»Schmeckt super.«

»Es soll schönes Wetter geben, haben sie gesagt. Die Rheinfahrt wird bestimmt klasse.«

»Ja. Finde ich ja schon gemein von dir, dass du das mit der Firma machst und nicht mit mir.«

»Was denn? Soll ich sagen: ›Nee, ich komm nich mit, ich fahr mit Margie‹?«

»Und was wäre daran falsch?« Dieses Kippen in der Stimme, hysterischer Beiklang, nein, nicht ärgern, ich sage ihr jetzt nicht, was für einen Bullshit sie erzählt. Oder? Einfach so stehen lassen? Nein. Doch. Wer drüber steht, hat Recht. Nur säuseln: »Gar nichts wäre daran falsch, Schatz. Ich teste es aus und am nächsten freien Wochenende machen wir das zusammen! Versprochen!«

Ha. Treffer. Perfekt. Das beschwichtigt sie tatsächlich. Die Frauen. Bei den wenigen freien Wochenenden. Also wir beide gemeinsam? Wann war das letzte, als wir in Zündorf spazieren waren? Das ist sicher fünf, sechs Wochen her, warte, das war ... Nicht im September, nee, Mitte August, da war es noch so heiß, dass ich schon überlegt hatte, in diesen Springbrunnen da zu steigen wie Anita Ekberg, so heiß war das, also mindestens sechs Wochen, unser letztes gemeinsames Wochenende. Ein dringender Auftrag in der Firma. Oder sie kriegt unvermutet einen Job angeboten. Dann war's das. Rheinreise Essig. Nichts ist verlockender als die Trugbilder, an die man selber glauben möchte. Damit arbeiten wir die ganze Zeit. Ich sage ja: im Job fürs Leben lernen. Sicher nicht in der Schule. Was habe ich da gelernt? Kann mich jetzt gerade an nichts groß erinnern. Tafel, Kreide, Gedichte schreiben, Algebra. Dreisatz. Ja, Dreisatz haben wir in der Siebten gemacht, den braucht man immer mal wieder. Ohne Prozentrechnung geht nichts. Man muss ja wissen, wie viel man verdient. Wie dieser eine, wie hieß er noch, an der Tafel und gleich in die Hose gemacht. Man sieht erst einen kleinen Fleck, dann wird der immer größer und es läuft am Bein hinab. Haben wir gelacht. Und der? Bestimmt ein seelisches Wrack heute. Kinder sind miese Schweine, gut, dass wir keins haben. Zu mir waren sie auch nicht immer nett, nein, nein, musst schon sehen, was du draus machst.

Du auch, Margie. Soll heute wohl nichts mehr werden mit der guten Laune?! Ein klein wenig muss man selber mithelfen, trüb vor sich hinstarren hilft nichts. Macht einen nur alt. Falten bekommt sie sowieso. Geradezu eingegraben, neben den Mundwinkeln. Kann man sie sich gut als alte Frau vorstellen. Lange wird's nicht mehr dauern. Sieht schon scheiße aus, irgendwie so unzufrieden. Ist sie das? Warum? *Dieses Leben mit dir ist eine Zumutung.* Wandelnder Vorwurf. Na, von wegen, dafür besteht kein Grund, läuft gut, wir haben alles, was wir brauchen, mehr als das. Wer kennt sich mit den Frauen aus? Eigentlich kenne ich mich aus. Wer sonst, wenn nicht ich. Aber da gibt's Dinge, immer wieder Dinge, da käme man nicht im Traum drauf. Neulich als sie sich total aufregte, nur weil ich mich nicht mehr an diesen Zoobesuch erinnerte. Und zwar wann? Im Jahr neunzehnhundertdreiundneunzig, also ich bitte dich. *Wir waren so verliebt. Und du weißt nichts mehr davon!* Das kann sein, Menschen merken sich nicht dieselben Sachen. Offensichtlich unterschiedliche Wertigkeiten. Ist das ein Verbrechen?

Dabei. Wir kennen uns in- und auswendig. Wer so lange zusammen ist. Vielleicht ist das der Fehler, zu jung zusammen, ein Paar seit der Studienzeit. Man hätte mehr ausprobieren können, wäre womöglich besser gewesen. An wen wäre ich geraten? Eine Theaterregisseurin, Germanistik-Professorin oder ein süchtiges Model, das nur Körner frisst und über ihre Figur klagt, *sag mal, bin ich vielleicht zu dick,* oder gleich ganz frauenlos. Aber nein, ich nicht, war ich nie ... Mit Margie ist in Ordnung, was ist schon optimal? Optimal gibt's nicht ... Seit diesem Wochenendausflug. Germanistik-Tutorium auf Schnapsfahrt in die Eifel. Und wir dann, versteckt im Kohlenkeller, keiner fand uns. So kommt man sich dann näher. Und in den nächsten Tagen. Gemeinsam gewandert, die anderen blieben drin. Spielten Karten. Das war eher regnerisch, immer grau, bewölkt, windig, aber die Erinnerung ist trotzdem gut. Ihr Gesicht. Rot und strahlend. Nie voneinander getrennt seitdem. Na ja, nicht ganz nie. Diese eine kleine, blöde Sache mit Mimi, diese. Ausgerechnet 'ne Punk-Gitarristin, ausgerechnet, absolut durchgeknallt war die. Und ich auch. Absolut durchgeknallt, was mich da geritten hat, folge der nach Berlin, wohl die Hormone, aber glücklicherweise war das nur ein Zwischenspiel, ganz unsinniges Zwischenspiel.

Noch einen Absacker nach dem Essen. Ein Vorleger und ein Absacker. Da liegt der Fisch schön in einem Schnapsbett, da liegt er gut und kann hübsch schwimmen. Oh Mann, Margie, will sie jetzt gar nichts mehr sagen? Als hätte ich sie beleidigt. Schöner letzter Abend. Muss das sein? Die Doku war nicht schlecht zur Überbrückung. Bleib mal irgendwo: »Also das machen meine Augen nicht mit.«

»Was meinst du?«

»Das schnelle Zappen.«

»Hm?« Hört gar nicht. Macht glatt weiter. Wenn uns ihre Eltern sehen könnten. *Wir haben es Dir immer gesagt!* Na endlich. Nachrichtensender, wieder Bagdad. Ah, nun sind es schon neunundfünfzig Tote, dem Ticker nach.

»Oh Gott, was …?!«

»Bombenattentat. Islamisten.«

»Was wollen die nur damit erreichen …?!«

»Tja. Denk mal an die Hintergründe. Ich sag nur: Danke, Amerika!«

Kopfschütteln, nee, das ist klar, dass du das nicht so sehen willst. Heute zu müde zum Streiten, was? Sie schaltet um.

»Spätfilm?«

Nee, morgen früh raus. Auch witzig, wie runtergekommen ich bin: wegen des total anstrengenden Betriebsausflugs früh ins Bett gehen. Nicht mehr viel übrig vom einstigen Helden der Nacht. Phhh. Wenn das irgendwas wert wäre, ich vermisse ja nichts, das kam so nach und nach, ganz von allein. Mann, was hab ich da rumgehangen, im ALG, gibt's schon lange nicht mehr, Charlie mit dem Herzinfarkt, schöne Abschiedsparty war das, da hatte ich dann dieses kleine Techtelmechtel, Sylvie, zuerst die Küsserei da und dann paar Tage später, die war … Aber das Thekengequatsche immer, bis spät in die Nacht, anfangs sogar noch mit Werner. Aufbruchphase. *Was haben wir uns die Köpfe heiß geredet!* He, das ist ohne viel Brimborium vorbei gegangen, bleibt man lieber zu Hause. Ist auch gemütlicher, der Alkohol niveauvoller. – – ·· – – Shit. – – ·· – – Was ist das 'n jetzt? – – ·· – – was eingeatmet, diese Allergie. Halt wieder sprayen, darf man so oft, wie man's braucht, haben die gesagt, ausdrücklich.

»Ach, sag mal, wie war denn dein Arzttermin? Du hast gar nichts davon erzählt.«

»Arzttermin.« Da war was. Mir ganz entfallen, Bronchialexperte, heute Morgen, in aller Herrgottsfrühe, kommt mir vor wie gestern, unter siechen Gestalten, Lungenpatienten, Tuberkulosekranken womöglich. Und die Sprechstundenhilfe vergisst mich. Echt. *Haben Sie mich etwa vergessen? Da sind lauter Leute an der Reihe, die nach mir kamen. – Oh, Herr Winkler, Sie haben Recht, es tut mir leid.* Doll, da gehst du einmal zum Arzt. Wegen dem bisschen Husten. Zeitverschwendung. Ist sowieso irgendeine Allergie, nur, dass die nicht rauskriegen, welche. Weiß ich genau, immer nur in bestimmten Momenten, aber sie gibt keine Ruhe: *Du musst dich untersuchen lassen, du musst zu einem Spezialisten.*

»Komisch war das. Der Doktor ist 'n total wortkarger Westfale, mit riesigen weißen Haarbüscheln auf den Händen.«

»Ja, und was hat er gesagt?«

»Gesagt, gesagt. Nichts weiter.« Nee. Genau genommen nicht. Ewig hat's gedauert. Allergietest, dann Lungenfunktion in dieser komischen Kabine, vollkommen schalldicht, denke noch, die überprüfen mein Gehör, wie denn das, beim Lungenarzt. Dann Röntgen und warten, bis die Bilder entwickelt sind. Kein Wunder, dass ich heute nichts geschafft habe. Bin ja erst kurz vor Mittag ins Büro gekommen. Und der. Guckt sich die ganzen Ausdrucke und Unterlagen an, bei den Allergien Fehlanzeige, wie gehabt, Lungenfunktionen halbwegs okay, zuletzt die Röntgenbilder sehr eingehend. Wie ein zeitgenössisches Kunstwerk. Nun bitte Ihre Kritik, grummel, grummel: *Da ist ein Schatten auf Ihrer Lunge. Muss nichts heißen, aber in Ihrem Alter, zumal als Raucher*. Jetzt soll ich diese Computertomographie machen. Kriegt man natürlich erst mal 'nen Schreck: *Wie jetzt? Lungenkrebs?* Und er nur: *Jetzt mal nicht den Teufel an die Wand malen. Aber wir gehen besser auf Nummer sicher:* »Ich soll noch mal hin.«

»Wieso das?«

»Eine weitere Untersuchung, nichts Besonderes.« – – ·· – –

Wird schon nichts sein. Das ist typisch, Ärzte machen die Pferde scheu, um einen abhängig zu machen, nur ein Vorwand, damit man wiederkommt. Neue Untersuchung, neuer Verdienst, die Geräte wollen bezahlt sein, wahrscheinlich kriegt der Prozente vom Radiologen. Wenn ich irgendein Wort darüber verliere, ein klitzekleines, flippt Margie völlig aus. Ich schweige still, die liegt mir zwei Wochen in den Ohren: *Was ist damit? Hast du schon? Wann wirst du? Wann kriegst du das Ergebnis, geht das nicht schneller, ich kann ja mal da anrufen …* Das hat keinen Sinn. Ich erzähle nichts. Gehe da hin, mache, was sie mir sagen, dann kommt das Okay, alles im grünen Bereich. Wie immer. Und danach kann ich Margie freudestrahlend davon berichten. *Guck mal, super, alles in Ordnung. Wissenschaftlich bewiesen. Unter Einsatz modernster Technologien*, genau, so mach ich das. Was soll ich mir heute den Kopf darüber zerbrechen? Zen oder die Kunst, unangenehme Dinge weit weg zu schieben, bis sie sich von selber erledigen, Jo Winkler, zertifizierter Experte, *Meister Ho, ich habe gemacht, was Ihr mir aufgetragen habt. Die Gedanken wie die Wolken im Wind …* Zum Glück bohrt sie nicht nach. Wenn sie insistiert, dann wird's schwer. Oh, Mist! Das habe ich völlig vergessen: »Ich habe noch gar nicht gepackt!«

»Kannst du morgen früh tun!«

»Ich fang besser schon mal an.« Iiih. Nicht gerade angenehm. Ihre Stirn küssen, wenn sie gerade diese fettig-weiße Nachtcreme draufgeschmiert hat. Nicht aufgepasst. Zähne putzen, dann paar Sachen zusammenschmeißen.

»Willst du das Hemd hier noch?«

»Ich?« Margie sieht nicht so aus. Viel zu müde zum Denken. Rein ins Nachthemd, dieses Hemd, guck mal, schön dunkelblau, sie schüttelt den Kopf, aber was heißt das jetzt.

»Ich schmeiße es sonst weg.«

»Dann schmeiß es doch weg.« Bereits unter der Decke, aus tiefen Höhlen klingt meine Stimme zu dir, und auf die Seite. Na, das ging aber zügig, schnarcht schon. Original. Nee, jetzt warte. Du kommst mir nicht davon. Sanft in den Hals beißen, und? Ist da was? Und? Keine Reaktion? Nein. Kurzes Innehalten, aber da wird nichts mehr wach, dein Pech, ich bin ein zuschnappendes Alien, mit diesen Reißzähnen, über die ätzender Speichel rinnt, diesmal lasse ich den Kopf dran. Küsse dir stattdessen aufs Ohr, Clark Gable, super, so souverän, so zärtlich, aber nein. Schläft, komplett, merkt gar nichts. Na gut. Auf meine Seite. Den Krimi weiterlesen? Ja, nein ... Nein, Licht aus. Augen zu. Sendepause. Himmel blau, das Meer, nein, hier ist kein Meer, und Werner, wie er da sitzt, telefoniert, nicht hinhört, vielleicht hätte ich ihm vorhin noch mal sagen sollen ... Ha, wie dieser Comic, der Mann im Bett: *Als der Chef heute sagte, Sie Versager, da hätte ich sagen sollen ...* Seine Frau: *Immer überlegst du im Nachhinein, was du hättest antworten müssen, du bist ein richtiger Spätzünder!* Dreht sich auf die Seite, schläft und er: *Als sie eben sagte »Spätzünder!«, da hätte ich sagen sollen ...* Nein, Ruhe jetzt da drinnen, ich hatte gesagt: Sendepause! Ist nicht. Die Bilder laufen weiter, kennen da nichts, auch nicht die Gedanken. Man muss sie lassen. Muss einfach alles fließen, nicht wahr, Meister Ho? Sich nicht dranhängen, mit Gewalt geht gar nichts. Himmel, großer, blauer, daran gepappt flockige, weiße Haufenwolken, riesige Haufenwolken, Kühe, Almwiesen, die Alpen mit diesen sauberen schneebedeckten Gipfeln, eine Hütte mit so Steinen auf dem Dach, Bio-Milch – gesünder als der Arzt erlaubt! Gar nicht schlecht. Kann ich das über Nacht behalten? Oder besser aufschreiben? Wenn ich das vergesse, bringe ich mich um. Na ja, umbringen für einen Claim? Aber warum denn nicht? Hat nicht mal einer ... Bio-Milch – gesünder als der Arzt erlaubt. Wie kann man das vergessen. Fünf Worte! Soll ich?

Nein, müde, Sendepause, das muss wohl. Verdammt, jetzt kein Risiko, nach dem Gehänge von heute … Licht an, Ideenbüchlein? Ja, direkt auf dem Nachttisch, wo es hingehört. Kurz und knapp, zwei Striche drunter, Büchlein zu, Licht aus, Ende.

I

Frühstück für zwei. Wie nett von mir, dass ich mit aufgestanden bin, oder? Dabei hätte ich noch zwei Stunden pennen können, ich sag's ja: Musterehemann. Die Sonne scheint, Kaiserwetter, ganz, wie es mir gebührt, danke schön, danke. Himmel blau und leergefegt, kein verdammtes Wölkchen. Manchmal hat man mehr Glück als an anderen Tagen, spiegelglatter See, das Meer hängt direkt über uns. Ans Meer könnte ich auch mal wieder. Jaja. Jetzt können wir schön mit unserem Kaffee auf dem Balkon stehen und gute Morgenluft einatmen. – – ·· – – Ein Balkon in der Innenstadt ist ein echtes Privileg. Wenn man jetzt immer drin hocken muss. Könnte ich gar nicht mehr. Wenn wir noch mal umziehen, aber wieso sollten wir umziehen.

»Ich muss langsam … Unterlagen zusammenpacken …«

»Siehst du, hättest du das mal gestern schon gemacht.«

»Du weißt es immer alles besser.«

»Was machst du denn die Tage?«

»Also … ab morgen ist das Blockseminar in Witten.«

»Am Feiertag?«

»Hab ich dir doch erzählt. Ein neuer Kunde. April-Stiftung.«

»April-Stiftung, haben die mit Frühling zu tun?«

Keine Ahnung. Wie auch? Bei all dem, was sie mal hier, mal da fallen lässt. Ist ja nicht so, dass ich nichts zu tun hätte, den Kopf voller Jobs, Bio-Milch – gesünder als der Arzt erlaubt, Ihre Bank, Ihre Chance. Aber wo sie mir schon auf die Schliche gekommen ist …

»Du hörst mir nie zu. Dich interessiert nur *deine* Arbeit, deine

Probleme.« Soll das jetzt witzig sein? Ja, nein. Wieder dieser larmoyante Unterton. Das ist mir zu dumm, immer diese Vorhaltungen, wenn sie in der Art weiter macht, wird sie wirklich mal so ein bitteres Weib. Was man als Mann alles falsch machen kann, das jetzt noch ernst nehmen, also da wäre wohl keine Partnerschaft möglich. In Wahrheit hat das nichts zu bedeuten, alles geht seinen geregelten Gang, das ist bei alten Ehepaaren halt so, über zwanzig Jahre zusammen, davon elf Jahre verheiratet. Diese Nörgeleien, das machen alle Frauen. Das brauchen die wie Kaffeeklatsch. Dafür kann man sich auf Margie verlassen. Wenn es drauf ankommt, ein Anruf, eine Mail, steht sie auf der Matte. Bloß nicht hinhören, Laune nicht vermiesen lassen. Wo ich gerade für ein paar Tage wegfahre. Wahrscheinlich wird sie Marcus treffen, wenn ich weg bin. Vielleicht bringt sie das wieder besser drauf. Das mit den beiden stört mich nicht. Nee. Oder? Nee. Sie ist ja nicht mein Eigentum. Das sind die guten Errungenschaften aus den Siebzigern. Jetzt wird alles wieder zurückgedreht: als Jungfrau in die Ehe, Treue bis in den Tod, diese Gelöbnisse in Washington, Evangelikale, Kreationisten, schwappt alles irgendwann hier rüber. Die Jugend ist schon … Moral wie in den fünfziger Jahren. Da denkst du, alles hat sich unwiederbringlich verändert. Nichts da. *Wir brauchen dieses fade Glück nicht, man lebt nur einmal …*

»Ich muss los!« Kuss, Umarmung, Streicheleinheit. Nicht vergessen, sonst lebt man nebeneinander her. Wie Geschwister.

»Viel Spaß, mein Lieber. Und auf das Angebot von gestern komm ich zurück, wir tuckern den Rhein runter, noch in diesem Herbst!«

»Wird gemacht, Frau Oberst.«

Tür zu, Margie weg, allein. Und nun? Nichts zu tun. – – ¨ – – Und wenn da doch ... Ich siechend als Lungenkrebspatient, Schläuche, Geräte, künstliche Beatmung, Margie, heulend an meinem Bett, draußen auf der Bank, vor dem Sterbezimmer, Marcus, aber nein. Was ein Unsinn. Es kommt, wann es kommt, nicht früher und nicht später. Und warum ich? Ist ganz lächerlich, in unserer Familie hatte nie jemand was mit der Lunge. Mein Vater rauchte sein Leben lang und wurde dreiundachtzig. Obwohl, das mit den Schläuchen im Krankenhaus ... Steht uns wohl allen bevor, wenn wir nicht gegen 'nen Bus rennen. Den Koffer zu Ende packen. Und – die Zahnbürste, aber ja, diesmal vergesse ich dich nicht. Zahnpasta? Mist, dann hat Margie keine. Vielleicht auf dem Weg. Am Bahnhof zum Beispiel. Ach, wenn nicht, schnorre ich welche von Aggi oder Werner. Einen Mantel, das schon, Wetter hin oder her, es ist Herbst. Das wäre erledigt. Bio-Milch – gesünder als der Arzt erlaubt, noch kurz gucken, was sich um den Spruch so gruppieren ließe? Damit die Zeit schneller rumgeht? Hm. Lieber nicht. Das bringt dann eher wieder Stress. Gnadenlos karg eingerichtetes Wohnzimmer. Dass wir damals die Raufasertapete komplett abgespachtelt haben, gute Idee. Eigentlich nur als Provisorium gedacht. Kann man mit dem Bleistift Notizen drauf machen, wenn kein Papier zur Hand ist. Echtes Gesamtkunstwerk, irgendwann tragen wir die ab und verkaufen die ans Museum.

Noch die Mails runterladen? Nee, ist ja nur Junk hier, das Wichtige im Büro, aber den Laptop nehme ich mit. Der Wind in den Birkenblättern, grüner Paillettenfummel, super Tag. Noch eine Zigarette. Die Schwalben sind fetzig, wie Jagdflieger, schießen da am Himmel lang. Da muss man ja gut drauf sein, in meinem nächsten Leben will ich als Schwalbe wiedergeboren werden. Hast du das gehört? Wiedergeburt als Schwalbe, da werde ich schamrot, sich bei einem solchen Gedanken zu erwischen, dem letzten Deppen kommt so etwas in den Sinn, »Freiheit der Vögel«, von wegen, denen ist das gleichgültig, die sind nicht gut oder schlecht drauf, die suchen halt Nahrung und pflanzen sich fort. Mehr nicht. Die Kirchenglocken beginnen zu läuten. Immer diese Glocken, überall in dieser Stadt.

Heilloses Gedränge. Pendlerverkehr, morgens, abends. Immer das gleiche Desaster, das Jahr, als ich immer zwischen Köln und Düsseldorf hin und her, also da bin ich fast abgedreht. Dieses Getümmel jeden Morgen, alle wie auf Schienen, Scheuklappen vor den Klüsen, menschlich ist das nicht. Könnten auch Roboter sein, gut verkleidete Androiden. Schnell hier durch, das kann keiner ertragen. Wie kann man um diese Zeit schon Bockwurst essen, dieser Brühdunst! Würgereiz. Und dann wundern sie sich, dass sie fett sind wie die Schweine, Münder umschließen triefende Wurstenden und der Sabber rinnt die Lippen runter, Horror.

Das alles hier ist Horror. Die rasen auf einen zu, hör mal, ich brauche etwas Raum, Freiraum, die umringen einen, Zombies, Zombies, blutgierig, kann nicht mehr atmen. Die Tabletten? Sag nicht, ich hab die Tabletten vergessen?! Nein, in der Jackettinnentasche, ein Glück. Nur keine genommen, beim Frühstück ganz vergessen. Alles war voll still gewesen, das hier ist eindeutig zu viel, Schweißausbruch, Hirndrehen. -- ·· -- Die Schläfen massieren, damit das Blut zirkuliert oder so, die Energie, irgendwas, funktioniert nicht so ganz. Meine Pille. Als erstes nehme ich die mal. Schritt für Schritt. Geht das ohne Flüssigkeit? Ja, soll ich mir jetzt extra was zu trinken kaufen? Dann bin ich noch länger in diesem Drecksgedränge. Muss so gehen. Wo bin ich denn? Weit ist's ja nicht mehr. Der Hinterausgang ist nahe, da muss ich hin. -- ·· -- Licht, Licht, Ende des Tunnels, daraus fluten weiße Gesichter, Zombies, irre Reflexe. Was mache ich in diesem Film? Aus weißem Lärm ... Dämliche Idee, den Bahnhof zu durchqueren. Umweg wäre billiger gekommen.

Noch mal ein Strom Neuankömmlinge, die Treppen runter, das letzte Gleis, danach ist es vollbracht, vollbracht. Ja, nun lass erst mal mich, verdammt! Ins Freie, Mann, das ist zu viel für mich. Manchmal ist das ganze Leben zu viel, na, Quatsch, alles in Ordnung, wenn man nur selber gut drauf ist, die anderen kümmern mich nicht. Aber ist okay, ist okay, das Leben, und auch nie zu viel. Mir doch nicht. Es ist grad so, wie es mir gefällt. Eben. Draußen ist allerdings nicht viel besser. Abgase und Schlagbohrer-Staccato, die reißen den gesamten Vorplatz auf, warum denn das? Müssen die immer alles aufreißen, immer? Der Mann da zuckt am klobigen Gerät, als habe er eine Starkstrom-Leitung erwischt. Das wäre natürlich schlecht, fängt er gleich an zu rauchen und zu stinken. Das ist absolut eng, die verfluchten Taxis haben alles zugeparkt. Nur eine ganz schmale Einfahrt, die Taxis kreuz und quer. Hupen, Schimpfen, Zug kreischt. Gegenüber wird ein Haus verkleidet, Alustangen, die knallen gegeneinander und singen. Sing mir ein Lied. Aber welches? Ein Rettungslied.

Da hinten, endlich, Zuflucht, Sicherheit, das ist vielleicht nervig, Werner. Neben der Beifahrertür, die anderen sitzen bereits im Bus. Werner macht Zeichen. Ich soll mich beeilen. Na, hör mal. Die warten nur noch auf mich, dabei bin ich beinahe pünktlich: »Der Herr Winkler, wie schön!« Was denn? Der soll sich nicht so haben.

»Sind wir hier beim Bund?«

»Hm. Disziplin erwarte ich schon von meiner Truppe.« Ach, Werner, diesem schönen Scherz mein bezauberndstes Lächeln.

»Den Koffer musste in den Fahrgastraum mitnehmen. Der Kofferraum ist voll.«

»Was habt ihr denn alles mit?« Also rein in den Van, wo ist noch Platz? Werner vorne, dahinter Tabea und Olaf, sind die auch dabei? Studenten oder feste Freie, weiß gar nicht, was genau sie sind, na, mit dem Workflow da bei Aggi, in ihrem Bereich hab ich nicht viel zu …

»Und ihr fahrt auch mit?«

»Nur jetzt mit dem Schiff. Wir müssen heute Abend wieder zurück nach Köln.«

»Wie? Kein Kegeln? Deutsches Brauchtum!«

Kopfschütteln unisono, kein Kommentar, Langweiler. Dahinter Aggi, schiefes Lächeln, über ihr Notebook hinweg: »Der Herr Winkler bequemt sich auch einmal …«

»Der Herr Winkler ist ein viel beschäftigter Mann, weißt du ja.«

Mann, schnell hier weg, absolutes Chaos, Stau, Gehupe, meine Güte, wann werden die endlich fertig mit ihrer Scheiß-U-Bahn, zerrüttet die Leute, schlägt auf die Lebensqualität zurück und die Läden gehen reihenweise ein. Wie zart ihr Finger das Touchpad streichelt … Da setze ich mich gleich mal neben sie. Oder? Hast du was dagegen? Und wenn schon. So leicht wirst du mich nicht los. Ach ja, und hinter uns. Das ist natürlich weniger toll.

»Musst du mir unbedingt die Knie in den Rücken rammen?«

Vanessa und Josh auf der Rückbank, mit Bergen von Chipstüten, XXL-Cola-Flaschen, Josh grinst, na, komm, muss ja nicht sein, aha. Ein klein wenig höher rutschen ist wohl keine Sache. Victoryzeichen, versöhnlich: »Peace, Brother!« Okay, Friede, sei mit dir, mit mir, mit uns allen. Ein Wohlgefallen oder wie war das? Nicht bibelfest … Der ist wirklich immer kalkweiß, Grufti, wie 'ne Leiche. Was natürlich nichts zu sagen hat, denn das ist er immer. Aber 'n richtiger Grufti ist der eigentlich nicht, oder? So vom Style her? Nee, das ist bestimmt nur der Lebenswandel, keine Schminke. Wenn man seit frühester Kindheit vorm Bildschirm abhängt und sich ausschließlich von Pizza und Salzstangen ernährt, ausschließlich in düsteren Kellern, dann siehste natürlich so aus. Seine Haut ist quasi transparent, man meint echt, die ist aus Papier und man kann da durchgucken. Die ganzen Adern sehen, das Blut womöglich auch noch, 'n Wissenschaftler könnte sein Mikroskop draufhalten und dann sieht der das alles, die roten und die weißen Blutkörperchen und sonst welche Mikroben. Was da kreucht und fleucht.

Immerhin hat er was drauf. Das kann man nicht leugnen. Verfluchtes, kleines Genie. Gleich am Anfang. Wie er sich den Webauftritt angesehen hat, voller Ekel irgendwie, dabei fand ich den gar nicht schlecht, *ach du Scheiße, ist das grottig,* nicht schlecht, aber sicher suboptimal, Marke Eigenbau von Werner und mir, und Josh nicht faul, strickt das ganze Teil kurzerhand um, nur eine Woche hat er gebraucht, nach unseren Anweisungen natürlich, jede Menge Korrekturen, Teambesprechungen, aber dann gleich brancheninterne Auszeichnung, beste Netz-Präsenz einer Agentur im Jahr 2007. Da kann man nichts sagen, im Computer-Bereich kenne ich keinen, der ... Zum Beispiel neulich diese Software, gerade erst auf dem Markt, hat er die gecrackt und nach Strich und Faden durchgebügelt. Zeigte uns, was daran alles Scheiße ist und nicht funktioniert, bevor man sie überhaupt kaufen konnte. Da machste nichts. Hat er sich aber ordentlich in Schale geschmissen, zur Feier des Anlasses. Extra für den Ausflug Antiform-Jeans, schwabbelig bis auf die Knie hinunter, Pferdeschwanz, Marilyn-Manson-Shirt. Die feuchten Stellen natürlich, die sind nicht sonderlich attraktiv. Geht es denn jetzt endlich los? Werner? Von der Cola kommen die nicht, er ist halt dick. Dicke schwitzen. Eine Molluske, aber eben auch ein Genie. Werner, jetzt red nicht noch so lange! Hm? Hallo?! Merkst du was?

»Da ist Mechthild am Telefon, sie sagt mir gerade, wo wir hin müssen. Dann können wir das in den Navi eingeben.«

Vanessa ist auch hübsch angezogen, Military-Hose mit circa 200 Taschenaufsätzen, für Frauen sicher sehr praktisch, endlich mal genug Taschen, was du da alles mitnehmen kannst, Ersatzknöpfe, Angelzubehör, Drogen, die finden die Bullen ja nie, das kleine Versteck im Innenfutter, haftet gerade so eben an ihren Hüftknochen, wenn sie einmal tief einatmet, na, warten wir's ab. Aber das will ja gar nicht passen, echt bad taste, neongelbes Mickey-Mouse-Sweatshirt, die Kombi muss ich mir aufschreiben, voll die Modenschau heute. Sie streckt sich, bis ihr Bauch hervorlugt, Sonne hat auch der nie gesehen … Nicht schlecht, trotz des Nabelpiercings.

»Und? Hast du dir meinen Entwurf angeguckt?«

»Hm? Was meinst du?«

»Den ich gestern fertiggemacht habe. Ich hab dir den nach Hause gemailt.«

»Scheiße. Nein. Hab meine Privatmails nicht mehr abgerufen.«

»Ach, Manno! Ich hab bis halb elf geknechtet dafür.«

»Ist nicht schlimm. Heute könnten wir sowieso nichts mehr tun. Ich seh's mir an, wenn wir wiederkommen.« Nun ist sie beleidigt. Wie 'n Kind, voll die Schippe, Unterlippe vor. Dabei sollte sie dankbar sein, das sind die Härten des Arbeitslebens, niemand wartet auf einen, vieles tut man umsonst. Vorher hat sie lang genug gebraucht, etwas früher, hätte mir auch genützt, hätte ich gestern nicht so dämlich rumsitzen müssen. Mann, was ist denn das für ein öder Scheiß, geht's jetzt bald mal los?

Halt, wir sind gar nicht komplett: »Wo ist denn eigentlich der Rest?«

»Lisbeth hat abgesagt.« Werner grinst so vielsagend: »Sie ist plötzlich *krank* geworden.«

Anführungsstriche in der Luft. Na ja, klar, hätte man sich denken können. Lisbeth, Buchhalterin eben, hält sich raus, immer. Die hütet ihr Privatleben wie eine Austernperle, soll mit 'ner Frau zusammen leben, was ja auch egal ist. Vielleicht sind das die Liaisons der Zukunft, gleichgeschlechtliche Partnerschaften. Man versteht sich halt besser unter Geschlechtsgenossen. Raoul und Sven sowieso nicht dabei, aber Sammy fehlt auch, fester Freier seit Jahr und Tag. Zuerst wollte er noch mit, auf einmal dann nicht mehr:

Zu uncooles Programm. Genau wie die meisten Praktikanten, kann man schon verstehen, die sind noch so jung, Bad Neuenahr, Kegeln, komisch genug, dass Vanessa überhaupt mit ist.

»Und Mechthild, Reinhard? Wo …«

»Die picken wir in Bonn bei Reinhard auf.«

Rheinuferstraße, durch den Tunnel, und dann wohl rechts über die Severinsbrücke? Nein.

»Nicht über die Flughafenautobahn?«

»Nee, der Navi sagt, über den Verteilerkreis und dann die Autobahn, das ist ja in Duisdorf, liegt genau auf'm Weg zur Einundsechzig nach Koblenz, deswegen machen wir das ja so.«

»Ach so.«

Der Rhein, ein Anblick für sich. Dieses Strömen. Obwohl fest eingefasst im Betonbett. Wenn sie das nicht gemacht hätten, wären die Rheinhochwasser kein Problem. Sähe auch besser aus. In den Auen, da kannste ja schön spazieren gehen. Aber schade. Die alten Speicherhäuser sind schon weg, alles abgerissen, alles Baustelle. Möchte nicht wissen, was die hier wieder für eine Scheiße hinstellen, obwohl, so ein Loft mit Rheinblick … *Schatzi, der Milchkaffee ist fertig, wir nehmen ihn auf der Terrasse.* Wieder diese Riesencontainerschiffe, wie kommen die überhaupt aneinander vorbei? Wasserschutzpolizei mit Blaulicht, wozu das denn. Jetzt der Abzweig zum Verteiler. Der Fahrer jubiliert, endlich mal ein bisschen freie Fahrt nach dem ganzen Stoßverkehr. Zumindest mal bis zum Kreisel. Da stehen sie wieder. Scheiß-Ampel, seit die da ist. So, jetzt aber: Autobahn, oh Mann, was hat der denn eingeworfen, zweiten Gang bis hundertzehn hoch? Wie ein Pfeil zwischen zwei LKW auf die linke Fahrbahn. Will der uns umbringen, wo hat Werner den denn aufgegabelt?

»Äh, wir haben noch genug Zeit, Herr …!« Werner ist auch beunruhigt. Oder? Wenigstens spielt er mit seiner Fliege, dieser komischen, immer ein Zeichen von Nervosität, vorm Treffen mit irgendeinem Großkunden, drrr, drrr, der Propeller, da schnarrt und flattert er los …

»Hört mal, ihr da vorne! Wir möchten gerne Musik!«

Oh, nicht das noch, bei Tempo 190. Jetzt bitte nicht in der Ablage rumfummeln, Werner kann das …

»Halt! Warte! Nimm die …!«

Eine Selbstgebrannte von Josh. Sicher die bessere Wahl.

»Na, gib her!«

Sägende Gitarren-Riffs, was ist das? Ich kenne ja nichts mehr, früher … Keine Zeit dafür, man muss sich richtig damit beschäftigen, Musikzeitschriften lesen, wenigstens mal ein paar aktuelle Blogs verfolgen, aber wann? Im Radio läuft eh nur Junk, wir fliegen dahin, Luftkissen aus Metall. Gleiter. Science-Fiction, ob ich das noch erlebe? Warum eigentlich nicht. Bäume, Fetzen im Augenwinkel, wir haben den Turbo eingeschaltet, gleich wird alles zu einem gleichen Farbbrei werden und wir sausen auf der Raketenspur raus aus Megalopolis, Sitzbank wackelt, sind wir so schnell? Nein, Vanessa und Josh headbangen. Oh nein, Josh hat sogar sein Haargummi gelöst, Locken peitschen Pickelgesicht. Und das kriegt man dann ab, wie eklig.

»Muss das sein?! He!«

»Mensch, Jo, mach dich mal locker!«

»Ich *bin* locker! Aber deine schmierigen Haare brauche ich nicht.« Kriegt euch wieder ein … besser so. Der Flug ist sowieso vorbei. Baustelle, Fahrbahnverengung, stockender Verkehr, Bio-Milch, die gesunde Energie. Bio-Milch – gesünder als der Arzt erlaubt. Was hat der Konsument im Kopf, wenn er an Bio-Milch denkt? Welche Wünsche bleiben unerfüllt? Sicherheit, Vertrauen in ungepanschte Lebensmittel, ist alles nicht mehr wahr, unsere Nahrung ist vergiftet, unsere Nahrung ist ein einziger Dreck. *Was gäbe ich dafür, wenn ich für mein Kind Sicherheit hätte?* Köln-Godorf passt natürlich dazu: Weiße Blähdämpfe, Gaswürmer wälzen sich in den makellosen Himmel. Da darfste gar nicht dran denken. Die Stadt ist umzingelt, Chemiegürtel, größter europäischer Standort, über 100.000 Beschäftigte, las ich neulich. Wo war das? In der … Nee, eher im *Spiegel*, die normale Presse schreibt da nicht drüber. Werden wissen, wieso, lieber gar nichts sagen, bloß nicht drüber reden. Passiert immer mal wieder was, nicht an die große Glocke hängen, sonst kriegen alle Panik. Halt diese Kleinigkeiten, bisschen Chlorgas, bisschen unzulässige Einleitungen. Neulich der Brand, das war schon, *die Bewohner waren zu keinem Zeitpunkt gefährdet.* Zwei ganze Tage da bei Dormagen, konnte man von weit her sehen, zwanzig Meter hohe Flammen, direkt neben der Autobahn. Bekamen die gar nicht mehr gelöscht. *Die Bewohner waren zu keinem Zeitpunkt gefährdet.* Na klar. Bis Kühe mit zwei Köpfen auftauchen. Und so Kinder, wie dieses eine da aus Indien, letztlich im Internet, diese abnormen Beine, Füße, so dick und so groß wie der ganze Junge. Da kann einem echt schlecht werden, wenn man so was sieht, und der Junge selber, was soll der wohl dazu sagen, dem wird auch schlecht … Lohnt nicht, sich reinzusteigern, abreißen werden die ihre Fabriken doch nicht. Sollen wir uns jetzt hinsetzen und weinen? Aufhören zu atmen? Nee …, ist eben Glückssache, wie alles.

»Bio-Milch – gesünder als der Arzt erlaubt, was hältst du von dem Spruch?«

»Hatten wir nicht ausgemacht, dass wir den Job raus lassen?« Ständig muss sie widersprechen. Ganz normale Frage, Kollegenmeinung bitte, keine Arbeit. Ach, das sollte Ironie sein, Entschuldigung, kann doch kein Mensch ahnen.

»Na und? Kannst es mal im Kopf behalten. Das als Radio-Spot, wenn diese Hirnis sich dazu durchringen, die scheißen sich vielleicht ein mit ihrem Geld, weiß gar nicht, wieso die überhaupt werben wollen. Der Spruch also, kombiniert mit 'nem Audio-Branding: Bio-Milch, gesünder als der Arzt erlaubt. Diddel-diddel-du, diddel-diddel-du.«

»Diddel-diddel-du, diddel-diddel-du, verstehe ...« Ja, ist klar, ist halt nicht von ihr. -- ·· -- Die Leitplanken rollen sich ab, Hochgeschwindigkeitskurbel. Alles ist voller Leitplanken. Dreimal, fünfmal, zwanzigmal um die Erde. Wird ganz eingewickelt mit festen Alubändern. Ich finde den Claim sehr in Ordnung. Wenn die Sache lange genug läuft, prägt sich das super ein. Die Leute machen den Kühlschrank auf, trinken Milch und summen unseren Jingle vor sich hin: Diddel-diddel-du, diddel-diddel-du. Wäre auch als TV-Spot astrein, das kriegen wir diesen Bio-Knausern allerdings niemals verklickert und außerdem, Mist ... da war doch noch, Milch ist ..., weg die Super-Idee, Scheißspiel, na gut, lassen wir das.

»Ihr auch mal?« Was denn? Chips? Nein, danke. Diese gleißende Sonne, obwohl es noch früh ist, scheint hier heiß durch die Fensterscheiben, haben die keinen Sonnenschutz? Fuck, an die Sonnenbrille habe ich nicht gedacht. Auf dem Schiff wird das kein Spaß, Oktober hin oder her.

Aggi. Ihr scharf geschnittenes Profil. Dahinter wieder Industrieanlagen, ihr Profil im Sonnenflor, jetzt geigt das Orchester voll los, der Produktsong legt sich hymnisch über die Streichersuppe, irgendwas für Mineralwasser oder Body Lotion. Ihre Hand ist weich, aber echt. Wie von einem jungen Mädchen. Ganz weiche Haut.

»Was ist?« Voll zusammengezuckt, so schlimm war das aber ...

»Nichts, nichts! Das war gerade wie eine Filmszene. Du hier – im Gegenlicht.«

»Was redest du für einen Stuss? Willst du mich anmachen?«

»He! Das war mein voller Ernst, ein Spot, ein Clip, eine Idee!«

»Du und deine Spots. Wann war noch der letzte? Neunzehnhundertdreiundneunzig?« Neunzehnhundertdreiundneunzig, Arschloch, wer liefert denn hier tagein, tagaus die Kracherideen? Gut, Fernsehen war wirklich länger nicht mehr. Trotzdem, Arschloch, was ist denn mit dem Heimwerkermarkt, hä? Die laufen jetzt noch. Wann war das? Vor ein paar Monaten habe ich das irgendwo … Klar, würde auch lieber öfter Fernsehen machen, was kann ich dafür, dass die Kunden alle 'nen Igel in der Tasche haben? Die Connections sind jedenfalls noch da. Ein Anruf bei Hermes, da stellt der am nächsten Tag 'ne Produktion für mich auf die Beine, die sich gewaschen hat. Fernsehen, jawohl, das kannst du glauben, ja.

Bonn, alte Hauptstadt. Hauptstadt der alten Republik, Wehmut? Ach, was. -- ·· -- Man soll sich nie nach Vergangenem sehnen, eh alles geschönt. Und langweilig: alte Tante Wohlfahrtsstaat. Ziemlich dichter Verkehr. Und ich dachte, Bonn sei jetzt ausgestorben. Aber nee, Quatsch. Immer noch viele Regierungsbeamte, paar Ministerien, Post und Telekom. Internationale Zusammenarbeit, Nicht-Regierungsorganisationen, all das.

»In einhundertfünfzig Metern rechts abbiegen!« Und ab dafür mit Gebrüll. Wimmernde Reifen, die Kurve hat der jetzt gebraucht. Und wo sind wir hier? Schieffelinsweg, »Geradeaus weiterfahren«. Navigator, befiehl, wir folgen dir, Gellertstraße … Carl-Schurz-Straße …

Und was ist das? Bundeswirtschaftsministerium, stimmt. Da haben sie in den Fünfzigern die soziale Marktwirtschaft ausgekungelt. Ausgekungelt, aber nie umgesetzt. Diese VWL-Vorlesung. Um die ökonomischen Strukturen des Spätkapitalismus besser zu begreifen. Wie hieß der noch? Dieses, diese Theorie, staatliche Interventionen und Korrekturen, um die Marktwirtschaft sozial abzufedern, schönes Gedankengebäude, gelebter Katholizismus, in der Praxis ein gespielter Witz, konnte gar nicht klappen, Wirtschaft und Moral, das passt nun mal nicht zusammen. Schon Ludwig Erhard hat davon nur Fetzen übriggelassen. Und heute? Ein Haifischbecken, Vernichtungswettbewerb, für Sozialkacke ist kein Platz, am Ende werden zwei, drei Trusts die Welt beherrschen, die bieten Seife, Cornflakes, Bier, Benzin und Heroin an. Von den Versicherungen ganz zu schweigen. Und Bio-Milch natürlich. Bio-Milch auf jeden Fall. Weil sie sich die Öko-Hansel gleich zu Anfang kaufen, gut fürs Image, fairer Handel, faire Welt, müssen sie nicht mal für bezahlen, die Ökos schmeißen sich von ganz allein dem globalen Business an den Busen: *Hier bitte, nehmt uns, feindliche Übernahme, gerne und sofort!*

Andererseits -- ·· -- ist gut das alles: Der freie Welthandel ist der größte Friedensstifter aller Zeiten. Nicht aus Menschlichkeit, sondern aus Eigennutz. Kriege bringen nichts. -- ·· -- Da sie der Profitmaximierung eher schaden als nützen, existieren sie nicht mehr, so einfach ist das. Okay, kleine, begrenzte Konflikte, irgendwohin muss man schließlich die Waffen verdealen.

»Werner, hast du gesehen?«

»Was?«

»Bundeswirtschaftsministerium, Wiege des rheinischen Kapitalismus.«

»Aha. Nee. Keine Ahnung.«

»Das Gebäude da hinten.«

»Was is 'n *rheinischer Kapitalismus* ...?« Diese Leierstimme, ein kleines, neugieriges Kind. Ist sie auch, genau das. Wir spielen Sendung mit der Maus, wir spielen uns selbst. Dass sie so was nicht weiß, ist klar, die kennt nicht mal mehr Helmut Kohl, da darf man sich nichts vormachen: »Soziale Marktwirtschaft, Vanessa, das Solidaritätsprinzip.«

Und? Nein. Also noch mal in der Fassung für Analphabeten: »Man muss auch gönnen können. Arbeitgeber und Arbeitnehmer, jeder kriegt seinen gerechten Teil. Nicht wahr, Werner? Werner ist Experte in rheinischem Kapitalismus.«

»Genau! Der Unternehmer zahlt und schweigt. Die Angestellten machen auf seine Kosten einen drauf.«

Einen drauf, einen drauf. Das ist allerdings ... Ah, da stehen sie ja am Straßenrand, Mechthild und Reinhard, und winken. Kurz anhalten, einladen, weiter, das fluppt aber jetzt.

»Setz du dich mit zu uns, Mechthild. Vorne ist kein Platz mehr.«

»Boah, ich hatt schon Bammel, dass ich es gar nicht schaffe, ich bin voll hängen geblieben in der Straßenbahn. Die war irgendwie kaputt und ging nicht mehr weiter, wir mussten alle aussteigen und dann kamen diese Ersatzbusse, ich dachte schon, ich komme nieee mehr rechtzeitig, aber ihr seht ja, hier bin ich.«

Typisch Mechthild, typisch Sekretärin. Fängt sofort an zu labern. Wenn man sonst nichts zu tun hat. Aber sie ist super-zuverlässig und mehr ist nicht ihre Aufgabe. Die Klamotten sind gewöhnungsbedürftig, Tiger-Lili, rawww ... Sekretärin, nicht mehr und nicht weniger, bei missliebigen Kandidaten hat sie Kanten wie ein Granitblock, wirkt gleich zweimal so breit wie hoch. Bei der Figur nicht schwer, kommt keiner dran vorbei, außer neulich eben ... Als die da bei mir, im Büro, aber nee, ich glaube, da war sie gar nicht im Haus. Eben. Da sieht man's, wie wichtig solche Leute sind. Läuft alles drunter und drüber, wenn sie mal Urlaub hat. Stehen Leute in deinem Büro und fragen dämlich nach dem Rechtsanwalt, steht da draußen vielleicht Rechtsanwalt dran? Das war nicht mal das richtige Haus ... Nur wenn sie selber mal was zu entscheiden hat -- · -- ·· -- Puh. Scheiß-Staub hier, hätten den Wagen ruhig vorher mal durchsaugen können, vielleicht ist das bloß der Staub, normale Hausstauballergie, aber das hätten sie wohl gefunden. Selber verantwortet sie ums Verrecken nichts, Mechthild, ist nicht ihr Ding. Wenn es um neuen Kaffee für unsere Küche geht, ganz großes Problem, da müssen dann alle gefragt werden. Jeder. Ich möchte keinesfalls meine Meinung zu einer *Kaffeesorte* äußern, das ist nicht meine vordringliche Aufgabe als Art Director Text. Neulich die Hotelreservierung für den Kunden aus Leipzig, wie hieß der, also das war, da hat sie uns richtig mit reingeritten.

»Und du? Gehst ganz durch?« He, mein Koffer! Pardauz. Reinhard. Könntest ihn wenigstens wieder hinstellen. Schon besser. Siehst gut aus, Reinhard, wie ein Brötchen auf Schlafentzug. Hä? Irgendwas ganz Unsinniges halt. Ein Brötchen, das hat Augen, 'nen Mund, aber ist völlig übernächtigt. Genau so eben. Weggetreten, sagt nicht mal *Hallo, schön euch zu sehen* oder so was. Nur durchtanken, ohne Rücksicht auf Verluste, zum Beispiel meinen armen, wehrlosen Koffer. Vielleicht tu ich den lieber hierhin? Ach, egal, kommt keiner mehr. Und dann gleich durch und neben Josh auf die Rückbank, als wären wir andern gar nicht da. Womöglich sind wir gar nicht da, der sieht uns gar nicht, ich weiß nicht, was der sieht. Augen immer auf Wanderschaft, unstet, der guckt einen nie an, nie direkt in die Augen. Immer nur an einem vorbei, zupft an seinen Koteletten, wenn er mit einem redet. Denkt an was anderes, Carrerabahn. Zum Beispiel. Kommt er plötzlich mit Carrerabahn, hat keiner was drüber gesagt, keiner dran gedacht, von Spielzeug keine Rede, aber Reinhard: Carrerabahn.

»Mensch, Aggi, etwas mehr Platz machen könntest du schon. Ich sitze voll auf der Kante.«

»Bist du übergewichtig, Jo? Siehst gar nicht so aus.«

»Äh ... nein. Und wie ist es mit dir? Wenn ich sehe, wie breit du dich machst ...«

»Danke für die Blumen, Jo.«

»Bitte schön, gern geschehen.« Mal so von Art Director zu Art Director.

Nee, Reinhard, der ist schon … ich muss ja immer wieder dran denken, dass der … also der Edwin aus Kamp-Lintfort zum Beispiel, der war ganz ähnlich. Und der war auf ’nem Trip hängen geblieben, da bleibst du dann immer nur in deinem eigenen Kosmos, völlig komisch und weggetreten, und bei Reinhard, das muss man sagen, das kann man wohl so nennen, eigener Kosmos, aber ganz eigen und allein auf weiter Flur. Schon wieder Baustelle.

»Wie war das Wochenende, Reinhard?«

»Welches Wochenende, Josh? Das läuft alles so durch, weißt du, die Zeit, weißt du, die ist Illusion.«

»Auch wieder wahr.«

Was für ein Gewäsch, die Zeit ist die Zeit ist die, eigenartig, dass er sich ausgerechnet mit Josh versteht, sind sich kein bisschen ähnlich, vielleicht wegen dem Computer. Das imponiert dem sicher, kann er auch von profitieren. Die neuesten Tricks und Trends, in der Grafik wechselt der Wind beinahe täglich, stündlich, musst du am Ball bleiben, sonst versteht dich irgendwann keiner mehr. Und du erst recht, verstehst nur Bahnhof. Fast doppelt so alt wie Josh, könnte fast mein Jahrgang sein, habe ihn nie gefragt, eigentlich.

»Pünktlich wie die Preußen!«

»Igitt! Ausgerechnet Preußen. Aggi und du vielleicht, aber wir doch nicht …«

»Also Aggi, ja. Aber die Thüringer sind ein ganz eigener Stamm.«

»Für uns Rheinländer ist das alles eins, Thüringen, Preußen, der ganze Osten …«

»Nicht Preußen, Mechthild, sondern Sibirien.«

Kapiert wieder keiner. Muss ich denn alles einzeln übersetzen?

»Dort drüben, auf der anderen Rheinseite, beginnt Sibirien.

Wusstet ihr das nicht? Der größte Deutsche aller Zeiten hat das gesagt.«

»Wer soll 'n das gewesen sein?«

»Konrad Adenauer natürlich. Die deutschen Fernsehzuschauer haben ihn dazu gewählt. Per TED. Sorry, Werner, aber der war nun mal eine Kapazität!«

»Sibirien, aha. Was ist dann Berlin?«

»Die Hauptstadt Asias, barbarische Kulte. Kein Essen, kein Geld, kein Geschmack.«

»Und die Berliner Republik?«

»Eine Erfindung der Hunnen.«

»Dann ist die Kanzlerin also – Etzel?«

»Exakt. Wer nicht spurt, landet in der Otterngrube.« – – ·· – –

»Ey, was labert ihr 'n da?«

Kannst du nicht mehr folgen, Kind? Dann musst du dumm sterben. Leider, wir können nicht alles …

»Der Adenauer, der war ja auch Erfinder.« Reinhard. Hm? Was willst du uns sagen, welchen Adenauer meinst du?

»Was soll der erfunden haben? – ·· – – Die Lizenz zum Gelddrucken, der Staatshaushalt als privates Aktiendepot?«

»Nee. Der war Erfinder. Das Kölner Ei. Das hat der erfunden.«

»Was, bitte sehr, soll 'n das sein?«

»Na, das ist so 'n Ei, das leuchtet. Zum Sockenstopfen. Steckste in 'ne Socke rein, dann leuchtet das, kannste sehen, was de machst.«

Echt jetzt? Gehört hab ich das mal, Kölner Ei, ja. Aber Sockenstopfen?

»Nenn mir einen, *irgend*einen, der heutzutage noch seine Socken stopft?! Heute kauft man sich kurzerhand neue für zehn Euro im Fünferpack …!«

Bravo, Werner. Kölner Eier, kulturelle Wandlungen, zivilisatorische Brüche, in zehn, zwanzig Jahren tragen wir womöglich noch nicht mal mehr Socken. Wird dann drauf gesprüht, abwaschbar. Hält warm und bleibt immer sauber. Kölner Eier. Ich werd nicht mehr. He, was ’n das? Muss der derartig hupen? Sollte man gleich anzeigen …

Autobahnweiten, leere Fahrbahn jetzt. Ist das ein Vorteil? Boah, dieser Typ, der macht mich fertig. Einhändig am Lenker, bei dem Tempo nicht zu fassen, was ist das, kann man den Tachometer von hier … Ja, tatsächlich, lässige zweihundert, na, happy Schützenfest. Hoffen und beten, dass niemand ausschert oder bremsen muss, irgendwas, dann fliegen wir nämlich, darf ich gar nicht dran denken, wohin. Und die anderen, macht denen das nichts? Ich könnte ausrasten, wirklich ausrasten, nee, die sind ganz ruhig, als wäre nichts. Voller Vertrauen in unseren Profifahrer. Oder in Gott. Das muss doch nicht sein, da komme ich nassgeschwitzt an, wenn ich nicht gleich … Kollaps, Herzinfarkt, Hirnschlag. Zum Glück ist das nicht weit, gar nicht weit, Ende absehbar. Ende, Ende absehbar. Hoffentlich nicht unser Ende, Hügellandschaft, wohl schon Voreifel, diese sanften Wellen, Wölbungen. Äcker mit Dreitagebart, dazwischen Baumgruppen. Das könnte man genießen. Man könnte. Raste man nicht so. Braune Schilder, Sehenswürdigkeiten, Vulkanpark, Maria Laach, wir fahren ohne Aufenthalt, keine Sehenswürdigkeiten jetzt, das Schiff wird nicht auf uns warten, *no sleep ’till Koblenz,* schlafen bei dem Tempo, das wäre … das könnte ich nie. Schwindelig. Kein Schlaf, das kann man laut sagen. Sowieso. Schlafen ist Luxus. Bei dem Stress der letzten Monate, all die Projekte, durchgezogen, abgeschlossen, weg und vorbei. Das saust bloß so durch. Du arbeitest Tag und Nacht an einer Kampagne, hast die und nur die im Kopf, dann ist die fertig, wird hinein geschossen in die Welt, du siehst überall die Folgen, Plakate, Broschüren, Wochen über Wochen daran gefeilt, aber seltsam, es bleibt nur Fremdheit. Abgelöst von seinem Autor. Tja. Es gehört einem eben auch nicht. In der Erinnerung nichts als eine farbige Spur.

Deswegen kommen dermaßen viele in unserer Branche auf den Hund, kaputt, verbraucht, schiffbrüchig, nach wenigen Jahren müssen die entsorgt werden. Hat halt nicht jeder die Nerven. Die Jüngeren warten schon. Die Jüngeren warten immer. Es sei denn, man steigt auf. Flucht nach oben, auf einen Posten in der Agenturführung. Ich würde nie, hätte es ja längst gekonnt, kann gar nicht mehr zählen, wie oft mir Werner ... Auch die anderen, *seibert + feilstätt*, *Ganstrat* ... Nee, lass mal, nichts für mich. Der Job ist genau richtig, wie er ist, auch wenn's hart ist. Das ist gerade der Spaß daran. Texten, Konzipieren, mitten im Stress. Und noch mal: im Auge des Orkans. Buchhaltung, Planung, Finanzen, blankes Grauen das alles. Bürokratie zieht mich runter. Wie 'n Surfer. Auf der Kammlinie der Trends reiten, das ist es. Immer das Risiko, aber auch die Geschwindigkeit. Kein Problem, trotz meines Alters. Bin ich sogar froh drum: Geschichte, das ist es, erlebte Geschichte, da kannst du drauf zurückgreifen. All die jungen Spunde, die jetzt überall reindrängen, haben gar nichts mehr erlebt, nur Fernseh-Wissen, Second-Hand-Ideen ... Vanessa hier zum Beispiel, Josh auch. *Ich hab's im Fernsehen gesehen ...* Eine Geschichte, die versieht die Sachen mit dem letzten Kick, das werden die nie begreifen und bleiben deshalb immer 2. Liga. Außer hier diese Amerikaner, ganz junge Typen, aber die kommen eben aus der Bronx, aus Harlem, Ghettoluft, da bringst du die wirklich coolen Sachen. Aber die bei uns hier, die haben's einfach nicht, weil sie nichts kennen als ihre Kleinbürgerfantasie.

Das ist dann wohl Koblenz. Moseltal. Ein Monsterteil, diese Brücke, keine Ahnung, wie die das bauen? Schon unglaublich hoch. Haben die denn Kräne, die derartig hoch sind? Dieses eine Plakat, wer war noch der Fotograf, wie die da sitzen, die Bauarbeiter, paar hundert Meter hoch und nur auf ’nem dünnen Balken, Frühstückspause beim Wolkenkratzerbau. Das wär was für mich. Da unten liegt die Stadt, tief unten. Abwärts also. Und wieder mit Gebrüll, der Mann kann nicht anders.

»Absolut bescheuerte Verkehrsführung!« Ausnahmsweise mal mit Aggi einer Meinung, da sind wir wieder am Rheinufer. Streng genommen war der Fluss die ganze Zeit linkerhand, von Köln bis Koblenz. Busparkplatz, Busparkplatz, noch einer. Völlig falsch können wir nicht sein, Deutsches Eck in Fühlung, die Zeit wird knapp, jetzt werde ich selber noch ganz aufgeregt, dabei ist mir diese Dampferfahrt, also so was von. Man will halt nichts verpassen, aus Prinzip, keinen Flug, keine Bahn, kein Schiff, das hat so was Endgültiges, jetzt ist es weg, keine Chance, alles vorbei. Dieser Spot, den ich mal … Bahn fährt einem vor der Nase weg, da steht er, der Tropf, Sinnbild von Ohnmacht und Vergeblichkeit, mit den, diesen, wie hießen die noch, diese Sportschuhe, keine Ahnung, wäre das nicht passiert, wurde aber nichts, schade. –– ¨ –– Und was ist das? Dunkel und Grünspan, Reiterstandbild: »Ist *das* dieses … deutsche …«

»Deutsches Kaiserdenkmal. Echtes Schmuckstück!«

»Ein Faustschlag aus Stein …«

»Ein was …?«

»Das kennst du nicht, Vanessa, das ist Literatur.«

Deutsches Eck, Deutsches Eck, war da nicht mal was? Hatte ich nicht gelesen?

»Wollten die das Ding nicht abbauen? Vor ’ner Weile?«

»Hatten die nicht sogar …«

»Dann wär’s ja wohl nicht mehr hier.«

»Da hinten, die Anlegestelle!«

»Bingo!«

Ein letztes Mal, drück drauf, Panthersatz, brems, quietsch. Alles in die Gurte gepresst. Das hätten wir noch mal überlebt. So gerade eben. Aussteigen. Zittrige Beine, mit dem nicht wieder, beim nächsten Mal fahre ich mit dem Zug … Vielleicht kommt nachher ein anderer Fahrer, wenn wir Glück haben.

»Koffer könnt ihr drinnen lassen. Nur mitnehmen, was ihr für die Bootsfahrt braucht.« Also kein anderer Fahrer, wie wunderbar. Und? Brauche eher gar nichts, oder? Jacke? Ach, nee. Das ist jetzt schon so heiß. Kommt denn das Schiff? Nichts zu sehen.

»Lass ich das Dope nun hier oder nich?« Der hat Probleme, helfen kann ich ihm nicht.

»Auf dem Schiff könnte das unangenehm auffallen.« Josh in Ketten, vom Schiffskapitän höchstpersönlich in Eisen gelegt. An der nächsten Anlegestelle warten die Bullen und sacken ihn ein, *aber das war doch nur Eigenbedarf!* Keine Gnade, sie nehmen ihn mit. Quatsch, heute nicht mehr. Geldstrafe. Bei uns damals. Yogi, der ging in den Knast wegen einem Gramm. Yogi, wegen Yogi-Tee. So hieß der. Ja. Da war Kiffen noch ein revolutionäres Bekenntnis, schwachsinnig genug. Da wächst man irgendwann raus. Und Werner? Alles in Ordnung mit der Landungsbrücke? Ach so. Da sind die Abfahrtszeiten angeschlagen. Guckt nach, ob auch alles stimmt. Dabei hat er das doppelt und dreifach im Internet gecheckt, wie ich ihn kenne, garantiert.

»In zehn Minuten!« Hätten wir gar nicht so einen Stress machen brauchen.

»In Ordnung. Um sieben holen Sie uns bitte hier wieder ab, ja?!«

Größtenteils ältere Semester an der Anlegestelle. Lodenkleidung, Freizeitbeige mit Wanderschuhen und Minirucksäcken, *von den blauen Bergen kommen wir!* Da passen wir prima dazu. Diese

Koffer-Dinos. Rentner, was schleppen die bloß immer mit, Gold, Gewichte oder gar Gras wie Josh?

»Werner?! Das sind ja alles alte Knacker!« Was hast du denn gedacht? Lauter junge Leute, die voll gut gelaunt am Chillen sind?

»Wartet ab, es wird ein un-ver-gessliches Erlebnis!«

Werners Verkaufsgesicht, so überzeugt er seine Kunden. Vanessa aber nicht. Josh auch nicht. Rheinreisen sind nicht wirklich hip, welche Überraschung.

Aggi an der Brüstung. Was siehst du dort im grünen Wasser, das gluckert und schmatzt, wirklich sehr tief und undurchsichtig. *Was birgst du für Geheimnisse, Fluss?* Diese Insel, sehr verlockend, sind so Inseln immer. Man will da eben, da will man, ja, was eigentlich? Was würde man dort machen? Nur, weil man nicht hin kann. -- ·· -- Nicht so leicht jedenfalls, Kinder-Abenteuer-Fantasie, vergrabener Schatz, Seeräuber, Lagerfeuer, Humbug, aber vor allen Dingen: das Andere. Das, wo wir nicht sind. Das Fort da oben, ganz schön heftig, riesig, Schießscharten, ultrahohe Mauern, da ist ja eine Info-Tafel: »Ehrenbreitstein«, preußische Festung, so sieht sie auch aus. Ziemliche Betonkacke, starr, düster und kompakt. Genau das Gegenteil, Widerspiel zum eiligen Wasser, auf dem so lustig blitzt und blinkt die Morgensonne …

Und wie ist die Story? Nicht gerade erfolgreich. Angeblich uneinnehmbar. Aber dann. Französischer Angriff. Bumm, bumm, bumm, kleine Wölkchen kränzen die Schanze und Kartätschen pfeifen, die Detonationen, Schreie der Verwundeten. Die Antwort lässt nicht auf sich warten, ab vier Uhr fünfundvierzig wird zurückgeschossen, Ehrenbreitstein schluckt die französischen Kugeln wie Silvesterböller, trotzdem erhebt sich im Fort das Geschrei der Belagerten, verzweifelt wiehern Pferde, als ahnten sie schon, dass sie bald im Topf landen – zuerst sie, dann das Sattelzeug, lausige Brühe, endlich geht gar nichts mehr, Übergabe mit klingendem Spiel, Waffen und Gerät …

Fragt man sich, wozu der ganze Zauber? All das Material da verbauen, wenn die Leute am Ende nicht durchhalten, weil der Nachschub nicht stimmt. Immer diese logistischen Fehler, ein Trauerspiel. Wer weiß, wie die Geschichte gelaufen wäre, wenn diese Sache andersrum ausgegangen wäre. Wie immer sehr müßig. Wären manche Ereignisse vermeidbar gewesen oder doch unvermeidbar, wenn der Zufall nicht, blabla? Hätten die Gänse nicht geschnattert, hätte Bismarck den Text nicht gekürzt. Zufälle. Gleichzeitig regiert Zwangsläufigkeit. Zumeist regiert Zwangsläufigkeit.

»Geiles Panorama!«

»Ey, Panno-ramma, ey, wowowo?«

Sieht immer noch verdammt gut aus, jetzt hier so: Gesicht in der Sonne, Augen geschlossen. Die betet sie an, alle Frauen sind völlig verrückt nach der Sonne, Frauen sind Pflanzen. So ist das. In Wirklichkeit. Die brauchen das zum Atmen oder so. Unsere kleine Liaison gleich zu Anfang. Nette Sache. Absolut locker, wirklich. Die Party bei Werner, hat mich einmal angeguckt und alles war klar. Kein dämliches Vertun und Geplänkel. Ab in Werners Gästezimmer. Und dann im Job. Ich meine, als sie zu Gold Reklamen stieß, dachte ich ja schon, jetzt geht die übliche Scheiße wieder los. Aber nein, nichts. Kein Wort mehr darüber. Das war schon cool. Macht mir sowieso nichts aus, doch bei den Frauen ist das manchmal, diese therapieverseuchten Emanzipationsopfer aus dem Westen, au Mann. Da kriegt man das nachträglich aufs Brot gestrichen, *du hast mich ausgenutzt, du Schwein.* Und du mich etwa nicht? Mein Gott, wo leben wir denn? Im 19. Jahrhundert? Eine gute Figur, da kann man nichts sagen. Besonders jetzt hier mit dem Woll-Mini. Na, die isst wahrscheinlich fast nichts. Im Büro jedenfalls gar nicht. Mal 'nen Salat, da wirste nicht dick von. Ist ja nur Wasser, oder? Ihr blanker Hintern, leuchtend in der Nacht. *Weiß wie der Mond,* als sie da, das war vielleicht, irgendwie geil, mit dieser einen Handbewegung die Boxershorts runter, nur ein Wisch, wie man Kaffeeränder beseitigt, unsäglich scharf ... Wieso haben wir das eigentlich nie wiederholt? Na, auch wegen Margie. Sieht irgendwie doof aus, wenn du zusammen arbeitest. Und dann ein ausgewachsenes Verhältnis, Betriebsverhältnis, da kriegt man Probleme, das weiß jeder. Aber jetzt, jetzt, jetzt. Ist das endlos lange her.

Nichts zu sehen vom Schiff. Ey, langweilig, wir drängen uns hier wie die Sardinen und warten auf das Schiff nach Nirgendwo. Zigarette also, oh, verdammt. – – ·· – – Gleich wieder der Husten, beim ersten Zug, Mann, kann ich ja direkt wegschmeißen, oder? Nein, fuck-egal: selbst wenn da was in der Lunge wachsen sollte, selbst dann, was soll schon passieren. Die deutsche Medizin ist führend in der Welt. Oder wie war das? Stand doch neulich, also ich habe Vertrauen, warum denn nicht? In die Medizin, in den Fortschritt, wenn die alte Lunge am Arsch ist, klonen die einem halt 'ne neue und gut ist.

»Winkler! Wenn du nicht kommst, fahren wir ohne dich!« Oh ja. Da wäre ich arm dran. Werner, ich höre dich und weiß, was ich tue. Bin nämlich alt genug. Neunundvierzig und gar nicht dumm. Ich steh mir nicht die Füße platt unter all den Rentnern.

Würfeln. Am Bordstein. Zigeunerkinder, nee, Romakinder heißt das jetzt. Und wenn es nun Sinti sind, woran erkennt man das? Die Welt, immer wieder neue Schwierigkeiten hält sie für uns bereit. Schielen ganz schön aufmerksam rum, spähen die Touris aus, die Mädchen, frühreif, geschminkt und aufgemacht, was soll das sein, Kinderstrich? Oder nur die übliche Bettel- & Klaukolonne? Um die Uhrzeit schon Bier, die hiesigen Arbeitslosen am Stehausschank oder sind das auch Touristen? Man wird wohl noch ein paar Schritte gehen dürfen. Ah, da bin ich. Kaiserdenkmal voller Taubenmist. Finde ich in Ordnung, hat er verdient. Obwohl: wenn wir denen heute unsere Werbung verkaufen müssten, dann würden wir es eben tun. Alle sind käuflich. Ich bin käuflich, du bist käuflich, er-sie-es käuflich, sowieso. Man muss überleben, nachher fragt niemand mehr, wie … Ach, das ist jetzt die Mosel, die fließt hier rein. Klar, deswegen Deutsches Eck. Eine ganz besondere Vereinigung. Voll die alte Brücke, ob die überhaupt noch hält. Bricht alles zusammen hier, in diesem unseren Lande. Auf Sand gebaut. Was steht da? *Wohlan! Jetzt breite Vater Rhein / den dunkelblauen Bausch und dein Gewand / von wassergrüner Farbe / miss einer neuen Strömung Breite aus: / um eines Bruders Wasser sollst du vergrößert werden.* Lyrik, wow. Wenn dem Deutschen wunderlich ums Gemüt wird, so dichtet er. Heute würde man das smarter formulieren: Da Mosel, dort Rhein, hier zwei in ein'! Schnipp, mach Salto, trudel, lande in der düstren Flut, zisch, erlischt, sehr gut. Wie schnell sie wegtreibt. Wenn man selber rein fiele, ginge es einem genauso, wäre man im Nu in Bonn, als Wasserleiche. Uhrzeit? Drei Minuten bis zur Abfahrt, umkehren. In geordnetem Trab. Von wegen, in größter Gemütsruhe. – – ·· – · – Bin schlicht ein Meister des Timings. Aber so was von auf den Punkt! Wo die Matrosen gerade die Gangway ausfahren, schön vertäuen, rappzapp geht das. Die machen gar nicht den Motor aus, nicht mal gedrosselt, kann man nicht sagen, nee, die Maschinen arbeiten weiter, röhren. Damals röhrender Hirsch, heute röhrende Motoren. Eher röhrende Rechner, Motoren sind dermaßen gestrig, das gute alte produzierende Gewerbe, allmählich stirbt es aus. Trister Whirlpool, die Schrauben wühlen das braune Wasser auf, das wirkt jetzt alles andere als sauber und erbaulich. Dazu noch der Abgasqualm. Diesel ist das, oder? Ob diese Dämpfe Schädigungen am Gehirn hervorrufen? Man weiß es nicht …

Alles scharrt, alles lechzt, endlich: Barriere rattert zur Seite, wir dürfen. Aber volle Kanne. Es ist ein Gewühl, ein Rugby-Gewühl. Die Schlagzeile: Rentner entern das Oberdeck, dreizehn Personen wurden niedergetrampelt und erlagen ihren Verletzungen. Jetzt lassen wir uns von diesen Greisen die Butter vom Brot nehmen, das gibt's gar nicht, wir kriegen nie mehr 'nen Platz, Werner, verdammt, bist du hier Reiseleiter oder nicht? Ah, Vanessa und Josh. Auf die Jugend ist manchmal doch Verlass, das könnte klappen. Ganz vorne drin im Pulk, Ellenbogen ausfahren, das ist nicht irgendein Kampf, das ist konkret der Kampf der Generationen. Glaubt ihr vielleicht, ihr bekommt jemals so viel Rente wie die? Niemals! Meine Generation auch nicht. Wir und ihr, wir reißen uns den Arsch auf, damit die sich auf Mallorca einen schönen Lenz machen, na, Lenz gerade nicht, eher Herbst. Ja, ja. In ihrer Finca.

Ich mal ganz gemächlich. He, der Steg ist verflucht wacklig, nicht dass ich jetzt hier ... Wasser schmatzt vernehmlich, es ist ein Untier und wartet schon. Hungrig. *Feeeeeed me.* Jetzt runterfallen und eingequetscht werden, das wär's, zwischen Schiffsbauch und Kaimauer, die Knochen voll so Matsch und Malm, slporrrtschsch. Ginge sehr rasch, das würd man kaum spüren. Außer man hat Pech, nur Beine und Unterleib, langes Leiden steht einem bevor ... Heute nicht, diesem Schicksal bin ich noch einmal entronnen. Und nun? Ticketkontrolle. Abgefahrene Version von Schaffner, Modell verwitterter Maat. He, Alter, wo ist dein Rumfass? Oder bist du gar der Klabautermann? Dreizehn Mann auf des toten Manns Kiste ...

»Willkommen! Hals- und Beinbruch!« Ist das ein Willkommensgruß oder 'ne Prognose? Wo ich gerade noch ... Ach, Mechthild, zu der sagt er das auch. Die war das, die so geschnauft hat, hinter mir.

»Hast du den Kapitän gesehen? Echt schneidig.« Käpt'n, Käpt'n, nee. Ich seh nur den Maat, diesen Glücksbringer, aber Käpt'n ist sicher nicht schlecht.

»Halt dich ran, Mechthild. Ein Kapitän ist eine gute Partie.«

Wo geht's hoch? Da … die Verteilung der Sitzgelegenheiten ist gelaufen. Aber endgültig. Ruppige Rentner rappeln … rappeln Plastikstühle übern Boden, noch besser: Ruppige Rentner rappeln Rohrstühle rülpsend und rasselnd … Und wie weiter, nichts weiter, fatale Kiste. Ist das alles? Dieser winzige Rundtisch, da passen wir im Leben nicht ran. Nicht die Spur durchsetzungsfähig, die Kids, hätte ich mich doch selber, nicht mal genug Stühle, das war klar, ausgerechnet. Mechthild und ich.

»Oh, ihr Armen! Jetzt müsst ihr wohl stehen!« Und dann noch der Spott.

»Sozialschweine!« Ich kann unmöglich die ganze Fahrt über stehen, da geh ich lieber wieder, können mich am Arsch lecken, werde ich denen gleich mal sagen, glauben die etwa …

»Ich kann ja wieder gehen.« – – ¨ – –

»Ja.«

»Ich steh doch nicht die ganze Zeit?!«

»Joooo! Guck mal, da hinten.« Was, da hinten? Ach ja. Ein paar, vereinzelte. Schnell jetzt. Rüberspurten, da rechts Altherrenrunde, die schielen auch da rüber, die haben es auf meine Stühle abgesehen. *Meine* Stühle … Leider zu spät! Haha. Vor der Nase weggeschnappt, ihr Wellpappen, Stücker zwei, ausgezeichnet. Grummelt ruhig, nur weil ihr schön eure fetten Pensionen auf den Kopf haut und die Füße hochlegt, habt ihr kein Abo auf sämtliche Sitzplätze des Planeten. Von wem kriegt ihr denn das Geld, die ganze Asche, hm? Direkt von mir, und was krieg ich im Alter? Nichts, wenig, einen Tropfen auf den heißen Stein oder wirklich gar nichts, *die Renten sind sicher – ja, sischer dat.* Genau. Rums. Und Sirene. Wir legen ab. Krängen, treiben, das fühlt sich komisch an, wie ohne

Steuer. Nee, jetzt sind wir erst in der Fahrrinne, die Motoren jaulen auf. Die können also doch mehr. So laut ist das die ganze Zeit? Na, großartig. Langsam, aber unaufhaltsam flussaufwärts, als würde uns jemand anschieben. Gucken. Vielleicht ist das ja auch …

»Einen Moment Aufmerksamkeit, bitte!«

»Was denn?«

»Ein Toast auf unseren Betriebsausflug!!«

»Immerhin, er lässt sich nicht lumpen! Sekt, Sekt für alle!«

»Hoffen wir, dass das Zeug was taugt.«

»Die Sonne scheint, das Wetter ist herrlich. Egal, wie der Sekt schmeckt! Hauptsache, wir sind gut drauf!« Ist und bleibt einfach gestrickt. Nicht unsympathisch dabei, die Mechthild, die darf mit.

»Exakt, Hauptsache gut drauf.«

»Eben.«

»Vielleicht solltest du sprechen, Mechthild? Besser könnte ich das gar nicht formulieren!«

»Äh, nein, das mach mal lieber du, Werner!« Kriegt sie's gleich wieder mit der Angst, selber sprechen, schüttel.

»Auf drei erholsame Tage! Ihr habt sie euch verdient. Ich danke allen für den unermüdlichen Einsatz, das Schiff mit Namen Gold Reklamen erfolgreich und sicher durch die gefährlichen Wellen der Werbesee zu leiten …«

»Werner, Werbesee. Das tut ja weh!« So was redigiere ich ihm immer raus. Trotzdem. Er lernt es nicht. Die Germanistenvergangenheit. Kann er nicht abstreifen. Kaling, kalong.

»Runter damit!«

Also auf Ex. Na gut. Wird das eine Sauf-Rallye? Klischee-Kegeltour. Diese Frauengruppen, freitags im IC: Wir singen noch ein Trullala … Und wenn schon.

»Kurzinfo über den Reiseverlauf: Zuerst schippern wir runter bis Oberwesel, dort kleiner Aufenthalt mit Mittagessen, dann zurück nach Koblenz, wo der Fahrer uns mit dem Auto aufgabelt und nach Bad Neuenahr bringt.« Hört sich relativ stressfrei an. Hauptsache nicht groß laufen. Da habe ich nicht die passenden Schuhe für mit. Genau deswegen. Huhn oder Ei. Die Schuhe, die Laufschuhe zu Hause gelassen, um nicht laufen zu müssen. Ganz leicht ist das. Aber die anderen, wie ich die kenne. Wer wird hier groß laufen. Nein. Niemand wird laufen.

»Und die Loreley?«

»Natürlich! Was denkst du denn?«

»Und Rüdesheim?«

»Nee, wir steigen vorher aus.«

»Echt? Aber ...«

»Sei froh! Das ist voll Horrorshow, Disneyland der Rebe.«

»Disneyland hört sich gut an.«

»Das würde dir nicht gefallen, Josh, gerade *dir* nicht!«

»Wieso sind wir nicht gleich von Köln aus mit dem Schiff gefahren?«

»Die fahren nur bis Bonn. Romantischer Rhein mit Loreley nur ab Koblenz.«

»Schwaches Bild.«

»Ziemlich dämlich von dieser Schiffslinie oder?«

»Stimmt. Denen muss Gold Reklamen mal 'n korrektes Marketing-Konzept verpassen.«

»Aber echt! Guck mal, was da steht: Rundfahrt mit Tombola und Pastaabend. Was für 'n Scheiß!«

»Nostalgie-Dampfer«

»Krass.«

»Kein Wunder, dass das nur Rentner interessiert.«

»Rhein-Rave, das wäre was!«

»Coole Idee!«

»He, wir *wollten* doch nicht arbeiten!«

»Da war mal diese Werbung, diese … wo die alle auf Deck, wie hieß das?«

»Ey, das machen wir. Wir mieten uns so 'n Schiff, paar DJs und dann geht's ab!«

»Super Idee! Wir machen derartig viel Geld damit, dass wir uns die ganze Linie kaufen können.«

»Unsere Rave-Schiffe vermarkten wir als Franchise-Projekt, erst hier, dann auf dem gesamten Erdball.«

»Ach, das gibt's aber schon!«

Und wenn schon. Dann dreht man es, wendet es, macht was Neues draus. Welt der Möglichkeiten, alles in Bewegung, das Fluide ist das Modell, Regel ist drin wie Regelbruch, Visionen, Konzepte, Gelder, diese phänomenale Beschleunigung, Kapital schießt lichtschnell rund um den Globus, man kann es sich nicht mehr vorstellen, sind das so kleine Kanäle, wo das durchpulst wie Blut im Organismus? Pump, pump, Volkswirtschaften werden ruiniert, stehen wieder auf in Sekunden, Raum der Ströme, das Ganze von Maschinen gesteuert, Maschinen, die mit Maschinen Geschäfte machen, ich schweige jetzt mal lieber zu den Plänen der anderen. Die Sonne knallt für Herbst wirklich unglaublich. Brennt auf der Nase, das ist alles schon Klimakatastrophe, wir sind hier voll im Süden. Die letzten Jahre. Das Wetter wird immer besser. Wozu nach Italien fahren. Italien ist eine gottverdammte Wüste, da herrscht Dürre. Dieses knochige Rind, blökt, mit seinen staksigen Beinen, kracht zusammen, verreckt, Italien ist die Sahelzone Europas. Mist, dass ich nicht an meine Sonnenbrille gedacht habe.

Was 'n das jetzt, Musik? Gruseliger Dreiklang, woher, ach, da, Stehboxen, Achtung, eine Durchsage: An der Kasse im Erdgeschoss wartet der kleine Timmi, nein.

»Hinter uns sehen Sie die Rheininsel Oberwerth. Gegenüber befindet sich das Berghotel Rittersturz, wo im Jahre 1948 Beratungen der Ministerpräsidenten der damaligen Trizone stattfanden, aus denen später das Grundgesetz der Bundesrepublik Deutschland hervorging.« Super, das ist mal international, Englisch, Französisch … und jetzt sogar Japanisch … oder ist das Chinesisch?

Ufergrün, langsam zieht es vorbei. Werner mit der Pfeife, Sioux-Signale, im Morgengrauen werden sie angreifen. Schlimmer ist es, wenn sie betrunken sind. Da werden sie noch grausamer, und leider, sie sind betrunken. Wenn nicht jetzt, dann bald. Nachschub ist da. Mechthild, stets Werners korrekte rechte Hand. Nee, das bin ja ich. Linke Hand. Sekretärin ist die linke Hand. Kann zwar nicht schreiben, aber telefonieren. Wurde auch Zeit. Zwei neue Flaschen Rheinwein im Kühler. Als erstes kommt Bärennase an die Reihe, howgh!

Vanessa und Josh. Füße hoch, iPod an, mehr fällt denen auch nicht ein. Mit Ohrhörern aneinander geleint, das sind die Ketten der Zivilisation. Sklavenketten. Wippen, Kaugummikauen, alles im Rhythmus. Immer alles im Rhythmus, das ist dieser Lebensatem, dieser Elan des … Mechthild, was möchtest du? Jetzt sag schon!

»Wollt ihr? Oder habt ihr noch?« Pass auf, dass du nichts verschüttest. Kostbares Zeug, bei den Preisen hier an Deck, die nehmen's von den Armen. Wie gut, dass wir nicht dazu gehören. Zu den Armen.

»Mach ruhig voll. Und zwar bis zum Anschlag!!«

»Das ist nicht gesund, so früh so viel zu saufen.«

»He, du Gouvernante! Kann ich immer noch …«

Verdammt. – – · – ·· – Das tut vielleicht weh, die, was ist das, die Bronchien, Mann, was sagt sie? Ohhh, Mist. Das Spray, das

Spray … liegt natürlich im Koffer in Koblenz, super, da liegt es gut, was für eine Kacke. Da muss ich jetzt durch, paar Stunden. Trinke Sekt, um den Hustenreiz abzutöten. Ja, prima. Geht doch. Schon ist das Glas wieder alle. Nachschlag bitte! Jetzt mal demonstrativ. Das ist 'ne Demo, verstehst du, Aggi. Nachschlag bei Mechthild.

»Ich erzähle gerade, wie ich mit meinen Kegelfrauen auf Rhein-Tour war! Das war 'ne Story, wir hatten vielleicht 'nen Schwips!«

Kann ich mir lebhaft vorstellen. Klingt interessant. Lächeln, prosten, drunter wegtauchen. Mechthild und ihre Freundinnen, das sind genau diese, diese Trullalas, lautes Kreischen im IC Westerland zwischen Bonn und Koblenz, *noch 'n Piccolösch'n? Gerne, du*, kicher, *guck ma, der lacht gar nicht, der findet uns nicht witzig.* Wann, letztens, das war … Düsseldorf, ultrakurze Strecke eigentlich, aber un-er-träglich! Werner, was macht der denn da? Filmen … mit der Videokamera den Ufersaum. Immer im Job, der Gute. Obwohl, cooles Motiv eigentlich.

»Und, Werner? Nächstes Jahr Oberhausener Kurzfilmtage?«

»Man weiß nie, wozu man es mal brauchen kann.«

Und Aggi, was liest du da so angestrengt? Ah, Reiseführer. Braucht man jetzt 'nen Reiseführer, um den Rhein zu kapieren? Verstehe, perfekte Vorbereitung ist alles, und was steht drin? Muss immer alles ganz genau wissen, das Problem hatte ich noch nie … Boah, wie heiß, fast schon zu viel … Obwohl im Oktober, kann eigentlich nicht, nur Einbildung, weil 's zuletzt schon so kalt war. Und der Wein nicht zu vergessen. Gleich mal Wasser einschieben. Jetzt lacht sie, na, und wie. Schrill, die Frau überrascht einen immer wieder, Aggi hat gelacht, von ganz alleine, das ist selten.

»Hört mal, witzig! Achtzehnhunderteinundfünfzig ist eine siebzehnjährige Engländerin namens Idilia Dubb …«

»Wie bitte?«

»Hier steht es so … Idilia Dubb. Ist auf die Burg Lahneck da oben gestiegen, zum Zeichnen, da bricht hinter ihr eine Treppe ab, sie kann nicht zurück. Erst zwölf Jahre später findet man ihre Überreste, dazu letzte Aufzeichnungen: Wochenlang hat sie mit dem Tode gerungen, hat gewinkt, hat um Hilfe gerufen, aber die vorbeifahrenden Schiffe haben's nicht kapiert. Haben zurückgewinkt.«

»Na, bei dem Namen! Idilia Dubb!«

»Pietätloser Sack!«

Sowieso. Zeit für eine Zigarette. Die Idilia-Dubb-Anekdote gleich mal notieren. Böser kleiner Spot. -- ·· -- Erste Einstellung: Idilia hüpft Feen-like die Treppe hoch, Krach, Knall, Staub, die Treppe kracht zusammen. Zweite Einstellung: Sie auf dem Burgfried, Hände ringend usw., dann ein Hoffnungsschimmer läuft über ihr Gesicht, sie erspäht ein Boot! Sie ruft, macht Zeichen! Dritte Einstellung: das Boot, die Schiffer, sie grinsen und winken zurück, schnallen halt nichts …, vierte Einstellung: Idilia trostlos, sitzt – gekleidet nach neuester viktorianischer Mode – auf den Treppenstufen, die Beine baumeln, mal wieder kommt ein Schiff vorbei, sie macht nur noch halbherzig mit, wird eh nicht funktionieren, fünftes und letztes Bild, ein ausgeblichenes Gerippe in Tafthülle und dann die Auflösung: *Mit Nokia wär das nicht passiert!*

Schaurig und ergreifend. Wie grausam das Schicksal zuschlagen kann. Doch die Welt der Produkte – sie hilft. Für alles eine Lösung, selbst für Dinge, die nie ein Problem waren, harhar. Aber gut, Urlaub. Widmen wir uns wieder dem Naturschauspiel. Natur, Natur, wo bist du? Zeig dich in deinem grünen Kleid. Oder in diesem schwarzen … schwarzen Vogelkleid. Mittelgroß, Vogel, Marke unbekannt, Wasservogel, muss ein Wasservogel sein, sonst würde er nicht schwimmen. Gründelt entenartig im Uferbereich herum. Wie jetzt? Guckt der *mich* an? Guckst du mich an? Starrt mir direkt in die Augen. He, was willst du? Kennen wir uns vielleicht – aus einem früheren Leben? Und jetzt? Willst du mir was vorführen? Schnabel voraus in die Tiefe. Weg ist er. Paar Luftblasen. Und Schluss. Taucht gar nicht wieder auf ... Mal 'ne Zigarette. Komm schon, das Feuerzeug ist vielleicht Scheiße, hatte ich das nicht vor kurzem nachgefüllt? Paar Wochen, wirklich Wochen, vielleicht auch nur ein paar Monate, dann wäre das allerdings ... Kann so 'n Vogel eigentlich ersaufen? Hast du dich umgebracht, aber warum? Ist es das wert? Denk nur, das Leben, es gibt nur das eine ... oder was? In die Schraube geraten? Wie lange können denn solche Vögel unter Wasser bleiben, doch bestimmt auch nicht endlos. Zwei Minuten? Da ist er wieder. Wir sind schon ... ja, was ist das? Gut hundert Meter weiter. Komische Sorte Vogel, den man nicht kennt und der trotzdem taucht wie ein Weltmeister.

»Habt ihr gerade diesen Vogel gesehen?«

»Vogel, Winkler?« Brauchst gar nicht so blöd zu grinsen. Ich bin eben offen, ganz allgemein interessiert, auch an Naturvorgängen, ich schaue hin. Deshalb fällt mir immer was ein. Nur so kann man ein guter Werber werden. Ein so unheimlich guter Werber.

»Dieser große, schwarze Vogel.«

»Vielleicht ein Kormoran. Die sind hier eine richtige Plage, zum Abschuss freigegeben.«

»Ich habe mal einen Film gesehen über Chinesen, die mit denen fischen. Binden denen den Hals zu, dass sie die Fische nicht verschlucken können. Dann tauchen die und holen massenweise Fische rauf.«

»Den hab ich auch gesehen, den Streifen. Die sahen völlig anders aus, die Kormorane.«

Da braucht man sich gar nicht drüber lustig zu machen. Als würden die sich mit Tieren besonders auskennen, Dauerkarte für den Zoo, was? Dass ich nicht lache ...

Landschaft, Naturschauspiel, Baumkronen in den Farben der

Saison: In diesem Herbst trägt man rot, braun, gelb. Ansonsten nur Hügel, das kann man sagen, nichts als Hügel, Hügel zu beiden Seiten. Grünkohlhügel, dichtes Gewöll, Baum- und Buschballen, kaum mehr Lichtungen. Erinnern ja irgendwie an diese, wie heißen die? Sträucher von Modelleisenbahnen, die hatte ich früher, wie hießen die, irgendwer hat sich mächtig Mühe gegeben und alles damit voll geklebt. Und dann tut-tut. Die haben auch gerade pleite gemacht, die Modelleisenbahn-Bauer. -- ·· -- Schwere Zeiten. Das Fahrwasser und wie es die Flanke des Schiffs umperlt.

»Und, Winkler? Alles in Ordnung soweit?«

»Klar, Werner. Wenn ich nur die blöde Milch schon abgeschickt hätte.« Ich setze mich einfach heute Abend im Hotelzimmer noch mal dran. Gestern war schlicht – ·· – ·· -- Keine Idee, lass es sein. Jetzt mit der lockeren Schifffahrt im Rücken, eigentlich haben wir's auch schon. Die Tittenbraut als Testimonial, das ist das Beste, Titten ziehen immer.

»Besser wäre es gewesen. Hat aber keinen Sinn mehr, daran zu denken. Wart's ab, wenn du Montag am Schreibtisch sitzt ...«

Von wegen Montag, bis dahin ist das Ding schon verkauft. Na ja. Erst mal müssen wir zurückkommen. So im Dauereinsatz fehlt die Distanz, da trübt sich alles ein, ein verdammtes Sklavenschiff aus Versagen und Resignation, Sklavenschiff, Knechterei, hörst du den Takt der Ruder, Takt der Schläge und der dicke Comic-Neger an der Trommel. Ein paar Tage lockeres Laissez-faire dazwischen, das wirkt wie ein frischer Wind, der alle Blockaden über den Haufen bläst. Sowieso. Werner ist schon okay, natürlich ist er sauer darüber, dass die Milchgeschichte noch nicht im Sack ist. Aber der kennt das. In unserem Job kann man nichts erzwingen. Muss von selber laufen, schlafwandlerisch, als hätte es gar nichts mit Denken zu tun. Was natürlich nicht stimmt. Trotzdem. Wie ein Mittelstürmer, Torflaute, Chance über Chance und der kriegt die Pille ums

Verrecken nicht rein. Denkt zu viel. Hatte ich auch schon. Totale Sackgasse. Damals, Winter achtundneunzig. Werde ich nie vergessen, dagegen ist die Milch jetzt ein Witz. Verbraucherverein, Horror, wirklich am Ende, Krise, Krankheit, Verzweiflung, Burn-out. Schon fast alles hingeschmissen, reif für die Insel, Kreta, aussteigen, wovon will ich leben? Tomaten züchten, Super-Plan, Werner merkt das schneller als man selbst. Er nur: *Winkler, du fährst ans Meer, keine Widerrede! Paar Tage Nordsee möbeln dich auf.* Das war's. Das war's wirklich. Nachher, nicht zu fassen, klappte alles wie von selbst. Führungsqualität, so was gehört auch dazu, das muss man ihm lassen. Er kann entscheiden, konnte er immer. Für sich und für andere. Auch 1989. »Rübergemacht«. Aber nicht wie die. Die Leute in der Botschaft, die da im Garten standen wie Schlachtvieh. Ein Tropfen auf dem Altar der Bio-Politik. Auf Wohl oder Wehe. *Was werdet ihr mit uns tun? Unser Schicksal in eurer Hand.* Und dann Genscher, der Mann für alle Fälle, wie die Gracchen vom Balkon herunter: Ausreiseerlaubnis hier und jetzt! *Jaaaaaa!*

Werner eben nicht. Der hat nicht darauf gewartet, dass sie ihn lassen. Freiheit kann man sich nur nehmen, also ist er eigenständig über den ungarischen Stacheldraht. Grenzsoldaten, die geschossen hätten, gab's natürlich keine mehr. Vorher hätte er das wohl nicht probiert. Hatte ihn ja mal gefragt, ob er nie an Flucht gedacht hätte, und er: *Bin ich bescheuert?* Risikofreudig ist er, aber nicht tollkühn.

Als er hier ankam, hatte er *nichts,* gar nichts. Abgeschlossenes Germanistikstudium, keinen Pfennig Geld, nur einen Koffer in der Hand. Naja, das Begrüßungsgeld, aber sonst? Kann man sich bei uns gar nicht vorstellen, ohne Netz und doppelten Boden, ohne Kontakte, ohne Unterkunft, einfach nur nach Westen. Köln reiner Zufall. *Ich saß im Zug, aus Frankfurt kommend, wollte eigentlich weiter nach Hamburg, da seh ich den Dom und denk mir, den kann ich mir doch mal angucken, bin ausgestiegen und seitdem hier kleben geblieben, einfach so.*

Seine Lieblingsgeschichte, die muss er alle Tage wieder neu auftischen. Wichtig ist ihm das doch. Und sei's nur, um die ach so große Überlegenheit des ost-sozialisierten Unternehmers zu belegen. Ost oder West, meiner bescheidenen Ansicht nach scheißegal, eher eine Frage des Charakters. Werner kann fighten, die Herkunft spielt keine Rolle. Fighten kann ich auch, ist sowieso ulkig, ich bin sozusagen seine westliche Entsprechung, könnte man sagen, selbst der Werdegang, erst Germanistik, dann Werbung, heute würde das nicht, das könnte gar nicht mehr klappen, mindestens Kommunikationswissenschaften oder so was, das müsste es schon sein. Werner war sich für nichts zu schade. Als ich ihn kennen gelernt habe, im ALG an der Theke ... Schuftete im Gernot's als Küchenknecht, manchmal half er auch als Kellner aus, da hat er sicher kaum was verdient, paar Mark fuffzich. Diese Hungerleider aus dem Osten ein gefundenes Fressen, die arbeiten noch für halben Lohn, was heute Polen und Rumänen sind. Werner blieb gar nichts anderes übrig am Anfang, wenn er nicht gleich beim Sozialamt hätte einchecken wollen. Im Gernot's machten wir immer Mittag damals, da sah ich ihn dann regelmäßig, Wollheim Inc., meine erste Agentur, wie das nur kam, dass ich da reingerutscht bin, ein echter Zufall, Werbung, da hätte ich nie dran gedacht, fünf Jahre vorher ... undenkbar, die linke Vergangenheit, das rote Tuch schlechthin, Werbung. Wollte eigentlich promovieren, Gott, da wäre ich Doktor phil. und hätte kein Hemd, na, Hemd schon, aber was für eins, und nicht viel mehr als das. Wenn mir dann Mareike nicht, ja, die war das, wenn die nicht erzählt hätte, die suchen jemanden, der texten kann. Zunächst nur korrigieren sogar, *korrigieren, das kann ich,* sag ich, *das kann jeder*, auf einmal ging das ganz schnell. Wollheim Inc. ziemlich großes Ding damals, wie viele waren wir denn? Schon rund dreißig, vielleicht sogar vierzig Mitarbeiter könnten das gewesen sein. Aber der Spirit unter aller Kanone, der Inhaber, Wollheim, was für ein Arschloch, vorher hundertfünfzig-prozentiger Trotzkist, wahrscheinlich hat er mich deshalb genommen, vorher Trotzkist, jetzt Kämpe der Marktwirtschaft, wie der mit uns umging. *Du bist zehn Minuten zu spät, ist dir wohl entgangen?! – Aber ich war gestern bis Mitternacht hier. – Nicht schlimm. Kannst du ja nacharbeiten …* Jeder in diesem Laden, aber wirklich *jeder*, hat seine sechzig, achtzig Stunden die Woche geschrubbt und dann pfeift dieser Scheißkerl einen an, weil man erst zehn Minuten nach neun wieder parat steht. Und Kranksein? Das glaubt man gar nicht. Schlimmste Vorzeit, Weimarer Republik, ach was, Kaiserreich. Wenn du krank wirst, kannst du eigentlich gleich gehen, arbeitest du also mit Grippe, steckst alle anderen an, ich bin nie so oft krank gewesen wie da, zum Glück bin ich da weg. Werner keine fünf Monate in der Stadt, gründet direkt seine eigene Firma: Gold Reklamen. Anders sah das bei ihm auch nicht aus, besonders im ersten Jahr, aber das war klar, das musste, von nichts kommt nichts. Ackerte wie ein Gestörter, voll vor die Wand gelaufen. Kompletter Workaholic, drei Nächte am Stück durch, kein Vertrag mit nichts, aber die Atmo, die war gleich viel besser. Wenn es Spaß macht, dann beute ich mich gerne selber aus, wenn du merkst, es passiert was, du kannst deine Sachen umsetzen, volle Freiheit und so weiter. Da war Werner noch völlig offen, damals, jetzt auch nicht mehr. Als ich einmal mit den lebendigen Fröschen da. Er nur: *Der Tierschutzbund wird uns lynchen, aber mach nur!* Volle Freiheit. Das zieht einen mit, erst recht die Kunden, die merken das. Da ist Dampf drin, da sind Ideen, dabei waren die Claims in Köln eigentlich abgesteckt. Mit Werner kam Bewegung rein, die zwei dicken Etats, die er Wollheim abgeluchst hat, das war der Durchbruch, ab da lief es rund. Wir sahen uns dann schon mal im ALG, das auch seine Stammkneipe war, und tauschten uns aus. Da merkte ich es ja gleich, da passiert was, Wollheim hätte das nicht mitkriegen dürfen, dass einer von uns überhaupt mit dem redet, der kotzte so was von ab auf Werner: *Taucht hier auf, macht sich breit, Ostflüchtling!* Hatte wenig Mitleid mit ihm, keiner von uns, der war ein Auslaufmodell und merkte es gar nicht. Werner war am Drücker. Und dann der Moment, dieser Zufall. 1991 ... am Bahnhof war das. Wieso auch immer, Kundentermin, reiner Zufall, dass wir uns getroffen haben. Werner keine lange Rede, kein Vertun: *Ich kann's allein nicht mehr schaffen, ich brauch einen guten Texter, du bist ein guter Texter. Geld kriegst du wenig. Vielleicht gar nichts am Anfang. Aber du kannst machen, was du willst.* Habe ich gar nicht lange überlegt. Mehr aus dem Bauch raus, gar nicht überlegt, was eigentlich ein Risiko war, aber die Art, die er früher hatte, dieses Selbstverständliche, alles müsse zwangsläufig passieren, wie er sich das wünscht, und dann war es tatsächlich so. Jetzt ist er viel gesetzter, aber damals, hab ich gleich aus dem Bauch raus zugesagt, vom Fleck weg: Ich nehme an, den Heiratsantrag ... kann man beinahe so nennen, fast genauso lange wie mit Margie. Das Ganze gefiel mir und Werner auch. Und wer hätte das gedacht, wer hätte das im Vorhinein ahnen können, die Entscheidung war goldrichtig, wie so oft in meinem Leben, und da hört das auf mit den Zufällen. Denn das alles kann kein Zufall sein, sondern Notwendigkeit, als würde irgendwer, aber letztlich gleichgültig warum und weshalb, jedenfalls haben Wollheim Inc. zwei Jahre später dichtgemacht, da hätte ich schön alt ausgesehen. Und Wollheim selbst? Eigentlich nichts mehr von gehört, keine Ahnung, was der jetzt macht. Wahrscheinlich wieder Trotzkist. Mit solchen weggetretenen Videos zur Wahl. *Warum Sie uns wählen sollten? Wir sind die einzige echte Alternative zum Großkapital.*

Ding-dong-däng: »Auf der linken Seite sehen Sie die Marksburg. Sie wird seit dem Mittelalter kontinuierlich bewohnt.«

»Wow! Monsterteil!« Da ist sogar Vanessa beeindruckt. Ist aber auch echt ein Brocken. Hoch auf dem Hügel, Blick ins Land.

»Wie haben die nur die Baustoffe da hoch gekriegt?«

»Nach und nach. Erst das Klo, später den Rest!«

»Klo, so 'n Quatsch. Die hatten doch kein Klo im Mittelalter.«

»Und wer wohnt da? Die haben ja 'n geilen Blick!«

»Asylanten.« Reinhard. Todernst, seine Form von Ironie. Oder auch nicht.

»Das wär jetzt hart, wenn sie sagen würden: ›Wird von Islamisten bewohnt.‹«

»Wieso? Denen gehört das halbe Rheinland. Das haben die sich von den Aktiengewinnen nach dem elften September gekauft.«

»Verstehe, deiner Meinung nach investieren die Mullahs in Tourismus!«

»In Tourismus. Und in eine Reihe anderer Branchen.« Reinhard sollte Kurzgeschichten schreiben, Fantasie hat er. -- ·· -- Wenn er das mal in seine Arbeit einbringen könnte, aber da ist er mehr der traditionelle Vertreter, alles, was neu und abgefahren ist, lehnt er ab.

»Reinhard. Du erzählst einen solchen Bullshit! Glaubst du wirklich das Märchen von den islamischen Fundamentalisten?« Oh Josh, bitte nicht diese Platte wieder ...

»Nö, das World Trade Center, das war der CIA. Aber die Islamisten haben einen direkten Draht zu Allah. Der hat ihnen gesteckt, was passiert. Und sie haben an der Börse einen fetten Reibach gemacht.«

»Eurer Meinung nach hat der amerikanische Präsident dreitausend Landsleute umgebracht, nur um einen Krieg gegen das Böse führen zu können?«

»Nee. Dafür braucht der keinen Anlass.«

»Dreitausend Leute sind dem amerikanischen Präsidenten so was von scheißegal, Menschen oder Fliegen, der Typ steht dauernd unter Drogen. Der ist ’ne Marionette seiner Berater.«

Bitte, schweig. Hanebüchene Theorien, Konspirationen, Psi-Kräfte, dem ist keine Erklärung zu dämlich. Andererseits wäre jeder amerikanische Präsident dazu fähig, weit mehr Leute umbringen zu lassen, wenn es ihm in den Kram passt, die haben da nicht, die haben den, diesen Kreuzzugsgedanken, trotzdem muss man Josh stoppen, der hört sonst nie mehr auf.

»Komm, halt’s Maul und hol Wein!« -- ·· --

»Was denn? Willst du Stress?«

»Nein, Wein.« -- ·· --

»Genau, Josh, du bist dran.« Mach mal was Sinnvolles, Kleiner, deine Trainee-Zeit läuft auch bald aus, da kommt es schon sehr auf die Atmosphäre an, ob mehr daraus wird.

»Ich bin etwas beschickert!« Mechthild. Das wundert keinen, die kann sich einfach nicht mäßigen. *Ich esse doch kaum was, nur mal ’n Salätchen am Mittag, abends dann gar nichts mehr.* Nur die drei Tüten Chips abends vorm Fernseher, runtergespült mit vier Litern Cola, unterschlägt sie, nicht zu vergessen die Schwarzwälder Kirschtorte im Oma-Café, im Büro ein, zwei Tafeln Schokolade zwischendurch, ich esse nichts, ha.

»Das ist die Sonne, die güldne Sonne ...«

»Wirst du jetzt christlich hier?«

»Vielleicht. Ist gar zu angenehm hier.«

Dideldidel-düt, dideldidel-düt. Aggis Klingelton, was ist das? Irgendwas Klassisches, kenne ich, aber was? Und sie, zack, schnellt aber jetzt hoch und nichts wie weg im Laufschritt. Das muss wichtig sein, ich denke, wir machen keine Geschäfte auf der Reise. Wahrscheinlich unglaublich privat. Groß und schlank an der Reling, vor Fluss und Berg. Das Modell: Geschäftsfrau des Jahres, entschieden zu schicke *Jil Sander*-Kombi für unseren Anlass. Das fällt schon auf. Mitten unter der Kniebund-Fraktion. Die Frau des Jahres lauscht aufmerksam. Nickt, verneint, akzentuiert ihre Worte mit der freien Rechten, sicher, sie wird die Firma wieder in die schwarzen Zahlen bugsieren, da kann es keinen Zweifel geben und so weiter. Ah, die nächste Flasche, anstoßen, trinken auf die Agentur, was sonst. Aggi ist fertig.

»Und? Was gab's? Job? Trotz allem Job, auch du?«

»Nichts, was dich interessieren müsste, Jo!«

Ob sie einen neuen Freund hat? Mit diesem einen Hansel ist sie wieder auseinander? Dieser Langweiler, der hat überhaupt nicht zu ihr gepasst. Obwohl ich keine Ahnung habe, wer eigentlich zu jemandem wie Aggi passen würde. Etwas schwierig ist sie schon. Aber der war's jedenfalls nicht, dafür ist sie viel zu dominant, den frisst sie zum Frühstück. Keine zwei Monate, und er ist nur noch Knetmasse, *Ja, Aggi! – Nein, Aggi, natürlich mache ich alles, was du sagst.* Nur hat sie dann keinen Spaß mehr daran, hätte sich mal einen wie mich nehmen sollen … Wieder Handy, jetzt geht's los, kaum dass wir eine Stunde unterwegs sind, kriegen alle Sehnsucht nach der Stadt, der Zivilisation, wer ist es? Diesmal Vanessa, ulkiger Ton, quäkend wie eine Puppe, der man auf 'n Bauch drückt, an ihren Klängen sollst du sie erkennen. Erst Aggi und ihr Klassik-Sound, nun das.

»Nee, Annika, du musst den Typen mal 'ne Woche im eigenen Saft schmoren lassen!« Wollen wir das wirklich mit anhören, Freundin Annika und ihre Beziehung …

»Ja! Musst du aber, sonst kriegst du's nie raus … oder du fragst ihn mal direkt, na ja … nein, warum, das ist doch ok, einfach mal direkt zu fragen!« Wenn man nur einmal seine Ruhe haben könnte. – – ·· – – Woanders hin geht nicht, das ganze Deck geflutet von diesen senilen Säcken. Reingehen? Bei dem Wetter? Auf keinen Fall. Ich will Urlaub, ich will Frieden, ich will Ausgleich. Ich habe vielleicht Lungenkrebs. Oder ein Emphysem.

»Das Auftragsjahr war wirklich nicht schlecht bisher.«

»Nicht so gut wie das letzte.«

»Oh Mann, was für ein Arschloch!«

»Aber die Fluglinie hat's ziemlich rausgerissen.«

»Wieso?«

»Da tut sich was. Die strukturieren allesamt um.«

»Also wenn er so was macht, kannst du's eigentlich nur vergessen. Servier ihn ab! Annika, jetzt wirklich!«

»Das ist die Krise, die macht sich allmählich überall bemerkbar.«

»Aber wieso? Müssten sie ja eigentlich weniger Werbung machen, jetzt wo die ganzen Banken crashen?!«

»Quatsch! Gerade in der Krise musst du investieren, das ist die goldene Regel.«

»Männer beherrschen keine Telepathie! Du musst schon selber auf ihn zugehen!«

»Die kennt uns nicht, Winkler, was?!«

»Wir? Wir lesen den Frauen die Wünsche von den Lippen ab, Werner! Wir erfüllen Wünsche, von denen sie nicht einmal wissen, dass sie existieren.«

»Tschuldigung, Leute. War wichtig, meine Freundin Annika. Sie hat Ärger mit ihrem Freund.« Und ich dachte, es ginge um Atomphysik. Diese Kinder. Nehmen alles dermaßen wichtig, besonders sich selbst, Liebe ... eine psycho-physische Disposition, das schleift sich ab. Wie viele Leute finden im Alter von zwanzig, zweiundzwanzig Jahren den Partner fürs Leben? Da wären sie schön bescheuert. Was für tragische Beziehungen das früher waren vor hundert Jahren, nee, lieber in der Jugend rummachen und den Markt sondieren. Früher haben sie gleich geheiratet und mussten sich später ganz böse scheiden lassen, mit Schmutz und Schmerz und den Kosten dazu. Die Amis sind heute noch so drauf. Immer erst mal heiraten, viermal, fünfmal, siebenmal. Dass Margie und ich ... war eigentlich schon seltsam. Weder sie noch ich hatten gedacht, dass man unbedingt, steuerlich bringt es wenig. Warum? Nur so. Keine Ahnung. In Holland, diese Halbinsel, in der Nähe von Vlissingen, alle halbe Stunde ein riesiges Containerschiff und wir da im Herbst, starren aufs graue Meer, die Dünen im Rücken. Und dann war das sogar meine Idee, na, wenigstens haben wir ganz normal darüber geredet. Hab mich nicht etwa in den Sand gekniet und um ihre Hand angehalten, natürlich nicht. Das wäre sehr albern gewesen, nach all den Jahren.

»Männer und Frauen passen einfach nicht zusammen.«

»Meine Rede!« Denke ich mir. Mechthild und ein Mann? Schwer vorstellbar. Obwohl. Für jeden Deckel ein Topf oder umgekehrt, sowieso ein blöder Spruch. Vanessa tickert schon wieder, SMS, Mädel, du bist ja angeschlossen, du hast einen Stöpsel im Hirn, merkst du das nicht? Sie muss natürlich alle anderen Freundinnen über Annikas Nöte informieren, die sind alle krank, wir schippern hier durch die schönste Natur. Ich bin selber nicht gerade Fan, hänge das ganze Jahr über in der Stadt rum, macht mir gar nichts, brauche nicht mal einen Spaziergang. Trotzdem. Man muss sich mal einlassen können, stattdessen labert die hier, und ich muss mir diese Scheiße reinziehen. Wieder zur Reling, meine Ruhe, die liebe Ruhe, das Schiff und wie es fährt, das Wasser ... Wie ein Sträfling, immer im Kreis herum auf dem Hof, muss aber wieder stehen. -- ·· -- Kann gar nicht mehr stehen, der Alkohol, die Beine, eine innere Müdigkeit. Könnte auch zusammenklappen, mit Leichtigkeit. Dann würden sich alle um mich kümmern, das wäre schön. Loslassen, umkippen, keiner weiß warum. Ich am allerwenigsten. Ganz gesund bin ich nicht, und das frühe Trinken, mein

Herzschlag ist schon sehr schnell. Den Puls fühlen am Hals. Doch. Sehr schnell. Hätte ich mal weniger getrunken. -- ·· -- Besser nur noch Wasser bis zum Mittagessen, Ausblick genießen. Eine Pause. Wie langweilig. Man muss mal Pausen machen. Das Grün ist beruhigend, muss einfach beruhigend sein, da gibt es jede Menge Studien, von denen ich natürlich keine je gelesen habe. Steile Hänge, kaum mehr Büsche und Bäume, dafür flächendeckend Weinstöcke. Nicht so beruhigend wie das Meer, aber immerhin, für die Augen wenigstens, wenn man nicht immer nur auf den Monitor ... Mittag naht, das wird immer heißer, das können gut fünfundzwanzig Grad sein, unglaublich für Anfang Oktober.

Der Fluss mäandert. Nicht zu knapp ... Mäander, Fluss oder griechischer Gott, was ist das, Kreuzworträtselfrage ... Das sind jetzt mindestens, neunzig Grad sind das, rechter Winkel. Frischer Wind jetzt mal, gleich viel angenehmer. Und schon wieder vorbei, schade, nur um die Biegung und erneut brütet die Sonne über dem Tal, die brütet, brütet den ganzen Wein aus, kein Wunder. Flirrende Hitze, die Zunge ausgedörrt, ein Schritt nach dem anderen, immer schwerer, der Sand, der Sand, jetzt noch diese Düne, er schwitzt Sturzbäche, dann macht er schlapp, klappt zusammen, Einblendung: Wenn das normale Deo versagt - Oasia-Frischegel. Muss man nur noch erfinden, Spot existiert bereits ... Und was ist das jetzt für ein Örtchen? Kein Name, keine Ahnung, irgendein Dorf. Wir halten ja auch nicht. Nur eine kleine Brache in der geschlossenen Hügellinie, winzige Kirche, Fachwerkhäuser, Gewerbehöfe, so sieht das hier aus. Wie überall hier, und auf'm Sportplatz Soundcheck *(»Eins, eins, eins!«)*. Na klar, morgen der Feiertag, da steigt die obligatorische Bauerndisco. Wenn man dabei wäre, eintauchen würde, ein anderes Leben, ein Mädchen kennen lernen. Die Landburschen werden eifersüchtig. *He, der Städter macht sich an unsere Mädels ran!* Knapp der Prügelei entrinnen, sie schluchzt, liebt mich schon, trotz oder gerade wegen der Widerstände, schicksalhafte Begegnung. Wir lieben uns die ganze Nacht, ich ziehe bei ihr ein, lasse mein altes Leben hinter mir, Margie, die Firma, das alles. Sie hat dieses kleine Weingut geerbt, auch Fachwerk, direkt am Hang, über dem Ort gelegen, paar Kilometer mit dem Auto, da ist nichts, nur die Weinberge. Ich mache eine kleine Firma auf oder steige beim lokalen Anzeigenblatt ein. Das Leben ist schlicht und überschaubar, was spricht dagegen? Eigentlich scheint fast immer die Sonne, wir werden alt zusammen … und Margie? Treffe sie nur einmal kurz in der Stadt, um die Situation klar zu machen, sie weint, aber sie versteht, ich musste es tun, es ging um mein Leben. *Das Ganze, dieser Stress, du weißt.* Was für ein Scheiß. Was für ein Scheißdreck. Ich auf dem Land, mit einem Cowgirl, wie gut, dass das Boot weiterschwimmt, diesen kranken Traum zurücklässt. Und immer weiter …

»Kackegal. Du schmeißt die Kugel, die Dinger fallen um. Wer am meisten weghaut, hat gewonnen!« Kegeln, ich fürchte, keiner von uns hat irgendeinen Plan davon. Zu Hause könnte ich … ja, was eigentlich? Spazierengehen im Stadtwald, wann war ich da das letzte Mal? So lange gar nicht her, oder? Doch, letztes Jahr. Vielleicht auch vorletztes. Wenn schon. Man muss nicht spazieren gehen, man kann auch ohne Wald und Wiesen seinen Spaß haben, im Biergarten mit den Kumpels.

»Das sind so Programme, die musst du einstellen.«

»Ist das nicht genau wie Bowling?«

»*Nein*! Bowling ist Ami-Kacke!«

»Ja, aber wie jetzt? Wie geht denn Kegeln?«

»Schaut, was ich hier habe! Kegelregeln, Kegelspiele. Hier steht alles drin, damit sind wir auf der sicheren Seite!« Mechthild hat ein

Buch dabei, das grenzt ja fast schon an Eigeninitiative. »Wenigstens eine denkt mit!« Jetzt nicht rot werden, vorhin schon und jetzt wieder, offizielles Lob vom Chef, das Allergrößte …

Ding-dong-däng. Das nächste Bilderbuchdorf naht, Schwenk aus dem Schatten raus, die Sonne brennt in den Augen, sehe fast nichts mehr. Was soll das? Kann die gar nicht offen halten. Helles Gleißen, die weißen Tische, tut echt weh. Ist da etwa auch was mit? – – ·· – –

»Der nächste Halt ist der Luftkurort Boppard.« Boppard, Luftkurort, Rentnerparadies, touristische Altenfürsorge. Das passt, Senioren*scharen* am Kai. Wollen die etwa alle mit? He, das Boot ist voll, nehmt das nächste, ihr! Schiffsrumpf, zäh, unaufhaltsame Masse, drängt und dräut und »tang!«, gegen die Anlegestelle. Und wieder bin ich irgendwie dazwischengeraten, das zieht durch Mark und Bein, dieser Schmerz, Luft schnappen, japsen, – – ·· – – nein, nicht oberflächlich atmen, sondern tief und langsam – ·· – ·· – – · – schön in den Brustkorb rein. Mit dem Spray, das ist so scheiße. – – ·· – – Wie gut, dass ich wenigstens die Tabletten bei mir habe. Hab sie schon in der Hand, gar nicht gemerkt. Aber nun. Eine. Vorsicht, nicht fallen lassen. Runterspülen mit Wein. Womöglich keine sehr gute Kombination.

Schiff rammt Steg, er wird jetzt splittern, die Leute spritzen auseinander, Geschrei, Blut, Verletzte. Nein. Dass die das jedes Mal, das Material muss doch darunter leiden, das sind schließlich Kräfte … Wie schnell der das macht, flink wie ein Pavian, rüber ans Ufer, und dann mit wenigen Handbewegungen das Haltetau um den Poller geschlungen. Jetzt müsste er nur noch zurück an die Reling springen, hier bei uns aufs Oberdeck und über die Veranda hüpfen, dann glaube ich, dass er wirklich einer ist, Pavian nämlich.

Paar Leute gehen von Bord, weitaus mehr steigen zu. Schon wieder Abfahrt, langes Brimborium machen die nicht. Linienschifffahrt, ich hätte gedacht, die lassen sich mehr Zeit.

Die Flut, wallende Flut der Neuankömmlinge, Fight um die letzten freien Plätze, das macht Spaß, wenn man beruhigt zusehen kann. Wehe, die geben meinen Stuhl ab. He, nee, der Typ kann mich mal! Muss ich da jetzt … Ein Glück, Werner passt auf. Alles Greise, nur einige junge Japaner, voll das Klischee, behängt mit Foto- oder Videokameras sind die, wie so Vietnam-Reporter, damals als die Kameras noch, na ja, nicht wirklich viel hergaben, da brauchteste eine für die Nahaufnahmen, eine für Bunt, eine für Schwarzweiß oder so ähnlich. Echt, voll das Klischee, kaum an Deck, geht's schon los: Gruppenbild mit Dame, Mariko vor Bopparder Fachwerkhäuschen, Kenzo die Rheinberge im Rücken.

Und die, was suchen die hier? Zwei Frauen und ein Kerl, freiwillig an Bord, ohne Gruppenzwang, die passen prima zu Vanessa und Josh. Soll ich euch mal bekannt machen? Ja, Plätze sind keine mehr frei, umsonst, hat keinen Zweck, aber ihr seid doch jung. Eben, Militaryrucksäcke bedenkenlos hinschmeißen und drauf pflanzen, die liegen sowieso lieber auf'm Boden rum, nicht wahr? Blümchenkleider und Springerstiefeln, trägt man das noch, war das nicht eher Anfang der Neunziger? Und er hier: Glatze und Che-Guevara-T-Shirt, und das Tattoo, riesig auf dem Oberarm, rotschwarzer Stern, bei der Deutschen Bank kommt der damit nicht unter. Will er wahrscheinlich auch nicht. Gucken reichlich cool aus der Wäsche, was hat die auf diesen Touristendampfer verschlagen?

Ach, Engländer. Deshalb. Super-brutaler Slang, nicht eben oxfordmäßig, irgendwas, irgendwie George Gordon. Und was ist mit dem? Wollen sie treffen oder so. Gutes Englisch kann ich, sprech ich selbst, aber eben *gutes*, das andere versteht man dann nicht. Wie Vanessa und Josh, die fühlen sich gleich ganz wie zu

Hause, Discman raus, Ohren verstöpselt, alle an einem Kabel. Beine ausgestreckt, kann man kaum drübersteigen, darf ich hier mal durch? Mein Gott. Das grenzt schon an Beschränktheit, Engländer sollen ja borniert sein, ist wohl doch kein Vorurteil. Die Engländer, die ich traf … aber die hier. Das blonde Mädchen links am Jungen, das braune rechts, so ein kleiner Penner, sieht aus wie Scheiße, picklig, verschüchtert, schwindsüchtig, trotzdem zwei auf einmal am Start, als sei das ganz selbstverständlich.

Rappelvoll. Entschieden zu voll. Ich kann nicht mehr, ich kann aber auch nicht weg. Erst mal. Also das Wasser. Das froschgrüne Wasser des Flusses. Ob Margie das wirklich gefiele? Wo sie in diesen Sachen immer dermaßen kompliziert ist. Unser letzter gemeinsamer Urlaub. Vor zwei oder drei Jahren. Grauenhaft. Lanzarote, eigentlich hätte das klasse sein sollen: stetes Rauschen des Meeres, absoluter Kontrapunkt zur Werbewelt, Super-Inspiration, Ideentank. An dieser Mole … unaufhörliches Schmatzen und Wogen des Ozeans, erst fällt einem überhaupt nichts mehr ein, dann sprudelt es nur so, irre. »Iblicher ist lieblicher«, »Gier ist eine Zier«. Ist mir alles da eingefallen, Hammer-Claims, Hammer-Kampagnen, Trendmarker.

Aber Margie fand's nur blöd. Zu wenig los. Zu langweilig. Was immer sie erwartet hatte, keine Ahnung. Saß nur da, nölte, dies ist nichts und das ist Scheiße. Wandern? Bloß nicht. Vulkanische Landschaft – kein Interesse. Lavabrocken links und rechts des Weges, sie nur: *Unaufgeräumt und schmutzig.* Aha. Unaufgeräumt, die Natur, also ich meine … Und der Strand? Zu kalt, der ständige Wind: *Meine Frisur, die reinste Klobürste. Guck mich mal an.* Das Meer eisig und viel zu gefährlich, losgelassene Brecher, Gewimmel fressgieriger Gebissmonster, diese schaumweißen Zähne, *ich hasse es.* Lanzarote, ein einziges Desaster, hab schon schwarz gesehen für unsere Beziehung. Bis heute keine Ahnung, wo das plötzlich herkam, als wär sie in die Wechseljahre gekommen, genau in dieser

Woche. Aber konnte ja nicht, viel zu früh. Und seltsam. Kaum zurück in der Stadt, als bräuchten wir das, Asphalt, Beton und Abgase, funktionierte alles wie gehabt, super seltsames Paar. Wir sind eben nicht gut darin, gemeinsam zu verreisen, muss man wohl festhalten, nichts Seltenes bei Paaren. Vielleicht wäre so eine Schifffahrt gerade das Richtige, ein neuer Anfang, immerhin ohne gefährliche Brandung, die Felsen sind in sicherer Entfernung und die Rentner mit ihren Dritten werden auch nicht beißen.

Wo sind eigentlich die anderen? Am Tisch nur noch Mechthild, Reinhard und die beiden Studenten, wie hießen die noch? Die halten die Stellung. Der Rest ist spurlos verschwunden, vielleicht ins Wasser geplumpst? -- ·· -- Ach nee, da vorn, Vorderdeck, Vanessa und Josh. Keine schlechte Idee, einigermaßen leer, ist den Rentnern zu kalt, bestimmt viel Wind, hin, auf jeden Fall ... Raus aus dem Gedränge, unerträglich, dass diese Wichser einem immer so nahekommen müssen, was ist das denn für ein Nervsack, kannst du mich mal vorbeilassen? Oder soll ich den einfach umrennen?

Endlich, freie Bahn.

»Hi!«

»Hi, Jo.«

»Guter Platz hier vorne. Kalt auf Dauer?«

»Kalt? Bei dem Wetter?«

»Außerdem ist es schön hier.«

Das stimmt. Glasperlenspiel der Wellen, der Schiffsbug wie 'ne Schere durch transparent-grünen Chiffon. Wie durch Butter, sehr weiche Butter, cremezart, hauchweich, traumhaft-sahniges Cholesterin.

»Du, das Wasser ist total klar hier.«

»Hm. Gibt ja sogar wieder Lachse im Rhein.«

»Echt?«

Ausgerechnet Josh, der überall Verschwörungen wittert. Ausgerechnet er. Das mit den Lachsen sagt jeder, ob es nun stimmt oder nicht, noch nie hat jemand einen gesehen, ich jedenfalls nicht, wie auch, bin ich vielleicht Angler oder dergleichen? Aber alle unisono: *Es gibt wieder Lachse im Rhein …* Daraus folgt: *Na, dann kann das Wasser gar nicht so schlecht sein.* Eins zu eins nachgebetet, also das ist mal perfekte PR: Lachs schmeckt gut und ist ein Zeichen funktionierender Natur, der überlebt nur, wenn die Umweltbedingungen ausgezeichnet sind, sauberes Wasser, ausgeglichenes Öko-System, genügend Laichplätze, hier tummelt sich der Lachs, genauso wie zu Zeiten, als die Welt noch in Ordnung war. In Ordnung, in Ordnung, was man so dafür hält, früher lebten die Leute am Rhein von der Lachsfischerei, tagein, tagaus gab's Lachs, immer Lachs, bis er denen zu den Ohren raus kam, also was soll daran jetzt in Ordnung gewesen sein? Der ideale Werbeträger, die Lachse haben sie ausgesetzt, irgendwie aufgepäppelt, von alleine wären die gleich, also die wären nicht lebensfähig gewesen … Doch dann: *Seht her, das ist der Beweis!* Hat keiner mehr gefragt. »Aktionsprogramm Rhein«. Das weiß ich nun ganz genau, das alles. War dabei gewissermaßen. Meine Zeit bei den Grünen, eine Ewigkeit her, anderes Leben, anderer Mensch, echt. Bart und Wollpullover, wie gut, dass es keine Bilder davon gibt, damit könnte man mich erpressen: *Ich zahle jede Summe, dass dieses Foto nirgendwo auftaucht!* AG Wasserschutz, so brav, so gut gemeint. Ein einziger Windmühlenkampf, um der Öffentlichkeit klar zu machen, dass das alles viel zu spät kommt, wollte nur keiner mehr hören, gegen die Lachse war kein Kraut gewachsen. Ausgerechnet Josh, ulkig: »Hast du schon mal einen Lachs im Rhein gesehen, Josh?«

»Nee, Jo, ich gehe nicht zum Rhein. Ich habe einen Computer.«

Ach so. Natürlich.

»Ich informiere mich ständig. Auf der Seite des Bundesumweltamts kannst du die aktuellen Messungen in Echtzeit verfolgen, den ganzen Flusslauf entlang.«

»Ernsthaft?«

»Ja.« Jetzt hat er Oberwasser. Sein mitleidiges Lächeln, wie vorhin beim Thema WTC: »Der Rhein ist einer der saubersten Flüsse Europas.«

»Das ist wirklich ein Fall von Verschwörungstheorie!«

»Da müssen auch so Muscheln sein! Muscheln aus Thailand, die mit den Schiffen in den Rhein gelangt sind. Und die können hier super leben und vermehren sich wie Sau. Und das ist voll gut für den Fluss, weil der jede Menge Sauerstoff bekommt und so.«

»Lecker, Muscheln!«

»Genau! Irgendwann ernähren wir uns wieder vom Fluss!«

»Und Piranhas? Es soll im Rhein doch Piranhas geben?«

»Piranhas und Alligatoren.«

»Der reinste Unterwasserdschungel!«

Vanessa jetzt, sie weiß natürlich, dass sie ein Blickfang ist: lichtumkränzte Galionsfigur, Rotgoldlocken, Augen auf Halbmast, die Titten dem Wind entgegengereckt und die Lippen geschürzt. Josh stiert genauso blöd wie ich, wahrscheinlich das halbe Schiff mit. Oder ist das nur die Sonne? Dieses entspannte Lächeln von Frauen unter UV-Bestrahlung, wie gesagt, Pflanzen. Denken, Mühsal, Pein, alles ausgeschaltet, und jetzt kommt der Vater mit dem Brötchenkorb und die Mutter hat schon den Tisch gedeckt und Vanessa beißt lustvoll in die Wurstsemmel, Musik und *abfaden* …

»Guckt mal, schon wieder eine!« Was? Ach ja, Burg, das sind aber nur so Reste. Altdeutsches Felsengebäude, *einst wohnte hier Gewalt bei Leidenschaft*, joho, scheppernde Blechdosen, rostige

Schwerter, Rittertugend. Ob man da rauf kann? All diese Ruinen, man fährt immer daran vorbei, mit Auto oder Zug, jedes Mal, wenn es nach Süden geht, sieht man die da oben, machen auch was her, einen Blick wirft man da trotzdem nie rein. Vielleicht sind die gar nicht echt, nur Kulissen, Papp-Fassaden, Touristennepp, keiner würde es je merken, ich jedenfalls nicht. Ich habe noch nie. Werde auch nie. Was denn? Irgendwas gemerkt? Na, von wegen.

»Jo, mir ist was eingefallen zu deinem Problem.« Ich habe ein Problem? Das ist mir neu. Sie spielt mit ihren Lockenkringeln, beißt hinein, möchte es gerne loswerden. Also gut, sprich, mein Kind: »Welches ... Problem meinst du?«

»Was hältst du davon? Bio-Milch – gesünder als die Polizei erlaubt! Und dazu ein Punk mit 'nem Pflasterstein und 'ner Tüte Milch als Testimonial.«

»Geht so. Gesünder als und wer alles irgendwie erlaubt, besonders die Polizei, das ist alles ziemlich abgefrühstückt.« Ganz ähnlich wie meiner, noch näher dran an der Redensart, Polizei erlaubt, hier im Übersprung vielleicht ganz gut, nur der Punk? Trotzdem nicht übel. Muss ich ihr aber nicht sagen, den Spruch notieren für alle Fälle, gleich mal, klammheimlich, sie ist schließlich noch Lehrling und soll nicht glauben, das käme einem zugeflogen. Am Ende muss ich das Konzept ja doch allein verantworten, die Grundidee und woher die stammt, da scheißt der Hund drauf, entscheidend ist, was man draus macht. Das Ensemble. Das Ensemble ist das Entscheidende. -- ·· --

»Nicht schlecht. Für den Anfang. Denn du weißt ja: Jede Lösung eines Problems ist ein neues Problem. Da müssen wir noch weiter drüber nachdenken. Aber nicht jetzt. Du hast Aggi vorhin gehört, keine Arbeitsgespräche ...«

»Worüber sollen wir denn sonst reden? Hast *du* etwa ein Privatleben, Jo?«

Josh lacht wie ein Schakal. Irgendwie hämisch. Das ist sein Charakter, hat etwas Niederträchtiges. Ja.

»Selbstverständlich! Zu Hause ist werbefreier Raum. Margie weiß gar nicht, womit ich meine Brötchen verdiene!«

Mist, Wein ist alle, und aufs Klo muss ich auch allmählich. Hilft nichts. Zurück. Zurück in das Gewühl. All diese Gesichter. -- ·· -- ·· -- Kann nicht anders, muss immer hinschauen, diese hässlichen, alten, grauen Fratzen, nicht ausschalten, nicht abschalten. Protokollieren, kontrollieren, alles im Griff behalten, jeden, jedes. Wieder dieser Kloß im Hals und das Pfeifen im Ohr, nicht drauf achten, zu Mechthild gehen und ihr sagen, dass ich neuen Wein will, da ist sie schon, gar nicht weit weg ... Nicht mal sagen, nur das Glas hinhalten, danke schön. »Wohl bekomm's!« Blödes Kichern. Die Klos, wo sind die ... Ah, die Zeichen, Treppe runter, ins Innere des Schiffs. Hätte das Glas besser dagelassen. Gute Güte, was seh ich denn da: Jetzt reicht's langsam mit den Klischees – der große Horrorladen: Mittagszeit, es gibt Rinderbraten, die Kellner wie angestochen, Jongleure mit Tellertürmen, chinesische Akrobaten. Essensdüfte, mehr Kohl als recht ist. -- ·· -- Die meisten sind sehr dick hier, wirklich ausgesprochen dick, Planet der Dicken, die denken und tun eben gar nichts. Satt, behäbig und bequem. Wenn du ständig Dinge ausprobierst, das Gehirn die ganze Zeit nur so rattert, da gehen wahnsinnig viele Kalorien flöten, ich hatte noch nie irgendwelche Gewichtsprobleme und fresse wie ein Scheunendrescher, immer achtzig Kilo seit zwanzig Jahren. Das Gerede hier ist lauter als die Schiffsmotoren, das ist wie so Spitzen, Wortfetzen, nadeln mir regelrecht ins Hirn, wo sind denn nur die verdammten ... Ah, da lang. -- ·· --

Reinhard. War der auch auf'm Klo? Hallo, Reinhard. Und jetzt? Geh weiter. Wie der guckt, und jetzt? Will er mich nicht vorbeilassen? Sein Zeigefinger: »Du auch!«

Also allmählich: »Ich? Und du auch, oder?!« Normal ist der nicht, aber harmlos, ist gut, Reinhard, ich bin in Ordnung, du bist in Ordnung …

»Ja, ja.« Er also auch.

»Aber du kannst nichts dafür.« Das beruhigt mich, wer weiß, was Reinhard täte, wenn er der Meinung wäre, dass doch. Selbstverständlich kann ich nichts dafür. Schon gar nicht für Dinge, von denen ich keine Ahnung habe.

»Es musste ja so kommen.«

Soll ich ihn jetzt fragen, was denn eigentlich so hat kommen müssen und wer daran die Schuld trägt, wenn nicht ich? Nein, das muss ich nicht, soll auch nicht, ist nicht vorgesehen. Er will nur kryptische Andeutungen machen, *ich bin das Orakel vom Rheinfluss, deute meine Worte und du wirst sehen,* Nachhaken nützt jedenfalls nichts, er ist eben so. Asperger, das ist er. Wenn er nicht auf'm Trip hängen geblieben ist. Oder ganz ordinär einen Sparren locker hat, Asperger oder so. So was Autistisches halt. Also, das trifft's, das trifft's wirklich: »Ich müsste mal zum Klo.« Er nickt noch mal. Nun, lässt du mich dann mal …?

»Denk dran.«

»Mach ich, Reinhard, mach ich.« Wow, skurril. Hat mich wenigstens rausgerissen, Ablenkung ist alles, das Klo, auch nicht schlecht, ein Ort der Stille. Strenger Geruch zwar. Trotzdem Zeit lassen, mal wieder runter kommen, kaltes Wasser. Kaltes Wasser über die Handgelenke. Mit Margie fühle ich mich einfach sicher, eigentlich sollte sie immer dabei sein, als meine medizinische Begleiterin. Die Psycho-Nurse im ledernen Dress, wehe, du machst das und das, und droht mit der Peitsche. Wie spät eigentlich? 13.30 Uhr. Dann sind es nun zweieinhalb Stunden, immerhin mehr als die Hälfte, die Sache zieht sich immens. Notfalls könnte ich früher von Bord. Wenn es ganz schlimm wird … Bahnhöfe gibt's überall. Noch zwei Tage, was für eine Vorstellung. Zeitverschwendung? Irgendwie schon. Wozu mache ich das? Aggi, tja. Werner, aber andererseits – kann ganz gut auf das alles verzichten. Wegen des lieben Betriebsklimas? Hätte ich's mal sausen lassen. Diese Unausgelastetheit. Ohne Arbeit, Mann, da wird man, da werde ich. Einfach rastlos. Das ist nicht zu ändern, ich muss halt immer was tun. Zumindest wenn ich mit Werner und den anderen zusammen bin. Daran liegt das, Konditionierung, wenn ich Werner sehe, läuft mir das Wasser im Munde zusammen und ich muss direkt an den Laptop, Workaholic, warum nicht? Was ist schlecht daran? Die perfekte Neurose für die moderne Welt, ohne einhundertfünfzigprozentige Bereitschaft hast du verloren. Ich weiß nicht, was die immer wollen, die Arbeit ist alles, weswegen bin ich sonst auf der Welt? Zum Däumchendrehen ganz sicher nicht. Wenn das nicht stimmt, stimmt gar nichts.

Die englischen Mädchen. Total durchgeknallt, Anlass unbekannt. Können sich gleich mit Reinhard zusammentun, schönes Team. Wie junge Pferde. Das stelle ich mir wenigstens so vor. Pferde. Rennen rum und wiehern. Die Blonde quietscht und windet sich. Und warum? Die andere gleitet unter Kreischen und Quieken rücklings die Kinderrutsche runter, rosa Höschen, sieh an. Einen schönen Arsch und lange Beine auch, jetzt gleich noch mal, nur ohne Höschen.

»Oh, Claire, Claire, you silly bitch!«

Ihr Boy bleibt ganz unbeteiligt. Raucht, hustet. Genau wie ich. Muss immer husten, wenn er raucht, hat wahrscheinlich auch Lungenkrebs. Ziemliche Idioten sind wir, er und ich, Brüder im Geiste der Irrationalität. Jetzt die Blonde, steht da wie 'ne Salzsäule. Salzsäule im Ausguck, was ist das für eine beknackte Nummer? Affektiertes Getue, aber echt, und alle sollen es hören, die Mimin spricht:

»Oh, look! A ruined tower with desolated windows! And the reflections of the agitated river!«

Vielen Dank für diese kleine Show-Einlage, nimmt leider niemand Notiz davon, ich bin das ganze Publikum, und der Junge. Der nur immer glotzt. Die Zigarette fortschnippt.

»Winkler, Wein?«

Hm? »Nee, ich mach mal Pause.«

»Mary, shut up and get your stupid ass over here!« Endlich ein Machtwort, Widerstand zwecklos, sie macht das auch brav, gut erzogen, die Kleine, gleich gehorsam die Treppe runter, zurück zu ihrem Platz, zurück zu ihm und die Braune direkt hinterher. Das imponiert mir, Frauen, die wissen, wer der Herr im Hause ist, nicht so permanent aufmüpfig wie Aggi oder … nee, jetzt fangen die noch an, rumzuknutschen, Sauerei, der Junge und Mary. Wenn man das sieht, zwei scharfe junge Biester bei der Hand, kann der nicht eine an mich abtreten? Ich meine, Claire sieht jetzt etwas gelangweilt aus. Allein mit ihrem Smartphone. Hallo, Claire, ich hab deinen Hintern gesehen und auch deine Beine, ich hätte Verwendung für dich. Sie merkt nichts, kann leider keine Gedanken lesen. – – ·· – – Das sieht wieder merkwürdig aus. Als stürzten die Hänge ins Wasser, wie Lavaströme, die den Abhang runter geronnen und im letzten Augenblick erstarrt sind. Aber Vulkane hier? Eher nicht. Claire, hörst du mich nicht, mein Rufen? Nein, leider nein. Die Sonne, weiterhin die Sonne, vertrocknetes Gras, herbstgefleckter Wein. Wie ein Lied, das ist wie ein Lied. Der goldene Riesling, Riesen-Römer. Ganz glasig die Luft, der Himmel permanent blau, durchaus beruhigend, also beunruhigend, diese Klarheit, diese Weite. Aber alles, was tiefe, stabile Ruhe suggeriert, ist gefährlich, man weiß doch, nichts ist stabil, alles im Wandel, war das nicht Hegel? Hauptseminar Philosophie, da war diese Frau, da bin ich hinterher, peinlich, wie ein Dackel, schon so eine Art Tiefpunkt, wenn man die reden hörte, derartig intellektuell und sah super aus dabei, nee, was man manchmal so tut, ich habe nichts kapiert davon, kein Wort von dem, was sie sagte, und auch nicht vom Seminar … Jedenfalls, mit der Ruhe ist es bestimmt bald vorbei, das weiß man direkt, wenn das nur aufkommt, Ruhe birgt Lärm, trägt das gewissermaßen schon in sich, kenne ich aus dem Effeff. Da … erneut dieser bescheuerte Vogel, Kormoran, beziehungsweise muss natürlich ein anderer sein, der von vorhin wird das Boot kaum bis hierhin verfolgt haben. Und was macht der? Wieder Tauchen, zeig mal, was du kannst. Das finstere Grün hat ihn.

Scheint normal zu sein für diese Vögel, hat aber was Unwirkliches. Pinguine sollen sechshundert Meter tief tauchen können, dieser Vogel bleibt ebenfalls Ewigkeiten unter Wasser, wer weiß, wie tief der geht. Oder es sind tatsächlich Selbstmordversuche. Lemminge, die sich von Klippen stürzen, Wale, die an Stränden verenden, Motten, Elefanten. Nur noch durch das Gedränge am Getränkestand. Gerade bei der Hitze, der Wind auf dem Vorderdeck kommt gut. Aggi hat sich inzwischen ebenfalls hier eingefunden.

Ihr Handy, von wem ist die Melodie überhaupt? Mozart vielleicht, dideldidel-düt, dideididel-düt, dideidideldideidideldideididel-düt. Bin ich froh, dass ich meins fast gar nicht benutze, das private zumindest nicht, die Nummer kennt kaum einer. Wo ist das überhaupt? Keine Ahnung, irgendwo im … Wieso geht sie denn jetzt nicht ran, verdammt noch mal? Das nervt. Schon tausend Mal gehört heute, diesen Song: »Aggi! Verdammt, mach das Telefon aus!«

»Schön hier. Ich war noch nie hier. Schon toll.«

Was ist? Hast du nicht gehört? Mach das Scheiß-Ding aus, sonst tu ich's! Echt, es reicht langsam. Den ganzen Tag hier, also im Büro klingelt das Telefon schon durch, dann kann man wenigstens hier. Wenn ihr das lieber ist, mache ich das, aus der Handtasche reißen und in den Fluss damit. Und Ruhe ist.

»Aggi! Mach bitte das Scheiß-Teil aus!«

»Deine Nerven sind aber auch nicht mehr die Besten, Jo.«

»Ich habe Nerven wie Drahtseile! – – ·· – – Ich habe schon Risiko-Kampagnen durchgezogen mit Millionen-Etats, wenn die gefloppt wären, hätte Gold Reklamen nicht mal mehr auf dem Mond Aufträge bekommen!«

»Risiko-Kampagnen? Auf dem Mond, genau, Jo, auf dem Mond.«

Das ist wirklich ihre Schokoladen-Seite heute, irgendwie unter Druck, ausgerechnet hier, nun, ich kann ihr nicht helfen. Wenn sie mir auf dieser Schiene kommen will, muss sie früher aufstehen, schließlich redet sie mit dem Vater … »Du redest mit dem Vater des deutschen Guerillamarketings.«

»Guerillamarketing, oh Gott, das macht inzwischen sogar Daimler-Benz.«

»Weil ich denen den Weg frei gemacht habe!«

»Okay, du hast Recht!« Typisch, kaum wird es brenzlig, stiehlt sie sich aus der Diskussion. Eigentlich können wir uns ruhig mal über so was austauschen, ganz allgemein, jetzt, wo wir Zeit haben, sonst ist ja nie Gelegenheit dazu. Minderwertigkeitskomplexe, alles Minderwertigkeitskomplexe. Was sie macht, ist ja nicht schlecht. Wenn überhaupt jemand bei uns gute Arbeit macht, dann sie. Werner zum Beispiel, Werner hat den Zenit überschritten, weiß er selbst, seins ist heute mehr das Organisatorische. Ist ja auch wichtig. Aber von mir kann Aggi noch immer eine Menge lernen, eine ganze Menge.

St. Goar. Wieder Fachwerkhäuschen. Ein Kaff sieht aus wie's nächste, sage ich doch: der Ort »Überall«. Hach, zurück in die Stadt, die Stadt, die Stadt … Ganz hübsche Promenade mit Bäumen.

Und mit Flohmarkt, depperte Touristenattraktion: Weinköniginnen mit Strohkörben, Kinder verdealen Feldblumenkränze, Stimmungsmusik, alles, was der Pöbel so braucht, ein Hanswurst, behängt mit Weinlaub und Schellen, hüpft auf und ab wie ein Flummi – nur die Stelzenmänner fehlen. Und das Ganze wirbt wofür? Eine neue Seife? Nein, nur für den Ort selbst. Tourismusziel, Eventhochburg St. Goar, ha.

»Wollen wir nicht hier aussteigen?«

»Nee, kein Karnevalskostüm dabei.«

Und rums. Wieder das Ufer gerammt, als wollten die ein Stück Schiff loswerden. Geht durch und durch, die gesamte Kiste vibriert, vielleicht mal was sanfter das nächste Mal? Plakat, Phosphorfarben, Riesenlettern: »Dichter an den Start! Erste deutsche Literaturmeisterschaft St. Goar.« *Erste deutsche* … in diesem Kleinkaff? Ganz bestimmt. War sogar mal bei so was, paar Jahre her, unten in der Südstadt, wie hieß das gleich, wie hieß das gleich, wer hatte mich da hingeschleift? – – ·· – – Womöglich Werner, das muss, das war in den Neunzigern, paar Jahre ist gut, mindestens zehn oder noch mehr. Ja, Werner, meinte damals noch, da könnten wir uns was abgucken, ausgerechnet. Obwohl schlecht war das nicht, damals ganz neu, heute machen das die öffentlich-rechtlichen Sender, was natürlich heißt: toter geht gar nicht. Bevor die was merken … Beim Medienstammtisch, Adrian, der ist da Kulturredakteur, was der sich darauf einbildet: *Wir sind immer vorn, das Ohr am Puls der neuesten Spielarten und Trends,* das glaubt der wirklich!

Wieso geht das jetzt nicht weiter? Der An- und Ablegevorgang hakt, Gerede, Palaver, große Lage oder was? Zwei Matrosen und ein, ja, was? Abgefahrener Typ. Berber-Gesicht, *ich schlaf unter Brücken,* Schiffsjoppe, schmuddelige Kapitänsmütze, vielleicht wirklich der Dorfpenner. Muss aber was zu sagen haben, die beiden anderen lauschen geradezu andächtig, der Weise vom Fluss:

Hört die heiligen Worte. Worte voller Skepsis, wie mir scheint. Blickt in den Himmel, was ist denn da? Ist mit dem Himmel irgendwas nicht in Ordnung? Bisschen zugezogen, was durchaus seine Vorteile hat, wurde langsam anstrengend. Endlich, jetzt haben sie's. Noch mal auf die Schultern semmeln zum Abschied, da bräche ich gleich zusammen, unter so 'nem Schlag. Weiter geht's. Der Alte. Schaut. Wie ein Denkmal steht er da, ein Hafensymbol. Nicht gerade Seejungfrau allerdings, mehr Anker.

»Achtet auf die Strömung, die Strömung am Stein!« Ah, er kann sprechen und grüßt auch noch mal zum Abschied. Die Flussschifffahrt, sie hat ihre eigenen Gesetze ... Alles hat seine eigenen Gesetze. Wo immer man reinschaut: Die Strumpfhosenindustrie, das Müllverbrennungswesen, das sind alles solche abgefahrenen In-Diskurse. Das versteht jeder, der in dem Bereich arbeitet, aber darüber hinaus niemand. Privatsprachen, alles Privatsprachen. Nur bei uns schnüffelt man mal hier, mal da rein, mit ein Grund dafür, dass der Job so abwechselungsreich ist.

»Wo ist denn jetzt die fucking Loreley?«

»Ja, wart's doch ab!«

»Los, wir gehen zu den anderen. Hinten ist es viel leerer geworden.«

»Klar, die sind alle hier ausgestiegen, um auf den Felsen zu kraxeln.«

Stimmt, viel mehr Platz jetzt. Die anderen köpfen eine weitere Flasche, gut, dass ich pausiert habe, die sind völlig breit, Mechthild, Reinhard und die beiden, die, Olaf und ... wie heißt sie noch gleich? Gesund sieht das nicht aus, und dieses Gekichere, Mechthild in einer Tour, Betriebsausflug, noch zwei Gläser und aus. Dunkler Felsen. Auf der Landzunge davor 'ne Bronzefigur: »Schau mal, da ist sie!«

»Wer? Die Loreley?«

»Ja, beziehungsweise nein, nur die Skulptur.«

»Wie? Was ist denn jetzt genau die Loreley, diese Figur da oder ...«

»Nein, der Felsen.«

»Wie?«

»Na, der dahinter. Aber der heißt nur so wegen dem Märchen.«

»Märchen?«

»Mit der Nixe, und dann sind die Schiffer da alle ...«

»Sie werden das bestimmt gleich erklären«, Werner, ja, wo war Werner eigentlich die ganze Zeit? Gar nicht mehr gesehen.

»Genau! In *vier* Sprachen!« Mechthild möchte sich ausschütten. Gut, Japanisch ist lustig, aber der Rest ... ich muss schon sagen ...

Ding-Dong-Däng, exakt, da ist sie, die Auskunft: »Der berühmte große Schieferfelsen ... berühmtes Echo ... für die Schifffahrt früher gefährlich ... Hören Sie nun das Lied der Loreley mit dem berühmten Text von Heinrich Heine ...«

Heyyyy, Männerchor, die singen mit solcher Inbrunst! Echt zum Piepen, da liegen ausnahmslos alle unterm Tisch, sogar die Rentner. Oder liegt jemand etwa nicht?

»Ey, das is ...!«

»Von wem ist die Aufnahme? Von wem?«

»Ich sag mal: kurz vor 1910 ...! Ganz sicher vor 1910!«

»Helm ab zum Gebet!«

»Verdammt eng hier.«

»Haarnadelkurve.«

»Sollen wir nicht auch 'n Lied dichten? Lied auf die Lorelei?«

»Nee, hör mal. Bei der Konkurrenz ...«

»Also, wie ist jetzt die Story?« Vanessa fragt nach allem und jedem. Und weiß nichts. Nur Fragen, nie Antworten. Nun ja, die Ausbilderpflicht: »Du willst die Story? Du kriegst sie: Also Loreley, das ist 'ne Hexe, 'ne Zauberin, außerdem eine echt geile Maus. Keiner kann ihr widerstehen.«

»Wie jetzt widerstehen?«

»Na, alle sind hin und weg. Das wird ihr selbst schon zu viel. Sogar der Bischof, bei dem sie angezeigt wird, fährt voll auf sie ab … Sie soll also Nonne werden, stattdessen macht sie 'nen Abgang. Von dem Felsen da runter.«

Gut, oder? Nein? Behagt dir meine Version der Geschichte nicht? Kurz und knapp, 1A-Plot, was gibt es zu meckern, Aggi?

»Typisch männliche Perspektive …«

Die Frauenrechtlerin, hätte ich mir denken können …

»Das ist nur die halbe Wahrheit. Sie ist nämlich völlig unschuldig, zerbrochen an einer unglücklichen Liebe, lebt sie in sich gekehrt, aber die verfluchten Männer, die es immer schuld sind, stellen ihr nach.«

»Verstehe. Die Loreley, ein Opfer des Patriarchats, das Ganze eine Emanzipationstragödie.«

»Du hast es erfasst!«

»Aggis Version gefällt mir besser.«

Von mir aus. Mir doch egal. Ihr armen Opfer.

Schweigen. Echt anstrengend, Gruppenreisen, man kann nicht immer reden. Wenn wir nur schon da wären. Diese Schwindel. Wirklich vom Wein? Vanessa tickert in einer Tour, stets neue Botschaften an Freunde und Freundinnen, unglaublich, dieses Durchhaltevermögen, warum ruft sie nicht gleich an? Wenn sie die Ausdauer mal bei der Arbeit … Und Werner? Checkt auf dem Display seiner Kamera, was er bislang aufgenommen hat, wozu, gerade hat er es noch gesehen, hätte es sehen können, wenn er nicht die ganze Zeit bloß durch den Sucher geglotzt hätte, und jetzt schaut er was drauf, irgendwie sind wir alle krank heutzutage. Scheint sich auch gar nicht sonderlich zu amüsieren, dabei hat er uns diese Rentnergaudi eingebrockt, Werner, jetzt soll er sich gefälligst daran erfreuen. -- ·· -- Bleibt immer noch die Option Rückfahrt per Zug ... Josh mit der *Macworld*, Mechthild, Fingernägel feilend, Reinhard guckt Löcher in die Luft. Große Langeweile. Jede und jeder langweilt sich nach seiner Façon. Und nach seiner Position. Sekretärinnen feilen sich nun mal die Nägel, wenn es nichts zu tun gibt. Grafiker haben ohne Bildschirm einen Arm weniger, Stereotypen stimmen immer, sonst wären sie keine, auch ein Axiom der Werbetheorie. Olaf und Tabea hocken abseits an der Reling. Die halten sich sowieso ganz raus, weiß nicht, wieso die überhaupt mitgekommen sind. Freiwillig. Wer macht das denn freiwillig.

»Jetzt haben wir's gleich geschafft, oder?« Muss einfach. Bin langsam echt gar.

»Ne Viertelstunde noch.«

Halbwegs überschaubar, was ein Glück. Noch 'ne Zigarette, Genossinnen und Genossen hinter Rauch. Jeden Tag hängen wir zusammen und nur zu oft auch nachts. -- ·· -- Beinahe wie eine Kommune. Oder eine gottverdammte Familie. Josh hat keine Ahnung. Wenn er denkt, dass man sich bei der Arbeit nicht ganz und gar kennen lernte. Du bist, was du tust, tust du nichts, bist du nichts, und Müllabfuhr bleibt Müllabfuhr. Gold Reklamen ist eigentlich eine Art Künstlergruppe, neuzeitliche Bohème. Haben die Avantgardisten von einst sich vielleicht nicht den Arsch aufgerissen, nachtein, nachtaus, um zu neuen Ufern vorzustoßen? Einziger Unterschied: Wir kriegen Geld dafür. Womit das Hauptproblem der früheren Avantgarde gelöst wäre. Der Rest ist Feuilleton.

Nebliger Dunst im Tal. Der Himmel als Milchschleuder.

»Das war nicht ausgemacht! Wetter.de hat ganztägigen Sonnenschein garantiert!«

»Zeig die an!«

»Mach ich auch! Notfalls geh ich bis vors Verfassungsgericht!«

Endlich: Oberwesel. Hektisch zusammenpacken. Hatte ich noch was? Nein, gar nichts mitgehabt, alles im Auto … Gänsemarsch treppab, los, jetzt geh schon, du, ich will hier nicht überwintern. Andocken, krach, Gangway rausfahren. Und dann drüber tapern.

Fester Boden, schon besser, auf schwankem Element muss ich nicht sein, auch das ist eine Form von Materialismus, immer lieber fürs Handfeste, Handhabbare.

»Wir haben drei Stunden Aufenthalt, zuerst gehen wir essen, natürlich auf Kosten des Hauses …«

»Hört, hört!«

»Das ist nur recht und billig!«

»Danach kann jeder machen, was er will. Hauptsache, ihr seid alle um fünf wieder hier. Dann fährt das letzte Schiff zurück, und wenn ihr das verpasst, könnt ihr sehen, wie ihr nach Koblenz kommt.«

»Wo essen wir?«

»In einem sehr coolen Laden, dem berühmtesten Restaurant am Platz.«

»Drei Sterne oder was?«

»Der Laden ist eher … ein historischer Ort!«

»Historischer Ort? Hat Madonna da mal ’nen Sauerbraten verdrückt?«

»Frankenstein? Hat es mit Frankenstein zu tun?«

»Nein, nein. Folgt mir und seht selbst!«

Warmer Wind, fast Föhn. Trunken auf der Mauerbrüstung, sehr hell, schon wieder diese Helligkeit, die Sonne blendet mordsmäßig, ohne Sonnenbrille Augenbrennen, kaum aufhalten kann ich die, was soll das? Ständig zwinkern, Tränen, das ganze Programm. Wollt ihr mich verarschen? Wer immer dafür verantwortlich ist.

Manchmal glaube ich, ich bin total marode, bräuchte ein ganzes Ersatzteillager, alles auswechseln, ganz machen, wirklich, die neuzeitliche Medizin, meine einzige Hoffnung, können die heute nicht nahezu alles?

Was soll das hier? Gibt's kein Taxi? Mittelalterliche Stadtmauer schön und gut, aber in der größten Mittagshitze rumlatschen, so abgefahren ist das Setting auch wieder nicht. Der Rhein strömt, was soll er sonst tun, darin tuckern zwei Lastboote, Koks oder Kohle oder was das ist -- ·· - · -- Was'n da überhaupt der Unterschied? Koks, viel leichter jedenfalls. Brennt aber auch. Gibt's das überhaupt noch, damals, Kindheit, Schulhof, diese Koksstücke und wir spielten Fußball damit, Koks, braucht das jemand? Das da hat, das Containerschiff, hat eine richtige Teleskop-Brücke, echt hoch. Höhenverstellbar oder sieht das nur so aus? Je nach Ladung. Schlau, wenn's ganz voll ist, wird das wie ein Wachturm, Modell Zonengrenze, wie damals, wo noch der Panzer in Berlin, beziehungsweise, nee, vor Berlin, sein Rohr auf die kapitalistische Enklave gerichtet, mein Gott, das ist alles nicht mehr wahr, lange her, beinahe noch Kindheit. Die stampfen flussaufwärts, mit aller Macht, Wellen wogen zu den Seiten weg, muss 'ne mörderische Strömung sein. Denkt man gar nicht, die Wasseroberfläche ist nahezu glatt. Na, reinfallen möchte ich nicht. Erstens ist es wahrscheinlich doch irgendwie dreckig. Oder sogar ätzend, hoher Säureeinschuss, das frisst dir die Zehen mitsamt den Nägeln weg und dann runter bis auf die Knochen, nein danke. Zweitens das Ersaufen. Da machst du nichts, einmal da nachts mit Margie bei dieser Russenparty und wir dieses Starkbier, was wir gar nicht wussten, und sie: *Ich schwimm' jetzt durch den Rhein, es ist so warm, das ist super jetzt!* Ohne große Umstände raus aus den Klamotten, splitternackt ins Wasser, ich noch: *Mach das nicht, das ist gefährlich, jeden Sommer ertrinken soundsoviel Leute,* sie kümmert das nicht,

nicht abzubringen von dem prima Plan, aber dann: Kaum losgeschwommen, wird sie weggezogen, unglaublich, gleich zwanzig Meter weiter, da hat sie 's auch kapiert, zum Glück. Wäre saudumm gewesen, ausgerechnet dabei. Paar Bier zuviel, was für eine unnötige Aktion, denk mal an die Schiffe, die da voll Stoff stromabwärts stampfen, in der Nacht, die sehen dich nicht. Sonst vielleicht auch nicht, aber nachts mal gleich gar nicht. Die war so bekloppt damals.

Kehre, Steilhang, mit Wein bewachsen, natürlich. Eigenartige Auskerbungen, Erosion oder was ist das? Als habe ein godzillagroßes Kind sein Schäufelchen daran gewetzt.

»Werner, *weißt* du den Weg?«

Echt *verdammt* heiß, darauf hat doch keiner Bock. Werner-Reiseleiter fuchtelt nur blöd mit der Hand herum, in der er immer noch die Kamera hat: »Wir sind gleich da!«

»Nicht gleich, ich möchte *jetzt* da sein. Sonst gehen wir eben woanders hin!«

»Nein, nein, schon in Ordnung. Hier, das ist es. Unser Ziel.«

Sieht nach nichts aus, der Laden. Sichtbeton, weiß verputzt, keine Besonderheit, hätte zumindest Fachwerk erwartet.

»Da sind wir aber gespannt.«

Werner stürmt vor und jetzt sein Triumph: »Ha! Na also!«

Zeig. Was hast du Tolles gefunden? ... Und das ist alles? Eine Marmortafel. Nicht viel größer als DIN A3. Und was steht da? *In diesem Gasthof, einer Zufluchtsstätte der Romantiker, sang Hoffmann von Fallersleben am 17. August 1843 vor Winzern und Freunden sein Deutschlandlied. Im Westen des Reiches erklang an dieser Stätte zum ersten Mal das Lied der Deutschen. Am Tage der Jahrhundertfeier des Deutschlandliedes, 26. August 1941.* Ganz groß.

»Mensch, Werner, ist das dein Ernst?«

»Ich bin halt Patriot, Winkler! Dieses Land hat mir alles gegeben.« Wahrscheinlich glaubt er das wirklich, wie wäre er sonst auf so eine Kiste gekommen. Dabei müsste gerade er wissen: selbst ist der Mann. Der Staat, das Land, die geben einem nichts, gar nichts, die behindern einen allenfalls. -- ·· -- Mit ihrer Bürokratie, mit ihren Einschränkungen und Genehmigungsverfahren und Sicherheitsbestimmungen und Regulierungen. Mir hat nie jemand was geschenkt, alles musste ich mir selber holen.

»Rechnen konnten sie jedenfalls nicht.«

»Stimmt, weder Datum noch Jahr ...«

»Also Madonna wäre cooler.«

»Ganz schön fascho eigentlich. Aber immerhin, die haben auch 'n Biergarten. Da können wir draußen sitzen.« Bei aller politischen Kritik hat Josh einen Sinn fürs Praktische, Draußensitzen ist das Mindeste bei diesem Wetter. Und Werner? Ist er jetzt sauer? Bisschen schon ... So wenig Begeisterung, dabei hat er so tief in die Trickkiste gegriffen, Mannomann, keinen Hund lockt er damit hinterm Ofen hervor, erst die Rentnerpartie, jetzt dieser Nationalquark, das ist nicht Trickkiste, sondern Klo ... Alles unter Nazizeit, irgendwas total Gewichtiges, voll Schlimmes, Massakermäßiges oder so reißt heute niemanden mehr vom Hocker. Uns schon gar nicht. Na, mal rein.

Äh, wie ... Das ist natürlich die Komplett-Katastrophe: von wegen Gewölbekeller. Blümchendecken, violett, darauf rosa Servietten, ätzend.

»Werner, das war ein Griff ins Klo!«

Muss er wirklich zugeben. Er selber. Und niemand da, weder Gast noch Betreiber, nur wir, wir stehen hier und gucken blöd aus der Wäsche, was ist los? Und Werner? Was jetzt? Leere. Da, ein Gesicht, ein weibliches Gesicht hinter gelben Butzenscheiben, lass sie nicht entkommen!

»Hallooooo! Mein Name ist Johst, ich hatte einen Tisch reserviert!«

»Also, das wäre nicht nötig gewesen! Guck doch ... alles frei!« Strafe muss sein, was für eine Zumutung, heruntergekommener Laden ...

»Du kannst mich mal, weißt du ...!« Mal nicht giftig werden, kann ich vielleicht für diese Scheiß-Planung? Hätte er sich früher überlegen sollen, notfalls einen Experten hinzuziehen, mich zum Beispiel.

»Du wirkst auf mich *ein wenig* angespannt.« Das Gesicht ist weg, niemand lässt sich mehr blicken, die wollen gar keine Gäste, umso besser, dann können wir weg, was anderes finden. Obwohl, der Hunger. Wie man es auch dreht ...

»Wo geht's denn in diesen blöden Biergarten?«

Man kann den zwar sehen, aber wo ist die Tür? Fehlanzeige. Oder? Nein. Keine Tür. Also wieder raus und rum ums Haus.

»Gut, Reservieren war Quatsch. Aber kann ich's wissen?«

Der Hinterhof ist ganz lauschig. Unter Linden, ein Bächlein plätschert leis, aber sonst niemand, nichts. Vom Service keine Spur, niedersetzen, warten, das Mysterium der verlassenen Schänke, hungrig auf den Plastiktischen herumtrommeln, ist dieses saubere Etablissement überhaupt geöffnet? Vielleicht eine Räuberhöhle, Wirtshaus im Spessart, in der Nacht bekommen Tische und Stühle Beine, nee, Beine haben sie sowieso, aber Beine, die laufen können, Menschenfresser, Körperfresser, Wesen aus dem Weltall ... Ganz Oberwesel ist bereits assimiliert, nur eine kleine Reisegruppe weiß nichts von dieser Bedrohung.

»Sollen wir nicht woanders hin?«

Nein, jetzt. Eine Frau, dunkel, etwas verhärmt sieht sie aus, kriegt hier wahrscheinlich nichts zu essen oder sie macht das freiwillig, manche wollen in dem Alter partout die Taille halten, sie zwinkert uns zu. Ein Zeichen, jemand lebt, und was für eine tolle Leistung, wie sie gleich zwei Tassen Kaffee an uns vorbei jongliert.

»Es kommt bald jemand.« Gebrochenes Deutsch, leichter Einschlag, serbisch. Oder so ähnlich.

»Bald ist gut! Bald sind wir weg, vielleicht sind wir bald sogar schon tot!« In Vanessas Alter ans Sterben zu denken, ist das nicht etwas verfrüht? Ihre Grübchen sind mir noch nie aufgefallen, ganz süß eigentlich, seit wann steh ich auf Grübchen, wer schaut überhaupt auf Grübchen. Und jetzt? Die Frau, was macht sie? Ist sie die Kellnerin? Oder eine Außenstehende? Handwerkerin, klar, wie eine Klempnerin schaut sie aus oder eine Schädlingsbekämpferin. Keine Ahnung. Sie stellt nur die Tassen auf einem Tisch ab. Der ist mit endlos vielen Illustrierten bedeckt. Lauter Zeitschriften. Wie im Arztzimmer. Die ganze Bandbreite wahrscheinlich, Fürst so-und-so von so-und-so, mit wem der wieder hier oder da war. Und Operationsmeldungen, wer sich wo, was, wie hat richten lassen, *meine letzte Vaginal-OP war total daneben …*

Schon wieder weg, unglaublich, rennt da irgendwo rum, zwischen Haus und Hof, ziellos. Begutachtet Bettwäsche, die da hinten zum Trocknen hängt, zupft daran rum, guckt, ob die noch nass ist oder was. Dann wieder rein ins Haus. Hallo! Wir haben Hunger, haben Durst. *Kommt bald jemand.* Pffff. Da ist sie doch wieder. Mit 'nem dritten Kaffee, den sie zu den beiden anderen stellt. Ich fasse es nicht, wir sind gar nicht da, wir müssen aus Luft sein. Wie weggetreten ist die eigentlich? Oder doch Körperfresser. Alles Ablenkungsmanöver, der Stoßtrupp formiert sich im Haus und wenn wir vor lauter Hunger nicht mehr denken können … Die stapft da rum, völlig unverdrossen, bereitet eine gemütliche Kaffeetafel, aber für wen? Dieser Tisch ist verwaist. Oder man kann sie nicht sehen, die Gäste … weil sie gar nicht da sind, nur eine Zwangshandlung, Übersprungshandlung, die tut das, weil sie es tun muss. Wie wär's mal mit einer Runde Bier für uns? Also verarschen lassen müssen wir uns nicht … Unglaublich, die Speisekarten, es gibt sie. Noch eine Frau, eine andere, bringt uns jetzt echt die Speisekarten … oh nein, was ist das denn?

»Monte-Neeegro-Grill! Werner?!«

»Tja …«

»Wären wir mal gegangen.«

»Können wir immer noch.«

»Woher soll ich denn das wissen? Im Internet stand historischer Traditionsladen.«

»Jetzt in der Hand serbischer Extremisten.« Reinhard. Klappt mit einem Knall die Karte zusammen. Hat er eine Fliege erledigt? Oder das gastronomische Konzept?

»Wenigstens ist es billig.«

»Na eben. Ich muss schließlich zahlen.« Super. Werner beginnt zu knausern. Beim ersten Betriebsausflug seit drei Jahren. Rasnici im Pfropfenzieher, wären wir mal – · –– ·· –– Diese Gruppenzwänge, man muss eben gleich aufstehen und gehen, keine Kompromisse, Vanessa als Vegetarierin, da wäre ich, da hätt ich sofort, ärgerlich, Zigarette, das nervt noch mehr als der Husten.

»Äh, übrigens. Das hatte ich vergessen zu sagen: Ich muss euch gleich allein lassen. Ich habe noch einen Termin hier im Ort, tut mir leid.«

»Einen Termin hier? In Oberwesel?«

»Das fällt dir früh ein.«

Ich kapiere gar nichts mehr, das kann er unmöglich machen. –– ·· –– Und wen will er vor allem treffen in diesem gottverdammten Kaff?

»Wie denn? Geschäftlich?«

»Selbstverständlich geschäftlich! Aber lasst euch nicht die Stimmung vermiesen, ja?«

Welche Stimmung? Die ist auf dem Tiefpunkt, bei mir jedenfalls, jetzt reicht's allmählich, wo ist der Bahnhof? -- ·· -- Ich fahre zurück nach Köln, ganz einfach, mache mir ein paar lockere Tage ohne Gold Reklamen, obwohl ... ich glaube, hier gibt's gar keinen, sieht dieses Dorf hier vielleicht nach Bahnhof aus? Das kann man wahrscheinlich nur mit dem Schiff anfahren. Kann froh sein, wenn es Straßen gibt, nicht nur Feldwege, Pfade, Pferdekarren. Wenn ich das gewusst hätte, Mann, Mann, Mann. Zigarette. Ja, ich weiß, eine an der andern anzünden ist ungesund. Geht nicht anders. Jetzt nicht. Brauche Kompensation. Hörst du? Kompensation.

»Um fünf treffen wir uns an der Mole, und ich verlange, dass ihr dann alle super drauf seid, okay? Hier, Aggi, zweihundert Euro. Das sollte reichen für euch alle, lass dir 'ne Quittung geben.« Zweihundert Euro. Da sehen wir, wie viel wir ihm wert sind, und das, obwohl er es absetzen kann. Hätte sein können, er sagt das nur zum Spaß und dann, wenn alle sich aufregen, Werner so: *Reingefallen, Geschäfte in Oberwesel, wer kommt nur auf so eine Idee, habt ihr euch mal hier umgeschaut?* Aber nichts da, der kippt original seine Cola weg und verschwindet, das ist beschissen, das kann er nicht machen, nicht als Chef. -- ·· -- Geschäfte hin oder her, also ich würde nie, das überlegt man sich doch, wie das ankommt bei den Mitarbeitern, die müssen denken, das ist jetzt der Betriebsausflug, aber in Wirklichkeit ist ihm das scheißegal, der ist froh, wenn er weg kann, um wen auch immer zu treffen, Geliebte womöglich. Ich meine, wer soll ihm das abnehmen, Geschäfte in Oberwesel? Lächerlich.

»Sagt mal, was ist denn hier los? Wie findet ihr denn das?«

»Hm? Was meinst du?«

»Ja, Werner, dass er einfach verschwindet.«

»Wenn er doch einen Termin hat.«

Seltsam, die anderen regen sich gar nicht drüber auf, tun so, als wäre nichts. Vielleicht ist denen das tatsächlich gleichgültig, so ein toller Unterhalter ist Werner nun wieder nicht.

»Hat er dir nichts gesagt?« Wenigstens Aggi merkt, wie sauer ich bin.

»Nein.«

»Er trifft sich mit Landauer von Laux, Sanwald und Abendstern. Der ist hier zur Kur. Es geht um eine eventuelle Fusion.«

»Eine … was? *Fusion?* Mit Laux, Sanwald und Abendstern?«

»Ja.«

Das setzt dem Ganzen die Krone auf! Kein Wort! Kein Wort hat er mir gesagt. Das ist allerdings ein Hammer. Bei einer solchen Sache, richtungweisende Entscheidung – ·· – · –– ·· – Nichts. Gar nichts erwähnt – ·· – · –– ·· – Nur jetzt hier, *ach, übrigens, ich hätte da noch einen Termin.* Einen Termin, wo es mal so mir nichts, dir nichts um die Zukunft unserer Firma geht. –– ·· –– Scheiße, Scheiße, Scheiße, was soll das, ich muss ihn zur Rede stellen, direkt nachher. Das ist jetzt wieder … gleich so eng, dieses Gefühl im Hals, kein Wunder, sonnenklar, das kommt dann selbstverständlich, wie zugeschnürt, der Blutdruck. Sollte mich nicht aufregen, will mich gar nicht aufregen. Aber wie, bitte schön, soll ich mich *nicht* aufregen? Werner hat sie nicht mehr alle, als sein Stellvertreter muss ich davon wissen, wie steh ich denn jetzt da, vor Aggi zum Beispiel, die wieder mal eingeweiht ist. Seine Pflicht wäre das, jobmäßig und auch freundschaftsmäßig. Arschloch. Oberarschloch.

Warum überhaupt dieses Gespräch mit Landauer? Ist das Angebot derart lukrativ? Vielleicht wenn der in Kur ist, vielleicht packt Landauer es nicht mehr, das wäre tatsächlich eine gute Chance. Wachsen, immer wieder wachsen, vorher war schrumpfen. Jetzt in der Krise wachsen, um dann, wenn die Krise überstanden ist, megastark aufgestellt zu sein, das wäre schon vernünftig. Oder … geht es um uns? Das kann nicht sein, wir knechten uns die Seele aus dem Leib, keine Pausen, welchen Sinn hätte es, einen Teilhaber ins Boot zu holen? – – ·· – · – – ·· – – ··

Das Essen. Wunderbar. Ganz die erwartete Katastrophe. Hab sowieso keinen Appetit, passiert auch nicht oft. Werner hat's geschafft. Angekohltes Fleisch, pampiger Djuwetschreis, wie so Babynahrung. Die anderen reden, aber nur Geplänkel, wie das Plätschern des Bächleins, denen fällt nichts mehr ein. Die gute Laune des Morgens ist verflogen, es liegt ein Grauschleier über dem Ort. Hm, was ist das? Blut. Man soll nicht an der Unterlippe kauen, die Stelle ist nicht ganz verheilt, gar nicht gemerkt. Lieber eine Zigarette. Ja, das macht Freude, jetzt mit voller Absicht, zur Strafe, demonstrativ in den Salat aschen. – – ··· – · – ·· – – Lieber doch nicht. Der Husten, hier ohne Spray – lieber lassen, dafür die Kippe direkt mitten rein. Das ist eine Genugtuung, da seht ihr, was ich davon halte, von eurem Balkan-Salat mit Mayonnaise-Dressing.

Was jetzt, was tun? Zwei Stunden, wie soll ich die rumkriegen? Geht nicht nur mir so, die große Frage am Tisch, was kann der Ort Oberwesel uns bieten? Kunstausstellungen, Museen sicher nicht. Wir haben genug gesoffen, das wäre keine Lösung, am liebsten pennen, aber wo? Geht wohl nicht oder ich miete mir 'n Hotelzimmer, was soll's, Stundenhotel, Stundenpennhotel, wie in Japan, war das nicht da? Wo die so Schlafkabinen … und dann zum Mieten, das ist die Zukunft der Menschheit, sowieso, wenn das immer mehr und mehr werden, alle wie Bienen in eigenen Waben, Gruften. Wenn du abkratzt, brauchen sie die nur zuspachteln, Fall erledigt, praktisch, da in Sizilien, diese Katakomben, war doch Sizilien, sehen genauso aus, genau so.

»Es gibt hier diesen total berühmten Altar aus dem vierzehnten Jahrhundert.«

»Aggi, stehst du etwa auf so Zeug? Ich wusste noch nicht mal, wer oder was Oberwesel ist. Aber Altäre, also das …«

»Als Art Director interessiert man sich für die Kunst vergangener Zeiten. Praktikanten dagegen …« Knallrot und stumm, das hat gesessen, welche Laus Aggi nur über die Leber gelaufen ist, die ist eine Treibmine heute, kleinste Berührung führt zur Detonation. Und Vanessa, kaum erwachsen, gar keine Gegnerin für Aggi, aber da blickt man nicht durch, wo die überall Konkurrenzen wittern, oft geht's bloß um Aussehen, Alter und so weiter. Oder es hat überhaupt nichts zu sagen, sondern passiert nur, weil wir alle Individualisten sind, da gibt's halt diese Reibereien. Beim Arbeiten funktioniert es, sonst haben wir eben nichts miteinander zu tun. Mir viel lieber, sollte mich mal etwas absondern. Ruhe, aber Ruhe, wozu? Ruhe vor den anderen. Und was dann? Muss ja mal nachdenken, was das jetzt bedeutet … Hektischer Aufbruch, nach dem ganzen Rumhängen oder vielleicht doch …

»Aggi, ich würd' gern mitkommen zu deinem Altar.«

»Jo, du? Interesse an Kunstgeschichte?«

»Gewiss, was denkst denn du?!« Insbesondere muss ich sie mir mal zur Brust nehmen, die weiß bestimmt mehr über die Fusionspläne. Bevor ich mir Werner vorknöpfe. Dann präsentiere ich ihm gleich die ganze Rechnung, und er kann sich nicht so leicht rauswinden. Dem fällt doch immer was ein, Ausreden, gute Gründe, und am Ende ist man genauso schlau wie zuvor. *Ich verstehe dich, aber du solltest auch mich verstehen, einer muss das große Ganze im Auge behalten.* Das große Ganze, immer gleich das große Ganze, was ist er eigentlich, Außenminister?

Aggi ist nicht gerade begeistert, wäre wohl auch gern mal für sich geblieben. Egal, ich muss das jetzt klären. Also los. Die anderen zerstreuen sich im Nu. Als hätte der Wind sie auseinander geblasen. Haben es ungemein eilig, sind derart viele Dinge zu tun in Oberwesel, dieses Angebot, ich meine … keine Ahnung, was die vorhaben. -- ·· -- Gut, erst mal das Gespräch mit Aggi suchen. Die Option mit dem Zug bleibt ja.

Ach, du Scheiße. Wenn ich das gewusst hätte, das geht dermaßen steil bergauf, mehrere Treppen, wie viele, drei, vier, mein Gott, und das nach dem ganzen Wein.

»Was machst du da mit mir?«

»Du musst ja nicht.« Nein. Aber. Man wird nicht jünger, körperlich zumindest nicht. Ächzen wie ein Greis, wäre ich einer, hätte ich wenigstens einen Stock. Jede Stufe bedeutet Schmerz, Aggi dagegen huscht behände den Kirchberg hinauf – ·· -- · -- Treibt sie denn Sport? Weiß ich gar nichts von. Wenn, geht die höchstens in ’n Studio, am Wochenende oder mitten in der Nacht. Bei den Arbeitszeiten. Oder bin nur ich so fertig? -- ·· -- Ich mach doch das Badminton, so wenig war das auch nicht in der letzten Zeit, natürlich die Hitze, diese verdammte Hitze, ich schwitze wie ein Schwein. -- ·· -- Könnte gleich duschen, Klamotten wechseln, bereits auf dem Schiff, das war eine einzige … Ihr Handy, schon wieder, macht nichts, die trabt ohne größere Schwierigkeiten beim Telefonieren da rauf. *Anstrengend? Nö, nicht die Spur …* Wer will denn da nur immer was von ihr? Die Kunden wissen, dass wir paar Tage Auszeit haben, nach privat sieht das jedoch nicht aus. -- ·· -- Worum dreht es sich also? Erzählt mir niemand mehr irgendwas? Oder hat sie noch Parallelgeschäfte am Laufen?

Sie ist schon oben. Und ich? Zwanzig, dreißig Stufen sind das, na, toll. Also. -- ·· -- Mit Anlauf, die letzten ... noch mal durchziehen, Alter, nichts anmerken lassen, nicht vor ihr. Bitte keinen Infarkt jetzt. Nicht nur, dass Sterben von Nachteil wäre, es sähe doof aus – wegen dem bisschen Treppe ... Und Oberwesel, ich meine, Oberwesel!

»Ich denke über das Angebot nach, mehr kann ich Ihnen nicht sagen. Im Übrigen ist das jetzt kein guter Zeitpunkt.« Aha. Kein guter Zeitpunkt, weil ich da bin? Also ein Angebot, dachte ich es mir.

»Ich rufe zurück, ja.«

Das gefällt ihr, ich hier japsend. Und sie regelt locker ihre Deals. -- ·· --

»Ist das nicht eine Aussicht? Das entschädigt einen für die Mühen des Weges!« Brauchst mir gar nicht ironisch zu kommen, kann mir schon vorstellen, wie ich aussehe. Bleich und dem Tode nahe, in den Klamotten des Todes gewissermaßen. Die Aussicht, na ja, der Fluss, Chromband, klar, Hügel und die Häuschen von Oberwesel, hübsch geschachtelt, trotzdem, auch darin wohnt der Tod, nur Tote, bestimmt, das passt.

»Okay, gehen wir rein?!«

Erst mal zu mir kommen. Mit dem Atem ringen, aber in Ordnung, rein in die Kirche, lassen wir das Thema »Fusion« erst mal beiseite. Lichtdurchflutetes Kirchenschiff. Milchig, hallend, beruhigend. Kirchen haben immer was Beruhigendes, selbst für Atheisten, nach dem Motto: Schlimmstenfalls kann man sich auf dem Sterbebett bekehren lassen und das ist früh genug. *Okay, lieber Gott, die meiste Zeit war mir das mit dem Glauben völlig Wurst, aber jetzt, da ich hinscheide, wird mir mit einem Male sonnenklar ... Das wirst du mir doch nicht zum Nachteil auslegen?* Keiner da. Wir sind die absolut einzigen Besucher in dieser von Aggi empfohlenen Kirche. Und dafür der Stress.

»Und das ist also dieser supergeile Altar?« An der Stirnwand des Raumes, ungewöhnlich hoch, geschnitzt, ziemlich gut geschnitzt sogar, soweit ich das beurteilen kann. Kann ich natürlich nicht, seh ich aus wie der Experte für mittelalterliches Kunsthandwerk, Typ mit grauen Schläfen, voll der Langweiler, aber eine Koryphäe auf seinem Gebiet, nee, zum Glück nicht. Spiralförmige Säulen gedrechselt, blau, vier Etagen, verjüngen sich nach oben hin, wie ein Kartenhaus. Pro Ebene zwei Holz-Heilige, Engel oder was das sein soll, links und rechts, im Zentrum 'n Gemälde mit Heiligenszenen, was sonst. Und dann die Spitze, ganz schön hoch das Ding, vier Meter werden das sein, ein Christusbild mit vertikalem Riss in der Mitte, da schimmert das Tageslicht durch. Da noch drüber, also über allem, diese goldene Sonne. Kosmos? Die gesamte Welt, oder was will das darstellen?

»Und was steht drin in deinem schlauen Büchlein zu diesem berückenden Beispiel mittelalterlichen Kunsthandwerks?«

»Nee, ach so, hatte ich dir gar nicht ... das hier ist eine andere Kirche, die ich mir noch vorher angucken wollte. Dieser Altar hier wird gar nicht erwähnt, nur der tolle Ausblick.«

»Was? Und dafür marschieren wir hier hoch?« Das hat sie absichtlich gemacht, um mir eins auszuwischen, weil ich mich aufgedrängt habe, *haha, kleine Programmänderung, schiebe ich noch diese Herzinfarkt-Nummer ein, vielleicht werde ich ihn so los*, nicht mit mir, ich lasse mir das nicht nehmen, der Altar ist vollkommen in Ordnung, auch wenn der Verfasser dieses unbedeutenden reiseliterarischen Werks ihn einer Beschreibung nicht für würdig erachtet, was wissen die schon? Der Christus, dass der immer so gucken muss, ausdruckslose Miene, was wohl das sagen soll: Erleuchtung, oder wie beiläufig er seine Leiden wegsteckt? Danke, lieber Heiland, dass du für uns so sehr leidest, man kann ihm nicht verübeln, was nachher passiert ist, für die Kirchen in seinem Namen kann er ja auch nicht ... all diese korrupten Verbrecher-Halsabschneider-Halunken, Mörder auch, neun Millionen Ketzer, sechs Millionen Juden, dieselbe Liga. Hexen verbrennen tun sie heute noch. Zumindest in den USA. Oder führen Kreuzzüge. Auch nicht besser.

»Wo ist denn dann dieser berühmte ...«

»Der ist woanders, da gehen wir gleich hin.«

Aggis hochhackige Absätze: Die knallen und hallen nach wie Pistolenschüsse in den Säulengängen. Starre Atmosphäre, eingefroren, das ist diese Zeitlosigkeit, irgendwie bedrückend. Das kühle Gemäuer. Außerdem, verdammt, der Husten. -- ·· -- Au Mann. So jung und schon völlig am Arsch. -- ·· -- Tja. -- ·· -- Da machst du nichts, Scheiße, ich könnte kotzen. In diesem Gewölbe klingt das wie Donnergrollen. -- ·· -- Starker Effekt, raus, ins Freie. -- ·· -- Dass ich ausgerechnet jetzt, wo's gewissermaßen in die Natur geht, mein Spray vergessen muss. -- ·· -- Original wie ein Fisch auf dem Trockenen, nach Luft schnappend, so fühlen die sich dann, da kriegt man Sympathien für die leidende Kreatur. Nicht, dass ich jetzt womöglich Tuberkulose habe oder irgend so 'ne andere ausgestorbene Lungenkrankheit, Diphtherie, diese Sachen sollen ja wieder auftauchen. Eingeschleppt aus Osteuropa. Ob das wirklich alles seine Ordnung hat oder ob die doch was finden werden? Womöglich bin ich nur allergisch gegen Kirchen. -- ·· -- Hier draußen wird's gleich besser. Gut durchatmen und bloß nicht panisch werden. Oder wird's nicht besser? -- ·· -- Aber sicher. Muss ja. Und Aggi? Betet wahrscheinlich, Quatsch, die doch nicht, sie telefoniert. Was denn sonst. Telefoniert mit Gott, hübscher Garten. Was macht die denn da drin? -- ·· --

Kommt und kommt nicht aus dieser verdammten Kirche heraus. Mal etwas Druck machen, ich kann nicht ewig hier rumstehen, hoffentlich kein neuerlicher Hustenanfall … Die Tür knarrt wie in einem Thriller. Vorsichtig reinlinsen … Da sitzt der irre Frauenmörder, verkleidet mit den Klamotten seiner Mama und kreischt, sein Messer, ein Gleißen, *the dagger*, nee, Glück gehabt, Aggi auch. Niemand hat sie gemeuchelt. Mann, was macht die da, steckt eine Münze in den Spendenschlitz, die sind echt … aber sehr diskret in die Wand eingelassen, der Schlitz. Und wie sinnfällig, da landet das Geld unmittelbar im Bauch der Kirche.

»Du unterstützt diese mafiöse Vereinigung?«

»Hast du dir mal die Fresken angeschaut? Die müssen dringend restauriert werden.«

»Und das, glaubst du, tun sie mit deinem Euro?«

Antwort gibt es keine, weil wieder Funktelefon. Sie meldet sich, rauscht raus dabei. Handies in der Kirche, das täte nicht mal ich. Aber warum lässt sie sich nicht gleich einen Chip implantieren, das wäre die Idee, braucht sie gar nicht mehr abzuheben, labert mal mit den Leuten in der Außenwelt, mal mit denen am Telefon. Dann merkt man den Unterschied gar nicht mehr und irgendwann dreht man wirklich durch, Stimmen in meinem Kopf, Stimmen da draußen. Wie diese Leute, die in der Stadt rumrennen, vor sich hinpalavern, du denkst, die ticken nicht ganz richtig, stattdessen haben die einen Knopf im Ohr. – – ·· – – Wenn sie das perfektionieren, entsteht eine ganz neue Lebensform, analog und digital zugleich. Und? Wohin hat sie sich verkrümelt? Da, an der Mauer lehnt sie …

»Ja, sicher … Das Angebot steht … aber ich werde auf gar keinen Fall …« Sie wird auf keinen Fall, sie guckt, sieht mich, wendet sich ab. Ab in den Garten. Ich soll gar nichts hören. Dann eben nicht, will mir gar nichts gönnen, also noch mal Panorama, unveränderte

Spielzeugidylle, der Himmel unnatürlich blau, mit Zeichentrick-Wölkchen dran gepappt: *The Simp-sooooons* … Ist das nicht Werner da unten? Tatsache. – – ·· – – Werner. Eilig, eilig die Straße lang. Der Sack, am liebsten würde ich jetzt runter, hinter ihm her und ihn zur Rede stellen … Aber ist schon wieder weg, ab durch die Mitte, weg um die Ecke. Aggi redet und redet.

Und hinter der Kirche? Ein Pfad. Ganz verwuchert. Ranken, Obstbäume, Äpfel oder was? Ach, das sind sogar Aprikosen. Dass die hier wachsen, hätte ich nicht gedacht. Aber die Sonneneinstrahlung ist schon heftig. Eidechsen auf'm heißen Stein, die auch, Eidechsen, Aprikosen, was ist das, eine Raumfalte? Mediterranien. Die totale Stille. Unten der Fluss, oben die Weinberge, man müsste Zeit haben. Habe ich eigentlich. Zwei Stunden, nichts Halbes und nichts Ganzes. Mal richtig in der Gegend rumspazieren. Mit Margie. Und ohne Berge natürlich.

Und das? Gemalte Embleme, mitten im Gestrüpp, merkwürdig. Ach klar. Das sind so Weinheilige, verbrämt mit Laub und Beeren, Gott schütze unsere Saat und unsern Alk. Scheint heidnisch und ist dennoch alles in allem gut katholisch. Jetzt jedenfalls. Wer weiß, früher. Kultstätte, der Gong ertönt, die Masse bebt, nervöse Motorik, Rauch, Schwall, Ochsenopfer, Masken, Tanz und Trommelschlag. Eine Ekstasegruppe, beschmiert mit Farbe und Blut, grollende Männer, schrillende Frauen. Und dann fallen sie übereinander her, wälzen sich in Schlamm und Exkrementen, entleiben sich selbst im Überschwang von Lust und religiöser Inbrunst. Das hätte mir schon Spaß gemacht, korrekte okkulte Action, dagegen dieses freudlose Frömmeln der christlichen Kirchen … Nicht umsonst haben die ihre Tempel häufig auf den Ruinen archaischer Opferstellen errichtet, Energien des alten Glaubens aufnehmen und ihn ausmerzen zur gleichen Zeit. Statt Sex und Desaster Geißel und Seelenknast. Werbestrategisch ist die Kirchengeschichte natürlich ein phänomenaler Erfolg. Kann man nur von träumen, totale Penetration des Marktes, die Corporate Identity entspricht punktgenau dem Selbstverständnis der halben belebten Welt, der Papst ein Popstar, zumindest der letzte. Seit »wir« Papst sind ... Geldmäßig geht es denen auch ganz gut, Reliquien sind zwar nicht mehr so stark am Markt wie früher, aber der Jahrhunderte währende Schacher hat genug Kohle eingebracht, Schweizer Bankkonten, Großgrundbesitz, Firmenbeteiligungen, in jedem miesen Geschäft stecken sie drin. Dass diese ganze Missbrauchsgeschichte aufgekommen ist, was man sowieso immer ahnte, fingernde Pfaffen, auch so ein Stereotyp, um nicht zu sagen: offenes Geheimnis. Die Marke hat das dennoch sehr beschädigt.

Ins Gras sinken wie Goethen dereinst, den Vögeln lauschen und der Stille, die Bäume, die Sträucher, was sagen sie, sprechen sie zu mir? Nein. -- ·· -- Wieder ganz ruhig, oder? Ja. Der Puls normal, der Blutdruck wohl auch, so relaxt, wie das hier ist, da kann einem im Grunde nichts passieren?! Mir zumindest nicht. Anderen geht es schlechter. Gut, dass ich kein Käfer bin. Der da zum Beispiel. Groß und schwarz, unter die Ameisen gefallen. Da liegt er und windet sich, umwimmelt von den Henkerscharen, die ihn langsam aufzehren – wie ein bankrotter Geschäftsmann unter Gläubigern, alltägliches Drama der Tierwelt, soll ich ihm helfen? Nein, Aggi ruft, tut mir leid, Käfer, das sind die Gesetze der Natur. Wo ist sie? Schon an der Treppe.

Der Ort ist vollständig verlassen. Da lebt niemand mehr, ich weiß es. Keine Geschäfte, keine Fußgänger in Oberwesel. Alle sind sie gestorben, dahingerafft von einem heimtückischen Virus. Also doch die Körperfresser. Die Jugo-Gaststätte von vorhin ist ihre Zentrale, uns haben sie verschont, um uns in aller Ruhe zu beobachten, unser Verhalten zu studieren. Laborratten. Oberwesel ein Versuchslabor der Außerirdischen.

»Mittagspause.«

Aggi sagt gar nichts mehr, hat Schweigepillen gefressen. Wie ein Plattfisch. Immer nur blub, blub, Wasserblasen, aber keine Worte. Hat sie irgendwas Besonderes erfahren, über das sie intensiv nachdenken muss? Im Gespräch mit Gott oder dem Anrufer? Eher Letzteres. Macht mich schon misstrauisch. Vermutlich ist das nur die Börse. Aggi an der Börse, warum nicht? Da läuft jetzt gerade ein bedeutendes Geschäft und deshalb ruft ihr Beauftragter an: *Die Aktie steht bei vier, soll ich kaufen oder warten?* Aber Angebot? Welches Angebot überlegt sie sich? Das »Angebot« eines Brokers? Würde man nicht so nennen, oder? Uraltes Kopfsteinpflaster, historisches Rathaus. Oder ist das gar nicht historisch? Alt aussehen tut es wenigstens. Im Jahr 1973 traditioneller Ästhetik nachempfunden. Marktplatz, ach, da sitzen Mechthild und Reinhard, frisch erblühte Leidenschaft, keiner von den anderen wollte mit ihnen spielen, da haben sie zusammengefunden, und nächste Woche heiraten sie, Mechthild ein Traum in Weiß, den ich mir nicht entgehen lassen werde. Hier ist mal mehr los, Touristengruppen. Und da, Skins. Tun, was sie immer tun. Bier saufen und grölen.

»Was wollen *die* Arschlöcher denn hier?« Sie knirscht original mit den Zähnen, das ist das, oder? Knirschen mit den Zähnen, dachte, das wäre nur 'ne Redensart, aber Aggi kann das. Voll der Hass, nimmt sie die paar Hampelmänner etwa ernst?

»Wahrscheinlich 'ne Art Regionaltreffen. Die suchen sich doch immer solche abgelegenen Nester dafür aus.«

»Dass da keiner einschreitet. Für die dürfte es keinen öffentlichen Platz geben, wo sie sich aufhalten dürfen.«

»Genau. Und ich weiß auch, was wir mit denen machen. Die kommen ins Konzentrationslager, wo sie lernen, sich zu konzentrieren. Wo sie dann häkeln können und sich mit ausländischen Kulturen und Sprachen vertraut machen. Alle Aufseher sind natürlich Migranten. So stelle ich mir das vor.«

»Sehr witzig, Jo. So wird man dieses Problem ganz sicher lösen.«

Die brüllen, singen irgendwas. Kann man nicht erkennen, Gesang ist ihnen nicht gegeben, das nein. Aber klar, kenne ich, Nationalhymne, selten gehörte Strophen. Deutschland, Deutschland, Etsch, Belt, Wein, Frauen, Treue und so weiter. Keiner kümmert sich drum, weder Gäste noch Oberweseler, ich sag ja, alles tot hier, und das, was lebt, scheint in Apathie zu verenden. Momentan zumindest. Jetzt sind sie apathisch und schauen zu, wofür lassen sie sich begeistern, die Masse, die Bevölkerung? Eisbärbaby im Berliner Zoo, dafür stehen sie stundenlang an. Aber man soll sich nicht zu sicher sein, wenn es jemandem gelänge, sie zu aktivieren. Wie viel mehr wären sie zu begeistern für eine echte Aufgabe, eine Sendung, das Wohl der Volksgenossenschaft, des Volks, des Reichs, des Führers? Nur dass diese Dumpfnasen, die Glatzen, nicht das Charisma aufbringen …

»Lass uns hier weg.«

»Bisschen Randale ist doch auch mal interessant? Wo die sind, lässt der schwarze Block nicht lange auf sich warten!«

»Ich kann darauf verzichten. Ich habe im Osten genug Randale mit denen erlebt.«

»Du und Randale. Kann man sich gar nicht vorstellen, du bist immer so kultiviert.«

»Du kennst mich eben nicht.«

»Aber natürlich. Austeilen kannst du. Weiß ich doch.«

Immer an der Wand lang. Oder auch Hauptstraße, parallel zum Rhein. Erneut das große Schweigen. Das ist er, der geeignete Moment …

»Wieso erzählt Werner mir eigentlich nichts von seinem Treffen?«

Was soll dieser Blick? Hältst du mich für blöd oder was willst du mir sagen?

»Vielleicht hat er's vergessen.« Tatsächlich, die macht sich lustig über mich.

»Glaubst du das?«

»Tja.« Sendepause, bewundere nur ausgiebig deine Schuhe, Wildleder, Keilabsatz, die sind sehr angesagt im Moment. Komm schon.

»Hä?«

»Seit wann interessierst du dich für die Geschäfte? Du machst deine Konzepte und dann ist gut.«

»Ja und?«

»Du tust, was dir Spaß macht. Die unangenehmen Aufgaben überlässt du anderen.«

Was soll das jetzt, warum so feindselig? Welches Problem hat die denn? Auch keine Freundin von Betriebsausflügen, was? Kann ich trotzdem nicht so stehen lassen.

»Wer sorgt denn hier für die Kommunikation? Wieso kriegen wir wohl so viele Folgeaufträge?«

»Was fragst du mich, wenn du es sowieso schon weißt?«

Das läuft schief, das ist nicht das, worüber ich sprechen will. Weiß schon, das alte Thema, Aggi und ihre Erfolge in Sachen Kundenbindung, ihre Premium-Kunden, die immer und überall Vorrang haben, alles muss man stehen und liegen lassen, die gesamte Mannschaft kümmert sich jetzt exklusiv um Ophelia-Damenbinden. Gewiss, das macht eine Konstante im Jahresumsatz aus, das allein schon. Sie denkt immer, das wird nicht genügend gewürdigt, deshalb muss sie's überall raushängen lassen. Ihre Konzeptionen für die Dauerkunden sind am Ende wichtiger für die Agentur als alles, was ich jahrein, jahraus tue. Realitätsverlust, Selbstüberschätzung, das gesamte Programm an Verblendung. Es sind wohl vorrangig noch *meine* Ideen, die Gold Reklamen den guten Ruf in der Branche verschafft haben, ohne diesen Ruf hätten ihre Klienten längst mal Alternativen ausprobiert. Und die Effies fünfundneunzig und achtundneunzig? Wer war das? Sie vielleicht? Werbegeschichte. Ich bin Werbegeschichte, da sind Kampagnen, vor drei, vor vier, ja, vor fünf Jahren sind die gelaufen und trotzdem noch in aller Munde, Sprichwörter sind das, moderne Volkskunst. *Mineralia. Das prickelt am Zwickel.* Das hörst du zwischen Helgoland und Friedrichshafen, so weit hat es noch nicht mal Goethe gebracht.

Sports & Fashion. Gingen zur RNT. Nach all den Jahren, neue Besen und so weiter. Aber nichts da: Reumütig kamen die wieder angekrochen. Und warum? Weil der Kunde die Power-Sneaker noch immer mit meinem Clip assoziierte! Füße, Füße, Füße auf der Treppe, aber der Power-Sneaker kommt dreimal so schnell voran. Und wo ich noch diese Parkour-Leute eingebunden hatte, das kannte noch *nie-mand* damals, heute dudeln die Kultursender das rauf und runter, Ghetto-Sportart, Selbstbewusstsein, deren Erfinder ist mittlerweile ein internationaler Star. Und? Wer hat das als Allererster erkannt? Das lenkt nur vom eigentlichen Punkt ab, ich will doch wissen: »Also was ist jetzt mit diesem Treffen? Was weißt du darüber?«

»Nicht mehr als du. Sie treffen sich, um die Möglichkeiten einer Zusammenarbeit auszuloten.«

Starrt ruhig vor sich hin und schüttelt den Kopf, entweder weiß sie nichts oder will nicht. Nichts ausspucken, was immer der Grund ist, also Werner selbst, Werner muss damit rausrücken, sonst kann er mich mal, schmeiße ich die Brocken eben hin. Sollen sie mal sehen, wie sie ohne mich zurechtkommen. Gar nicht, das wäre nett, ich bin weg, mache selber was. Oder bei der Konkurrenz. Und Gold Reklamen kommt innerhalb eines Jahres vollständig auf den Hund, könnte durchaus so laufen, das haben die gar nicht in der

Peilung, was ich wert bin für die Firma. Keine Vorstellung machen die sich, nicht mal Werner. Ist das endlich die Kirche unseres Vertrauens? Roter Backstein, durchbrochen von weißen Streben. Wie ein Fachwerkhaus in groß. Mit umgekehrten Farben natürlich. Das wird es wohl sein, muss es wohl sein. Reisebusse und Besuchergrüppchen, die stauen sich an der Pforte, Liebfrauenkirche, da steht's, das hat sie gesagt, so heißt die. Imposanter Eingang, Riesentür das, woraus? Schon Metall, Stahl, Bronze oder was, wie viel wird die wiegen? Ich schätze mal, unendlich viel, 'ne Tonne? Oder mehr? Wenn man einmal drin ist, lassen die einen nicht mehr raus, so wirkt das, ich sag's ja, Knast. Genauso mach ich es. Wenn Werner mir blöd kommt, hau' ich in' Sack. Ich bin schließlich nicht gebunden. Wenn der Spaß weg ist, läuft nichts mehr, womöglich ist das Milch-Problem ein erstes Zeichen dafür. Würde mich gar nicht wundern, warum stets nur die Fehler bei sich selbst suchen, oft liegen sie gerade bei den anderen. Postkarten- und Souvenirverkauf, Apothekerpreise, dein Scherflein hier, dein Scherflein da.

»Ich hol mir mal so eine Broschüre.« Sie kann nicht an sich halten, ihr schlechtes Gewissen, katholisch oder nicht. Nein, katholisch kann sie kaum sein. Da, wo sie herkommt, wurden Katholiken in den Turm gesperrt oder so ähnlich, bei Wasser und Brot, da konnten sie bei lebendigem Leibe verfaulen. Eben, bei den Protestanten kann man nicht beichten, deshalb. Da muss sie nun immer ganz verlegen hier und dort ihren Ablassgroschen hinterlassen, für alle Leiden, die sie ... Diese Broschüre gibt Aufschluss über den berühmten Altar, fünf Euro für einen Leporello, heute will sie es wirklich wissen. Emsiges Gemurmel ... kommt von da links, abgeteilte Kapelle, zwei Frauen auf Knien, ist das nicht sehr unbequem? Auf dem kalten Steinboden, ganz schlecht für die Gelenke, wenn die das öfter tun, rasseln ein Ave Maria nach dem anderen herunter, vielleicht ist hier gerade Bet-Olympiade.

»Komm mal!« Aggi. Zeigt auf den bewussten Altar. Der ist sehr groß und sehr golden.

»Was 'n Teil.«

»Wunderschön.« Sie ist ergriffen, wispert vor Ehrfurcht, Weiber …

Was soll das alles? Dieses Dingsda, Gewirr von Dingen, Streben, Rosetten und so weiter, in den Fächern, überall diese Fächer wie bei 'nem Setzkasten, genau wie 'n Setzkasten, da stehen keine Buchstaben, sondern kleine Heilige drin rum. Puppengroß und aus Holz. Wie viele sind das? … Fünfzig bestimmt.

»Sieht aus wie 'ne Kirche. Kirche in der Kirche.«

»He, bist du Hellseher? Genau das schreiben sie hier: Der Goldaltar stellt die Cattolica Sancta dar. Die Kirche und ihre Geschichte. Der linke Seitenflügel präsentiert die Zeit vor der kirchlichen Gesetzgebung, die Zeit ante legem. Der rechte Seitenflügel stellt den Zeitabschnitt der Gesetzgebung oder die Zeit sub lege dar. Der Mittelteil dagegen zeigt die Zeit der Gnadenfülle, die Zeit sub gratia …«

»Gnadenfülle. Könnte ich auch gebrauchen.« Könnte ich wirklich, wenn ich denke, was ich alles am Hals habe. Ähem. Entschuldigung, stimmt, es ist ein feierlicher Vortrag, ich lausche den heiligen Worten und werde nicht wieder unterbrechen.

»Das große Thema des ersten Zeitabschnitts der Heilsgeschichte ist die Schuld der Stammeseltern und die Sehnsucht der Menschen nach Versöhnung. Repräsentiert wird diese Zeit durch die großen Opfergestalten des alten Bundes. Ihre Opfer verweisen bildhaft schon auf den Opfertod des Erlösers. Über die Schuld der Stammeseltern sagt die Kirche bei der Liturgie …«

Säusel, Geräusch, Stimm- und Betgesäusel, Schallfolie, einschläfernd, nicht dass ich hier gleich falle, in tiefen Schlaf zum Beispiel, die blinkstrahlende Goldtünche und all die Figürchen, Engelchen, die zwinkern, die Propheten aber leiden, qualverzerrte Mienen voller Vorwurf, *aber ich kann nichts dafür,* fromme Gläubige, die sind okay, die haben Verständnis, die holen mich wieder runter von diesem Trip. Warum muss immer alles so, das klippert und klappert, wimmelt, ein irres Treiben, der Mann da im langen Faltenkittel schlägt dem Knaben vor ihm seine Handkante in den Nacken, aber mit einem Schrei, markerschütternd, wie jetzt? Der Junge sackt seufzend zusammen, die arme Sau, so fühle ich mich, fühle ich mich manchmal ... Wirklich nicht nett, die Cherubinen flattern wie verrückt mit den Flügeln, Kolibris, wollen unbedingt abheben, klappt aber nicht. Die da bewerfen sich mit Gegenständen, Kugeln, Tongefäßen, Schriftrollen, wüste Schlacht und Gelächter, hell und schrill, jetzt die Dame mit der Halbglatze: Hebt die Linke und spricht, voll unverständliches Zeug, tief und guttural, wie vom Boden eines Brunnens, unirdisch, sehr laut, keine Frauenstimme, wo bin ich, was geschieht hier, nun fällt ihr Arm abrupt. Stille. Aus.

Ja, was ... Was das? Schweißnass. Kirche, die Kirche wie zuvor, fast, eine Bildstörung ist schon, kaputtes Video, aber die Leute, die Leute ganz normal, keiner hat was gemerkt. Und Aggi immer noch, leiert ihren Infotext runter. Der Alkohol? Ein Flashback? LSD liegt schon mehr als zwanzig Jahre zurück, kann das denn, man soll das nie wieder aus der Birne kriegen. Ganz wacklig, zittrige Knie, Panik im Kopf, wenn ich jetzt durchraste? So endgültig, durchrasten, voll die Katastrophe, weit weg von zu Hause, von Margie, was soll ich denn tun, mich einweisen lassen, hier, in Oberwesel, haben die eine Psychiatrie oder überhaupt ein Krankenhaus, muss ich vielleicht zurück nach Koblenz sogar, mein Gott, das ist, eine Tablette einwerfen sofort. Father's little Helper, tief durchatmen, ich will hier raus. Los, Aggi, raus, nimm mich an die Hand, ich bin ein Kind, ein Kind.

»Was ist los?«

»Ich ... muss hier raus.« -- ·· --

»Ich würde aber gerne noch …«

»Bitte!!« -- ·· -- · - ·· --

Nein, sie muss jetzt. Ich brauche sie, wo Margie schon nicht da ist.

»Was denn? Ist dir schlecht?«

»Irgendwie … ja.«

»Na gut, dann komm!«

Frische Luft, Stille des Kreuzganges, wenigstens etwas. Legionen erzgläubiger Pfaffen haben hier ihre guten Energien reingebetet, genau das Richtige in diesem Augenblick, Gnade eben, Gnade, darum geht's. Hinsetzen. Ich muss sitzen. Eine Bank zwischen Kräuterbeeten.

»Was ist denn eigentlich los?«

»Ich … jetzt nicht … gleich.«

Kann ihr sowieso nichts erklären, lieber erst setzen lassen. Lass es sich lieber mal etwas setzen, Alter. Klar, unvernünftig, der ganze Alkohol zerrüttet das innere Gleichgewicht, aber das Ausmaß? Schon schockierend, zur Ruhe kommen. Still ist es ringsum, Oase des Friedens. Alles ist cool, alles ist sehr entspannend. Das Licht milde, die Sonne längst über ihren höchsten Punkt hinaus, das tönt alles ab in weichen Farben. Ich weiß gar nicht, was du hast. Was ich habe. Friedlicher könnte die Welt nicht sein.

Gegenüber, das passt. Sieh an, zwei junge Hippies. Original-Sechziger. Dass es das noch gibt. Oder wieder. Streifenhosen, Batik-Hemden und überdimensionale Sonnenbrillen, Klampfe, bisschen schmutzig. Bilde ich mir die auch nur ein oder existieren sie? Ja, sie scheinen, sie scheinen tatsächlich da zu sein, leise trägt uns der Wind ihr Seufzen zu …

Zigarette an, Husten. -- ·· -- Wie gehabt. Wenn schon, fühlt man wenigstens, dass man da ist. Sitzen ist gut, alles fügt sich langsam wieder zusammen. Wahrscheinlich nur die Sauferei, die Sauferei so früh am Tag, dieser ganze Stress. -- ·· -- Die Sache mit Werner, kein Wunder, dass einen das aufregt. Wieso es nur alle darauf anlegen, einem das Leben schwer zu machen? Könnte so leicht sein, alle ziehen an einem Strang, sind nett zueinander. Ich sag ja, Hippies, womöglich bin ich im Grunde meines Herzens selber einer.

»Wir sollten langsam aufbrechen.«

»Stimmt. Wird Zeit.«

»Geht's denn?«

»Ja, Aggi. Alles in Ordnung. Danke.«

In solchen Momenten ist Aggi eine Stütze, meine Rettung, um genau zu sein. Der menschliche Hilfsinstinkt, ist das ein Instinkt? Hab ich den überhaupt? Manchmal denke ich, dass nein. Einfach anpacken, unmittelbare menschliche Hilfeleistung. Wie damals, als die da auf dem Rhein gekentert sind, diese Ruderer, und wir mit Weizenbier in der Sonne auf dem Restaurantschiff und nichts gemacht, gar nichts. Gar nichts gemerkt, prosten denen zu, da im Wasser, die hängen entkräftet an der Mole, kommen nicht raus, nichts gemerkt, ich jedenfalls nicht, als dann die Männer losrasten, um die rauszuholen, erst dann. Apropos Rhein, da ist er bereits, das war ja nicht weit. Zum Glück. Könnte schlechter sein, könnte sehr viel schlechter sein, das hier, das alles. Sonne, Wind, Fließverkehr. Solange sich etwas bewegt, solange man selber noch zuckt.

Und Schiffe, tröstlich, dass alles immer weitergeht. Was ist daran tröstlich, dass es das auch ohne dich täte? Nichts, überhaupt nichts, zumal das grundfalsch ist: Wenn ich die Augen für immer schließe, just in diesem Moment geht die Welt unter. Die gesamte Welt. Mit ihren Häusern, Autos, Sportplätzen, Fernsehkanälen, Parlamenten, nicht zu vergessen: den lieben Mitmenschen, alles weg. Am Ufer lang, weiter am Ufer lang, da ist schon die Anlegestelle, war nicht weit, der Weg durch die Stadt war eindeutig länger. Vanessa und Josh sind schon da, was haben sie gemacht? Für sie kaum der passende Ort. Und dann die Nazis, hat Josh die gesehen? Da würde er natürlich sofort drüber berichten, nazistische Verschwörung zur Übernahme des Landes ... Doch nichts dergleichen, Musikstöpsel in den Ohren, immerhin hat er sein T-Shirt gewechselt, jetzt ganz was Feines: *Nostrei Satanas*. Gehört er etwa dazu? Isst er kleine Kinder und vögelt in Vollmondnächten rothaarige Jungfrauen auf unheiligen Altären? Dann ist er wahrscheinlich schuld an meinem Anfall, auf *dem* Altar haben sie es auch schon probiert.

Die beiden reagieren null auf uns, sicher ist Vanessa wegen vorhin noch sauer auf Aggi und hat sich bei Josh ordentlich ausgekotzt, *diese blöde Zicke mit ihrem arroganten Getue immer!* Lutscht an einem Lolli, tickert Botschaften in alle Welt und wir sind gar nicht da, weniger als Luft sind wir. -- ·· -- Und Josh? Liest der etwa Zeitung? Nicht wirklich ... Nur das hiesige Revolverblättchen. Hat er wahrscheinlich im Müll gefunden.

Das Geländer gibt Halt. Gut festhalten, so kann nichts passieren, nichts passieren. Grünes Gewese des Stroms, welche dunklen Geschichten entspinnt das, nie wirst du sie erfahren. Noch immer schwindlig, soll ich nun glauben, das ist das Alter? Kürzer treten? Nein, das akzeptiere ich nicht, ich nicht, noch nicht, bin schließlich kein Greis. Alkohol, die Schwüle, das kann einem an die Nieren gehen, tausend mögliche Gründe gibt es dafür. Eben, ganz klar. Man wird wohl ein wenig über die Stränge schlagen dürfen, ohne dass gleich ein Unglück geschieht, im Grunde war ja nichts, mehr so ein Warnzeichen, Alarmsignal des Körpers, *aufgemerkt, du mutest mir zu viel zu.* Halte ich mich eben etwas zurück. Oder soll ich wirklich hier abbrechen, nach Hause zu Margie? Aber, Mist, sie ist gar nicht da! Morgen jedenfalls nicht, dieses blöde Seminar. Verdammt. Verdammte Scheiße. Allein zu Hause rumsitzen bringt auch nichts. Ulkige Schlagzeile: *Wer tötete den kleinen Werner? War es der Türke?* Der kleine Werner.

»Worum geht's denn da, Josh?«

»Ach, das ist ... irgendso 'n Mord. Ein Waisenjunge, den ham'se totgeschlagen, im Wald. Hier in der Nähe in so 'nem Kaff ... Bach ... Bacharach. Komischer Name, klingt wie Arabien oder Israel, gar nicht wie von hier.«

»Du kennst dich echt aus.«

Da ist endlich der Rest, alle auf einen Haufen, nur Werner fehlt noch. Sein wichtiges Treffen. Das wär was, wenn ausgerechnet er das Schiff verpassen würde. Würd ich ihm voll gönnen, und dann den Horror mit den öffentlichen Verkehrsmitteln: *Das kannst du dir nicht vorstellen, ich musste sieben Mal umsteigen!* Warum nicht gleich siebzehn Mal, er trifft gegen sechs Uhr früh in Neuenahr ein, harhar. Nein. Das Leben ist einfach nicht gerecht, da ist er. Als letzter, er ist ja auch das Letzte. Das muss er sich von mir schon mal anhören. Dieser Sack. Grinst von der Brücke her, als wäre gar nichts gewesen, gutes Zeichen? Gold Reklamen nicht mehr eigenständig, sondern abhängiger Partner oder eben gerade nicht? Er lässt sich nichts anmerken, was jetzt war und warum.

»Und? Wie ist es gelaufen?« Klingt etwas gekränkt, bin ich auch, kann ich nicht verhehlen, nicht nach so was. Aber er: Schulternzucken, hält sich bedeckt. Ich würde die Sache gerne aufs Tapet bringen, hier vor allen anderen, aber das wäre schön blöd, das lassen wir besser, mache ich mich zum Deppen vor den Praktikanten, merken alle, dass der Vize nicht eingeweiht war. Schön blöd wäre das, vorhin haben die gar nichts gemerkt, außer Aggi natürlich, da werde ich die jetzt noch extra mit der Nase draufstoßen. Nee. Später. Beim Abendessen. Oder morgen. Morgen ist auch noch ein Tag.

Wieder diese Wartetraube am Kai. Die Spannung zum Bersten, wann kommt das Schiff und kriegen wir einen guten Platz? Lebensentscheidende Fragen. Die beiden Freaks von der Liebfrauenkirche sind auch hier, wenigstens singen sie nicht mehr. Was für eine schlabberige Gitarrenhülle, genauso schlabberig wie sie selber. Und bekritzelt, Peace-Zeichen, ist klar, aber keltische Kreuze? Warum gerade die? Machen mehr her ... Da isser ja. Weißer Dampfer, pflüg heran, Möwen folgen deiner Fahrt. Mein Gott, noch voller als auf der Hinfahrt, ob wir überhaupt noch drauf dürfen, Himmel, die stehen da ja sardineneng, das kann ich jetzt gar nicht gebrauchen.

Der Name des Klippers: *MS Adenauer*, das ist gut, heute ist echt Altkanzler-Tag. Das Schiff ist allerdings keine Ehre für ihn, total runtergekommen, verrostet, Algendreck, abblätternde Farbe. Nun ist Adenauer auch schon ziemlich archaisch. Von daher betrachtet ... Wieder dieses Gedränge, Mann, du Arschgesicht, ich kann dir gleich mal den Ellenbogen mitgeben, diese Rentner, das gibt es nicht, renitent. Auch alles Faschisten, die hätten gut mitsingen können bei den Skins vorhin. Alles ein Pack, ein und dasselbe. Krachende Gangway, dasselbe Spiel wie vorher: flink, flink durchs Nadelöhr. Hör mal, du Penner?! Nicht noch mal, ja?! Was für 'ne Fratze! Irgendwann muss man zuschlagen, ohne groß zu überlegen. Ohrfeigengesicht, genau. Das meint man damit, alles so asozial, das Grundproblem unserer Gesellschaft, sie hat alle so asozial werden lassen. Aufs Oberdeck, selbst wenn ich nicht wollte, ich müsste. Die Masse, sie drängt, einfach mitmachen, ohne viel Bohei, schieben, wühlen, Tabea und Olaf, die Schweine, haben glatt noch zwei Stühle ergattert.

»Könnt ihr nicht einen Stuhl abtreten für einen armen, alten Mann? Ihr seid doch noch jung!«

Wenigstens die Vorteile muss man mitnehmen ... Pustekuchen,

die Jugend von heute grinst nur und bleibt sitzen. Kleine Wichser. Verdammt, dann eben auf die Treppe, besser als nichts. Ganz andere Passagiere jetzt, fast nur Männer jüngeren und mittleren Alters, fällt schon auf. Der Lärm. Nicht gerade Business Class, ganz im Gegenteil. Manchmal möchte man schon gerne, First Class mit Sternchen, alle tragen dir den Arsch hinterher, gerade in diesem Augenblick wäre das sehr nett, einfach wegbeamen aus dem Pulk und die Füße hochlegen, die gute Stewardess darf mir dann gleich noch einen blasen. Stinkt auch ziemlich, Schnaps und Wein, sind bezecht allesamt, Geplapper, Gelächter, bellend, halb Gelächter, halb Gebrüll, paar schlafen schon, eingerollt an der Reling, das war wohl Rüdesheim, Party in Rüdesheim. So spät ist noch nicht, aber wenn man pünktlich zur Tagesschau im Ruhrgebiet sein will, bei Frau und Kind, beiden eine Zier, übermorgen um sieben heißt es wieder antreten im Werk, ach nee, da ist Sonntag, Samstag sogar erst, immer diese langen Wochenenden, die verwirren einen völlig …

»Das sind unsere Kollegen.«

»Wie meinen?«

»Kegelbrüder. Wie wir.«

»Meinst du?! Andererseits – so richtig nüchtern bin ich auch nicht.«

»Siehst du.«

Krach. Knister. Fliegt die Anlage in die Luft? Nein. Musik, zwei, drei vier. Das darf ja wohl … *Zehn nackte Friseusen mit richtig feuchten Haaren.* Dass die das bringen, kann nicht wahr sein, Entsetzen, Wut und Trauer, die passende Headline …

»Was'n das für 'ne sexistische Kacke?« Jetzt hat sie Grund, sich zu empören, wie wäre es, ein Zeichen zu setzen? Diese dreiundsechzig Musterexemplare der Gattung Mann über die Hintergründe aufklären, das käme super, Aggi als heilige Johanna der Rheinschifffahrt: *Geht in euch und begreift, dass ihr uns Frauen*

Gewalt antut mit eurem Sang! Verhängnisvoller Zug, nun werden sie aufmerksam, *guck mal, lecker Mädschen, snork,* Tatschen, Klatschen, Handgreiflichkeiten, wir können natürlich nichts machen angesichts dieser Übermacht, die bilden einen Kreis und schmeißen sich Aggi zu wie eine Stoffpuppe, da schaut sie aber aus der Wäsche, da ist der Lack ab und der Schneid dahin, diese ganze obercoole Tünche.

Grölen, Schunkeln, Schenkelklopfen, man soll sich dem Volk nie zu sehr nähern, eine gesunde Distanz, die. -- ·· -- Wie soll ich das überleben ...

»Wenn das so bleibt, spring ich von Bord ...« Vanessa fragt sich das auch, wie überleben, hat allen Grund dazu. Um einer möglichen Vergewaltigung zu entgehen, ist In-den-Rhein-Springen gar nichts, wer so singt, hat auch Bock auf Girlie-Fleisch, ob roh oder gebraten.

Ich brauch dich, ich brauch dich nicht. Die Tracklist, wer die zusammengestellt hat, muss mit Gefängnis nicht unter vier Jahren - · -- ·· -- Wir leiden. Wir leiden wirklich. -- ·· -- Sieht das niemand? Wir brauchen Hilfe, Polizei, Feuerwehr, Krankenwagen, sofort. Werner, mach was!

»Ich spreche mal mit den Verantwortlichen.« Gute Idee, Reiseleiter Johst, du hast uns diese Kacke schließlich eingebrockt. Ich flippe noch aus, den Anfall von gerade nicht mal ganz verpackt, soll das heute gar kein Ende mehr nehmen? Bin ich Hiob? Ist das alles eine Prüfung extra für mich? Nichts habe ich mir zuschulden kommen lassen, nichts. Dieser Druck, dieser Druck auf den Schläfen, ein Tag der Leiden, da fährst du einmal mit, Betriebsausflug, ahnst nichts Böses - · -- ·· --- Das sind Momente ... Momente sind das, da weiß man nicht, ob man am Abend noch lebt. Das geht ruckzuck, paff, Schlaganfall, Herzanfall, und dafür der gesamte Stress. Was war das denn bisher? Hat das gereicht? Kann ich jetzt sagen, das war okay, dieses Leben? Verarschung, eine echte Verarschung, möchte sie lieber wieder zurückgeben, die Probepackung. Wie, Umtausch ausgeschlossen?

»Was ist, Jo?«

»Nichts. Der Lärm, das ist ja …«

Er hat ein knallrotes Gummiboot. Sind wir denn die einzigen, die …? Überall zufriedene Mienen, alle tun mit, ist das die Hölle? Nein, Schlager-Karaoke. Besonders die da drüben, die sind ja ganz stark: braun gebrannte Rundbäuche, Sanitärinstallateure, was sollen so welche sonst machen, acht Mann. *Gnädigste, sind Sie 'n Klo, ich verleg bei Ihnen mal die Leitung, haha.* Blöde, blaue T-Shirts: »Udo-Tour 2008«. Udo, welcher Udo? – – ·· – – Was ist der Anlass, sein Geburtstag, seine Frühverrentung, sein tragisches Ableben? Das ist ganz gleichgültig. Worum's eigentlich geht, begreift man schnell: Wäschekorb mit Flaschenbier, wo sind die Strohhalme, die Sangria-Eimer? Ihr Lachen klingt nach Erbrochenem, nach Maul- und Klauenseuche, Folter, Mord, Spaß-Nazis, Hände klatschen, Schultern semmeln, ein wankender Kreis, Arm in Arm, auf und abhüpfen: *Wir wollen Party, Fußball, Weiber, neunzig geile Nutten wollen wir!* Gibt es dagegen keine Gesetze? Für allen Scheiß, aber … Erschießen sollte man die wie tolle Hunde, SA-Mob, ganz heiß, ganz heiß wallt das auf, Blut, in Blut sollst du waten, das ist ein Verbrechen gegen die Menschlichkeit. – – ·· – – Auf jeden Fall ein Verbrechen gegen mich, vors Den Haager Tribunal mit denen, Missbrauch, Vergewaltigung jedes gesunden Volksempfindens, ausgerechnet, was ein Pech, das *ist* gerade das Volksempfinden, die sind das, die! Wie sind die nur so geworden, wessen Schuld ist das? – – ·· – – Irgendwer muss, wie waren denn die Arbeiter früher, die Arbeiter, als sie eine Klasse waren, in der Weimarer Republik, selbst in den fünfziger, sechziger Jahren, SPD wählen und solidarisch sein, solidarisch verraten werden natürlich, ruhige, besonnene

Leute, auch viel gebildeter, die Schule heute, das kannst du alles, ruhig und besonnen waren die, wenn du diese alten Dokus siehst und Arbeiter befragt werden, die sind ganz anders, in meiner Kindheit, na ja, erinnern kann ich mich nicht, aber anders schon, da war alles anders – ·· –– · –– Wer hat dieser seelischen Verwahrlosung das Recht gegeben, sich so breit zu machen, *die Medien sind dafür verantwortlich.* Wir? Das sagen dann alle, aber wenn so was aus dir wird, das bist du selber.

Kranke Scheiße, jetzt suchen sie noch Anhang, Polonaise übers Deck, schließt euch an, gefälligst, sonst. Sonst was?? *Party, Fußball, Weiber, NEUNZIG GEILE NUTTEN WOLLEN WIR!*

»Die Reederei, die Betreiber, das muss denen doch …«

»Sag ihnen das mal.«

»Die richten sich nach dem Publikum. Wir hätten ja nicht mitmüssen.«

»Ich sag nur: Nie wieder!«

»Werner wird es schon richten.«

»Werner richtet es doch immer.«

»Keine Chance. Leider.«

»Wie? Das ist doch nicht möglich!«

»Wir sind auf einem Musikschiff, da ist Dauerbeschallung angesagt.«

»Super-Organisation, Werner! Erst das Restaurant, jetzt das Musikschiff! Ganz groß!«

»Ist nicht jeder so perfekt wie du, Winkler. Nimm's leicht, bei der Loreley machen sie eine Pause.«

»Loreley passt gut, die Typen hier wissen schon lange nicht mehr, was es bedeuten soll.«

»Da müssen wir wohl durch.« Finde ich nicht, keineswegs: »Ich muss gar nichts! Beim nächsten Stop gehe ich von Bord und fahre mit dem Zug weiter, Schluss, aus.« Eine so stümperhafte Reiseplanung, wo sind meine ... die Tabletten, aber ... Das geht nicht, glaube, das geht nicht, ich bin heute schon auf 20 mg, vor Überdosierung wird gewarnt, also keine neue Tablette mehr, was für ein Mist, nicht eine einzige, den ganzen Tag, geht das? -- ¨ -- Hm, mit dem Zug, das mache ich. Ja, warum denn nicht? Das mache ich wirklich. Entweder gleich nach Hause. Oder nach Bad Neuenahr, kann ich dort in aller Ruhe auf die anderen warten. Wenn das nur nicht so eine ... Bimmelbahn, wo man gar nicht wegkommt und erst mitten in der Nacht irgendwo landet, einmal von Bord, ist das Schiff unwiderruflich weg, das ist das Problem. Vielleicht, dass ich mal anrufe bei der Zugauskunft? -- ¨ -- Die können mir sagen, welcher Bahnhof am besten ist, irgendeine halbwegs vernünftige Verbindung, obwohl die Deutsche Bahn und ihre Mitarbeiter, ob das dann überhaupt stimmt, außerdem hängt man stundenlang in der Warteschleife, *Sie werden auf den nächsten freien Platz geschaltet*, unter zehn Minuten läuft da nichts, das brauche ich nicht, das ist alles so beschissen, das wird nichts mehr. -- ¨ -- Oder? Kann nur besser werden? Was erwartet uns in Bad Neuenahr? Mit dem Kasino, vielleicht. Wenn Margie nur morgen da wär, vielleicht kann sie ihr Seminar ausfallen lassen? Wird sie kaum tun, lässt nie was ausfallen, nicht mal, wenn sie sterbenskrank ist, sterbenskrank, geisteskrank. Schon mehrfach, Grippe, neununddreißig Fieber, *nein, die warten auf mich, ich muss vor die Klasse.*

Ja, der Himmel, der jetzt auch. Zieht sich langsam zu, dabei sollte doch ... Ach, die Wetterfritzen, keine Ahnung, wahrscheinlich regnet's sogar gleich. Ein kräftiger Platzregen wäre an sich ganz gut, würde die Sangesrecken abkühlen: Voll die begossenen Pudel, dann schütteln sie sich und erwachen aus diesem Irrsinn. Nein, das macht denen nichts aus, die merken nichts, die hält nichts und niemand mehr auf. Der Wind riecht bereits nach Herbst, dieses leichte, kalte Ziehen, Frösteln, ein Marienkäfer, man spürt sie kaum auf der Hand, so sanft landen die. Immerhin ein versöhnliches Zeichen.

Anstrengend, Kopfschmerzen, Nackenverspannung, alles Scheiße. -- ·· -- Und wieder diese Atemnot, kann aber keinesfalls noch eine Tablette einwerfen. Oder doch? Dieses eine Mal ... das Schiff, diese Rostlaube. Sieht nicht nur so aus, fährt auch so, ein einziges Geschlinger in diesen Haarnadelkurven, das andere verhielt sich merklich besser.

Ach, und jetzt? Ruhe, Maria, du Gnadenreiche. Hat der Kapitän ein Einsehen gehabt, auf Werners Beschwerde hin? Die Rentner sind sicher erleichtert, Frühlings-, Sommer-, Irgendwasfest der Volksmusik, jeden Samstagabend zur Primetime, das ist ihr Programm, nackte Friseusen eher nicht. Nein. Nicht zu fassen, die Hippies aus Oberwesel. Da sitzen sie mit ihrer Klampfe. Haben wahrscheinlich die ganze Zeit gegen den sexistischen Lärm tapfer angeschrammelt, der Braune schlägt die Saiten an, der Blonde singt dazu: »Du fü-ührst ein frei-es Leben ... durchta-anzt die erns-te Nacht ...«

Freies Leben, ernste Nacht, Hippiekacke und kein Ende, vor der Schlagerlyrik von oben brauchen sie sich allerdings nicht zu verstecken. Die zwei Weinbauern da am Berg, die haben's gut, die reißen ihren Stiefel runter, sind in der freien Natur, immer die Landschaft vor Augen, und vor allem sind sie ganz weit weg von den Bordhyänen, die uns umheulen. Von hier wirken sie zum Greifen nah, sind sie vielleicht auch. Was ist das? Eine Art Heckenschere, motorgetrieben. Damit machen die das also.

Der Berg badet seine Zehen im Fluss, da oben kreist der Greif. Riesenspannweite, ein Adler? Gibt es denn hier welche? Deutsche Adler. Irgendwie sieht das alles verdächtig nach Postkarte aus, sind wir bereits an der Loreley? Dann ist vielleicht deshalb die Musik aus ... Eigentlich wirken diese Steine alle ziemlich gleich, wieso ausgerechnet der das Marketing-Rennen gemacht hat?

»Die Organspender sind unterwegs.« ... ach so, Motorradfahrer. –– ·· –– Müssten zwangsverpflichtet werden, Spenderausweis immer dabei. Busparkplatz, weit kann es nicht mehr sein, da ist ja das Schild, flussabwärts deutlich zügiger, kein Wunder bei der Strömung. Der Dampfer krängt, da wird man richtig durchgerüttelt, Rheinreisen haben was von Abenteuer. Stille und gleich kommt wieder Heine, deutsche Kultur, Hacken zusammen und innige Pause. Aber zu früh gefreut, die Partylaune kehrt zurück, wenn die Lautsprecher schweigen, singen sie eben selber.

»Oléééééééééééé, Olé, Olé, Olé!«

Mal einen Spot machen, der es solchen Bierproleten voll besorgt, kalte Dusche buchstäblich, Wassereimer übern Kopf, unfreiwillige Arschbombe in Schlammpfütze, die unvermeidliche Bananenschale oder runtergelassene Hosen, diese dämlichen Comedy-Schlüsselreize – dämlich genug für solche Meningitis-Patienten, das wäre sehr befriedigend. Heeee! Was soll das? Geht's denn? Das Schiff, das. Zittert ... zittert? Krachen, Paff, Mann, gerade noch, Mann, beinahe über Bord, was, aua, verdammt, voll in die Rippen, wir ... ey, was ist das??!! Drehen wir uns etwa? Wir drehen uns?! Das Heck. Überholt uns, quer auf dem Fluss, das kann doch, das ... sieht nicht gut aus, gar nicht gut aus. Dieses Durcheinander, Knäuel, Arme, Beine, Körper, die sind alle hingeflogen, normal ist das nicht, das ist ... ein Unfall, oder, festhalten, bloß festhalten, nicht dass. –– ·· –– Jetzt auch noch so was. Diese ganze Fahrt, bisher. Alles vorbei, da die Loreley, hat alles schon gewusst, Orakelstein, böses Omen, Geschrei und trotzdem: »Ich weiß nicht, was soll es bedeuuuu-ten ...« Das gibt's nicht, die Musik läuft unbeirrt weiter, aber was ... was mach ich? Runter vom Schiff, über Bord springen? Wäre das besser? Nicht in den Rhein, mit dem Rhein ist nicht zu spaßen, festkrallen, die Finger, ganz fest. Wo sind denn … Josh und Vanessa, da, am Treppenabsatz. Olaf und Tabea nirgendwo zu sehen, auch Aggi nicht, Werner flach vor der Getränketheke, Blut, klatschroter Finger, ungläubiger Blick, sieht mich nicht, der ist verletzt. Krach, festhalten! Wir treiben, das Schiff treibt herrenlos dahin, das geht doch nicht, verdammt, er verstarb bei einer Rheindampferfahrt, wie elend. Spielball des Stroms, der macht mit uns, was er will. Das … das … das …

»Ich kann nicht schwimmen!«

»Der Kapitän, wo ist der Kapitän?«

»Da muss mal jemand, da muss … da muss doch mal jemand …«

»Ich rufe die Polizei, hier über Handy, ich muss, ich werde …«

»Ich will nicht sterben … ich will nicht sterben … ich will nicht sterben, nicht jetzt!!«

»O Gottogottogott, o Gottogottogott, o Gottogottogott!«

»Idioten! Verdammte Idioten! Kriegt das denn niemand hier in den Griff???«

Jetzt. Metallkreischjaulen, Scheiße, ich glaub … Nicht dass, nicht dass es bricht. Das Boot, mitten durch, dann natürlich, es wird doch nicht brechen? Kann so was? Dann ist Essig, Essig, Schluss und aus. Alles. Zu Ende. Trudeln, Drehkreisel, Kirmesgerät, wie ein Kirmesgerät, dieses, wie heißt das? Kotzen, nein, festkrallen, mit aller Kraft, mit allem, was da ist. Nichts anderes muss man in diesem Moment machen. Reling, Druckschmerz auf der Brust, alles wie ein Film, ich beobachte das nur, ich bin gar nicht dabei. Oder? Kinobesucher, ich bin nur im Kino, das Schiff rotiert um seine Achse. Da das Ufer, noch so ein Ruck, verdammt, aus, Knall.

Ah, verdammt, zu hart, lang hin, lang hingeschlagen, wie ein … ein … Überall die Leichen, nein, paff, nichts mehr, nicht zu fassen.

Und blute ich? Am Kopf, nein, nichts. Schmerzen? Was ist los mit dem Schiff? Nichts mehr, rührt sich nicht, was denn? Nein, da bewegt sich nichts, schwimmt nicht mehr, wir sitzen fest, irgendwie sitzen wir fest. Aufgelaufen, auf Grund gelaufen, was für ein Glück. Es ist vorbei. Puh. Wirklich. Nicht zu fassen. Oder? Doch. Im Himmel bin ich nicht. Lebe noch und alles dran. Arme, Beine. Alles dran. Tut was weh? Nein, nichts gebrochen oder was? Nein, alles wunderbar. Mehr Glück als Verstand.

»Den Schiffer im kleinen Schif-fe, ergreift es mit wildem Weeeh.« Schallplatte leiert immer noch. Und wenn wir sinken? Wenn da ein Leck ist, ein Riesenleck im Schiff und wir jetzt sinken, dann muss man, dann muss ich unbedingt sofort von Bord, sofort. Wo? Wo geht's hier denn raus, ich will bloß raus. Vorsicht jetzt, das Chaos, die berappeln sich alle, nur keine Panik und dann totgetrampelt werden, wo alles so gut, wo alles, halb betäubt sind die, von Opfern kann man nichts sehen. Gibt bestimmt welche, das war ein Krach, solch eine Energie, Mann, wir haben das Ufer gerammt, diesmal regelrecht gerammt, das muss es gewesen sein. Nur dass wir nicht sinken, wenn das Schiff jetzt sinkt, dann. Besser schnell von Bord. Schnell, sofort. Am besten bevor die anderen überhaupt reagieren, nicht in das Gedrängel und dann. An der Theke liegen sie, Treppe runter gepurzelt und vom Tresen gestoppt, ach, Werner, Werner ist dabei. Blutet, blutige Stirn, tupft da rum mit 'nem Taschentuch. Lacht schon wieder: »Hier kriegst du was geboten!«

»Werner?«

»Alles in Ordnung. Nur ein Kratzer.«

»Er schaut nicht die Felsenrif-fe, er schaut nur hin-auf in die Hööööh. Ich glau-be, die Wel-len verschliiiiin-gen … krk.« Schluss mit dem Lied, stattdessen die Sirene, der Alarm kommt aber spät.

»Sehr geehrte Fahrgäste! Wir haben zwischenzeitlich Probleme mit dem Steuerruder gehabt. Die Lage ist unter Kontrolle. Bitte verlassen Sie das Schiff. Es besteht kein Grund zur Panik oder zu übertriebener Eile. Bewahren Sie Ruhe! Die Lage ist unter Kontrolle.«

»Und bei dir alles okay?«

»Scheint so. Was siehst du? Irgendwas schief an mir, Kopf ab oder so?«

»Nee. Siehst genauso beschissen aus wie sonst, Winkler.«

Die anderen? Aggi und Reinhard unversehrt.

»Die Berge, die ... die ... hast du gesehen ...?«

»Hä?«

»Wahnsinn, ich war gerade auf dem Klo, Glück gehabt, da konnte ja nicht viel ...«

»Diese, diese verdammten Idioten, die.«

»Ich glaube es nicht, ich kann – es – nicht – glauben ...!«

»Ich hab meine Katze nicht gefüttert. Wenn jetzt, wenn es jetzt ...«

»Komm, steh mal auf, Mechthild.«

»Au, ich kann gar nicht auftreten!« Zack, klappt zusammen, das sieht ...

»Mein Fuß tut sauweh. Ich glaube, der ist kaputt.«

»Wir bringen dich raus!« Werner und Reinhard sind stark genug, da muss ich nicht auch noch. Tabea, Olaf, Josh und Vanessa? Verschwunden. Schon auf der Flucht, nur die Treppe runter. Bisschen Panik, Zittern, die Hände, alle unter Schock, eben noch so schön gesungen und gesoffen, und nun das. Der Schock, und dieses Drängen, Schreien, ich glaub, ich werd nicht mehr, ich sehe das kommen, diese Schwachmaten trampeln einen nieder. Nur weg hier, alles Richtung Ausgang, geordnet oder nicht, egal wie, Hauptsache, man ist raus. – – ·· – – Keine Rücksicht auf Verluste, keine Rücksicht auf Verluste ... Hoffentlich lassen die beiden Mechthild nicht fallen, ich gehe schon mal vor: »Wir haben eine Verletzte, bitte machen Sie Platz. Sie muss versorgt werden.« Auf diese Weise kann ich dann auch ganz gut ... Die Arschlöcher denken gar nicht daran, jeder ist sich selbst der Nächste, so ist das. Von wegen Frauen, Kinder und Verletzte zuerst. Ellenbogen raus und durchtanken, ey, wenn du schubst, schubs ich auch! Kannst du gucken.

»Siehst du nicht, du Penner? Die Frau ist verletzt!«

»Na und?! Ich auch ...«

»Bitte verlassen Sie das Schiff geordnet und ruhig. Die Lage ist unter Kontrolle. Es kann Ihnen nichts mehr passieren! Vermeiden Sie eine Panik! Sie sind außer Gefahr!«

Was immer die erzählen, wer weiß, wo der Käpt'n ist, womöglich schon an Land und flüstert in seine Tüte, ich hau ab, so rasch, wie's geht, nicht dass der Kahn noch explodiert. Wenn ich über die Treppe da, kann ich vielleicht abkürzen? Nein, das hat keinen Zweck, weiter drängen, zur Gangway, da hin, da drauf und runter. Springen sogar welche direkt an Land, ist das nicht zu hoch? Lieber nicht, viel zu hoch. Ja, komm du, hier bin *ich*, verdammt, ja, eben, ich zuerst, dann du, beknackter ... Auf 'ner Sandbank gestrandet, der Schiffsrumpf ist da reingefahren wie eine Dampfframme – mehr Glück als Verstand, mehr Glück als Verstand, nur noch die Gangway runter, dann war's das. Ja, ich geh schon ...

»Immer mit der Ruhe. Sie hören doch, es gibt keine Gefahr.«

Wenn man hinfällt, trampeln die einen tot, hundertprozentig, die Gangway, vorsichtig, Schritt für Schritt, endlich. Fester Boden unter den Füßen, cool, alles cool. Land. Rettung. Es ist eine sehr schöne Welt. Den Boden braucht man allerdings nicht zu küssen, schon was übertrieben jetzt, so wild war es auch nicht, kein Flugzeugabsturz oder so. -- ·· -- Nur 'n Schiff eben. Auf'm Fluss. Wenn das jetzt Meer gewesen wäre, mitten im Ozean, das wäre natürlich, Josh und Vanessa.

»Mein G-G-Gott, w-w-wir hätten drauf gehen können.« Das arme Kind bebt ja …

»Ach was. Wir doch nicht. Hier doch nicht. Das ist Deutschland!« … und als hätte ich's nicht gesagt, da orgeln schon die Krankenwagen an – wenn das kein Beweis ist.

II

Es ist noch immer gut gegangen. -- ·· -- Ist sogar noch früh, aber fühlt sich komisch an, nach all dem. Ich bin schon ziemlich fertig, aber alle, was kein Wunder ist. *Stuck like a chicken on the spit,* das hat Josh schön formuliert, woher kann er eigentlich so gut Englisch? Es ist zu hart, da fährt man einmal mit einem Schiff …

Dabei glimpflich, nur Mechthild mit ihrem gebrochenen Knöchel, wer hatte das sofort gesagt, dass der gebrochen ist? Der Sanitäter oder der Notarzt? Wohl der Arzt, hat gleich in der Luft rumgewinkt von wegen Abtransport, wir alle um sie rum, halten Händchen, normal, dann ist sie auch schon weg. Nur die Diskussion im Anschluss, die hätten wir uns sparen können, dermaßen unnötig, Mechthild ins Krankenhaus begleiten, das hätte ich gerade noch gebraucht. Aggi und Vanessa, die Frauen immer mit ihrem Sozialfimmel. *Nee, hör mal, die werden Mechthild schon korrekt behandeln. – Ich denke aber, wir sollten dahin und ein Auge auf sie haben. Weißt du, wie beschissen das ist, wenn man allein im Krankenhaus liegt, weit weg von zu Hause.* Da muss ich nur daran denken, wie beschissen unser Abend verlaufen wäre, wenn wir. -- ·· -- *Das ist doch Quatsch! Was sollen wir denn da auf dem Krankenhausflur rumhängen? Tun können wir sowieso nichts. Mensch, die operieren die und Schluss!* Die anderen schauen sich an, Aggi und ihr hektisches Gepaffe: *Du bist ein solches Arschloch, Jo.* Und ich ihr aber: *Was willst du, wir haben sie alle gebührend bemitleidet, jetzt können wir fahren.* Das war richtig gut, da fiel selbst Aggi mal nichts mehr ein, Kopfschütteln, kein Widerstand mehr, wozu auch. Kehrt hier ihre altruistische Seite raus, die ihr eh niemand abnimmt, ich jedenfalls nicht. Was hat die nicht schon alles eiskalt durchgezogen, vorhin noch, wo sie mir gesagt hat … eiskalt, knallhart, da kennt die nichts, keine Verbündeten, wenn's drauf ankommt. Da muss man denen nur mal die Alternative aufmachen, nämlich rumhängen im Krankenhaus, stundenlang, bis der kalte Morgen graut und Mechthild dann *vielleicht* durch ist, ganz vielleicht, da haben sie's dann eingesehen, das wollten sie auch nicht. Nur pseudo-sentimental rumlabern, ohne die Folgen zu bedenken, bringt nichts. – – ·· – – Kennt man doch, die Leute im Krankenhaus nervt das, hält sie von der Arbeit ab. *Wer will, kann ja morgen nach Koblenz fahren und sie besuchen. Von Bad Neuenahr aus.* Was willst du dagegen sagen, da haben sie nur noch rumgedruckst, nein, schon okay. Nacht auf'm Krankenhausflur lieber nicht. Klar, das war ein Schock, diese Sache, aber irgendwo habe ich auch Recht. Ein Glück, dass sie eingelenkt haben, wenn ich alleine, also verschwunden wäre, ich jetzt, nach Köln, das hätte schlecht ausgesehen, so ist es besser.

Und Aggi durfte Mechthild noch mal anrufen, Lautsprecher an, und die auch gleich: *Alles in bester Ordnung, bin in guten Händen, wirklich super, alles halb so schlimm, hab halt Pech gehabt, macht nur weiter, wie geplant. Bitte, das müsst ihr mir versprechen!*

Das war wieder 'ne ganz andere Frage, natürlich ist einem nicht direkt danach, einfach weiterzufahren, als wäre nichts gewesen, alles nach Plan, Bad Neuenahr, Kegeln, Kasino, nein, eher Abbruch, nach Köln zurück, der Betriebsausflug gescheitert, so ist dann erst mal der Tenor … Hätte mir auch egal sein können, fahren wir eben heim, was soll's, sowieso eine Belastung das alles. Andererseits haben wir das alle gemeinsam erlebt, überlebt, jetzt nach Hause und jeder geht zu seinen Lieben, wie soll das gehen? Welche Lieben? Margie ist eh nicht da, da hätte ich schön einsam rumgesessen.

Werner, Aggi, die haben niemanden, bei dem sie sich ausweinen könnten, glaube nicht, nichts Festes, das wüsste man. Und Reinhard – der? Lächerlich. Josh ist solo, sowieso, der ist angekettet am Computer, für den bestehen Frauen aus Pixeln, andere hat er noch nie gehabt, Pixel, Wixel ... Und Werner: *Tja, die Hotelübernachtungen ... alles schon bezahlt. Kriegen wir nicht zurück.* Hin und her. *Von Bad Neuenahr kommen wir besser zu Mechthild ins Krankenhaus, blabla. – Und wenn wir jetzt nach Köln fahren.* Irgendwie, keine Ahnung, wahrscheinlich alles zu hart, keine rechte Entscheidungsfreude, vermutlich leichter, erst mal weiterzumachen als abzubrechen. Sind plötzlich alle für Bad Neuenahr und gegen Köln. *Ist schon so spät.* Vorerst jedenfalls, unter Vorbehalt, haben schon einiges gemeinsam durchgestanden, das schweißt zusammen. Auch sowas schweißt zusammen. *Schlimmstenfalls fahren wir eben morgen früh zurück.* Eben. Von dort ist das gar kein Problem, wenn ich keinen Bock mehr habe, hau ich in' Sack. Gleich nach dem Frühstück. Nur Olaf und Tabea, die fahren zurück, das war von vornherein klar, die wollten eh mit dem Zug, Termine oder was, wieso haben Studenten eigentlich Termine. – – ·· – –

Jetzt ist es jedenfalls so, erst mal, unter Vorbehalt. Vielleicht merkwürdig, vielleicht irrational, trotzdem, das sind wir Gold Reklamen irgendwie schuldig, nach dem Motto Betriebsklima ist alles oder so. Danach war's ganz locker. Wenn wir ewig da hätten rumhängen müssen, aber so war's lässig. Werner gleich den Fahrer angerufen und zur Unglücksstelle beordert, hat überhaupt nicht lange gedauert, nicht mal 'ne Stunde, länger kann das gar nicht gedauert haben. Der war sicher überglücklich, dass er einen Grund hatte, echter Notfall, ohne Rücksicht auf Verluste über die Landstraße zu brettern, Mittelrhein-Rallye. Tja, im Endeffekt: Jetzt ist gleich sieben, kommen wir sogar noch früher an als ursprünglich geplant. Und die letzten zwei Stunden auf dem Schiff, da kann ich gut drauf verzichten, so kann alles sein Gutes haben, sogar dieser Schiffbruch.

»Das Korn ist voll abgefahren, es ist … *richtig* golden. Wirklich *ungewöhnlich golden.*«

»Das liegt nur daran, dass du so selten welches siehst, Josh.«

»Nee, nee. Ich kenne Korn. Das sieht sonst anders aus.«

»Vielleicht, Josh … irgendein Atomkraftwerk in der Nähe …?«

»Wie witzig, Jo. Da hab ich nichts von gesagt, oder? Ich finde nur, dass es *sehr golden* aussieht!« Nicht gleich hysterisch werden, wahrscheinlich hat er einen gekifft auf den Schreck und deshalb. Aber Schweigen ist auch gut, diese Sache, ganz und gar fasst man das nicht, knallt dieses blöde Schiff volle Kanne gegen 'ne Sandbank, eigentlich zum Totlachen, wann passiert so etwas mal? Noch nie gehört sowas, muss man erst mal verarbeiten. Apropos, womöglich könnte man, das Schiff, wie es da auf Seite liegt, Schlagseite, Loreley im Rücken, das macht sich super als Konnotation, nur wofür? Schuhe, *das gute Schuhwerk war meine Rettung*, oder Garten, *wie gut, dass ich zu Hause geblieben bin,* wackelwackel im Schaukelstuhl mit dem Pfeifchen im Maul, nein, ganz schwach. Aber das Bild, das Bild, brauche ich nicht aufzuschreiben, das vergesse ich nicht. Was für ein Gejockel, Landstraßen, Werners *ganz tolle Abkürzung* zur Autobahn, irgendwie taucht partout keine Autobahn auf. Die Gegend ist allerdings hübsch, totenstarr in der Abendsonne. Doch wieder Sonne und kein Regen, das ist tröstlich, womöglich wendet sich nun alles zum Guten.

Eine Art Hochplateau, Hügelebenen, gelb von Weizen. Hunsrück? Könnte hier in der Gegend sein, ist aber eher ein Gebirge und keine Fläche oder wie hab ich das? Sind ja riesige Dreschmaschinen, wie fahrbare Bunker. Und die Spreu verteilen sie, meine Güte, geradezu giftgasartig, überall hin, ob ich dagegen allergisch sein könnte, Heu testen die doch, testen die auf jeden Fall, klar, Heu,

Gräser, Heuschnupfen eben? Sieht trotzdem ganz furchtbar danach aus, ganz furchtbar nach Allergie. Zum Glück sind die Fenster zu. Hoffentlich nicht die Klimaanlage, saugt die das an? Oder gibt es da Filter? -- ·· --

»Ich wittere Morgenluft! Die Autobahn! Hier geht's rein, und dann geraaaaaadeaus!«

So, Morgenluft. Das ist jetzt nicht besonders lustig. Werner ist ein Supertyp, aber seine Späße bedürfen einer Gebrauchsanweisung. Endlich auf der Autobahn, der Fahrer denkt das erst recht, wieder ganz in seinem Element, raketengleich, erste Stufe: Zündung, zweite Stufe: Zündung. Direkt rüber auf die linke Spur, ausnahmsweise hab ich nichts dagegen, man muss heute auch mal ankommen, endlich geht es voran. Aufatmen, mal über alles reden, *he, wir können doch über alles reden ...*

»Das war voll der Wahnsinn, oder? Wie das Schiff da plötzlich ...«

»Der Fluss, der hat das ja ...«

»Völlig beherrscht.«

»Exakt. Genau. Völlig verrückt.«

»Das ist halt ein Fluss. Das ist die Natur. Das ist der Rhein, das sind Kräfte.«

»Jaja, klar. Ich möchte trotzdem gern mal wissen, was eigentlich der Grund war.«

»Hättest ja noch dableiben können und mit den Bullen reden. Da wärst du um Mitternacht nicht weg.«

Und wieder alles stumm, als wäre eine Klappe gefallen. Oder ein Fallbeil. Der Redestrang durchtrennt, was sollst du dazu sagen, zu dem allen, mir fällt gerade auch nichts ein. Richtig, Radio an, was ist das? Südwest, genau das Passende jetzt, Hits der achtziger Jahre, das waren noch Hits, dazwischen Info-Häppchen. Das bringt uns auf andere Gedanken. Ob da unsere Havarie schon vorkommt?

Aber ja. Da sagen sie es schon. Sogar die Topmeldung. Wäre ja noch schöner, war schließlich ein echtes Ereignis. Was? Sei doch mal … Ursache: unbekannt. *Auf einmal verlor der Ausflugsdampfer die Steuergewalt.* Vierzehn Verletzte, nicht grad viele. Rentner, die sich nicht ordentlich festgehalten haben. Und die arme Mechthild, was die immer für ein Pech hat, die ganze Chose läuft relativ harmlos ab, keinem von uns passiert was, nur Mechthild, die wiegt einfach zu viel, Übergewicht ist halt ein Wettbewerbsnachteil. *Die Staatsanwaltschaft ermittelt,* Staatsanwaltschaft? War das etwa ein Anschlag? Und nicht nur Materialermüdung? Menschliches Versagen …?

»Ob die Bullen uns noch mal dazu interviewen?«

»Keine Ahnung, unsere Daten haben sie ja.«

Kann gut darauf verzichten, bin froh, dass nicht mehr passiert ist, der Rest ist egal. Manchmal geschieht so was eben, hätte uns viel schlimmer treffen können, Zugunglück, Geiselnahme, Bombenattentat – das ist der Preis der globalen Welt, Schicksal, wenn es einen erwischt. Weiter im Text. Nichts Neues unter der Sonne, die Lage am Arbeitsmarkt, ach ja, schon sehr traurig, schluchz.

»Die können sich auf den Kopf stellen, da ändert sich nix!«

»Sowieso nicht. Nie! Das macht eh keinen Unterschied, wer dran ist.«

»Ich darf nächstes Jahr zum ersten Mal wählen, aber ehrlich, ich wüsste nicht, wen. Und wozu überhaupt.« Nicht diese nachdenkliche Miene, Kind, da kriegst du nur Falten von.

»Ist voll am Arsch, das Land.« Reinhard, diese Unke. Aus dem tiefen Moor von Unkistan.

»Tja. Wenn sie nur mal anfangen würden. Keine Arbeit. Ein verkrustetes Gesundheitssystem. Rente? Kriegen wir sowieso keine mehr und ihr … ihr könnt euch jetzt schon mal anstellen bei der Suppenküche.« Aggi hat ein Herz für die Jugend, wenigstens Suppe sollen sie noch bekommen, besser als nichts. Da wiegen sie düster die Köpfe, die Welt ist böse und schlecht, ihre Eltern verprassen die Reste, bei unserer Generation geht's vielleicht noch so gerade eben, aber sie – können arbeiten, bis sie verrecken, das sind so die Generationenverträge.

»Wenn ich das wieder höre. Uns geht es doch prima! Das ist wirklich Jammern auf hohem Niveau.«

Werner ist und bleibt Optimist und das ist gut, der Chef muss schließlich Optimist sein, auch wenn es Schwachsinn ist, sonst sehen wir anderen keinen Grund mehr zu arbeiten.

»Das Land ist voll am Arsch.« Reinhard ist nun gerade kein Optimist, ich weiß schon: Armes Deutschland, deine Bewohner krabbeln über Müllberge und ernähren sich von Abfällen, verfahrene Kiste.

»Ich sag's euch: In dieser Situation hilft nur noch Kinderarbeit! Das würde uns rausreißen!«

»Jo, du erzählst eine Scheiße manchmal!«

»Wieso?! Denk nur, du könntest sofort bei uns einsteigen, Vanessa!« Nicht nett, aber den Joke kann ich nicht auslassen: »He, nur Spaß!«

»Wir brauchen eine gottverdammte Diktatur, irgendein Reicher, Bill Gates oder so, muss die ganze Kacke hier finanzieren. Wenn's nicht mehr läuft, bringt das Volk ihn um und setzt jemand anderes an seine Stelle.« Reinhards Abschlusskommentar zum Thema Wirtschaftskrise

»Super Idee!«

»Genau, und irgendwann ist Werner an der Reihe!«

»Hört mal, ich bin doch nicht reich!«

»Ach ja, du arme Sau!«

Will nicht recht funktionieren mit dem Geplauder, alles sehr bemüht und schläft immer wieder ein. Und dann müssen wir eben trüb vor uns hinglotzen, der Schreck sitzt uns noch in den Gliedern. Schiffsunfall, das Glück hat man nur einmal im Leben. Davon kann ich meinen Enkeln … tragischerweise werde ich nie Enkel haben, auch wieder wahr. Rote Sonne, die ist wirklich unglaublich rot. Und warm wahrscheinlich. Rotes Licht, das ist der Inbegriff von Wärme, also warmes Licht über Hängen und Tälern, die Weinstöcke bluten … Fast wie im Flugzeug, rasen hier über die leere Autobahn, zwei Meter über der Fahrbahn, jetzt kommt genau die richtige Rampe: riesige Brücke auf tierisch hohen Stelzen, guter Platz zum Abheben und nun direkt in den Himmel, ins All … Das winzige Flüsschen da unten, das ist wohl schon die Ahr. Muss ja. Bald ist es geschafft.

»Wo ist jetzt dieser Scheiß-Bahnhof?«

»Dort, guck mal, die Schilder. Rechts runter.«

»Da sind wir schon.«

»Olaf, Tabea. Hier werfen wir euch raus, ja?«

»In Ordnung. Danke. Viel Spaß noch.«

»Das wäre mal was. Spaß. So allmählich …«

»Gute Heimfahrt.«

»Ciao.«

»Erst mal wieder zurück auf die Hauptstraße.«

»Hoffentlich fährt bald was. Dass die beiden nicht so lange da rumstehen müssen.«

»Köln, das ist doch ’n Ziel. Da muss mindestens … alle halbe Stunde …«

»Vergiss nicht, wir sind voll in der Wallachei.«

»Nicht unser Problem. Sie wollten ja unbedingt.«

»Eben.«

»Ah, hier rechts den Berg hoch …«

Werner johlt: »Ta-ta-ta-Taaa! Pension Albertina! Da wären wir!«

Zwei Stunden Ruhezeit. Bin heilfroh, wer soll das denn aushalten, das alles hier, ich meine, man verunglückt nicht jeden Tag und der ganze Ablauf auch. Ziemlich heftig, das Ganze, bin restlos bedient, hat natürlich keiner gemerkt, man kann sich zusammenreißen, aber mir flattern ganz gehörig die Knie, man verunglückt nicht jeden Tag. Den Koffer? Erst mal nur in die Ecke schmeißen, und aufs Bett, aber mit Anlauf. Hach... Also. Die Nachttischlampe ist ja oberschrecklich. Was ist das? So 'ne Art Musselin, total fleckig, und daneben das Neue Testament, ich werd' nicht mehr, sind wir jetzt in Amerika? Spontantrost in verzweifelter Nacht, muss ansteckend sein ...

Der Raum ist völlig runtergekommen: Ornamenttapete, pastellfarben, Rankentraum, geschmackloser geht's nicht, und die Möbel Marke Leichtbau, so Ostdesign. Zweifellos hat Werner das deshalb ausgesucht, wie hieß das noch? Sprelacart. Ein Wort, dessen Bedeutung ich nicht kannte. Und er dann lachend: *Wie, du hast das noch nie gehört?* So als müsste jeder – absurd, oder? Werner bleibt auf dieser Reise seinem Stil treu, nur das Beste für die verdienten Mitarbeiter. Mir wär's peinlich an seiner Stelle, ist gar nicht seine Art, so zu knausern. Habe Margie noch nicht angerufen. Muss aber, sonst, wieder raus aus dem Bett, was für ein Mist, kleiner Schwindel, wo ist das Handy? Wo hast du dich versteckt? Hm?! Klar, im Koffer. Dann natürlich. Schon mehrere entgangene Anrufe. Sicher Margie.

»Na, sag mal, spinnst du?! Ich kann nicht glauben, dass du jetzt erst anrufst. Ich hab's schon hundert Mal probiert ...«

»Hatte das Handy im Koffer vergessen ...«

»Wart ihr, wart ihr wirklich auf diesem Schiff ...?«

»Hm ... genaugenommen, ja.«

»Ich fass es nicht! Und sagst mir nicht mal Bescheid, gar nichts?! Ich sitze hier und schlottere. Hör mal, echt jetzt, ich zittere, seit zwei Stunden sitze ich hier, mache mir Sorgen, seit ich die Meldung im Radio gehört habe.«

»Ja, weißt du. Der Schock. Aber es ist gar nichts passiert.«

»Das ist unglaublich, du hast einen schrecklichen Unfall und wartest … stundenlang, bis du dich meldest und sagst, dass alles in Ordnung ist.« Wieder diese Vorwürfe. Was kann ich denn dafür? Das ging alles so schnell, wir nur raus, dann sammeln, alle prüfen ihre Glieder, hast du was gebrochen, nein, ich auch nicht, dann Bratwurst und Bier, das ist wenigstens irdisch, nein, wir sind nicht tot …

»Wir mussten das erst mal verpacken. Außerdem ist Mechthild verletzt worden. Wir mussten uns um sie kümmern.«

»Was hat sie denn?« Das stoppt die Vorhaltungen erst mal. Kann ich geradezu sehen, der Mitleids- oder auch Neugierinstinkt.

»Bein gebrochen oder so.«

»Die Arme, mein Gott. Und die anderen?«

»Sind alle okay. Wir sind jetzt in Bad Neuenahr.«

»Was? Ihr seid in … ihr wollt die Fahrt fortsetzen?«

»Natürlich. Gekegelt wird auf jeden Fall. Mechthild wollte das so. Hat sie ausdrücklich gesagt.«

»Ihr habt sie ja nicht alle. Unter diesen Vorzeichen …«

»Ach, weißt du. Der erste Betriebsausflug …«

»Das solltest du dir noch mal überlegen. Schlaf dich erst mal aus. Morgen früh setzt du dich in den Zug und fährst zurück!«

»Ja, ist gut. Ich überlege. Und dann bleibe ich trotzdem hier.«

»Arschloch.«

»Was habe ich davon, wenn du doch nicht da bist?«

»Spätestens Samstagnachmittag bin ich wieder in Köln!«

»Hänge ich trotzdem fast zwei ganze Tage alleine rum. Na, mal gucken … Hör mal, ich bin wirklich ziemlich platt. Muss mich mal was aufs Ohr legen, bevor wir essen gehen. Ich rufe nachher noch mal an, okay?«

»Ich bitte darum!«

»Mach ich. Versprochen. Also bis dann, Schatz.«

»Bis dann.«

Diese Stille. Und die süße Einsamkeit, endlich Abhängen, auch ohne das Unglück wäre das unsäglich anstrengend gewesen, im Büro kriegen wir uns nie alle gleichzeitig zu Gesicht. In unserer Branche müssen alle ihr Ego raushängen lassen. Umgehend kehrt die Ruhe zurück, heilige Ruhe, das Schiff, die Berge, der Vogel, Werner, oh nein, nicht schon wieder … dieser gottverdammte Husten! – – ·· – – Horror. Oh Mann. Verfluchte Schmerzen – – ·· – die Bronchien – – ·· – – wollen sich umstülpen, glaube ich – ·· – – Mensch, irgendwann werde ich sie wirklich mal rauskotzen – – ·· – so blutige Fetzen – ··· – – das Spray, wo ist das? – – ·· – – erst spucken, Schleim und Galle, Mund ausspülen, Wasser, das macht's auch etwas besser – ·· – · – – Wo in diesem dämlichen Koffer ist denn das Spray? Muss ich eigentlich alles in den Koffer tun? Damit man es nie mehr wiederfindet? – ·· – – Hoffentlich nicht verloren? Das wäre ja, das wäre natürlich – ·· – ·· – – Katastrophe. Kann's mir nicht mal neu holen, ohne Rezept, morgen Feiertag, selbst wenn, wer weiß, wo die ist, die nächste Notapotheke, in Koblenz oder, nein, puh, ein Glück, im Seitenfach, wie immer, wo man nie dran denkt. – – ·· – – In Ordnung. Alles klar. Alles klar. Zwei kräftige Hübe, das hilft sofort. Nicht wahr? Lindert den Husten gleich etwas. Und dann noch einer, puh – – ·· – – ·· flaut ab – – ·· – · – ein wenig flaut's ab – – ·· – · – nicht mehr durchgängig wenigstens – – ·· – ist vorbei, die Augen zu, fest zu, dieses Röcheln hört sich grausam an, flach atmen, vorsichtig, damit die Lunge nicht wieder gereizt wird – – ·· – ·

Uff. Was, wo. Hm. Ahhh. Mitten da raus. Und ganz nass. Schweiß, ganz schwitzig. Ist gar nicht warm hier. Oder? Ist die Heizung vielleicht an? Dann würde man. Ach, hier bin ich. Bad Neuenahr, die Pension … Habe ich jetzt geschlafen? Habe wohl original geschlafen, ich, der ich niemals um eine solche Zeit … Das ist wohl das, dieses Unglück, klar, und was für ein komischer Traum, hat sicher damit zu tun, wie war das? Ein Fluss, aber nicht der Rhein, nein, Schaufelraddampfer, wir sind auf dem Mississippi. Damen mit Westernkostümen, Margie auch. Es ist ein Kostümball, sagt sie. Werner und Aggi an einem Spieltisch, winken und grinsen rüber. Dann ist die Sonne plötzlich weg, Sturm peitscht übers Wasser, bin gar nicht mehr auf dem Schiff, sondern am Ufer, das ist immer komisch in Träumen, Ortswechsel, ohne dass man sich bewegt. Nicht gelaufen, nicht geschwommen, nicht geflogen, man reist einfach so durch Zeit und Raum, du denkst an einen Ort, schon bist du da. Der Dampfer, und wie er durch das aufgewühlte Wasser pflügt, Gischt spritzt, Blitze zucken. Und dann wieder Szenenwechsel: Ich im Schlauchboot, ganz allein, tosende Wasser ringsum, Wellen schwappen über den Rand, ich trage eine Rettungsweste, immerhin, das ist klar, eindeutige Reaktion auf das Schiffsunglück, na, das Ganze eigentlich …

Wie viel Uhr? Halb neun. Das heißt, wann sind wir angekommen? Um halb acht war das oder … ja. Da hab ich fast 'ne Stunde gepennt, ist gleich schon wieder so weit. In dreißig Minuten Treffpunkt in der Halle. Könnte so liegen bleiben, aber der Hunger, der Hunger treibt mich fort. Also auf. Zeit für 'ne Dusche. Jedenfalls mal schnell-schnell. Hätte nicht gedacht, dass eine Bootsfahrt derartig gefährlich sein könnte. Alles kann halt gefährlich sein. Auch wenn du nachts aus dem Bett steigst: Tödlich verunglückt auf dem Weg zum Klo, rutschst du aus und knallst auf die Badewannenkante. Oder du hast Glück und brichst dir nur ein Bein wie Mechthild, braucht's kein Schiffsunglück für. Was die hier für Handtücher haben, sehen nicht nur erzbescheuert aus, trocknen garantiert nicht ab, zu weich, sehe ich gleich. Was für ein Laden, empfehle ich bestimmt nicht weiter, das steht mal fest. Hatte ich nicht noch eins in den Koffer geworfen? Ach, lassen wir das mit dem Duschen, später oder morgen, etwas Wasser ins Gesicht schmeißen, kalt über die Handgelenke, reicht auch.

Eine rauchen. Jajaja, es ist dumm, es ist blöd, Spray und Zigaretten abwechselnd, mein schlechtes Gewissen. Redet schon wie Margie, was soll's, eine rauchen, hier schön auf'm Bett. Tja, tja, tja, wieder unruhig, ist klar, nervös – gepennt habe ich zur Genüge. Wie sieht's denn hier überhaupt aus? Hinter der grauen Gardine, dunkel, eine einsame Laterne, ihr Licht wie Milch in der Gasse. Nicht gerade verschwenderisch. Du trübe Funzel, hat dich keiner geputzt? Sonst nichts, gar nichts, Gärten, Garagen, Hauseingänge, starr, kein Mensch, kein Hund, nicht mal Vögel.

Zeit zu gehen. Ich sehe wieder ganz frisch aus, wie neugeboren, die Zähne polieren mit dem Zeigefinger. Quatsch, bringt gar nichts, trotzdem okay. Dicker Velours. Der schluckt jeden Schritt, wäre optimal für Verbrechen aller Art, Trickdiebe, Geheimdienstmorde, alles absolut lautlos. Am Teppich haben sie mal nicht gespart, Hotelflur und Treppe wie so Turnmatten, kannst du auch sonstwas drauf machen, Bodenturnen, ohne dir weh zu tun. Typisch, Aggi und Werner bereits in der Sitzecke, von den anderen keine Spur, die Ersten werden die Letzten sein. – – · · – – Da hätte ich's ruhig was langsamer angehen lassen können, streiten die sich? Ziemlich heftiges Gespräch, Werner rutscht da rum wie ein Kind mit ADHS.

»Sorgen, Nöte, Probleme? Worum geht's?«

»Nein, nichts.«

»Wir haben nur …«

Ja? Nein. Da sind Vanessa und Josh. Willkommene Ablenkung, können sie mich einmal mehr abdrängen, aber ich krieg schon raus, was hier läuft. Mit mir nicht.

»Da sind wir ja beinahe komplett.« Komplett ist gut, Minigruppe, der »Betriebsausflug« nur noch ein Torso, ganze fünf Menschlein, und Reinhard, der noch fehlt. Wer hätte das gedacht: Vanessa mit engen schwarzen Jeans und grünem Shirt, darüber ein grauer Blazer, das steht ihr echt gut. Passt super zu ihren Haaren, wirkt fast erwachsen. Ein bisschen wenigstens. Das sage ich ihr lieber nicht, hat heute schon genug einstecken müssen. Bei Josh alles beim Alten, da kann man sich drauf verlassen, bloß wieder das Shirt gewechselt, zum dritten Mal. War bitter nötig, schätze ich mal, diese Dicken, die schwitzen. Nun läuft er Werbung für ATTAC, darüber dieser abgewetzte Ledermantel, dessen Saum den Boden fegt, allen Dreck Bad Neuenahrs will er archivieren und nach Hause schleppen.

»Wo ist Reinhard?« Na, eben, *der* kommt immer zu spät. Nicht ich. Doch, da. -- ·· -- Buchstäblich wie gerufen ... War wohl in der Bar. Oder er hat sich hier materialisiert, gerade so lange gewartet, bis jemand nach ihm fragt. Das wäre natürlich eine Erklärung, er ist ein Außerirdischer, da würde mir einiges klar.

»Ich habe mir einen Laden empfehlen lassen, also Aufbruch?!« Ja, Aufbruch, bitte-bitte, ich verhungere, hab heute Mittag nichts angerührt von dem Dreck, wie soll man das überleben, ich, wie soll ich nur. Kühl, den Kragen lieber hoch. An Bad Neuenahr ist nichts Auffälliges, rein gar nichts, diese Siedlung aus Einfamilienhäusern, die könnte überall sein, zumindest in Europa, Norden, Süden, Westen, Osten. In Island, Portugal, Rumänien. Na, Rumänien vielleicht gerade nicht. Der Himmel schon schwarz. Und besät mit Silbersprenkeln, Sternenflitter. Die Temperaturen sind massiv gesunken, keine Wolken halt, und jetzt, wo die Sonne weg ist ...

»Das ist die Therme!« Die Kuppel da wirkt aber eher arabisch. Ganz sicher die Therme? Und nicht zufällig ein Gotteshaus, wo inzwischen gebetet wird, und zwar in Richtung Mekka? Geht schneller, als man denkt.

»Ich habe mich erkundigt. Die soll gut sein.«

»Was wohl mit Mechthild ist, der Armen?«

Woher sollen wir das wissen? Können wir vielleicht hellsehen? … Aggi kann: »Es geht ihr gut. Ich habe eben noch mal mit ihr telefoniert.« Meine Rede, die ist in guten Händen, wird Eins a verarbeitet, und wir würden da nur stören.

»Sie hat 'nen Fußbruch und wird genagelt.«

»Wie? Sie hatte 'ne OP?«

»Nee, nee … doch.«

»Da kriegt sie bestimmt 'n Gips, wochenlang.«

»Ja, das ist …«

»Halloooo! Ich glaube, wir müssen hier lang!« Werner unterm Straßenschild, hat die Lesebrille abgenommen, um es besser entziffern zu können. Sieht aus wie ein Wicht, aber echt, hier mit der Brille in der Hand, kneisternd, ich denke, er kennt den Weg?!

»Ganz recht, sehr gut, das ist unsere Straße, haha.« Wieder. So … kläglich. Seine Versuche, für Stimmung zu sorgen, heute besonders. Merkt er selbst, Kopf zwischen den Schultern, Pfeife an, die Flamme, zuckt mehrmals auf: Lichtnasen über seinem dunklen Gesicht. Das könnte natürlich wieder ein Agententhriller sein. – – ·· – – Der einzige, den ich kenne, der beim Gehen Pfeife raucht, nur ein paar Mal beiläufig den Stopfer in den Pfeifenkopf, zündelt eins-zwei-drei, und ab geht's. Überhaupt der einzige Pfeifenraucher, den ich kenne. Ist auch völliges Altherren-Zeugs, Wehner, Grass, alte Republik, over and out. Das soll wohl das Zentrum sein. Laternen, Licht und Stadtverkehr.

»Wow!«

Hm? Ach, das meint er: die Limousinen gegenüber vom Steigenberger, nur Jaguare, Bentleys, Rolls Royces und eine Mercedes-Stretch-Limo.

»Nicht schlecht.«

»Wieso wohnen wir eigentlich nicht im Steigenberger?«

»Ich will auch so 'ne Karre.«

»Jetzt weiß ich wenigstens, was es mit Bad Neuenahr auf sich hat.«

»Das ist nur 'ne Ausstellung. Alles Schaustücke, da steht's.«

»Ey, armselig. Nicht mal das Steigenberger hat mehr Klasse.«

»Mit deinen abgewetzten Tretern kommst du da gar nicht rein, Jo!«

»Was du nicht sagst, Aggi, es gab Zeiten, da ging ich dort ein und aus.«

»Irgendwie werde ich den Verdacht nicht los, dass du dich für eine bedeutende Persönlichkeit hältst …«

»Für einen bedeutenden Werber, ja!« Nicht mehr und nicht weniger. Aggi und ihr Lachen, ich kann das bald nicht mehr hören, hell und spitz, sie war doch nicht immer so …?

»Sicher, Jo! Ohne dich wären wir alle voll am Arsch! Zitter, zitter, Jo, bitte, hilf!« Dass Josh sich hier allerdings einmischt … Aggi, okay, ist halt ihr Umgangston, den kenne ich, sie meint das nicht so, ist zudem fast gleichrangig in der Firma, aber Josh? Der darf das nicht. Kleine Kröte. Soll mal nicht vergessen, wo sein Platz ist.

»Ganz recht. Irgendwer muss dir ja sagen, was zu tun ist. Verstehst du? Ich denken, du umsetzen.«

Kleine Kröte, hockt nachtein, nachtaus wie ein Gestörter vor der Glotze, Schleimbeutelentzündung vom Mausklicken, vom Joystickrühren, gotcha, der hält die Klappe. Okay, wir sind auch da, Werner vorne, wo zeigt er hin? Die Leuchtreklame oder was? »Böhmische Küche«, also nee! Bitte nicht: Erst der Jugo-Fraß, nun das. Das macht der absichtlich, um mich zu treffen. Du wirst als Knödel wiedergeboren, Werner, zur Strafe! Das ist eine halbe Kneipe, kann man hier überhaupt essen? Da kloppen sie Skat, und der Rauch, ich bin ja nicht so, aber am Esstisch muss ich das nicht haben, nach dem Speisen, bitte. Aber ... an der Theke, alle voll abgestumpft, jetzt mal nicht einpennen hier ...! Das hinterletzte Loch, passt zum Niveau des Hotelzimmers. Gibt sogar ein paar Frauen, aber was für welche, viereckig wie Cola-Automaten. -- ·· -- Wer weiß, was da rauskommt, wenn man den Knopf drückt, lieber gar nicht wissen. Ist mir jetzt egal, scheiß auf das Ambiente, ich muss schlicht was essen, sonst falle ich um. Die Djuwetschpampe vorhin ...

»Ich brauche sofort ein Weizen!« Die Bedienung, hey, jetzt ist aber ... was ist sie? Afrikanerin oder ... ultra-hübsch, ultra-hübsche Schwarze, Brasilianerin vielleicht. Eine Top-Figur ... gertenschlank, blitzsauber, Jeans und Rollkragenpullover wie draufgeklebt, und schlank, wie sie ist, unglaubliche Titten, sind die echt? Kann so was echt sein heutzutage? Wie ist die nur in diese Kaschemme geraten ... Muss woanders hingucken, sonst fällt es auf. Möchte aber gar nicht, möchte nicht und kann nicht, muss auch nicht, alles Gottes Schöpfung, oder? Der hat das gewiss nicht dafür gemacht, dass man wegguckt, eine Schwarze fehlt mir in meiner Sammlung.

Wird sicher ständig begafft, aber die sind das gewohnt von zu Hause, das ist nicht so 'ne verklemmte Welt wie unsere, da sind die ganz leicht dabei, warum bin ich eigentlich hier geboren und nicht ... Meinem Herzen nach bin ich, ach, guck mal, Werner, jetzt legt er los mit seinen Lachfalten, während er unsere Bestellungen durchgibt. Und sein besorgter Augenaufschlag: »Haben Sie sich geschnitten?« Was meint er? Stimmt, sie trägt ein Pflaster am Zeigefinger.

»Oh, das ... geschnitten.«

»Hm, schlimme Sache, sicher sehr schmerzhaft ... Also, ich

nehme dasselbe wie gestern.« Gestern? Ach ja. Versteht sie natürlich nicht: »Äh, gestern? Habe ich nicht gearbeitet.«

»Dann war das wohl Ihre Schwester?!« So schäkert er, schäkert er alle Tage und wächst geradezu über sich hinaus. Das ist also seine Tour mit den Mädchen, da hat er dann etwas … Nein, sie hat gar keine Schwester, das wundert uns stark, dabei haben wir auch keine Schwester. – – ·· – – Was denn Vanessa? Ist das etwa ihr Kopfhörer?

»Und wir waren gestern gar nicht hier.« Verwirrung komplett, erst mal, oder? Nein, der Groschen fällt schnell, sie ist nicht dumm, nein. Lächelt, schwarze Sphinx oder dergleichen, gibt keine Antwort. Was die sich wohl jeden Abend anhören muss, in ihrer Haut möchte ich nicht stecken. Da könnte man das beinahe nachvollziehen, diese ganze Emanzipationskiste, obwohl: Die am meisten schreien, haben solche Probleme gar nicht. Gibt andere Felder, im Job, viel geändert hat sich da nicht, Quoten hin oder her, Frauen sind ja, wie auch immer: Tauschen würde ich jedenfalls nicht, nie im Leben, nein.

»Meine Herren, ich muss schon sagen!«

»Werner, benimm dich!«

»Besser, du passt auf ihn auf, Vanessa! Der Mann ist ein Tiger!«

»Unmöglich ist der Mann. Und der will eine Firma leiten!«

»Der Mann leitet eine Firma!«

Werner unbeeindruckt, nächste Pfeife, das Gedudel des Spielautomaten, musikalische Untermalung, ähnlich wie vorhin, zehn nackte Friseusen, da werde ich glatt zum Frauenrechtler, immer diese Lichtgirlanden, jedes Lämpchen ein Ton …

»Eine Scheißluft ist das hier.« Das ist eine Raucherkneipe, da hilft nicht viel. Regelrechte Nebelbänke aus Qualm, wenn jetzt der Sprenkler angeht, kann sich keiner beschweren.

»Da musst du selber rauchen, dann wird es besser!«

»Ob ich das lange aushalte, weiß ich nicht!«

»Wir können woanders hingehen, wenn du willst.« Guter Witz. Nach dem ganzen Stress sind wohl alle froh, dass sie mal in Ruhe sitzen können. -- ·· -- Endlich sitzen, dabei haben wir die ganze Zeit auf dem Schiff, aber ich bin trotzdem froh. Jetzt abhauen, nur weil Vanessa den Rauch nicht verträgt, bloß nicht, da hat niemand Lust drauf. Gar nicht denken, vor allen Dingen nichts tun. Immerhin das Essen hier ausgehalten. Meint die das ernst? Oh, das nervt aber jetzt. Nölt und nölt. Das merkt man dann, wie alt sie ist, gibt sich alle Mühe, aber dann. Gerade erst der Schulbank entsprungen. Sextanerseele. -- ·· -- Nachschub naht, spülen wir das runter, das alles. Zieht etwas, Herzgegend, kann aber nichts sein, Herz ist doch schmerzfrei oder wie war das? Warum zieht das? Klar, ein Zeichen, besser aufhören, am besten ganz und gar, aber wenigstens für heute. Jetzt. Ja. Was soll das. Heute nicht. Wie denn? Was soll ich denn hier machen? Morgen mal einen alkfreien Tag einlegen. Vielleicht, warum eigentlich nicht? Lust habe ich gar nicht, schmeckt nicht mehr, das Bier. Schon wieder trunken, durchaus. Komme aus dem Trunkensein nicht raus heute, hat aber Vorteile, Vitamin B12, Entspannung, Ermattung, Wohlgefallen. Guter Slogan, aber nicht für Bier. Die anderen auch, da fällt alles ab. Reinhard trüb, das Kinn auf den Fäusten, und Josh erst, der kann sich gar nicht mehr halten, hängt völlig in den Seilen, gleich schnarcht er los, ganz sicher. Leute, die in 'ner Kneipe einschlafen, die sind ja das Allerletzte, also würde ich, könnte ich nie. Vanessa blinzelt, Aggi gähnt, super Truppe, das reinste Schlaflabor, könnte man ein Theaterstück draus machen, die »Barbiturat-Monologe«, labern alle nur vor sich hin, komplett weggetreten. Oder einen Spot, warum nicht, musst du bloß diesen Theaterkontext voraussetzen und dafür ist das oft genug im Fernsehen. Vielleicht nicht für die Privaten, passt mehr für die bürgerliche Zielgruppe, der Spot. Gleich mal notieren, »Barbiturat-Monologe«. He, was soll das? Immer diese Ellenbogen-Checks, kannst du nicht normal …

»Whiskey, Winkler?«

Zumindest er ist guter Dinge, wie? In Ordnung: »Auf Eis bitte!«

Winken, Pfeifen, Blinzeln, das Traumgeschöpf naht. Was heißt naht, sie schwebt, eindeutig, das hat etwas Engelhaftes, aber Engel mit Bodenhaftung, hundertzweiundneunzig Prozent schwarze Frau.

»Trinkt die Dame einen Whiskey mit uns?«

Nein, tut sie nicht, schade.

»Ich muss ins Bett!« Das stimmt, Vanessa, musst du, denn du bist noch klein, klitzeklein, und du brauchst deinen Schlaf. Die übrigen Kandidaten sind keinen Deut besser, mit denen ist nichts mehr los, ist das 'ne Generationsfrage? Werner und ich sind die einzigen hier, die noch Stehvermögen haben. Dabei ist Aggi fast genauso alt. Aber sie ist eine Frau, eben, das ist der Unterschied. Riesenunterschied.

»Morgen ist auch noch ein Tag!«

Nicht diesen Spruch, den sagen Frauen immer: »Klar, weiß ich! Übermorgen auch. Und über-übermorgen. Unglaublich geradezu.« Vielleicht kann ich ja … allein mit Werner …

»Und, Werner, wir?« Sollen die anderen ruhig verschwinden, diese Lahmärsche, sollen sie, ist doch die Gelegenheit, da muss er endlich heraus mit der Sprache …

»Wenn alle gehen …« Wie? Jetzt will er nicht mehr?! Eben war er noch ganz versessen darauf zu bleiben … Muss ich das jetzt als …

»Zwei Whiskey noch, Winkler, dann machen wir uns vom Acker. Den Moment könnt ihr doch warten?!«

… und sie schlurften durch die Nacht. Nichts als die Schritte, bitte, und sonst nur: Die Stille ist die Stille ist die Stille. Keiner spricht, pennen alle schon beim Gehen oder genießen die lauschige Nacht. Von wegen lauschig, es geht schnurstracks auf den Winter zu. *Der nächste Winter kommt bestimmt*, sagt uns dieser Tag. Womit er meinen alten Slogan für diese Pellet-Öfen zitiert. Obwohl, stimmt gar nicht, der fiel ja durch, genommen haben wir: *Wir heizen mächtig ein!* Was auch besser war. Den Kunden verloren wir trotzdem, nie mehr was von denen gehört, keine Anzeigen, gar nichts, entweder hat es die erste Kampagne gleich gebracht oder sie sind vom Markt verschwunden. Was so alles vom Markt verschwindet, ein Kommen und Gehen. Und der Rest ist Geschichte, meint ein alter, weiser Mann, der viel gesehen hat – was sage ich: alles. Oder dieser Dings, dieser, der sagte das auch, Mensch, die Steigung hoch zum Hotel ist nicht ohne. Wenigstens 'ne Zigarette an, damit es wieder Spaß macht … Na, gehst du wohl an … endlich – – ·· – – oh nein – – ·· – – schon wieder … Muss das denn sein …

»Jo, irgendwann kommt die Lunge mit heraus …«

Danke der Anteilnahme. Schon klar, das hängt zusammen, au Mann, ich müsste sofort aufhören, die Zigarette wegschmeißen und Schluss für immer. Der beste Weg oder auch der einzige Weg, Wilfried hat es auf diese Weise gemacht, dreißig Jahre zwei bis drei Päckchen am Tag, dann von heute auf morgen. Warum sollte ich das nicht gleichfalls schaffen? Nur jetzt nicht, das ist hier Urlaub gewissermaßen, da darf man alles. Ich jedenfalls. Und überhaupt. Was bleibt einem denn vom Leben, wenn man sich alles Ungesunde verbietet. Wird schon nichts sein, keiner in meiner Familie hat jemals was mit Krebs am Hut gehabt. – – ·· – – Keiner, niemals, je. Geht Aggi übrigens gar nichts an, jeder stirbt seinen eigenen Tod. Und der ist grausam. Hach ja, Tod, Leben, Müßiggang. Wie still das hier ist, immerhin die Nacht vorm Feiertag. Sterne funkeln,

Bodennebel, sinistres Wallen in den Gärten, die Late-Night-Show von Bad Neuenahr, mehr wird nicht geboten. Da ist es. Angekommen, reicht jetzt auch, was für ein Tag. Noch mal anstehen, im Gänsemarsch, Schlüsselausgabe beim Nachtportier.

»Zweihundertacht, bitte.«

Aufzug oder Treppe? Treppe oder Aufzug, ach, da kommt er ja gerade, also rein da.

»Bist du auch im Zweiten, Jo?«

»Aggi, wir sind alle im zweiten Stock …«

»Woher soll ich das wissen …?«

Kling, anhalten und raus. Wo ging's lang, links oder … links. Immer diese Plastikkarten als Schlüssel, das fühlt sich blöd an in der Hand, nicht wie ein Schlüssel, denkt man immer, die Tür geht nicht auf. Dieses Mal nicht, das wäre vielleicht ein Horror, nein, grünes Licht.

»Tschüs, Aggi. Bis morgen.«

»Bis morgen, schlaf schön.«

Ohne Umschweife. Erledigt, wie auch nicht, völlig erledigt, ohne Umschweife ins Bett, ich schlafe schon, das alles ist nur ein Traum, rums, fallen lassen, den Luxus muss man sich gönnen. Und? Zähne putzen? Nee, zu müde, Bilder des Tages … Lass sie ziehen, schwimmen, gehen …

Leichte Schmerzen im Schädel. Der Abschluss-Whiskey. Heller Morgen, wie spät? Keine Uhr, aufrappeln. -- ·· -- Mann, ist das eine Scheiße … ahhhhh, gerade noch mal zu unterdrücken, der Mund voll, in die Toilette damit. Immerhin kein Blut, Blut wäre mal ein schlechtes Zeichen. -- ·· -- Nach dem Aufstehen ist es nicht gerade toll, Raucher zu sein. Präventiv ein paar Hübe vom Spray. Und weil es so asi ist, die erste Zigarette gleich hinterher, auf nüchternen Magen, da wird einem schön flau von, allzu früh ist's nicht mehr, bestimmt zehn Uhr, helllichter Tag.

Am Fenster, wolkengefiltertes Sonnenlicht, gesund, gesund, gesund, Milch, Calcium, scheintot, ganz tot, scheinlebendig, überaus lebendig, gesunde Milch, weiß, wie Schnee, wie Milch, wie Federn, Flaum. Gleich dieses Rattern im Kopf, meine produktivste Phase, selbst nach einem Besäufnis. Laptop raus, starten, Rezeption: »Können Sie mir einen Kaffee hochbringen in die Nummer zweihundertacht? Am besten gleich 'ne große Kanne!«

»Tut mir leid, ich bin allein in der Loge. Und kann nicht weg.«

»Das ist nicht Ihr Ernst!«

»Es tut mir Leid. Wir sind ein kleines Haus. Sie müssten sich bitte selbst zum Büfett herunter bemühen.« Also echt. Servicewüste Deutschland, in Thailand schnippst du und, ach was, selbst wenn du nicht schnippst, hast du drei Nutten auf der Matte stehen, die alles für dich tun. Und hier? Kriegst du nicht mal einen lumpigen Kaffee aufs Zimmer, zum Kotzen, eine Klitsche, wo Werner uns hier untergebracht hat, Jugendherberge, Kaninchenstall, das Allerletzte. Was soll's. Bin nicht vergreist, also Treppe runter. Diese Bilder ... diese Bilder in den Hotels, die sind ... Ob es da einen bestimmten Art Consulter gibt, der bundesweit Hotelflure bestückt? Quatsch: weltweit! Sieht überall so, irgendwie gesichtslos aus. Auch davon kannst du leben, komisch genug. Wenn wir mal etwas derartig Laues machen würden, so unoriginell, das würden uns die Kunden mit Karacho um die Ohren klatschen. Also Selbstbedienung, und wo ist das? Da. Soll ich mir jetzt echt 'ne Tasse eingießen? *Eine* Tasse? Dafür lohnt sich der Weg wohl nicht ... Gleich die ganze Kanne, guckt einer? Nein, schnapp und weg ...

Mit Kaffee und Laptop im Bett. Eine schöne Denkbequemlichkeit braucht es zum Kreativsein, das Drumherum ist schwierig genug, zum zweitausenddreihundertdreiunddreißigsten Mal »Fact Book Bio-Milch«. *Bio-Milch – gesünder als die Polizei erlaubt!* Ob das von Vanessa ist oder nicht, scheißt der Hund drauf. Ich bin Leiter des Projekts. Und wenn wir es verbocken, kriege ich auch die Schläge. Das ist denen eh zu flippig, darauf könnte ich wetten, besonders mit dem Punk, das ist doch. Makulatur, gedachte Makulatur, für die wäre besser so was ganz Abgestandenes: *Bio-Milch – mehr als gesund. Für Kinder und Eltern, die noch wachsen wollen.* Ja, genau! Darunter: *Bio-Milch – die ganze Natur.* Und: *Für alle, die noch wachsen wollen.*

Nicht übel, wir kommen der Sache näher. Den Polizeispruch haben wir noch in petto. Kleine Variation: *Bio-Milch – mehr als Natur.* Das ist natürlich unlogisch. Okay. Zurücklehnen, als Werber musst du sprachsensibel sein wie ein Experimental-Lyriker. Genauer gesagt: Unser Job ist erheblich schwieriger. Diese Lyriker, die können hinschmieren, was sie wollen, kräht kein Hahn nach, aber bei uns, da hängt alles davon ab, ein einziges, verdammtes Wort kann über Top oder Flop entscheiden, Kundenzufriedenheit, der nächste Etat winkt, gleich doppelter Umfang oder eben Niete. Nichts, das Ding kommt nicht mal raus, stampfen das Konzept ein, obwohl sie dafür bezahlt haben. Beauftragen die nächste Agentur, das ist dann deprimierend, alles umsonst. Kannst du nicht mal für was anderes nehmen, wie der Lyriker da. Der kann das. Wenn die einen seine Texte nicht nehmen, schickt er sie eben zum nächsten Verlag.

Von daher … haben die es doch prima, mittellos, aber glücklich, super-idealistisch, super-integer, super-arm. Dafür jede Menge symbolisches Kapital, wem das wichtig ist, aber das ist ja nie genug. Müssen sich immer ein wenig besser fühlen als der Rest, die alten

Kunstfreunde, die können von mir aus hundert Mal die Nase rümpfen. Ist mir schnuppe, sie machen ihr Ding, ich meins, und meins bringt wenigstens was ein. -- ·· -- Was ist denn mit Ben, Hanna, was verdienen die denn mit ihrer Super-Kunst? Keinen Cent, die leben von der Stütze. Macht nichts, so bin ich gar nicht drauf, jetzt etwa zu sagen: *Ihr lebt von meinen Steuern, weigert euch zu arbeiten, faule Säcke* – ···· -- ·· – ··· -- Sollen sie, Arbeitslosenhilfe, Hartz IV, Bürgergeld, können sie von mir aus gerne einführen, wem das reicht. Oder sie bringen sich mit einem langweiligen Brotjob über die Runden, Rudolf in seiner Zeitungsexpedition, nicht gerade hochwertig, Papierpacken von A nach B befördern, da arbeitet der schon seit, ja, bestimmt seit fünfundzwanzig Jahren, studieren hätte er dafür nicht müssen. Das könnte ich nie, Fließbänder und komische Rollwagen in der Gegend rumschieben.

Die werden nie kapieren, wie viel Fingerspitzengefühl das braucht. -- ·· -- Die sollen sich ruhig besser fühlen, sozusagen historisch überlegen, sie ihrs, ich meins. Hermann damals, das war echt der Clou, da war der schon nicht mehr in dem besetzten Haus in der Weißhausstraße, kann gar nicht, nee, längst nicht mehr, da hatte ich den, als ich ab und an dort rumhing, in den frühen Neunzigern hatten wir quasi keinen Kontakt, erst später wieder, Mitte der Neunziger muss das gewesen sein, fünfundneunzig, sechsundneunzig. Verfällt der auf die Idee, es mal mit Werbung zu probieren, ausgerechnet Hermann, der stets dagegen gewettert hatte und als ich dann bei Wollheim Inc. anfing, da guckte der mich mit dem Arsch nicht mehr an. Dann auf einmal: *Man ist schließlich Künstler, was ihr könnt, können wir schon lange,* also das war. Könnte ich mich ausschütten drüber, diese Naivität. Denkt, er macht da mal ’n kleines Bildchen, dann reißen die Konzernbosse ihm das direkt aus den Händen weg, nur weil er sich herabgelassen hat, vom hohen Kunstross, runter in die Niederungen der Produktgrafik. Keinen

Auftrag, keinen einzigen Auftrag konnte er an Land ziehen. -- ·· -- War mir von vornherein klar, ich hatte ihn auch gewarnt, bin ja nicht so, gar nicht nachtragend, hab ihm noch Tipps gegeben, wie er das aufziehen muss, damit er überhaupt 'ne Chance hat. Aber nix, da rein, da raus, als wäre ich nicht, als hätte er es da nicht mit einem Experten, hört einfach nicht zu, sitzt da in seinem kleinen Büro, dreht Däumchen und wartet auf die Kunden. *Ich bin wichtig, ihr müsst schon zu mir kommen!* Verschuldete sich von Monat zu Monat mehr, kein halbes Jahr hat der durchgehalten. Privatinsolvenz. Ist er damit eigentlich inzwischen durch? Hm, bestimmt schon zwei Jahre nicht mehr gesehen. Halt, Margie hat neulich erzählt, dass er in einem Ein-Euro-Job arbeitet, Kunst macht er allerdings noch, letztens die Einladung, Computersachen, die niemand kauft, trauriges Schicksal. Essenfassen. Den Laptop? Besser anlassen. Ach ja, die kleine Wohlfühlpille nicht vergessen, heute nicht, bloß nicht.

Was für ein blödes Teppichmotiv, die Läufer im Flur sind harmlos dagegen, wenigstens monochrom, da kannst du nichts falsch machen. Aber dieses Paisleymuster oder was soll das darstellen, hier auf der Treppe? Allmählich was los hier, Josh und Vanessa haben es auch schon gepackt, Wunder über Wunder. Aggi, allein. Soll ich da hin? Würde lieber ihr Gesellschaft leisten, aber das ist ein Einzeltisch, kein Platz mehr für einen zweiten Stuhl, nicht mal mit Quetschen. Was soll man machen, also ab zur Nachwuchsabteilung.

»Programmbesprechung in der Lobby!« Werner. Wie aus dem Ei gepellt, mit rot-weiß gepunkteter Fliege: schmuck und geschmacklos zugleich. Aber dieser Ton passt nicht gut zum Betriebsausflug, fast wie im Büro, Lagebesprechung. Präsentation Werner, Präsentation Jo, Präsentation Aggi, Josh und Reinhard zeigen erste Umsetzungsvorschläge und dann ran an die Arbeit. Na gut. Pflanzen wir uns alle in die Polsterecke des Foyers, großer Meister, was willst du uns sagen?

»Die Alternative für heute, über die wir abstimmen können, ist Einzel- oder Gruppenfahrplan.«

»Bloß nicht wieder Gruppenzwang! Die Bootsfahrt hat mir gereicht. Ich will shoppen!« Shoppen in Bad Neuenahr, ist Vanessa dafür mitgefahren? Was man hier kaufen kann, Provinzmode, obwohl – das Kasino, die Kurgäste, Jet Set auf niederem Niveau. Die dazugehörigen Geschäfte, Abendfummel fürs Kasino, wenn du nichts bei hast, dass du dann noch schnell. Aber die Bauern der Umgebung kommen natürlich auch, fallen am Wochenende hier ein, befingern und beschnuppern die edlen Stoffe, *wo ist'n das draus gemacht, ist das echt, das schimmert so,* und wenn sie dann den Preis sehen, ist Sense, Mega-Sense, *da kauf ich mir 'nen halben Traktor von.*

»Da wird nichts draus. Heute ist Feiertag, schon vergessen?«

»Ach, Scheiße, Mann, stimmt ja!«

»Auf keinen Fall Gruppenprogamm. Wir glucken hier seit gestern aufeinander …« Jetzt mal nicht so gereizt, Josh wirkt ultragereizt, dabei hat der Tag gerade erst begonnen. Mögliche Entzugserscheinungen – ohne sein Mainboard – – ·· – ··· – – ·· – Übertreiben müssen wir es nicht, können sonst gleich zusammenziehen, so viel ist richtig. Was für eine Vorstellung, eine WG mit denen, Aggi jeden Morgen mit ihren Sprüchen, da hast du für den Resttag die Schnauze voll. Und Josh, seine Fresse, davon wird einem schlecht morgens, hundert pro … Wer sagt's denn: einhelliges Votum für individuelle Tagesgestaltung. Nicht dass ich das bräuchte, um mich, hätte mich sowieso, man muss sich an kein Gruppenprogramm halten, abgesetzt und selber. Eigenartig, keiner spricht mehr von Abbruch, auch nicht von Mechthild, der gestrige Tag ist ausradiert, verdrängt, es gibt keine Mechthild mit Fußbruch, kein Schiffsunglück, nur prima Stimmung in Sachen Freizeitaufenthalt im Wein- und Burgenland. So schnell kann's gehen, vermutlich psychische Selbstheilungsprozesse, das merkt man gar nicht, das läuft unterbewusst ab.

»Was hast du vor, Werner?«

»Ja, verdammt, weißt du … ich muss *un-be-dingt* noch ein bisschen schaffen …«

»Ich denke, arbeiten ist verboten!«

»Für euch! Der Chef hat niemals frei.«

»Was gibt's denn so Wichtiges?!« Noch eine Fusion? Oder was?

»Nichts, was dich interessieren würde. Finanzkram.«

Grinsen, Schulterzucken, meinetwegen, Buchhaltung kann er selber machen.

Durch den Ort, der Nase nach. Gute Idee, die einzige Idee, die man hier haben kann, das Wetter ist nicht schlecht, wozu ein Plan, wozu ein Programm. Treiben lassen, also los, zunächst mal den Weg von gestern, hinein in die Fußgängerzone. Oh, fuck, Margie, erneut vergessen, am besten jetzt direkt! Hab ich's hinter mir. Quatsch, keine Chance. Viertel vor elf, Blockseminar, da ist sie mitten im Unterricht. Dann erst heute Abend, weiß genau, was sie sagen wird. *Hast wieder nicht angerufen, dir ist scheißegal, was mit mir ist, du behandelst mich wie, du bist überhaupt* und so weiter, und so weiter, dieses Frauengeplärre, ohne das wäre Margie, aber die sind ja alle so, habe keine je erlebt, die nicht. Oder gleich das Gegenteil, da kannst du dann hinterherrennen, mit hechelnder Zunge, die ist zwei Wochen in New York, kein Anruf, nicht mal 'ne SMS, lässt sich von halb Harlem durchbumsen, Gerds Freundin Wilhelmine, die war so. Das arme Schwein, verliert seinen Job und ist gestraft mit 'ner Frau, die ... So ist Margie immerhin nicht. Die Schaufenster, verglichen mit Köln in der Tat wenig aufregend, wo sind denn die Boutiquen, irgendwelche muss es doch wohl geben? Kurpark, gepflegt, gepflegt, weiß gekieselte Wege, total saubere Schnittflächen, die einzelnen Rasenstücke überaus gleichmäßig gemäht, so ein Butler-Typ, der die Halme einzeln mit der Nagelschere stutzt. Paar Skulpturen, gar nicht übel. Die da ist cool: Was ist das, ein ... ein Rhönrad, so heißt das, Rhönrad, woher kenne ich das überhaupt, hab ich so was irgendwann mal gesehen? Seltsam bisweilen, man weiß, hat eine Vorstellung, ohne das Ding je zu Gesicht ... Da sind Figuren ausgespart, Figuren, Menschenstanze, dreht man am Rad, werden Charaktere aus dem Urbrei geprägt, das ist wohl die Idee, so kommen wir alle auf die Welt, vorbestimmt von der großen Stanze, Herkunft, Erziehung und Sozialisation und am Ende, platsch, wieder rein in den Brei. Die Anlage ist schon apart, wenn man von den Rentnerzombies absieht, die ziehen das Gesamtbild gehörig herunter, Alte, überall Alte. Mit dem Stützwägelchen, schwere Schritte, rundes Kreuz. Oder gleich ganz im Rollstuhl, von Pflegern geschoben. -- ·· -- Steht uns allen bevor, danke auch, diese erloschenen Gesichter, Multimorbid-City, gibt es kein würdigeres Ende als das?

Hat keinen Sinn, daran zu denken. Wer weiß denn, was einen erwartet, irgendwann ist eben Sense, jetzt nicht und selbst wenn. Guck die Haben-Seite an, im Job all die Erfolge, reicht für zwei Leben ... und auch sonst, Menge netter Sachen: Getümmel in Tokios Elektronik-Ghettos, Maschinen rattern digitale Klänge, überall schnattern die Händler. Strand von Thassos mit Sonnenaufgang, nach durchgemachter Nacht, wo wir dann trotzdem die Fähre verpassen, diese Interrailtouren, überfüllte Züge, aber astrein drauf, als Jugendlicher ist man pflegeleicht, Tauchen im Roten Meer, Beduinen mit ihren Kamelen, die wie aus dem Nichts auf der Klippe auftauchen, eine Message aus einer anderen Welt, oder Nordthailand, am Fuße des Himalaya, der kleine Elefant, auf dessen Rücken, danke vielmals, raus aus dem Altenzoo. Da bricht die Sonne durch, als hätte ich sie bestellt, damit das hier nicht so trübsinnig wird, das Alter und all der Quatsch, schau doch lieber auf die Sonnenseite.

Das Kurhaus. Mal rein? Ja. Gründerzeit, auf festen Mauern ruht das Land, das Interieur ist aber ganz modern. Gewirr von Wegweisern und Schildern, was ist das hier, Straßenkreuzung? Muss ich jetzt auf die vorbeisausenden Kurgäste achten? »Sinfonie der Sinne«, Massage, Kohlensäurebad, Fango, Schönheitsfarm, Kneipp- und Essigkuren, das reinste Anwendungslabyrinth, Sammelsurium an Offerten für Halbtote und Sieche, der ganze Bockmist, den man dann macht, wenn nichts mehr hilft. Mal ehrlich, wenn du zur Kur musst, nicht mehr arbeiten kannst, ist es doch vorbei. *Herr Doktor, ich bin ausgebrannt. Ich möchte bitte auf eine Nordsee-Insel, sechs Wochen lang fasten und Kamillentee trinken.* Und das macht man dann auch, Entschlackung und Wellness inklusive Kurschatten, eine attraktive, unausgefüllte Fünfundfünfzigjährige, die einem nachstellt. Oder noch schlimmer: der man selber nachstellt, weil einem nichts Besseres einfällt. Und wer bist du? Wohl die Auskunft.

»Guten Tag. Sie sind wegen der Ausstellung hier?«

Wer sagt's denn, ganz so fertig sehe ich gar nicht aus, jedenfalls nicht nach Kuren aller Art, das bisschen Husten, ha. – – ·· – –

»Ja, genau. Zur Ausstellung, wo …?«

»Da, links in den Flur.« Lichtdurchfluteter Korridor, schön hoch, die Bilder sind nicht der Rede wert, die Einrichtung schon eher. Jugendstil. Original? Na, bestimmt, wenn das so ein altes, gestandenes Kurhaus ist. Diese Oberlichter, Topflampen, sind das? Ja. Lüftungslamellen, geschickt gemacht, mit Stuckrosetten kaschiert, fällt gar nicht auf. Und dann die Türen, massives Holz, dahinter kein Mucks, Nullkommanull. Was ist das hier? Gefängnis,

Folterkeller? Durch *die* Türen kommst du nicht so leicht, einmal in den Händen der Schergen … Steht immer drauf, was drin ist, Emailleschilder, auch ganz hübsch, hier Fango … und da Essiganwendungen … Nur diese *totale* Stille wirkt sehr bedrohlich, entweder die haben überhaupt keine Patienten oder … daran möchte man gar nicht denken, das Pflegepersonal, vierschrötige Schwestern, Schlammcatcherinnen, die einen verwursteln und verknoten und sich mit ihrem ganzen Gewicht auf einen drauf werfen, du kannst schreien, du kannst jodeln, keiner hört dich. Nein, lieber keine Kur! Wen haben wir denn da? Die Aggi.

»Wen haben wir denn da?« -- ·· -- Hast du wieder eine Infotafel gefunden, was daran nur immer so interessant ist, *hach, ich interessiere mich halt für alles,* das muss eine Krankheit sein, Info-Neurose, sie muss alles wissen, selbst den lächerlichsten Scheiß …

»Ach, du …« Sie liest weiter.

»Worum geht's?«

»Schau selbst!«

»Da ist kein Platz. Du stehst schon da.«

»Ganz recht.«

»Na, sag schon.«

»Apollinaris.«

»Aha. Das kommt von hier?!«

Keine Antwort, muss man heute allen alles aus der Nase ziehen: »Und? Was ist damit?«

»Jo, du raubst einem den letzten Nerv! Das ist die Firmengeschichte. Und hier gibt es einen Flyer, da steht alles drin!«

»Ist ja gut.« Schönes Faltblatt. Soso. Haben die nur aus Zufall entdeckt, die Quelle, eigentlich wollte der Firmengründer Wein anbauen. Siegeszug des neuen Sprudelwassers, für den nicht zuletzt eine saugute Werbeabteilung verantwortlich war, wer sagt's denn! Logo und Claim uralt, »Queen of Table Waters«, original von 1894, alle Wetter, Wahnsinn, wie lange der sich gehalten hat. Das ist meine Jugend: »Wo ist der Campari?«, »Sechsämtertropfen« und »Apollinaris«. Bekanntheitsgrad 90 Prozent?! Das soll ich glauben? 90 Prozent, das ist bekannter als der Papst, das ist fast schon Coca-Cola! Heutzutage unmöglich, alles schnell und unberechenbar, die Trends, die knocken sich gegenseitig aus, bevor sie überhaupt da sind. Oder umgekehrt: Manches scheint mausetot, im nächsten Moment kommt es aus der Kiste gefahren wie ein Springteufel, putzmunter, keiner hätte es geglaubt, und dann nervt es und nervt, aber das Publikum will nicht lassen davon. Das ist unsere Existenz heute. Wir selber sind ja nichts mehr, nichts … nichts Festes jedenfalls, nur so *free floating*, leben quasi in einem Spot, der nichts bewirbt, darin können wir uns ruhig einrichten, im Schein. Und wenn mal was dazu passt, dann ist die Gewöhnung fast so etwas wie Familie, ach was, besser, besser als in echt.

»Tschüs, Jo!« Mal nicht so eilig, mir ist irgendwie langweilig: »Warte mal! Was machst du denn? Wollen wir nicht …«

»Ich wollte spazieren gehen. Den Rotweinwanderweg lang, das ist nichts für dich, Wandern, Jo, anstrengend!«

»Wieso? Rumlaufen, dabei Rotwein saufen … hört sich cool an.«

»Da verstehst du was falsch. Rotwein, keine Spur. Es geht um Natur. Und stell dir vor, es könnte steil werden!« Den kannst du dir nicht sparen, das war sonnenklar, dass sie das noch mal, meine gestrige Schwächephase, dass sie da noch mal drauf rumreitet, wäre nicht Aggi, wenn sie nicht immer … »Ich bin ein Held der Berge, meine Mutter war eine Gämse. Also … gehen wir zusammen?«

Guck nicht so begeistert, kümmert mich sowieso einen Dreck. Ich hab' keine Lust, lahm allein durch dieses Kaff zu latschen. Außerdem das ganze Gemunkel und Geflüster in den letzten Tagen, da bleibe ich dran wie ein beschissener Kampfköter, einmal zugebissen, ich lasse mich nicht aus irgendwelchen firmeninternen

Prozessen herausdrängen. Ich werde so lange bohren, bis irgendwer auspackt, Aggi oder Werner. Wenn der mir immer ausbüchst, wie so eine geseifte Sau ist der, krieg den gar nicht mehr zu fassen, wenn nicht Werner, dann sie. Ist sie mir schuldig, sie auf jeden Fall.

Ab durch die Mitte beziehungsweise die Weinberge. Sonne wieder weg, nur hier und da ausgebleichte Stellen im dichten Gewebe der Hochnebel, das dampft da alles zu, vielleicht auch aus dem Boden, keine Ahnung, aber heiter soll es heute wohl doch nicht werden. Hat natürlich Vorteile, der Weg steigt rapide bergan, für meinen Geschmack zu rapide, wollen die mich umbringen? -- ·· -- Gleich mächtig auf die Pumpe, müssen die mal dran denken, wenn die solche Wege anlegen, an die ganzen Alten, die zur Kur hier weilen, was ist denn daran Kur? Bin ja voll am Hecheln, nicht mehr feierlich, nein, ich möchte nicht sterben, nicht hier, nicht vor Aggi -- ·· -- Ein Trauerspiel, mit mir ist nichts mehr los, wegen der paar Höhenmeter schon am Abschnappen. -- ·· -- Jetzt kann ich den Husten gut gebrauchen, Ausrede, stehen bleiben, Pause, Spray raus, einmal, zweimal. Muss echt mehr Sport machen, mein Gott, was war ich mal gut in Form. Als ich noch lief. Immer rund um den Decksteiner Weiher, bei Wind und Wetter, da wohnten wir allerdings direkt nebenan, dann ist es leichter sich aufzuraffen, jetzt aus der Innenstadt, wenn ich an die ganzen Kranken denke, die immer die Ausfallstraßen entlang spurten. -- ·· -- Wie blöd muss man dafür sein, hm? All die Abgase. Da in Japan damals, das war Absicht, der wollte sich umbringen, glaube ich, schweißüberströmt, wie ausgequetscht sah der aus, keuchte wie ein Folteropfer, einen Schritt vor den anderen, immer an dieser Autobahn lang, das war Absicht, genau, paar hundert Meter weiter ist er zusammengebrochen, und das war's dann, Exitus.

Bei uns gibt's ebenfalls genug von der Sorte. War das nicht mal, hatte ich gehört, dieser Typ, Leberschaden, wer hatte das erzählt ... Als würde er tierisch saufen oder gleich Nitroverdünnung schnüffeln, nichts dergleichen, nur wegen des Joggens, immer neben der Straße und dann die Abgase. -- ¨ -- Ich weiß ja, wie wenig dir das ausmacht, Aggi, du bist fit, du bist fähig, du bist supergut drauf. Nur deine Ideen, verstehst du, daran hapert es manchmal, du bist so, sagen wir mal: eingefahren, eine disziplinierte Handwerkerin. Ich gebe zu, es ist nicht leicht, quer zu denken, Nebenwege zu entdecken, wenn doch überall die große, breite Straße lockt.

»Vielleicht solltest du besser umkehren! Nicht, dass wir 'nen Rettungshubschrauber rufen müssen!«

»Har, har. Das sind nicht die Alpen. Irgendwann ist jede Steigung mal zu Ende.« Die freut sich richtig, ich könnte ihr so eine reinhauen, die kostet das voll aus, genau wie gestern, dabei, sie als Leichtgewicht, das ist keine große Sache. Ich schleppe viel mehr Gewicht mit mir rum, deshalb ist das. Dermaßen gut in Form kann sie gar nicht sein, die Nummer mit dem Kraftstudio um Mitternacht, das trau ich ihr nicht zu, das bringt selbst Aggi nicht. Oder im Dunkeln am Rhein lang, Halbmarathon, pah. Egal, keine weitere Schwäche mehr, obwohl meine Schuhe drücken, der Parka zu warm und die Lederhose ist auch Scheiße, absolut nicht wandertauglich, die Beine voll im Schweißbad, doch mir wird kein Laut des Jammers über die Lippen kommen. Sieh her, ich leide klaglos, Unfug, leide gar nicht, wer leidet denn hier? Im Gegenteil: Ich pfeife mir eins, Naturbursche, König der Berge und Bäche, auf der Alm kenn ich mich aus, ich pflücke mir ein Edelweiß und dann und dann und dann. Sie mit ihren festen Stiefeln und Freizeitklamotten hat gut lachen, ausnahmsweise sogar ungeschminkt, ganz auf Fußmarsch eingestellt.

Das ist es, geschafft -- ¨ -- die Bergkuppe, wieso haben wir keine Fahne dabei? Die ersten sind wir zwar nicht, trotzdem ein erhebendes Gefühl, umpfeift nicht der Wind unsere Nasen? Und ist das etwa kein Blick? Der Rest ist locker, voll gemächlich, wie sich der Weg da durch die Weinberge schlängelt, keine Höhenunterschiede mehr, komm wieder runter, Alter, alles halb so wild. Die einzige, echte Herausforderung liegt hinter uns, hurra. Idyllische Landschaft, ganz toll. Und? Wie soll ich Aggi am besten anhauen? Wie immer, geradewegs los aufs Ziel: »Sag mal, Aggi, was läuft hier eigentlich? Werner plant irgendwelche Treffen, du weißt davon, ich nicht. Ihr sitzt in der Ecke, fetzt euch total, sagt mir nicht, worum es geht. Niemand sagt mir überhaupt irgendetwas. Letztens, beim Treffen mit der Bank, wo ihr da ganz ohne Absprache mein Konzept unter den Tisch habt fallen lassen, das fand ich auch nicht witzig!«

»Witzig oder nicht, das Konzept war Scheiße. Wir hätten uns selbst ein Ei damit gelegt.« Baff. Nun setzt's aber, und wie giftig die guckt, allmählich wird es zuviel, das ist langsam kein Spaß mehr, oder?

»Die Kunden finden meine Ideen normalerweise gar nicht so scheiße.«

Harter Blick, Pupille ganz klein, ein Raubtier auf LSD, Panther, schwarzer Panther im Freizeit-Look.

»Gold Reklamen kann sich im Moment keine Flops erlauben, schätze ich mal.«

Wie? Flops? Seit wann wäre ich der Garant dafür? Unverschämt, ist sie schlecht drauf? Aber sehr schlecht, hat nicht geschlafen oder drei Jahre keinen Sex gehabt, kann man ja verstehen. Aber das ist nicht meine Schuld, kapiert? Was heißt hier, wir können uns nicht erlauben, blabla …?

»Was soll das heißen? Gibt es Probleme mit der Firma? Wir ackern und ackern in einem fort, mehr geht gar nicht!«

»Die Marktsituation, die Krise … die haben alle kein Geld mehr in der Tasche.« Plapperplapper, was soll das verquaste Gequatsche, worum geht's hier, verdammt: »Hör mal! Diese ganzen fetten Aufträge, die wir runtergerissen haben, die Fluglinie, *Ruckizucki nach Paris und Rom,* die Bank, dagegen haben die anderen nur Pipifax zu tun, Gold Reklamen stehen super da, bombensicher!«

»Bombensicher?! Da musst du Beamter werden, Jo, wo sonst gibt es noch Sicherheit.«

»Gott bewahre.« -- ·· --

Ich, das exemplarische Gegenbeispiel allen Beamten- und Bürokratentums weltweit. Beamte und alle Leute, die so drauf sind, hassen mich, ich bin ein rotes Tuch für die, siehe die Milch, Frau … wie heißt sie noch … ach ja, Segebrecht, das ist so eine, die hassen mich, die können mich nicht ertragen, weil sie dann sehen, was sie für erbärmliche Stümper sind. Können nicht anders, als jahrein, jahraus dasselbe machen, bloß nichts variieren und die Arbeit stets in handhabbaren Portiönchen, das kriegen sie sonst mentalmäßig nicht mehr verpackt. -- ·· -- Zu viel Stress, das Leitwort der heutigen Zeit, selbst die Studenten, haben wir vorgestern ja gesehen, hocken da und winseln, die sollten froh sein, danke, dass ich so viel Stress habe! Dass ich zu tun, dass ich eine Aufgabe habe. Aber alle nur *stöhn, immer dieser Stress.* Aggi auch. Sagt sie zwar nicht, doch sie schleicht rum mit 'nem mittleren Mühlstein um den Hals, immer in Sack und Asche sozusagen, komm mal runter, sei mal locker.

»Im Moment … bahnt sich eine gefährliche Krise an. Die amerikanischen Banken sind erst der Anfang … Bei uns wird es auch welche erwischen, da kannst du Gift drauf nehmen. Das Ende der Fahnenstange ist noch lange nicht erreicht.«

»Banken! Na, und? Was hat uns das zu interessieren? Wann arbeiten wir schon mal für Banken?«

»Also, Jo?! So naiv kannst du doch nicht sein ...!«

»Hat mit naiv nichts zu tun. Ich glaube nur nicht, dass unsere Kunden aufhören zu werben, bloß weil die Kredite nicht mehr so ungehindert fließen. Kredite, das ist der Investitionshaushalt, den Werbeetat gräbt das doch nicht an. Wie gestern schon gesagt, *in* der Krise musst du Geld einsetzen.«

»Das siehst du etwas zu blauäugig. Ich rechne mit einer großen Flaute. Gerade auch für Gold Reklamen.«

»Nein, ich bin nur optimistisch -- ·· -- und das ist auch bitter nötig. In unserem Geschäft musst du positiv denken. Und das auch ausstrahlen. Sonst geht alles den Bach runter.«

Selbst wenn es eher durchwachsen laufen sollte, was ich gar nicht glaube, nützt Schwarzmalerei überhaupt nichts. Darfst du nie tun, immer bloß: Gold Reklamen halten straighten Kurs. Wenn sich das rumspricht, solche Gerüchte, dann können wir einpacken, alle lechzen doch nur danach, niemand wartet auf die guten Geschichten, Erfolgsmeldungen, nein, Scheitern, Krankheiten, Tod, das interessiert uns, nicht der weiße Engel mit der goldenen Hand, höchstens die Frauenmagazine, die finden das toll.

»Mit solchen Andeutungen muss man sehr vorsichtig sein. Jetzt sind wir zwar unter uns, aber ...«

Eigentümliches Lachen, lautlos, in sich hinein, sie sagt nichts mehr. Richtig weitergekommen bin ich nicht, sie hat es wieder aufs Allgemeine abgelenkt, auch sie kriege ich nicht zu fassen. Rot geflecktes Weinlaub, wird das eigentlich Rotwein oder hat das gar nichts damit ... Sieht jedenfalls nett aus, nach griechischer Taverne, die hier genau fehlt. Alles schön in unsern Blick gehängt, damit uns der Aufenthalt auf Erden irgendwie attraktiv erscheint. Dabei macht's das nicht besser, in diesem Moment schon mal gar nicht, ich werde verarscht, Scheißdreck. -- ·· -- Wenn man ganz woanders wäre, ohne all dieses, nur wo? Ist es nicht überall, wer sagte das: Du kannst reisen, wohin du willst, deine Sorgen nimmst du stets mit? Also ist es besser, keine zu haben, Sorgen nämlich.

Trotz mittelprächtigen Wetters viel los, die Wüste lebt. Die unvermeidlichen Rentner-Gruppen. Wohin ich gehe, Rentnergruppen. Eine neue Form der Überbevölkerung, der Anteil der Jungen schrumpft, hier kann man das direkt merken. Bald werden Inder und Chinesen uns überschwemmen, die brauchen Platz, und hier ist zu viel davon, ihr gutes Recht kann man nur sagen. Nee, wir sind nichts, wir Europäer. -- ·· -- Wie wir schon aussehen: Kniebundhosen, Seniorenfarben, passend zum Wein, ein Jodler oder zumindest ein Lied auf den Lippen, in Wahrheit alles nur Tarnung: Die sind auf uns angesetzt, CIA-Agenten im Ruhestand, die sich was dazu verdienen, *bei der Rente heutzutage,* hin und wieder herangezogen für besondere Aufgaben. Zum Beispiel Bespitzelung der Führungskräfte einer national bedeutenden Werbeagentur ...

Der fröhliche Weinberg. -- ·· -- Das ist so fröhlich, da arbeiten sie sogar feiertags. Und gern. Genau wie wir. Auch sie mit einem Lied auf den Lippen, nein, der eher nicht, waschechter Winzer, was. Stell ich mir jedenfalls vor: sonnenverbrannt, Mittfünfziger, Gummistiefel und Breitcord. Gesund wie nur was, von diesem ganzen Rumkraxeln in den Hängen, trotz der Flasche Wein am Tag. Das zum Beispiel wäre eine echte Alternative. Du säufst umsonst, bist ständig an der frischen Luft ... was 'n winziger Trecker. Der tuckert wie diese ... diese Sightseeing-Lok in der Altstadt, wo immer die Touristen drinsitzen und dumm aus der Wäsche schauen, ich würde mich schämen, in solch ein Gefährt überhaupt einzusteigen. Und dann hier eng zwischen den Stöcken durch und wozu das? Aha, pflügt den Mulch unter oder was das ist. Rebenreste.

»Guck mal. Das Wasser wird über diesen perforierten Schlauch den gesamten Hang hinab geführt, an den Pflanzen vorbei. So bewässern die das also. Wie geschickt.«

»Hab ich schon selbst kapiert. Aber gut, dass du's mir noch mal erklärst.« Diese kleinen Rinnsale, schwarze Kreise um die Weinstämme, Oasen in der Wüste.

»Hätte ich gar nicht gedacht, dass Sie bei dem Wetter bewässern!«

Nu denkt er: *Die dämlichen Touristen, jetzt quatschen die einen auch noch ein.* Sieht man geradezu, wie das arbeitet, soll er etwa darauf antworten? *Von Tuten und Blasen keine Ahnung.* Nein, nichts. Beugt sich vor, macht sich am Wasserhahn zu schaffen, lässt uns im Regen stehen, der gar nicht da ist.

»Ist das nicht total feucht? Über dem Fluss steht Nebel. Sicher regnet es heute noch!« Ich will eine Antwort, da lasse ich ihn nicht raus, wenn mich schon mal was interessiert?! Macht ja auch irgendwie Spaß, wir gehen nicht weiter bis …

»Der Boden ist knochentrocken.« Aha. So viel Unwissen kann man doch nicht einfach so stehen lassen. Barsch, unfreundlich, *nein, ich will nicht reden …*

»Echt? Kann ich mir gar nicht vorstellen. Bis vorgestern hat's doch in einem fort geregnet.«

»In den Steillagen hält sich das Wasser nicht. Fast jeden Tag müssen wir hier raus.«

»Sogar am Feiertag, wie ärgerlich.«

»In der Weinwirtschaft gibt es keine Feiertage. Wüsste auch gar nicht, was wir zu feiern hätten. Seit der Einheit geht's nur bergab.«

»Verstehe, die Deutsche Einheit ist schuld an der Trockenheit!« Noch ein Verschwörungstheoretiker. Was denn? Was zupfst du denn so … bin doch kein Teddybär, sie will weiter, darf man sich nicht mehr unterhalten? Kannst du vielleicht reden, mit diesem Mund da, auf und zu in einer Sprache, die ich begreife …

»Na, schönen Tach noch.«

»Hmja.«

»Nu, warte doch mal!« Schon wieder zehn Meter vorgerannt.

»Wenn ich so was höre, da könnte ich ... echt ...!« Verstehe, das Reizthema. Bei allen Ostfragen ist sie offizielle Ansprechpartnerin von, von ... von wem auch immer. Der Regierung jedenfalls nicht. Zonenkind als Zweitjob.

»So ein Arschloch! Immer ist der Osten schuld. Diese Idioten gehen mir vielleicht auf den Sack. Wir haben uns das auch anders vorgestellt.«

Ach ja? Was stellte Klein-Aggi sich denn vor? Alle sitzen super um einen runden Tisch und diskutieren alle wichtigen Fragen unter verständigen Mitbürgern, Basisdemokratie, voll frei und voll nett, und der kapitalistische Leviathan guckt voller Sympathie dabei zu.

Ihr wunder Punkt, immer dieselbe Leier, als Frau aus dem Osten muss man dreimal so viel leisten wie jeder andere, einmal die Vorurteile gegen Frauen, zusätzlich die gegen Ostdeutsche. *Wir Ostler haben es viel schwerer. Euch wurde alles in die Wiege gelegt ...* Wie mich das anödet, die DDR, das war Diktatur light, in echten Unrechtsregimen, da wirst du gefoltert, da schneiden sie dir die Eier ab und hängen dich kopfüber an die Wand.

»Ich habe auch so meine Erlebnisse mit dem anderen Deutschland.« Kindertage ... diese Verwandtenbesuche in Ostberlin, ein Grauen, Katja und ich, enge Wohnung von Onkel und Tante, verschossene Möbel, das Klopapier härter als Glaswolle, und dann dieser Treppenaufgang, die reinste Ruine, musste man irrsinnig aufpassen, dass man sich kein Bein brach wegen einer losen Fliese oder einem Loch in der Treppe. Jedes Mal, wenn das wieder aufkam, das hasste ich vielleicht: *Und wenn wir in Berlin sind ... Nein, bitte nicht. Nicht zu Onkel Wolfgang.* Half nichts, Papa wollte halt seinen Bruder sehen, zwischenzeitlich hatten die, was war das, zehn, fünfzehn Jahre lang, ja, siebenundfünfzig sind die rüber und dann Ende der sechziger Jahre hatten die erst wieder Kontakt. Und wir immer mit. Ätzend. Das war voll Dritte Welt, Ost-Berlin, staubige Straßen, abgestoßene Fassaden, alles grau, überhaupt keine Farben, mein Gott, gab ja nicht mal Werbung.

Diese Tortur dann, stundenlanges Warten in der Blechbaracke, arschheiß, weil die Sonne drauf knallte, das haben die natürlich absichtlich gemacht, Schikane, ich meine drei, vier Stunden, um die Ausweise von acht Leuten zu überprüfen. Und erst die Rückfahrt, immer spät nachts, wir total fertig, voll am Schlafen und dann die Kontrolle. Gebrüll, knurrende Motoren, grelle Suchscheinwerfer. Taschenlampen direkt in die Augen, diese Schweine, wir sind doch Kinder. Aussteigen, Schwester plärrt, und die kehren alles von unten nach oben, Kofferraum, Gepäck auf, wühlen in der schmutzigen Wäsche, klappen die Sitze um. Diese fahrbaren Spiegel, damit untersuchen sie den Unterboden, sowas hab ich nie wieder gesehen, Konstruktion extra für die Zonengrenze. Dann diese meterlangen Metallspieße, mit denen stachen sie in den Tank – meine Mutter immer: *Stell dir mal vor, wenn da nun wirklich jemand drin sitzt! So ein armer, verzweifelter Mensch!*

»Wir haben damals durchaus was mitgekriegt. Die Grenzkontrollen, ich sag dir, als Kind an der Bornholmer Straße, mitten in der Nacht – – ·· – – Das war vielleicht eine Scheiße! – ·· – – Wie die mit uns umgegangen sind ... das haben wir schon als Kinder gemerkt, das ist nicht okay, da wird Gewalt ausgeübt.«

»Ist nicht wahr?! Dann hast du also auch eine Art Diktaturerfahrung?!« Ja, siehst du mal? Ich hab durchaus schon kapiert, was da läuft, selbst in meinen linken Jahren Kontra gegeben, wenn irgendein Trottel über die DDR als leuchtendes Vorbild fantasierte. Veranstaltung in der Uni-Aula, dieser dämliche Klaus Hauser, was für ein Affe, heute ist der Vorstandsmitglied der Deutschen Bank. *Die*

DDR ist ein freier, demokratischer, souveräner Staat. Das konnte man gar nicht mit anhören, da musste man gegen an, Frage des gesunden Menschenverstands. Jawohl.

Mit Werner auch noch mal, direkt nach der Währungsunion, dieser Freund von ihm mit der Billigladenkette, keine Ahnung wie der ... damals ganz groß am Start, aber auch nur für kurz, bepflasterte den gesamten Osten mit Zeugs, das irgendwo vom LKW gefallen war, ganz sauber war das nicht. Glaube ich nicht, dass das sauber war, obwohl Werner das meinte ... Wie auch immer, der kriegte ein Marketing-Konzept, das sich gewaschen hatte, eine reife Leistung, daran lag's jedenfalls nicht, dass er pleite ging.

Oh Heiland, reiß die Himmel auf. Gleich loht der Wein mit Farben und Gepränge, die Ahr da unten, Quecksilberfilm, der Wind, mild, angenehm, aber dort ist leider alles voller Wolken. Und was für welche. Gewitter? Riesige Bank jedenfalls. Kriecht über die Hänge wie ein Gürteltier, es ist das Böse, geknäueltes Grauen, tanzende Teufel. Da kommt es schon, da kommt es, gleich hat es uns, jetzt hat es uns, direkt liegt alles wieder in stumpfem Licht.

»Mit dem Wetter haben wir heute kein Glück.«

»Aber gestern war's toll.«

»Ja, gestern.«

Aggi nickt. Arme vor der Brust gekreuzt, Stirn gerunzelt. Immer noch sauer über den Winzer? Nein, sie zückt ihr Handy, schlägt sich in die Büsche. Früher gab's das nicht, Privatleben, das musste man irgendwie einbauen. Wir waren prinzipiell immer im Büro, Werner und ich, war für alles gesorgt, Tiefkühlpizza in der Truhe, Fernseher plus Videothek, wenn mal Ablenkung Not tat, wir hingen aufeinander, blieben zusammen, so lange wie möglich, brachten die Firma nach vorne. Das läuft inzwischen anders, zum Glück, kannst du auch gar nicht mehr machen, heute wollen alle mal nach Hause, zu Freunden und Freundinnen. War aber keine schlechte Zeit. Und wenn es nicht anders ginge, dann würde ich sofort wieder, zöge ich da ein, klapp die Schlafcouch auf und penne neben dem Schreibtisch, drei Stunden pro Nacht, wenn mehr Zeit nicht ist.

Ach ja. Margie. Sollte ich jetzt vielleicht auch mal versuchen? … Hm, keine Lust, nicht hier, lasse mir besser noch was Zeit damit, obwohl. Passen würde es momentan. Mittagspause, oder? Haben die Mittagspausen bei ’nem Blockseminar? – – ·· – – Sicher haben die Mittagspausen, fragt sich nur, wann. Ach nee. Dasitzen, mal nichts tun, nichts denken, großartig, und all das. Was für ein Luxus. Habe ich nicht ein Super-Leben? Sitze bloß da, muss mir keine Gedanken machen, kann den Grillen lauschen, die sich genau wie Zikaden anhören, aber das kann wohl nicht sein, Zikaden im Ahrtal? Unten im Ort ein Krankenwagen, den sieht man nur, hört ihn nicht, Stummfilm, zu weit weg.

Aggi ist fertig, sieht sehr zufrieden aus.

»Und? Gutes Geschäft gemacht?«

»Hm. Ja. Etwas in der Art.« Bezauberndes Lächeln, sie will mich nur aufziehen, dabei: Ich bin gar nicht neugierig. Wahrscheinlich geht es bloß um Sex, allerdings würde ich auch darüber gerne mehr erfahren, wo wir uns so nahe sind, in diesen Tagen …

»Willst du noch lange …«

»Was?«

»Hier rumlaufen?«

Ja? Nein? Vielleicht? Keine Meinung? Schau mal da, das trifft sich: »Guck das Schild, Straußwirtschaft!«

»Straußwirtschaft?«

»Ja, das machen die Winzer … Da gibt’s zu essen. Und Wein natürlich.«

»Okay.«

Leer und verlassen. Paar Hühner. Gänse, schnattern irgendwo. Fliegen. Myriaden von Fliegen. Flitzen Achten und Loopings über einem Hänger, Fliegenkunstflugschule, das stinkt aber auch. Was ist das? Ah, diese ausgepressten Traubenreste, gärt bereits, das mögen die natürlich … Jetzt Hundebellen, sonst alles wie tot, in einem Bürgerkrieg könnte man mit einem Massaker rechnen, geht um die Ecke und dann hat man den Salat, überall Leichen in Haus und Scheune, nur die Tiere haben sie am Leben gelassen. Aber in Bad Neuenahr ist kein Bürgerkrieg. Hoffe nur, dass die Hunde an der Leine liegen. Das fehlt noch, dass so ’n dämlicher Köter sich auf uns stürzt. Nee, ein Glück, die sind brav eingesperrt im Zwinger, ein Schäferhund und ein Dobermann.

Schöne Veranda, da kann man dann als alter Sack mit den Enkelkindern sitzen, *nun, meine Kleinen, ich erzähle euch mal, wie das Leben wirklich ist …* Enkel, die ich nicht habe. Klinke runter, ist auf? Ja, aber dunkel, da sieht man gar nichts, hier soll’s was zu mampfen geben? Oder ist das der Kohlenkeller? Muffig riecht’s, ah – – ·· – – sofort husten – – ·· – – präventiv. Klarer Fall von präventiver Allergie, das ist dieses psychische … Gegen die Helligkeit draußen ist hier echt tiefe Nacht, zehn Afrikaner in einem lichtlosen Raum, das kann nicht stimmen, wir sind im Stall, oder? Allmählich geht’s. Nichts da Stall, sieht voll nett aus, fünf, sechs, sieben Tische, Weinlaub, Strohkränze. Formidabel. Hauptsache … na, wer sagt’s denn, da ist sie bereits: Frau Wirtin, sprichwörtlich, im Küchenkittel, nicht unsympathisch, kann bestimmt super kochen. Vielleicht für den Milch-Spot? Eine dieses Typs, die klassische Hausfrau der fünfziger Jahre, als die Welt noch, Quark, gibt gar keinen Spot. *Bio-Milch – meine Stärke*, he, der ist nicht schlecht! Aufschreiben …

Also wenn das deren Spitzenwein ist … Wenigstens hat sie die Jalousien aufgezogen, ganz freundlich, der Raum, uriges Gebälk: Tische, Truhen, Bänke, Landhausstil, die Theke scheint sogar gemauert, eine feste Burg ist unser Tresen. Darauf kannst du Käseräder rollen und mit der Axt draufhauen, kein Thema. Jede Menge Auszeichnungen. Unterschrieben vom Landeswirtschaftsminister höchstpersönlich, nicht schlecht.

Sitzen, warten, blöd. Mir fällt nichts ein, irgendwie genug geredet. Und Aggi? Offensichtlich auch. Spielt mit ihrem Scheiß-Handy, sehnt sich danach, dass es erneut klingelt, was es sicher jeden Augenblick tun wird. Ich gebe nur den wichtigsten Geschäftspartnern meine Nummer, dann lohnt es sich wenigstens, wenn jemand anruft. Bei mir klingelt's nur einmal am Tag, dann aber oho. Mein Vorstoß vorhin, nicht gerade überzeugend, hab es bloß, ich meine, eh ich's überhaupt gemerkt habe, ist sie mir ausgebüchst. Weiß sie nicht mehr oder will sie nicht, das ist die Frage. Ein harter Knochen, aussichtslos, also wirklich Werner schnappen. Und dann? Sag ich zu ihm: *Was denkst du dir dabei? Ich bin es doch, Winkler, wir kennen uns seit fast zwanzig Jahren. So kannst du mich nicht behandeln?!* Und er natürlich, wird alles abstreiten: *Das denkst du nur, das kommt dir nur so vor, in Wirklichkeit ist es …* und so weiter. Ausreden. Ich muss ihm das auf den Kopf zusagen, ganz direkt, dass er da nicht mehr rauskommt. Bei Aggi geht das nicht, die ist schließlich nicht der Boss. Dann muss er, geht gar nicht anders, muss er mir Rede und Antwort stehen, genau, das sage ich: *Du musst mir Rede und Antwort stehen. Hier und jetzt. Vorher lasse ich dich nicht weg.* – – ·· – – Endlich Nachschub. Tss, wieder diese Plastikbecher, das ist wirklich unnötig, was denken die, dass wir die an die Wand schmeißen wie die Russen, da macht das Anstoßen keinen Spaß, null Sound. Passt auch gar nicht zum Laden. Das müssten eigentlich solche Humpen sein, und wie isser? Nee, nicht gerade das Gelbe …

»Hör mal, die Weine sind nichts?! Die sind verwandt mit dem Minister. Deutschland heute, ein Ausbund an Korruption …«

»Hast du schon mal gekegelt?«

»Klar. Jedes Jahr Weihnachten mit den Kumpels vom Medienstammtisch. Und du?«

»Ewig lange her. Damals im Osten mit den Handball-Mädchen. Aber ich hab da überhaupt kein Talent.«

Hochinteressant, Kegeln, da müssen wir echt mal drüber sprechen, du. Nein, eine harmlose Unterhaltung anknüpfen werde ich nicht, entweder Butter bei die Fische oder gar nichts, mich abbügeln, da sitzen lassen wie einen Pennäler, kannst du mal probieren, nicht mit Jo Winkler. Der lässt sich nichts gefallen und ist mit allen Wassern gewaschen. Format für eine Vorabendserie. Was sage ich, gleich um viertel nach acht zur besten Sendezeit, die können mal schön um mich herum schreiben. – – ·· – – Oder soll ich es selber? Könnte man den Sendern anbieten, wenn's klappt, dann haue ich in den Sack bei Werner, werde Drehbuchautor. Dicke Kohle ist da drin, wenn du erst mal den Fuß in der Tür hast, Wollie vom Stammtisch könnte mir den Kontakt machen. Also. Was wollt ihr überhaupt? Hier stehe ich, an mir kommt ihr nicht vorbei. Ihr Handy, sie geht aber nicht ran. Wer ist es? Niemand Wichtiges, langsam reicht's auch, vielleicht wirklich ihr Broker, vielleicht sind ihre Papiere unter Druck: *Im Moment geht alles drunter und drüber.* Toi, toi, toi, bei mir ist es bislang prima gelaufen, trotz der Krise, man muss halt wissen, wie's geht. Könnte ein Beratungsbüro aufmachen: *Nur in sichere Werte investieren, das Kapital streuen,* das war mir immer klar. Heute. Auch damals. Beim IT-Kollaps in den Neunzigern. New Economy, lächerlich, das wusste ich von Anfang an, alles Fantasie. Leute, die anderen Leuten ein Fantasieprodukt andrehen wollten, die in Wahrheit nie daran interessiert waren. Die haben das nicht einmal richtig verstanden, fanden es eben nur einen

Moment lang sexy, steckten etwas Geld rein, nicht zu viel. Und dann kollabiert das Ganze, und die sind natürlich sofort weg, springen ab, hat denen auch nicht wehgetan, die hatten ja Kohle. Ganz woanders geparkt, die guten, alten Werte, ewig und dauerhaft wie das Evangelium, Amen. Weh tat es nur den Leuten aus der IT-Szene selbst, diese superschnell expandierenden Unternehmen, Luftblasen, die hatten tatsächlich gedacht, das ist unser Goldrausch, damals Gold, heute Internet. Du bist der erste am Markt, tust gar nichts, wartest nur ab – und heraus kommt das große Geld. Hans-Rudolf. Ulrich. Die lebten in den Staaten wie Bürgerkönige, verdienten sich buchstäblich eine goldene Nase, Ulrich mit seinem Rolls Royce, Sonderanfertigung, ich dachte, ich werd nicht mehr, lässt der den verschiffen nach Deutschland, nur damit er nicht drauf verzichten muss, wie ein Ölscheich aus Abu Dhabi. – – ·· – – Aber die ganze Asche steckte im Neuen Markt, wenn du an diese Steigerungsraten gewöhnt bist, willst du sie nicht missen, willst einfach immer mehr haben, lässt dich gleich in Aktien bezahlen. Die sind derartig im Aufwind, das kann gar nicht schief gehen, das muss so sein, Millionen und Aber-Millionen, Anteile am Unternehmen, moderner Kapitalismus, *alle sollen beteiligt sein an unserer Firma.* Erst Papiergeld, dann nur noch Papier. Hans-Rudolf, Ulrich. Als sehr arme Leute kehrten sie nach Deutschland zurück. Was soll der seiner Arbeitsvermittlerin erzählen? Ich war Milliardär für ein Jahr?! Was Hans-Rudolf macht, keine Ahnung, Ulrich ist ja in diesen Getränkehandel eingestiegen, das muss man sich mal vorstellen, besserer Kiosk. Aber immerhin, Getränke sind bodenständig, Bier saufen sie immer. Verglichen mit der aktuellen Krise war das bloß Geplänkel, das hat Aggi schon Recht, ganz belangloses Vorspiel, wenn die Banken selbst sich verzockt haben, da trifft es dann jeden, selbst das alte Geld, ein Wunder, dass nicht mehr über die Wupper gegangen sind, sich umgebracht haben wie der … der, wie hieß er noch, dieser Textil-Unternehmer aus dem Süddeutschen, sogar solche …

Das Gute an der Marktwirtschaft ist, dass sie unbestechlich ist, grausam, aber irgendwo fair. Was willst du machen? Normative Kraft des Faktischen, wenn du zu große Risiken eingehst, darfst du dich nicht wundern, das ist eben – wie Roulette, morgen im Kasino zum Beispiel, da setze ich auch nicht alles, was ich habe. Wer das macht … also gegen den Wind pinkeln macht keinen Sinn.

Die Farbe ist immerhin gut. Die Sonne, die Sonne da im Wein.

»Wenn sich mit der Bahn aber niemand auskennt, macht das vielleicht gar keinen Sinn?«

»Kegeln wir alle nicht immer irgendwo?« Was ist das? Die Bedienung, rumpelt irgendwo im Hintergrund, vielleicht sollte ich sie fragen, ob es was zu essen gibt? Der Wein auf nüchternen Magen.

Macht mich ganz nervös, dieses dauernde Fußwippen, Herumtrommeln auf der Tischplatte, beruhig dich mal, ist doch fein hier, Freizeit, freie Zeit. Haha, das ist gerade unser Problem, normal sechzehn Stunden Dauerstress, sechs, mitunter sieben Tage die Woche, und jetzt ist da plötzlich nichts, gar nichts zu tun, die Akkus brummen, wollen Action. Bei mir auch. -- ·· -- Wir sitzen hier rum und könnten gut was Vernünftiges machen. Aggi und ihr Handy, irgendwie eine sexuelle Beziehung, wohl doch etwas unterversorgt, kein fester Freund seit Jahren, nur ab und zu ein Übergangsstecher, der's ihr eine Weile besorgt, ich könnte auch noch mal.

»Darf's bei Ihnen noch was sein?«

»Ja, ein Wein, aber diesmal einen Riesling. Und was zu essen gibt es auch?«

»Nur Kleinigkeiten. Winzerplatte, also Brot mit Blutwurst, Leberwurst und so weiter, Handkäs mit Musik …«

»Den nehm ich! Handkäs mit Musik.« Harzer ist normal nicht so mein Ding, eigentlich nicht, aber die lokalen Speisen … Dem Namen kann ich nicht widerstehen, stellt man sich gleich so ein singendes, klingendes Gouda-Rad vor, gute Idee für ein Plakat, Blow-up des Produkts, dazu: Baby Bel – ein Handkäse mit Musik. Könnte alles nett sein, wenn Aggi nicht die Verschwiegene spielte. Warum sagt sie mir nicht einfach, was los ist, ohne großes Theater? Aus alter Freundschaft, denkt sie niemals daran zurück? Damals das mit uns … Allein, *dass* sie mir etwas verheimlicht, nervt total. In unserer kleinen Firma kann das nicht gutgehen.

»Was ist?« Ihr makelloses Gesicht, wie modelliert, müsste mal ein Bildhauer eine Maske von abnehmen, das könnte was werden, klassisch, Nofretete, gerade weil sie … aber was sagt es mir? Kann nichts darin lesen. Ist das Spott? Gleichgültigkeit? Trauer? Oder nur Leere? Ich weiß nichts über sie.

»Sag du es mir!«

Vielleicht ist sie ein Schläfer und deshalb die ganzen Anrufe: »Einsatzbefehl!« Schon bald wird im Kölner Hauptbahnhof ein Regionalexpress explodieren. Aggi organisiert das alles von ihrem Handy aus, was weiß man von den Leuten, mit denen man zusammen arbeitet? Alles und nichts. Über zehn Jahre jetzt, Ende neunzig, kurz nach dem Umzug in die Ehrenstraße. Gute Jahre, gute Zusammenarbeit, sie funktioniert, sie ist perfekt. Aber warum? Warum gerade das? Sie könnte Leiterin eines Kindergartens sein, Museumsdirektorin, Politikerin, Mitglied des Bundestages. Könnte sie für irgendetwas eine Leidenschaft entwickeln? Für mich ist Werbung eine Leidenschaft, nicht immer und auch nicht von Anfang an, man wächst halt mit den Aufgaben und identifiziert sich. Aber Aggi? Bei ihr habe ich nicht den Eindruck, dass es mit so was zu tun hätte. Ordnungsgemäße Erfüllung der gestellten Aufgaben. Traurig, wenn das der Lebensinhalt ist.

»Was meinst du?«

»Ich warte noch immer auf eine Antwort.«

»Hm?«

»Die Firma.«

»Die Firma, die Firma, was denn? Da ist nichts weiter. Du steigerst dich in irgendwas rein.«

»Ich glaube dir nicht.«

»Dann lässt du's eben bleiben!« Blick auf die Uhr, kein Muskel zuckt, ich lasse dich nicht, ich kriege dich, auf die eine oder die andere Art …

»Ich … mach mich mal auf. Ich muss noch was erledigen.« Erledigen, hier? Auch sie hat Geschäfte in Bad Neuenahr? Lächerlich.

»Wenn du einen Moment wartest … Ich kann mein Glas schnell austrinken!«

»Mach dir keine Umstände. Ich … Bis später dann.« Nicht zu glauben, wie ist die denn drauf? Schein auf den Tisch, weg ist sie. Unbequem, das Thema, keine Frage, und ich sitze nun hier wie der allerletzte Depp, kein bisschen klüger, das wird immer -- ·· -- ·· -- ·· -- Ich muss dahinter kommen, unbedingt. Na ja. Und wenn schon. Macht nichts, macht gar nichts, ich kriege ja noch meinen Handkäse. Licht macht schöne Streifen im Raum, Staubpartikel flirren darin. Fast wie Sommer, kein Grund, sich zu beklagen, alles herrlich. Das hier. -- ·· -- Neue Kundschaft, Wandergruppe, wieder Kniebundhosen und Flanellhemden. Wer so was anzieht, muss sofort zum Arzt, aber die wissen das nicht, die sind groß in Form, wohl nicht die erste Kneipe.

»Bedienung! Zwei Karawwe Spätburgundä, bidde!«

Was für ein Typ, Sprache wie Quarkplunder, hessisch-breit.

»Nach de grose Paus könntisch mer manchmal escht de Kurel gäbe!«

Besser wär's. Lehrer, tatsächlich Lehrer. Ein ganzes Kollegium auf Reisen, dann haben sie mal frei und reden nur über Lehrerthemen, reißen Lehrerwitze, diese ganze Schüler-hier-Schüler-da-Kacke, *Den Sven-Ole hab ich beim Rauchen erwischt, acht Jahre alt ist der … Erdkundeunterricht in der vierten … die Mädchenklos in erbärmlichem Zustand …* Das alles wollte ich gar nicht wissen, aber sie reden laut genug. Er ist wohl der Direx, groß, schlohweiß und klatschrot in der Fresse, hat sich gleich 'nen Sonnenbrand geholt, der sich gewaschen hat. Heute wohl nicht, da müssen sie schon seit gestern unterwegs sein. Auch er meint, er sei für die Stimmung zuständig. Wie Werner.

Aggi vorhin. Lehrer, Beamte, das war schon dreist, wenn ich bei denen säße -- ·· - ·· - ·· -- Dumme, gefräßige Wesen, die Eigenheime pflanzen und die Seelen von Kindern verderben, ein Glück, dass Margie und ich darauf verzichtet haben. Da kommen dann solche Figuren und bearbeiten deine Sprösslinge nach allen Regeln der Pädagogik, also Gehirnwäsche, du merkst gar nicht mehr, was mit denen los ist. Völlig verkorkst. Der neueste Erziehungstrend aus den USA, aus Finnland. Aus Papua-Neuguinea. -- ·· --

Der Schlohweiße ist wirklich die allerdümmste Sau, akustische Umweltverschmutzung.

»Des is vielleischt e Müh, de pasede Dachzieschel zu finne! Des meiste is totalä Schrodd, isch mein, Aldi auwe Dach kann jede!«

Frau Wirtin, mir wird schlecht, Kakerlaken auf dem Teller, Dachziegel, ich sage ja, Eigenheime, dumpfer, kleiner Ort, wo die her sind: Hügelland, Äcker, Wiesen, ein paar Tante-Emma-Läden, zwei Kneipen, eine Grundschule und drum herum die Klinkerbuden dieser Seelenfresser.

Die Großstadt, da hat man seine Ruhe vor diesem … Abgase, Lärm, Gewimmel, wo's am dreckigsten, bleihaltigsten, ungesündesten und total überlaufen ist, ist es am besten. Das deckt alles zu, macht alles anonym und gibt dir den Kick, immer weiterzumachen, frei und ungebunden. Weg, den Rest Wein kriege ich mit einem Mal runter, hier kann man nicht bleiben. -- ·· -- »Zahlen!«

Scheiße, der Handkäse. Hätte ich noch gut gebrauchen können, aber das ging nicht, da helfen selbst die Tabletten nichts mehr. Winklers kleine Helfer, wo sind sie? Hier nicht. Schon schlimm genug das alles. -- ·· -- Nachmittag, Grabesruhe, keine Autos, lähmende Stille der Kleinstadt. Lehrerland. Was machen die alle? Hocken in ihren Häusern und fressen Leichen. Überall Untote, Lehrer, Glaser, Kindergärtner, auch Weinbauern, haben wir ja vorhin gesehen, die Provinz zieht nur runter, wozu das alles? -- ·· -- Na, die werden selbstverständlich gebraucht, als Konsumenten, das ist das Einzige. Und dieser Aufgabe kommen sie auch nach, kaufen jeden Scheiß. Selbst jetzt, feiertags, wo alles zu ist, massenhaft Leute in der Fußgängerzone, glotzend vor geschlossenen Geschäften, wie Automaten, Kauf-Automaten – wozu überhaupt noch Werbung? Wohin jetzt, wohin nur? Und in der Innentasche des Jacketts? Auch nicht ...

Hier ist die Skate-Ecke, augenscheinlich. Augenscheinlich, dem Augenschein nach. Hütchen-Slalom und Rampensprünge. Aber die da, die sind eher fürs Bequeme. Mit Biermischgetränken auf Bänken. Oder auch ohne: Türken, Araber, Orientalen, große Schnauze wie überall. *Ey, klar, Alter, ich schwör ...* Land der Kehllaute. Wir regeln das über den Rachen, lasst mich mal vorbei, ihr Drecks ...! Wichser. Kullert mit den Augen, reißt das Maul auf, mein Gott, ist ja gut, alles nur, weil sie verloren haben, restlos, Verlierer, verdammte. Können nichts, wissen nichts, wollen auch nichts lernen. Zu blöd, 'ne Kiste Apfelsinen von hier nach da zu tragen oder mit dem Wecker aufzustehen, so klappt das nun mal nicht. Hartes Schicksal, gewiss, all die schönen Waren, die wir ihnen vor die Nase halten, Goldkettchen, Mode, Elektronik, ihre hart arbeitenden Eltern haben ihnen den Arsch hinterher getragen, und sie denken, es geht ewig so weiter. -- ·· --

Mist, verdammt, überall geguckt, doppelt und dreifach. Hemdtasche nicht, Jackett, Mantel, Hose, nirgendwo. Hab ich die ... Im Hotel gelassen etwa? So eine Scheiße, das kann doch nicht. Könnte kotzen, könnte durchdrehen, keine Tabletten bei der Hand. Zurückgehen? Wäre das Sicherste, am besten mache ich das. Ziemlich schwaches Bild, oder?! Ohne Tranquilizer ist mit dem Mann nichts los. -- ·· -- Oder irgendwie durchkommen, muss halt, Augen zu und, bloß – was mache ich bis abends? Drecksnest, verfluchtes Drecksnest, he, was ist das denn? Unglaublich, Haare bis in die Kniekehlen, rote Haare, das ist ein Vorhang, der weht, noch ganz jung, zwanzig, vermutlich ist sie sehr blass mit grünen Augen und gehört zu Joshs kleiner Satanscrew, bereits aufs Innigste vertraut mit Altären und bocksbeinigen Begattern, mal von vorne angucken, sehen, ob das stimmt, nee, schade ... Stellt sich vor das Fenster da, Eso-Boutique, das passt selbstverständlich. Mich jetzt neben sie stellen, das muss auch nicht. Aber was? Was nun, was hier? Herz schmerzt ein bisschen, renne sinnlos rum, in Bad Neuenahr, ich werd nicht mehr, Straßencafé, da rein, immerhin an der frischen Luft, im Oktober, mehr kann man nicht verlangen. Und? Latte Macchiato? Spätburgunder? Natürlich Wein, schon aus Gründen der Beruhigung.

Hhhhhhh. Schon besser. Deutlich besser, gepflegtes Plätschern des Flusses, das ist angenehm, sehr beruhigend, auf das Plätschern hören, den Rhythmus der Natur. -- ·· -- Nichts ist so beruhigend wie. Eine Zigarette, jetzt eine Zigarette, jaaa, alles sehr angenehm, kein Grund zur Panik, alles ist, wie es ist. Auch Bad Neuenahr. -- ·· --

Und heute Abend wird gekegelt. Tolles Programm. Eine Kanone bin ich nicht gerade, aber auch nicht schlecht, nein, gutes Mittelfeld. Runterkommen, das Handy, Margie, genau, wie gerufen. Und ich, ich hab's wieder vergessen.

»Margie hier.«

»Hallo Schatz. Ich hab's verschwitzt. Beziehungsweise, als ich dran dachte, da warst du im Unterricht, da hab ich … und nachher …«

Nichts. Das Schweigen. Oder auch Szenen einer Ehe.

»Was hast du?« Die Antwort ist bekannt, muss nicht mehr erfragt werden, trotzdem, das gehört dazu. Gehört zum Spiel.

»Nichts.«

»Was machst du?«

»Nichts.«

»Du bist nicht gerade gesprächig.«

»Nein.« Aber dann: Maschinengewehr: »Was denkst du dir überhaupt? Lässt mich im Unklaren, hast Unfälle und sagst mir nichts. Meldest dich nicht. Ist mir scheißegal, wo du warst und was du gemacht hast. Du hast versprochen, dass du mich anrufst …!« Den Hörer weghalten, bei Margie in solchen Fällen besser, einfach nicht hinhören, wenn man's doch tut, ärgert man sich nur, antwortet, rechtfertigt sich, und das ist schon der Fehler, sie erwartet gar keine Antwort. Muss sich abreagieren und dann ist gut. -- ·· -- Der Typ von gegenüber grinst, der kennt das, das Rezept für eine perfekte Beziehung.

»Bist du fertig?«

»Nein, noch lange nicht. Und du solltest lieber an die Konsequenzen denken.« Daran denke ich aus Prinzip nicht, wie nutzlos, kommt stets anders als gedacht: »Okay.«

So ist sie eben, kann nichts für sich behalten, das hat seine Vorteile, zumindest für sie, aber nun ist auch gut, können wir wieder normal, wie kultivierte Menschen sozusagen, dem etwas gediegenen Charakter des Etablissements angemessen, wir wollen keinen Skandal.

»Willst du wirklich bleiben?«

»Ja. Erstmal. Den Kegelabend nehme ich noch mit. Ins Kasino würde ich auch gern.«

»Na, dann.«

»Ich guck einfach, wenn es ganz blöd wird …«

»Hm. Ja. Gut.«

»Also, Schatz, wieder in Ordnung?«

»Du bist ein solches Arschloch manchmal.«

»Komm schon.«

»Ja, in Ordnung.«

»Ich rufe morgen an. Diesmal ganz bestimmt.«

»Ist klar.«

»Also, Kopf hoch, tschüs.«

»Tschüs.« Puh. Es ist gut, mit Frauen zu leben. Trotz solcher Tiraden, alles Kontrollverhalten, gleich so ein Aufstand wegen ein paar Stunden, entspann dich, ist schon alles hart genug. Noch einen Wein. Wenn ich Werner mal gestellt kriege, werde ich deutlich. Kein Zustand, mich hier die ganze Zeit in Ungewissheit zu lassen. Nur deshalb geht's mir so schlecht, auch wenn man gar nicht dran denkt, das arbeitet in einem nach, unbewusst, und dann passiert so was, zweimal, in der Kirche ganz heftig, und eben … ging ja noch so – – ·· – – nein, das kommt alles auf die Rechnung, die ich ihm präsentiere. *Was denkst du dir dabei? So lass ich mich nicht behandeln, ich bin deine rechte Hand, verdammt! Wo wärst du denn, wenn ich nicht …* Und er: *Das siehst du ganz falsch. Da ist nichts, nichts dahinter.* Aber das akzeptiere ich nicht: *Unmöglich. Das kannst du nicht vergessen. Das darfst du gar nicht vergessen.* Andererseits nützt es wenig, darauf zu beharren, stattdessen lieber konstruktiv an Lösungen arbeiten: Die Firma ist in Schwierigkeiten, eine Fusion vielleicht ein Ausweg? Vielleicht fällt mir ein Partner ein, einer, mit dem es tatsächlich klappt. Was uns nach vorn bringt, allein das. Dass er darauf verzichtet, meine Ideen, meine Connections, da fasst du dir an' Kopf. Oder wir klotzen eben noch mehr rein, auch wenn's schon jetzt bis an die Schmerzgrenze geht und bisweilen drüber hinaus, etwas klappt immer, solche Krisensituationen sind nicht von Dauer, die muss man nur überstehen, dann renkt sich alles wieder ein.

Ah, Josh und Vanessa. Kommt doch rüber?! Nein. Was? Wohin, ah, ins Hotel. Oder was soll das heißen? Egal, habe mich hier eingelebt, angenehmer als beim Winzer allemal, die Leute spannender, kann man sich die Geschichten dazu denken, nicht diese langweiligen Lehrerpsychen. Er hier, Endvierziger oder doch eher Mittfünfziger, nicht unsympathisch, dezent, zurückhaltend, sonnengebräunt, wahrscheinlich Tennisspieler. Bestimmt Tennisspieler. Oder Golf, trägt ja auch dieses Polohemd, Prokurist eines mittelgroßen Unternehmens. Der wiederum scheint nicht so gesund zu sein, hager, aschgrauer Teint, Raucher, wie so 'n Aschenbecher sieht der aus, Rauchen, das zehrt schon, sehe ich selber etwa auch so aus? Kommt immer drauf an, wie viel …

Die beiden neben der Klotür, älteres Pärchen, Bäcker und Bäckersfrau, dick, aber schlau. Schritt für Schritt erweitert, aus kleinsten Verhältnissen, erst eine Filiale, später fünfzehn, vor ein paar Jahren haben sie alles an eine Kette verkauft. Jetzt sind sie reich und sorgenlos, lassen den lieben Gott einen guten Mann sein, attraktiv macht die Kohle sie allerdings nicht, ähneln ihrem Hund, keine Ahnung, welche Sorte, kugelige Promenadenmischung mit schlaffen Backen.

Der Typ an der Theke hat auch genug Zaster, will er zumindest glauben machen, Rolex, Goldkette, Goldringe. Russe? Nein, so übertrieben aufgemotzt ist er nun auch wieder nicht. Seine Frau sagt gar nichts, wie auch, denn er redet in einer Tour. Das Styling hat man dem nicht gerade in die Wiege gelegt. Könnte mir ad hoc drei, vier Kampagnen überlegen, die man dem verkaufen könnte, hier, auf der Stelle. *Wenn's sein muss, Werner, werde ich zum Tier. Verstehst du? Zum Tier!* Wahrscheinlich macht er in Socken, vertreibt sie rund um die Welt, Socken, für die indische Kinder schwitzen, aber das kann man ihm nicht zum Vorwurf machen, das ist nun mal Fakt, und ohne die Sweat Shops würden die gleich ganz verhungern. Dumm, aber reich, stört keinen, die Gesellschaft gibt solchen Leute gerade Recht. Niemanden interessiert, wie du an Geld kommst, Hauptsache dass. In den Siebzigern war Reichtum verdächtig, zugegebenermaßen sehr albern, ein wenig Contenance kann trotzdem nicht schaden, sonst kann man sich den Kontostand gleich auf die Stirn tätowieren.

Nicht nur die Tabletten, auch die Uhr vergessen. Wie lange sitze ich hier schon? Ach ja, das Handy … Zeit zu gehen, gut. Drei Spätburgunder reichen auch, bin etwas betrunken, aber Rotwein ist besonders erquickend fürs Herz. Da kriegt man nie mehr Arterienverkalkung, nie mehr, nicht in diesem Leben. Also hopphopp, wenigstens ist das Hotel gleich um die Ecke, nicht wieder eine Ewigkeit, also große Wandereinheiten kämen jetzt schlecht. – – ·· – – In diesen Vorgärten ist nie jemand, wozu haben die überhaupt einen Garten? Man würde sich denken, bei dem schönen Wetter, wenn du einen Garten hast, also wenn du meinst, du musst unbedingt einen Garten haben, dass du darin was machst, frische-Luft-mäßig, jäten, harken, Rasen mähen, irgendwas. Aber niemand lässt sich blicken. *Nichts, niemand, nirgends, nie! Nichts, niemand, nirgends, nie!* Immer hübsch einen Fuß vor den anderen, einen vor den anderen. Da ist doch jemand, halleluja, ein menschliches Wesen, gerade hier, wo die Bürgersteige so … Die hat vielleicht Haare, die Frau, breite Haare, wie so zwei Flügel, zwei Flügeltüren, komme ich überhaupt daran vorbei? Nur knapp.

Da wären wir, hups, was'n das für ein Hopser, hängengeblieben, wo, ach, eine Straßennaht, die könnten sie mal kennzeichnen. Was ist denn das? Die warten bereits alle im Hotelfoyer, erst will die Zeit nicht verrinnen, dann rast sie.

»Sorry! Ich sehe, ihr wollt los. Ich weiß, ich bin spät, tut mir leid. Ich springe nur eben rauf ins Hotelzimmer!«

»Aber beeil dich, Winkler, wir stehen hier schon 'ne Viertelstunde rum!« Klar, nur eine Tablette, die brauche ich unbedingt, unbedingt, dann komme ich direkt.

»Und, was habt ihr gemacht?«

»Josh und ich waren Billard spielen. In einem coolen Laden.«

»Stand-Quartier der hiesigen Türken-Mafia.«

»Ach nee?! Woran hast du das wieder gesehen, Josh? Trugen die Abzeichen? Bezirksdealer-Nord?«

»Ich erkenn so Leute, wenn ich sie sehe.«

»Ist klar, denn du hast den ›Paten‹ gesehen.«

»Genau, und zwar alle drei Teile …«

»Die waren aber okay.«

Sicher, die waren bestimmt sehr freundlich zu ihr, mögen kleine rotblonde Mädchen aus Deutschland. Das sind allerdings Nutten für die, sonst nichts, das ist halt deren Kultur, die kulturellen Eigenarten, das muss man akzeptieren …

»Und du, Werner?«

»Ich war in der Therme, sehr nett.«

»Du Sack, hättest du mir ruhig sagen können, etwas Entspannung hätte mir auch gut getan!«

»Winkler …! Du bist ein großes Kind. Und kannst allein entscheiden. Ich habe sowieso gearbeitet. Das Konzept für die Baumarkt-Ausschreibung fertiggemacht.«

Und Reinhard? Sagt gar nichts, sagt überhaupt nichts mehr, er hat seit Tagen nicht mehr gesprochen, stimmt das? Was einer wie er wohl allein in einem Kaff wie diesem anstellt, im Hotelzimmer hocken, Pornos gucken oder Verkaufsprogramme, traue ihm alles zu. – – ·· – – Die ist auch nicht übel, wenngleich, ja: ein braves Becken, jetzt nicht gebärfreudig, aber halt so … zurückgenommen. Gibt elegante, sportliche, geile Becken. Ihres ist brav. Verlangt nicht großartig was. Aber gewährt auch nicht viel. Schmieriges Gelb, ist mir schon gestern aufgefallen, ARAG Versicherungen. Und Aggi? Welche dringenden »Erledigungen« … verrät sie nicht. Aggi verrät gar nichts. Redet ebensowenig wie Reinhard, sondern behält alles für sich, nein, sie ist keine Schläferin, Bombenlegerin, aber Agentin. Spioniert für das benachbarte Ausland, industrielle Geheimnisse, oder aber im Auftrag der Amerikaner, sie späht Gold Reklamen gnadenlos aus und übermittelt alles brühwarm nach Langley.

»Ich habe Mechthild eine SMS geschickt und sie hat auch gleich geantwortet. Sie grüßt euch alle ganz herzlich.«

»Ach ja? Wie geht es ihr?«

»Ganz gut soweit. Die Operation war problemlos. In ein oder zwei Tagen wird sie entlassen.«

»Na also.« Wer sagt's denn, die Besorgnisse waren überflüssig, man muss auch mal an sich selber denken, Auto, Mann, fährt der, hat der 'ne Macke? Sieht der uns gar nicht oder ist ihm das egal, *knurrknurr, heute noch keinen Fußgänger erlegt.* Schon der Heckspoiler und die Lichtleiste oder besser: Lichtorgel … sieht man gar nicht mehr oft heute, ist das eigentlich erlaubt, Margie sagte neulich …

Gelächter und Geschrei. Hört sich schlimm an. Da ist sie jetzt tatsächlich: die sprichwörtliche Gruppe älterer Frauen, super. Kegeln, wer hatte eigentlich diese blöde Idee? Die Bahn nebenan, vielleicht sollten wir die mal fragen, wie die Anlage funktioniert. Werner scheint nicht gerade kompetent, lieber nicht, wenn die erst mal da sind, lüstern und trunken, hängen einem am Hals, feuchte Aussprache, *wie wäre es mit uns, mein Zimmer, mein Zimmer, das ist gleich hier,* danke, ich würde vorziehen, es nicht zu tun, nicht in dieser Altersklasse, da halte ich mich raus, auch bei der Kegelbahn, das sollen die mal … Sonst kegeln wir eben nicht. Ja, Werner, studier du nur schön den Infotext, es wird dir wenig nützen, so was *kann* man nicht verstehen! -- ·· -- Besser nach dem Kellner klingeln, zackzack, wofür ist der denn da, ist das vielleicht keine Dienstleistungsgesellschaft, überall sonst auf der Welt hätten wir eine Dauerbedienung, einen kleinen Typen am Rande, der nur dafür zuständig ist, die Kegel aufzustellen und die Anlage zu bedienen.

»Können wir gleich was zu trinken bestellen.«

»Genau. Zwei Fliegen mit einer Klappe.«

»Und, wie geht das jetzt, Werner?« Blöde Frage, Vanessa schnappt sich eine Kugel, die sie kaum tragen kann, dann weiß sie nicht mehr weiter. Die sucht die Sackgasse regelrecht, immer nur Fragen, nie Antworten.

»Draufhalten. Alle spielen für sich, also jeder gegen jeden.«

»Verstehe.« Das wollen wir erst mal sehen … auweia. So wird das nie was, das ist sicher, schon gar nicht mit beiden Händen, und paff! Voll auf die Bahn. Das jetzt dreimal, dann gibt's ein Loch, die ganze Anlage entzwei, das kann sie aber alleine blechen, wegen Blödheit. Haftpflicht? In dem Alter? Denkt man wohl nicht an

Haftung, an Versicherungen noch weniger. Vielleicht auch Quatsch, Leben ist nun mal riskant, die westliche Welt, alle sind panisch bemüht, jegliches Risiko zu bannen, aber wie soll das gehen? Fällst von der Leiter, rutschst aus, wirst angefahren auf dem Zebrastreifen, weil irgend so ein Vollidiot in seinem SUV dich übersehen hat, kleines Insekt, winzigwinzig, Herzattacke auf der Autobahn, Unwägbarkeiten, wo immer Menschen sich zusammenrotten, wenn man darüber überhaupt nur nachdenkt. Wahrscheinlich birgt gerade der Abschluss einer Versicherung ein gewisses Risiko, die unbekannten Gesetze des Seins: Einer versichert sich gegen Berufsunfähigkeit und dann passiert direkt was. Die zahlen aber gar nicht, wegen irgendwas, der volle Schutz besteht noch nicht, *Sie sind zu früh verunglückt, in vier Wochen wäre alles okay gewesen*, oder weil diese spezielle Unfallsart nicht vorgesehen ist, das Kleingedruckte, Murphy's Gesetz, je mehr man daran denkt ...

Ah, die Getränke. Wird auch Zeit, schon wieder mächtig Durst, und der Rausch, der schöne Rausch ist fast weg, dagegen müssen wir was tun, Rausch und Kreativität, das gehört zwingend zusammen, womöglich klärt sich heute Nacht noch die Milch, obwohl: *Bio-Milch – deine Stärke*, das hat was, und das ist auf jeden Fall von mir, nicht von Vanessa, da kann keiner was sagen. Vanessa, die jetzt zur Kegelkönigin mutiert. Endlich, der allererste Wurf, den sie auf die Bahn gekriegt hat, verhungert allerdings fast, wird der etwa liegen bleiben, zwischen den Kegeln? Nee, geht gar nicht. – – ·· – –

»Nicht schlimm, Vanessa, du lernst es beim Spielen. Außerdem sind wir alle keine Profis!«

»Möh.«

»Ist doch nur ein Spiel.«

Jetzt aber. Der Altmeister und sein Anschauungsunterricht.

»Siehst du, Vanessa, so macht man das – mit einer Hand. Und dann schön weich aufsetzen …«

»Ach du Scheiße. Soviel Kraft habe ich gar nicht.«

Auch nicht berauschend, das hat man dann davon: gerade mal vier. Hochmut kommt vor dem Fall, ich und hochmütig? Nee, also … ich bilde mir nur was auf Sachen ein, wo ich hundertprozentig super bin, hundertdreißigprozentig, und das ist so einiges, nur Kegeln halt nicht. Die stehen jetzt aber ungünstig, mehr als einen, vielleicht zwei, mehr nicht. Und erst mal treffen … mit Gefühl … Shit. Das war nichts, das war gar nichts.

Oh Mann, Reinhard, was soll das denn? Schon wieder alle weg, mit einem Wurf.

»Warst du in einem früheren Leben Kegelstar?«

»Klar, mit dickem Bauch und Schnäuzer.«

Applaus, Applaus. Aggi. Auch keine schlechte Figur.

»Bestellst du noch was?«

»Wie? Hast du schon wieder alles weg?«

»Wozu sind wir denn hier?«

»Ich dachte: Kegeln.«

»Hör mal, Kegeln ist nur ein Vorschub. In Wahrheit wollen wir uns betrinken.«

Schleppende Bedienung. So wird das nichts mit dem Betrinken. Die Nachmittagsration hatte es allerdings in sich. Muss nicht jeden Tag hier so einen, bin ich schon wieder dran? Das geht ja… Also, dann … wollen wir mal – ·· – ·· – – ··· Hhhhhhhh. Mann, erneut bloß vier, wollen die mich verarschen oder was? Liegt das an der Bahn? Oder muss ich eine größere Kugel nehmen? Am besten gleich die größte, zack, die dresche ich dir direkt zwischen die Kiemen … da hast du's! … hmmm, Mist, niente.

Immerhin besser als Vanessa, die kommt auf keinen grünen Zweig, da fehlt die richtige Einstellung, gibt zu schnell auf. In diesem Alter. Alles muss ad hoc funktionieren, sonst Kacke. Diese Generation, wir waren da anders, haben mehr ausprobiert, irgendwie mutiger, sind nicht davon ausgegangen, dass wir alles auf dem silbernen Tablett serviert bekommen, das sind diese Achtziger-Eltern, noch weichgespülter als die Achtundsechziger, arbeiten stets mit positiver Verstärkung, die Kinder fühlen sich grundsätzlich herausragend und das, ohne überhaupt was geleistet zu haben, nichts geleistet, nichts gewusst, aber die Eltern in einer Tour: *Hey, du bist so originell und besonders, siehst gut aus, intelligent, einzigartig, die Welt wartet nur auf dich, wenn du Fragen hast, frag, alle sind verpflichtet dazu, dir zu helfen, du süßes, kleines Goldkind!* Dabei haben wir uns richtig ins Zeug gelegt, ihr genau alles vorgemacht, den Bewegungsablauf. Nützt nichts, Werner, vergiss es, die muss das selber schnallen. Obwohl … weiß nicht. Mit ihrem Praktikum ist es nichts Anderes, kein Durchhaltevermögen, keine Einsatzbereitschaft, wenn ich der das Zeugnis schreiben muss … na, siehste, sag ich doch, das ist wieder typisch, jetzt will sie nicht mehr mitspielen.

»Was? Du gibst auf? Jetzt schon?«

»Das ist 'n Scheißspiel. Überhaupt esse ich erst mal.« Essen nennt sie das, am Hamburger lutschen und mit der freien Hand eine SMS nach der anderen tickern, kein Wunder, dass die alle magersüchtig werden, rüber und die tüchtig durchschütteln, *wach auf, Kind, Essen ist was Tolles!* Ein Geschenk Gottes, damit man leben kann wie er in Frankreich. Ich werd nicht mehr, nach Frankreich könnte ich auch mal, bei diesem Fraß hier wieder, Currywurst, du hast zwei Enden und kommst aus Deutschland -- ·· -- damals das Cassoulet, mein Gott, dazu der Bordeaux, der war im Angebot, angeblich. Die Anekdote, die sie da erzählten, kann man jetzt natürlich nicht glauben, dass es schon, also dass es tatsächlich seit dem *Mittelalter* auf dem Herd steht, ein und derselbe Topf seit dem Mittelalter … War allerdings auch ein Riesentopf, und dass sie den Inhalt immer wieder um das, was am Abend verbraucht würde, ergänzen … Werner säuft ganz schön, so viel Whiskey hintereinander könnte ich nicht. Wird aber immer aufgeräumter, wenigstens das. Schon wieder. »Alle neune«, das ist mindestens das dritte Mal, kann Aggi mir nicht erzählen, dass.

»Gratuliere, Aggi, du bist ganz groß im Abräumen!« Werners Trompete über allen. Abräumen, hm, wie? Sie guckt ganz komisch, schlüpft in die Sitzbank wie ein Schulmädchen, das beim Pfuschen erwischt wurde. Ist ihr das peinlich, dass sie gut spielt?

»Jetzt bin ich dran, Reinhard.«

»Nein, stimmt gar nicht, ich bin …«

»Neenee, das siehst du falsch, erst Aggi, dann Jo, dann ich …«

Verarschung, Josh lügt wie ein Siemens-Manager. Reinhard hat schon einige Halbe drin und merkt das nicht mehr. Dass Josh jetzt schön auf seiner Anzeige spielt, gleich mit doppelt so viel Punkten wie vorher.

»Rattapeng!«

»Der Kegelmaster hat wieder zugeschlagen!«

»Wo hast du das nur gelernt?«

»Gelernt? Gelernt? Das hat man oder hat man …«

»In den Genen, was?«

»Exakt, das Kegel-Gen.«

Zum Glück liegen meine Schwerpunkte woanders. Kegel-Gen. Kreativ-Gen, das ist besser, den großen Ehrgeiz, den sportlichen, nie gehabt, wozu auch. Quatsch mit Soße, in der Schule Hundertmeterlauf mit Feinrippshirt und kurzer Hose, auch eine Form der Abrichtung, das hat ja keiner verlangt, also niemand. Kein Kind würde das freiwillig machen, Geräteturnen, Siegerurkunde, Ehrenurkunde, was war das noch? -- ¨ --

»Hoffentlich haben die keine Kamera hier unten.«

»Warum? Ist das nicht im Preis inbegriffen?«

»Hier haben die doch keine Kameras. Nur da, wo's wirklich was zu überwachen gibt?!«

»Ey, Kameras gibt's heute überall! Nimm's einfach mal hin, alle überwachen alles.«

»Kameras, die andere Kameras überwachen ...«

»Wer ist jetzt dran? Halloooo?! Wo bleibt hier die Einstellung zum Spiel?«

»Ich, ich!«

»Schon wieder?«

Ich bin auch nicht dümmer als Josh, mach gerne mal den ein oder anderen Trainingswurf, wir wollen nur ein bisschen Spaß haben, oder?! Also zack, los, lauf und bringe mir den Hauptgewinn ... Wie ich's auch mache, kleine Kugel, große Kugel, irgendwas läuft hier grundverkehrt.

»Toller Versuch, Winkler! Fast wie deine 03er-Jeans-Kampagne!«

»Hast du sie nicht mehr alle? Die Teenies haben uns die Kataloge aus den Händen gerissen ...«

»Nach Hause mitgenommen und gerahmt übers Bett gehängt, haha.«

»Ob du's glaubst oder nicht: Ich kenne einige, die genau das getan haben!«

Pisser! Fängt der jetzt auch noch an? Werde hier mehr und mehr zur Zielscheibe, möchte mal wissen, wie Werner das schmecken würde, der hat 'ne ganz dünne Haut manchmal, soll besser aufpassen, was er sagt. Aber Reinhard, mit Reinhard kann man's machen, aber ich bin nicht Reinhard. Noch ein Wurf auf seinen Deckel, hat er etwa langsam kapiert, was abgeht?

Kein Bock mehr. Blödes Spiel. Und was würden Sie jetzt lieber machen, Herr Winkler? Also, wenn Sie mich so fragen: Kaminzimmer, hier gibt's bestimmt ein Kaminzimmer, mit Werner mal dorthin zurückziehen und alles durchquatschen, das wäre eigentlich, wäre …

»Ja, klar, nehme ich noch eins!«

Was soll man sonst tun. Dazu sind wir doch hier. Oder auf einer Karibikinsel sitzen, warum waren wir eigentlich nie, diese ganze Rumwerbung-Eiswürfel-Palmen-blauweißes-Wasser-Wirklichkeit, ob sie nun mitkommt oder nicht, kann mir auch egal sein, vielleicht sogar besser, nach Kuba ohne Margie, ins Restaurant nimmt man sich auch nicht sein eigenes Fleisch mit, haha, da gibt's bestimmt solche, ganz bestimmt wie die, wie die Brasilianerin von gestern, die rennen da zu Tausenden rum, kann man sich aufs Zimmer liefern lassen, ich könnte ja mal, im Winter … Oder wann fährt man da am besten hin? Im Sommer ist es bestimmt viel zu heiß, Frühjahr vielleicht oder eben wirklich Winter.

»Winkler, pennst du?«

»Wer pennt? Sehe ich aus … Hör mal, ich mache mir mehr Sorgen um dich!«

»Haha. Ich … bin das blühende Leben und gehe wie immer als leuchtendes Vorbild voran. Deshalb bestelle ich gleich mal 'ne neue Runde.«

»Wehe, du vergisst mich.«

Aggi schon wieder. Selbst um diese Zeit noch, normal ist das nicht. Wenn sie Stress mit ihrem Freund hätte, aber das hier. Das hat nichts mit einem Freund zu tun, den siezt man nicht, die kann gar keinen Freund haben, unlustig, wie sie da sitzt. Als wolle sie nicht Teil dieser Sache sein. Dieser Sache nicht, keiner Sache. – – ˙˙ – – Du und dein Wasser, ihr seid eins, ich weiß. Wie im Spot von, welche Marke war das noch, diese belgische... Gesund, geradezu astralförmig, aber machen sie im Grunde alle, diese Konnotation: Bier böse, Wasser – Getränk der Götter. Nur schöne Gedanken, asketische Körper, wunderbare Haut, ätherische Öle verströmend, geradezu Antiseptika. Vielleicht müsste man mal – das ganze Gegenteil, Wasser ist hip, weil cool, nach drei Tagen Rave voller Pillen und Pulvern lebst du nur noch wegen der 17 Liter Wasser, die du dabei geschluckt hast. Die große Gefahr zu dehydrieren, Raumschiff, Außerirdische, platsch, grüner Schleim, Hilfe, er ist dehydriert ... au Mann ...

»Jetzt lass mal die dämlichen Kugeln!«

»Warum?«

»Hast du's nicht gemerkt? Wir haben aufgehört ...«

»Ich mach eben noch weiter. Kann dir doch egal sein!«

»Aber dieser Lärm, das.«

Mehr eine Hängepartie wieder, abhängen, keine gute Idee, das steckt an, da willst du den Spießer nur kopieren, gewissermaßen als Zitat, aber das liegt in der Natur der Sache, das springt einen an wie ein Virus, nicht Kegel-Gen, sondern -Virus, da kriegt man gleich graue Schläfen und 'nen dicken Bauch, gähnt und schreit nach den Pantoffeln. Ich auch. Ein Königreich für meine Kartoffeln. Aber dann können wir gleich schön schlafen gehen, wieder ein Tag geschafft, immerhin gibt's einen Fernsehapparat. Das liebe ich an Hotels, da kann keine Einsamkeit aufkommen, hoffentlich kommt noch ein Film, bloß nicht diese Feierkacke, womöglich gleichzeitig auf allen Sendern. Gemütlich im Bett liegen und ... ja was denn?

»Du blöder Arsch! Du glaubst, das wäre so einfach? Du hast *keine* Ahnung, davon nicht!«

Ungeahnte Aktivitäten oder was? Hoppla, das ist ja ernst ...

»Nicht von der Grafik des letzten Jahrtausends, stimmt.«
»Von dir Penner lass ich mir das nicht sagen! Von dir nicht!«
He, Josh und Reinhard, aufhören, die verstehen sich doch so gut, oder?! Enge Freunde, Freunde fürs Leben …
»Seid ihr besoffen? Nur die Ruhe …!«
»Der Penner bist du! Wo wärst du denn, wenn sich Werner nicht deiner erbarmt hätte. Obdachlosenzeitung? Aber … vielleicht sehen wir das ja bald?!«
Nicht, Reinhard, das … au Backe, voll auf die Zwölf, soll ich? Nein, Aggi und Werner.
»Reinhard, nicht!«
»Reinhard, bitte, HÖR AUF!«
»Beruhig dich, komm!«
»KOMM HER, EY! KOMM DOCH HER, DU ARSCH!«
Völlig aus dem Häuschen, schäumt, buchstäblich, all der Speichel, sieht ja eklig aus. Wie lächerlich. Pamm, pamm, ich glaub's nicht: Werner. Geht zu Boden. Hat er was abgekriegt? Das hat man davon, wenn man dazwischengeht, gut, dass ich. Immer schön aus der Distanz. Aber als Chef, da hat man seine Verantwortlichkeiten und das Glas noch hinterher. Schöne Sauerei.
»LECKT mich doch alle!«
Rams! Tür zu. Weg isser. Was war das denn? Völlig aus dem Nichts. Was hat Josh nur gesagt? Oder ist der nur so breit? Genug getrunken hat er. An diesen Betriebsausflug werden wir lange denken. Alles … sehr ungesund hier.
»Reinhard …«
»Lass ihn, der ist knülle.«
»Steh auf, Werner, geht's?«
Meine Güte, dickes Auge, hübsche Farbe wird das, das ist sicher.
»Zeig mal her! Hier, nimm mal den Eiswürfel, das tut gut!«
»Und bei dir, Josh? Alles in Ordnung?«

»Geht so. Hat mich nicht voll erwischt. Hier … tut's 'n bisschen weh.«

»Eis drauf. Schwillt das ab. Lange nicht so schlimm wie bei Werner.«

»Unglaublich! Der ist völlig ausgerastet!«

»Gibt dem Chef eins aufs Auge, so kann man auch kündigen.«

»Wahrscheinlich habe ich es verdient.« Nimmt das ziemlich lässig, wie würde ich an seiner Stelle? … Anzeige? Arschtritt, fristlos? *Herr Kümmeler, Sie werden selber einsehen, nach dieser Sache …* Das ist natürlich … Klar muss er den feuern, gnadenlos, gute Gelegenheit eigentlich, genialer Kündigungsgrund, hat vor jedem Arbeitsgericht Bestand.

»Also, ich war dabei, ich kann alles bezeugen.«

»Was war denn überhaupt los …?«

»Ey, ich hab keine Ahnung.«

»Irgendwas musst du gesagt haben? Irgendein Auslöser …«

»Hast du's nicht gehört? Obdachlosenzeitung, er hat ihn für die Obdachlosenzeitung empfohlen, wenn er das bei mir machen würde …«

»Das war nur Spaß.«

»Der hatte ziemlich getankt vorher.«

»Kann ja sein. Verträgt nix. Knallt total durch. Gibt so Leute.«

»Tu mal nicht so unschuldig!«

»Was willst du? Ihr wart doch dabei!« Das wird jetzt ungemütlich, all diese lästigen Fragen, ganz ohne Grund, das glaubt ihm keiner, der Satz war Scheiße, aber ich schätze mal, das war nicht alles, Josh, komischer Typ, irgendwie boshaft, rutscht da in der Bank rum, kratzt sich die neurodermitischen Unterarme. War doch sein Kumpel, ich dachte immer, die verstehen sich, Freunden drückt man derlei Sprüche eher nicht rein, und dann … alles furchtbar schnell, nur ein Luftgefuchtel, Josh hat kaum was abgekriegt, sehen kann man jedenfalls nichts. Das ist typisch, die es im Grunde schuld sind … Eigentlich kann Werner den gleich mitfeuern, der nächste Computertyp, noch jünger, billiger, besser, steht doch direkt auf der Matte, jedes Jahr wird eine neue Generation ausgespuckt, die noch cooler, noch findiger ist, das Update sozusagen.

»Das ging alles so …«

»Ja, eben. Was der nur plötzlich hatte.«

»Das ist nicht mein erstes Veilchen. Aber hoffentlich mein letztes.«

»Kühl das mal. Hier Eis, das ist gut.«

Schön, wenn der Schmerz nachlässt. Die Aufregung sich legt. Erzbequeme Polstersessel. Runterkommen, Gelassenheit, das braucht man jetzt, Gelassenheit, all das, diese ganze Stille eben. Was für ein Tag, was für zwei Tage, daran werden wir noch denken, bis wir …«

»Unsere Fahrt ist nicht eben erfolgreich verlaufen!«

»Filmreife Pleite geradezu.«

»Der Bootsunfall, Mechthild …«

»Nicht zu vergessen das saumäßige Essen …«

»Wie kannst du das nur vergleichen?«

»Reinhards Anfall, das reicht für drei Chaos-Ausflüge.«

»Wir sollten morgen früh zurückfahren! Das ist wie ein Zeichen, nicht dass womöglich noch etwas *total* Übles geschieht, wenn wir hier bleiben!«

»Schlimmer kann es gar nicht mehr kommen. Ich sage, wir bleiben hier. Wir sollten uns das von Reinhard nicht versauen lassen. Morgen soll super Wetter sein, dann gehen wir wandern und erholen uns von dem ganzen Stress.«

»Und das Kasino. Ich wollte doch mal ins Kasino. Wer weiß, ob ich jemals wieder hierhin komme.«

»Hierhin? Niemals!«

Wenn ich jetzt nach Hause fahren würde, wären es nur noch vier, Vanessa, Josh, Werner, Aggi, vier kleine Negerlein. Reinhard brauchen wir nicht mehr mitzuzählen. Aber wo wir schon mal hier sind, das Kasino, und Margie kommt erst morgen am späten Nachmittag zurück. Hänge ich bis dahin allein rum, langweilig. -- ·· -- Und die anderen, irgendeine klare Meinung? Nein, die Debatte bleibt ergebnisoffen, aufgeschoben, nicht aufgehoben, morgen nach dem Frühstück. Kann sowieso für mich selbst entscheiden, ganz gleich, was die Gruppe macht.

»Wir gehen noch in einen Club.« Die können es kaum erwarten, wegzukommen von den alten Knackern. Josh, der dafür verantwortlich ist, dass das alles so sehr aus dem Ruder gelaufen ist, wir hier rumsitzen, bedröppelt, der kann schnell verdrängen. Vielleicht zu schnell. Womöglich wartet Reinhard draußen vor der Tür, *snork, snork, den knöpf ich mir vor, den mach ich lang*, es begann ganz harmlos beim Kegeln, dann ereignete sich die Katastrophe, Vanessa heulend, Hände ringend, *nein, bitte nicht, du bringst ihn ja um! – Ja, genau. Das hab ich auch vor.*

»Viel Vergnügen!«

»Was'n für'n Club?«

»Haben wir heute Nachmittag entdeckt. Sah ganz okay aus.« Soll ich mitgehen? Gucken, was in Neuenahr so geht? Nee. Aggi drüben an der Bar mit einem Mann im Maßanzug, passt super zu ihr, der. Die bleibt sicher 'n Moment da, bin ich endlich mit Werner allein, das ist der Moment. Jetzt ist er weichgekocht, versehrt wird man vertrauensselig, ein Whiskey, dazu eine Zigarre, da haben wir ja das Kaminzimmer, perfekter Rahmen für ein Gespräch unter Männern. Landhaus, zwei alte Säcke sitzen am offenen Holzfeuer, im Glas einen 300 Jahre alten Scotch, da kommt endlich die Wahrheit ans Licht … Über den kranken Reinhard haben wir uns zu Genüge ausgelassen, die einzige Frage, die bleibt: »Wirst du ihn feuern?«

Wie, Achselzucken? Was heißt das? Egal? Weiß nicht? Oder sowieso keine Chance mehr nach der Nummer: *Betriebsklima nachhaltig gestört*? Ich könnte gar nicht mehr mit dem und Josh und Reinhard zusammen geht auch gar nicht mehr. – – ·· – –

»Ich mache mir vielmehr Gedanken darüber, ob wir von der Bank einen Folgeauftrag abgreifen können. Die haben doch erwähnt, dass sie demnächst verstärkt in den Handel mit Depots und Festgeldangeboten für Privatkunden einsteigen wollen. Wie siehst du das?«

Das ist der Moment: »Also ja, warum nicht? Die Kommunikation mit denen lief super. Davon ab, wie laufen die Geschäfte denn eigentlich insgesamt?«

»Winkler, was ist los? *Du* interessierst dich für die Geschäftslage? Ist nicht wahr!«

Weich mir nicht aus! »Na, sag schon, hm?«

»Hast doch den Jahresabschluss gesehen. Die Zahlen, die wir an den Gesamtverband gemeldet haben.« – – ·· – –

»Sicher. Trotzdem. Aggi hat Andeutungen gemacht ...«

»Was für Andeutungen?« Da wird er wach. Ich sage ja, Andeutungen sind schlecht.

»Dass die Firma nicht so ... gut dastünde.«

Wieder nur Kopfschütteln. Aber Kopfschütteln wofür? Werner, was willst du mir sagen? Heißt das: Nein, alles in Ordnung? Oder: Blöd, dass Aggi derartigen Scheiß verbreitet? Oder was? Was? Stiert in sein Glas. Paff, Paff. Glocke aus Rauch und Schweigen.

»Werner? Hast du – ·· – ···· – ··· – meine Frage verstanden?«

»Ja, ja. Klar.«

»Warum erzählt Aggi so was ...?«

»Ach, Aggi ...«

Ja, Aggi. Sie ist nicht irgendwer, man kann sagen, was man will, für sie, gegen sie, aber eins ist unbestritten, sie erzählt nur sehr selten dummes Zeug, ihre kleinen Spitzen, diese ganze Stichelei, aber wenn es ums Eingemachte geht, wo Rauch ist, da ist auch Feuer, wenn die Mitarbeiter ins Zweifeln geraten, über vermeintliche Schwierigkeiten einer Agentur munkeln – – ·· – ··· – ··· – Müsste er da nicht sofort? Ob ich lieber nach was Neuem Ausschau halte? Nach Hamburg will ich nicht, Moore und Mehrfeld damals, die nähmen mich mit Kusshand … Aber wie sollte ich das mit Margie organisieren, die geht niemals weg aus Köln …

»Warum hast du mir nicht erzählt, dass du dich in Oberwesel mit Landauer von Laux, Sanwald und Abendstern getroffen hast …?«

»Das war nicht weiter von Bedeutung.«

»Nicht weiter von Bedeutung! Fusionspläne?« – – ·· – –

»Keine Sorge, Winkler. Alles im Griff. Ich hätte dich damit überrascht. Es sah einen Moment danach aus, als könne es für uns und Laux, Sanwald und Abendstern von Vorteil sein, aber ein kurzes Gespräch hat gezeigt, dass wir völlig andere Felder beackern. Das hätte nicht funktioniert.« Noch ein Eiswürfel zur Kühlung oder Ablenkung. Und Schweigen, *es war eine Wand aus Schweigen.* Nicht das, was ich wissen wollte, er muss mir doch erklären, wieso … ich meine, »überraschen«, ist er das Christkind? Und ich der kleine Junge, der mit heißen Wangen wartet, dass der Abend anbricht … Eine schöne Bescherung, aus zwei mach eins, wir sind fusioniert, du arbeitest jetzt für den Senior Texter von Laux, Sanwald und Abendstern. Nachhaken?

»Hallo, Herr Ober. Zwei Whiskey! Nee, Winkler. Das ist schon was. Wir arbeiten prima zusammen, aber feiern … Das ist jedes Mal 'ne Katastrophe. Weißt du noch, unser letztes Weihnachtsessen in diesem Sushiladen? Ach nee, da warst du im Urlaub. Das war ein *unsäglicher* Reinfall! Mechthild hatte Unmengen Sake getrunken und überhaupt nicht vertragen. Die hat mir zwar keine gescheuert wie Reinhard, aber sie war unglaublich peinlich, hat alle Männer gnadenlos angebaggert, Reinhard, Josh und die Studenten inklusive, mir selbst hat sie irgendwann ins Ohr geflüstert: ›Nimm misch mit, isch mach misch nackisch für disch!‹ Nee, echt, Gold Reklamen, die Party-Profis. Mieten Sie uns, wir richten jedes Fest zugrunde.«

»Werner, das interessiert mich alles nicht. – – ¨ – – Ich … ich wollte wissen, wieso du mich nicht eingeweiht hast.«

»Eingeweiht. Unfug. Das war alles noch ganz vage.«

»Aggi wusste es auch.«

»Ach, das war Zufall. Sie war in meinem Büro, als ich mit Landauer gesprochen habe. Nimmst du noch einen? … Noch zwei, ja?«

»Nein, ich lieber nicht.« Herzschmerz, Verspannung oder wirklich? Ja ja, Verspannung, aber trotzdem, nicht übertreiben, die Zigarre reichte schon. Hätte ich besser nicht, dieser Husten – – ¨ – – · – – ····· – Nicht dass das wieder wie gestern im Hotel. Was soll's, wie auch, das kann gar nicht, grotesk, wir arbeiten wie die Tiere, drei Millionen Umsatz mindestens müssten wir schon in den ersten drei Quartalen eingefahren haben. Wer weiß, was Aggi im Schilde führt.

»Oder geht es um sie?«

»Wen?«

»Aggi. Ich meine, Werner, wie lange kennen wir uns … Was ist hier los?«

»Nichts, Winkler. Wir sitzen hier und trinken Whiskey.«

Nichts, rein gar nichts, er packt nicht aus. Oder es gibt tatsächlich keine Intrige, keine Verschwörung? Oder wenn, von Aggi geplant? Werde noch ganz irre hier, beide ausgehorcht, nach allen Regeln der Kunst, tatsächlich eine Wand aus Schweigen, sie lassen mich immer wieder dagegenrennen, muss ich ihm auch eine reinhauen? Jetzt kommen doch zwei Whiskey, nee, ich wollte keinen.

»Wirklich nicht, ich habe genug.« Hart bleiben, nimmt Werner eben beide, den ersten gleich auf ex, er hat wohl noch was vor, oder ist das ein Trostpflaster für das dicke Auge?

Was soll ich nun damit anfangen? Mehr als fünfzehn Jahre, würde er mich derart dreist belügen? Alles aus der Luft gegriffen, Aggi, wenn ja, warum? Nur aus einer Laune heraus? Ihre Telefonate die ganze Zeit, das geheimnisvolle Getue, ach ja, vorhin diese Andeutung Werners, was war das noch. Sein zweites Glas ist schon leer, der hat einen Zug im Leib heute, das zeigt auch Wirkung …

»N-nächstes Jahr, Winkler, Gold Reklamen ganz groß, wir gehen nach Cannes. Wir sahnen ab. Holen uns den Goldenen Löwen, ich schwör's dir, Winkler.« Unterlippe abgängig, Asche aufs Karohemd, Asche auf sein Haupt, davon merkt er nichts. Und die schiefe Fliege, sieht ganz absurd aus, Fliegen gehen sowieso nicht, aber jetzt wirkt er wie aufgezogen und falsch gelandet. Werner, trunken, hebt mit seinem kleinen Propeller ab: Damit das geht, muss der unheimlich schnell rotieren. Wie ein Kolibri, die Flügel, die kannst du mit bloßem Auge gar nicht wahrnehmen, nur in Superzeitlupe, das war neulich, toll, so was, ja, die Natur.

»Winkler, das mussu … mussu …« Ja, Werner? Was willst du mir sagen, offensichtlich nichts?! Versandet, unartikuliertes Gemurmel, Sendepause. Und Aggi? Noch immer mit ihrer Barbekanntschaft zugange, Geschäftsmann, drahtig auch er, Tennisplatz, Golf wie der vorhin, der im … oder Reiter. Ich und mein Pferd. Auf dem Rücken der Pferde liegt die Freiheit der Unternehmer. Wie sie den Kopf zur Seite legt, das Kinn auf den Ellenbogen stützt, lächelt, skeptisch, abwartend, mehr verbirgt als offenbart, ich bin Geheimnisträgerin, Konspiration ist mein Gewerbe. Der Business-Typ legt sich mächtig ins Zeug, ich war in Japan, Australien, Taiwan, Singapur und natürlich China, jetzt vor allen Dingen China, in Shanghai gehe ich ein und aus, mit dem Minister bin ich per Du, und in Argentinien machen sie dies und das. Weit ausladend. Breitet ihr die

Welt zu Füßen aus, die ganze Welt, ob das reicht? Keine Chance, schätze ich mal. Nicht bei Aggi, sie wird ihn abservieren wie eine warme Flasche Sekt, oh Mann, schnarcht der etwa?! Werner, nein! Das kannst du mir nicht antun. Wie kümmerlich, zusammengesackt in seinem Sessel, was für ein Bild von einem Chef …

Besser schnell gehen, so lange wir ihn noch wach kriegen. Aggi! Verdammt, warum guckst du nicht! AGGI! Rufen lieber nicht. Da, das sehen jetzt alle, aha, winkewinke, schau mal, unser müder Krieger! Exakt, wir müssen ihn wegschaffen. Mann, das kam aber plötzlich, die beiden Whiskeys, oder auch nur der letzte auf ex, ja, komm bitte. Ihr bedauerndes Lächeln, das war's, danke für das Gespräch, ich liefere ihr gerne einen Vorwand. Schneller, als er's kapieren kann, mitten im Laberstrom, genau. Nein, nicht mal Wangenküsse, Aggi ist hart wie Kruppstahl, gerade sah er sie schon entblättert in seinem Boudoir, jetzt lässt sie ihn stehen mit seinem Drink, just another poodle …

»Wir müssen ihn ins Hotel bringen.«

Leichter gesagt als getan. Lebt der überhaupt noch? Alkoholvergiftung, aber so viel hat er auch wieder nicht, willst du denn partout nicht wach werden? Also ich könnte dabei nicht … Rütteln, Schütteln, Zupfen, wie geht denn das, nicht mal, wenn ich ihm die Nase zuhalte? Von wegen. Prusten, Schnaufen, Weiterpennen.

»Unglaublich. Was hat er gemacht?«

»Vielleicht sollten wir ihn einfach hier einchecken, wenn die noch ein Zimmer frei haben.«

»Schnapsleichen nehmen die nicht.«

»Müssen wir ihn eben tragen, ist ja nicht sooo weit. Also, auf drei!«

»Wie stellst du dir das vor?«

»Willst du ihn hier liegen lassen? … Komm schon, Alter, du musst mithelfen!«

»Was'n, was'n, was'n, kein St-St-Stress, ey.«

Was mache ich hier? Könnte zu Hause rumliegen oder an irgendeinem Strand, weit weg von Gold Reklamen und seiner Belegschaft, die gottverdammte Ehrlichkeit, ich hätte Werner frühzeitig lukrativ bescheißen sollen und dann ab auf die Insel, diese weiße Karibik-Sache, mit diesem unglaublich blauen Meer, Kuba, hatten wir ja schon, Eiswürfel klingeln im Longdrink-Glas, und dann wäre ich natürlich voll gesund, braungebrannt und muskulös wie diese Jungs. Logisch, wenn du nur so Palmen hochkletterst und auf Surfbrettern über die Wellen zischst, das hält fit, das ist was anderes als allezeit am Schreibtisch.

»Noch zahlen. Warte, wir stellen ihn hier in die Ecke, du passt auf, dass er nicht umfällt.« Glotzt nicht so blöd, werdet ihr doch kennen, möchte nicht wissen, was Hotelpersonal alles so mitkriegt, Alkoholopfer sind wohl Normalgeschäft ...

»So, Werner, hineinspaziert!« Was für eine Schinderei.

»Aufs Bett mit ihm!« Krach, da liegt er, wie eine Kuh vom Himmel gefallen. Und ist das wahr? Schnarcht schon wieder, vielleicht hat er sogar den ganzen Weg über, morgen glaubt er bestimmt, er sei schlafgewandelt. *Da waren so ... Lichter ... Autos ... komische Leute, die immer ... an mir zerrten ...*

»Nicht, dass ihm was passiert.« Die Seele der Nation, macht sich Sorgen über alles und jeden.

»Was willst du machen? Händchen halten, die ganze Nacht?« Er ist nur besoffen, das ist nicht das erste Mal und er wird es überleben. Wir alle überleben das, es beginnt mit Apfelkorn im Alter von fünfzehn Jahren, du rollst dich in irgendeinem Bauwagen zusammen, schläfst trotz des gesamten Gelärms um dich herum, ein Klarer, selbstgebrannt, sägt dir die Beine weg, eine Tequila-Nacht haut dich um … Aber nun. Am nächsten Morgen erwacht man, frisch, ausgeruht, das Leben geht weiter.

»Wenigstens in die stabile Seitenlage!«

»Wenn's dich beruhigt … Weißt du denn noch …?«

»Mach mal Platz!«

Klar weiß sie das, paar Handgriffe, taktisch klug, jetzt kannst du sogar kotzen, Werner, wenn du willst, was für ein Service, dieser Chef kann sich glücklich schätzen, solche Angestellten zu besitzen. Besitzen, na ja, wir versklaven uns eben freiwillig, so, das war's. Licht aus, wir gehen nach Haus.

»Wieso hat er sich nur so zugesetzt?«

»Du fragst mich? Das weißt du selbst sicher besser!« Geht sie nicht drauf ein. Aber es stimmt, so habe ich ihn noch nie erlebt, der trinkt schon mal einen, früher mehr, auch Schnaps, im Osten trinken sie mehr Schnaps als bei uns, er ist das gewöhnt, deshalb ist es schon komisch.

»Vielleicht wegen der Sache mit Reinhard.«

»Glaube ich nicht. Das ging ihm am Arsch vorbei.«

Ihre Tür. Nummer 206. Ja.

»Und was machen wir jetzt? Noch einen *aller-allerletzten* Absacker?«

»Damit wir enden wie Werner?«

Ihr Duft, den mochte ich schon immer, was wird das sein?

»Schon müde?« Nicht verspannen, locker lassen, raus aus der Deckung, brauchst gar nicht so auf der Hut zu sein, was soll dir passieren? Ficken ist gut für dich, ist gut für den Charakter, glaube mir.

»Oh ja. *Sehr* müde!«

»Sooo anstrengend war das gar nicht …« Das ist ziemlich lahm. Findet sie bestimmt auch, sehe ich ihr geradezu an, wieder dieser spöttische Zug: *Mensch, Jo, wenn du vögeln willst, lass dir was Besseres einfallen!* Sowieso Klischee, Betriebsausflug, ich meine …

»Die frische Luft, weißt du.«

Mal anfassen, letzter Versuch, nur ganz sanft, über die Wange. Sie zuckt aber, Zornfunkeln, nee, das wird nichts: »Denke nur, eine nächtliche Begegnung ... Erinnerung an alte Zeiten?«

»Was soll das? Die alten Zeiten sind lang vorbei. Du hast doch Margie.«

»Na ja. Und?« Möchte sie so gerne umstimmen, das wäre super jetzt, ich würde also wirklich, damals, sie hat nicht die Spur zugelegt, ich weiß nicht, ob ihre Titten, vielleicht, aber Scheiße, da ist nichts zu machen, nein. Fuck. Wenn jetzt wenigstens ihr Schlüssel versagen würde, das wäre ein Zeichen, he, gib deinem Herzen einen Ruck! Jo ist okay, und der Schlüssel will nicht, du kommst nicht rein. Nichts da, Plastikkarte drin und das Schloss klickt: »Geh schlafen, Jo. Wir alle sollten schlafen. Die Dinge sind uns heute etwas entglitten.«

Klapp, Tür zu. Hier stehe ich, sehr überflüssig und allein. Okay, dann eben nicht, die kann mich mal, Scheiß-Fotze, den ganzen Tag hat sie mich genervt mit ihrem blöden Getue. *Ich weiß etwas, was du nicht weißt.* Verschwinde ich eben auf mein Zimmer, drei Türen weiter, eine Zigarette am Fenster oder so. Im Mondschein. Hauptsache, es kommt kein Werwolf ins Zimmer gesprungen, wie in diesem einen Film, diesem, wo war noch der Schalter? Hier. Licht an und wieder aus, das ist netter, neblige Nacht. Und kalt. – – ·· – – Starre Laternen lauern. – – ·· – – Dieser verdammte Husten, jetzt kommt er wieder, jetzt, wo ich ins Bett will, damit ich womöglich die gesamte Nacht wach liegen kann, das wäre es. Ich weiß, ich sollte nicht rauchen, die Margie in meinem Kopf. Das ist der Kack mit den Frauen, dass sie unser schlechtes Gewissen werden. Wenn ich mir vorstelle, ich wäre mit Aggi zusammen, Horror, verklemmte Tussi, also gut, erster Versuch. Am besten noch eine Tablette. Wie soll ich sonst schlafen? Wo sind sie, wo sind die, meine Lieben. Ist zwar etwas überdosiert, Schluck Wasser? Brrr. Schmeckt komisch, dabei kommt von hier die Tafelkönigin ... Es wirkt, wirkt direkt, kommt gleich wieder Ruhe auf. Augen zu, ich werde jetzt schlafen, ganz brav, schlafen, schlafen, schlafen. Muss mich selbst hypnotisieren wie diese durchgeknallten Derwische, die legen sich hin, schlafen, träumen und reisen ganz woanders hin, sieben Breitengrade weiter westlich zum Beispiel. Oder sie sind an beiden Stellen zugleich. Orient, fliegender Teppich, der nimmt mich mit auf Traumes Schwingen, zusammen mit diesen Wuschelschafen, die Böckchen springen, rosa Schafe, regenbogenfarben. Nein. Scheiße. Hellwach. Kein Schlaf im Anflug.

Das kenn' ich ja nun. Wenn es so ist, hat es überhaupt keinen Sinn, kannst du vergessen, vergiss es, Winkler, besser noch mal in die Hotelbar, ist egal, trinke ich allein was, bis die Bettschwere sich einstellt. Ächz. Raus aus den Pantoffeln, rin in die Pantoffeln. Wo kommt dieser blöde Spruch eigentlich her? Noch aus dem Krieg, da trugen sie nun gerade gar keine Pantoffeln. Die Klamotten gleich bei der Hand, als hätte ich's geahnt, Mist, die Hose wieder falsch rum, erst Licht anmachen. Gut, also gut, noch mal raus. Noch mal los. Mist, der verfluchte ... Koffer. Wer hat, na, den habe ich natürlich selber, Margie kann es diesmal nicht gewesen sein. Tür auf, ah, hell, das Flurlicht brennt stetig. Niemand da, natürlich nicht, auch nicht Aggi, die es sich anders überlegt hat und demütig zu mir schleicht. Schade eigentlich. *Entschuldige, dass ich so kratzbürstig war. Als ich dann allein im Bett lag, habe ich gleich gemerkt ...* Der Teppich dermaßen dick, da hörst du gar nichts. Braucht man sich nicht anstrengen, leise zu sein, der schluckt alles. Schritte, Rotwein, Blut und Sperma.

Wer dieses Muster wohl verbrochen hat? Der Wandschmuck ist auch nicht von schlechten Eltern. *Üb' immer Treu' und Redlichkeit*, aber ja. Selbstverständlich. Besonders die Redlichkeit, meine zweite

Natur. Wo haben wir denn die Bar? Hat die überhaupt noch auf, ich hoffe mal ... ja, aber ausgestorben. Bin der einzige Gast, wie trostlos. Oder auch nicht, das hat was von einem Film, Nachtfalke.

»Wie lange haben Sie noch auf?«

»Bis fünf auf jeden Fall.«

»Dann nehme ich ein Bier bitte.« Sitze ich also hier. Und jetzt? Könnte noch eine Nachricht an Margie schicken. *Da siehst du, ich denke andauernd an dich.* Das Handy? Habe ich das mit oder im Zimmer gelassen? Ja, Jackett-Brusttasche, ist sogar noch Saft drauf. Eine Kurznachricht, Nachricht an Margie: *Einsam in Hotelbar, alle schlafen, vermisse dich sehr.* Das wird ihr gefallen, das muss ihr gefallen, im Film würde es hier einen Schnitt geben, Margie allein im Bett. Auch sie kann nicht schlafen, wir beide sehnsüchtig, in Gedanken beieinander. So wird es nicht sein. Margie schläft, hoffentlich allein. Wenn sie sich nicht von einem ihrer Schüler bespringen lässt. Was soll's, war nie eifersüchtig, warum sollte ich jetzt damit anfangen. Das wäre echt lächerlich.

Vanessa und Josh, ziemlich aufgekratzt, die beiden. War wohl gut im Club, oder nicht? Na ja, schon klar, haben sich 'nen Joint reingezogen, Joshs Lider hängen auf Halbmast und Vanessa guckt auch recht glasig. Glasig, geradezu basedowartig.

»Oha, unser Senior Texter ist noch auf! Jo, bist du ein Night Hawk?« Sag ich ja, Nachtfalke. Und du, Vanessa? Bist du eine Schlange, eine trunkene Schlange namens Salome, die sich um den Barhocker windet? Ja, das ist sie und es scheint ihr zu gefallen, stups, stups, immer mit der Zungenspitze gegen ihren Zeigefinger. Warum macht sie das?

»Tja, ich kann nicht schlafen. Zwei Uhr. Nicht meine Zeit.«

»Und was ist deine Zeit, Jo? Hm? Die Nacht?«

»Aber sicher Vanessa. Wenn die anderen schlafen, wird der Night Lifer wach. Ich hatte sogar noch überlegt, ob ich euch begleiten soll in den Club.«

Da sind sie aber froh, dass nicht, ich weiß. *In deinem Alter, Jo, das ist peinlich. Peinlich für uns.* Wie stehen sie denn dann da vor ihren neuen Freunden von der Türkenmafia.

»Nehmen wir auch noch ein süßes, kleines Schschschlummergetränk?!« Die Sprachverzögerung entweder vom Kiffen oder sie ist zusätzlich betrunken, vorhin hatte sie sich an Cola gehalten, oder? Das ging dann jetzt rasch.

»Batida de Coco.«

»Wodka.«

»Ich merke schon: Ihr habt noch was vor.«

»Wieso? Nur weil wir kein Scheiß-Bier trinken? Bier knallt viel zu wenig. Nur alte Säcke trinken Bier. Wirklich, Jo. Das musst du begreifen. Ich kenne niemanden, der Bier trinkt.« Josh sucht Streit, hatte nicht genug davon heute.

»Noch was von Reinhard gehört oder gesehen?«

»Gewiss nicht!« Er schnaubt und schnauft und schüttelt sich wie ein Pferd, hat schon was von 'nem Pferd, bei dem Format, nur hat ein Pferd auch Muskeln, nicht bloß schlaffes Gewebe.

»Pass auf, morgen gibt's die große Versöhnung! Er wird sich entschuldigen, garantiert!«

»Der kann mich mal am Arsch lecken!« Bayerische Wirtshausdiskussionen sind Joshs Sache nicht, halt a bisserl raufen, danach mit blutenden Nasen nebeneinander am Tresen und das weitere Programm wie gehabt: Fingerhakeln, Krügestemmen, Watschentanz. So ein Typ ist Josh natürlich nicht, dieses Computerpflänzlein, wehleidig, totales Weichei, Spross von Hippie-Eltern, die immer so: *Lass doch den Jungen, der mag nun mal keinen Sport, das kann man verstehen, Sport ist eine Ausgeburt des Faschismus, soll er lieber Chips fressen, damit tut er keinem weh. Und den Computern gehört schließlich die Zukunft …*

Reinhard wird Werner wohl kaum ... und Josh, wer weiß, er ahnt nichts davon und würde aus allen Wolken fallen, aber vielleicht hat Werner sich längst dazu entschlossen, nicht nur Reinhard, sondern auch ihn, ich würde ja. Im Moment weiß Werner selbstverständlich gar nichts mehr, aber morgen beim Zähneputzen, beim Blick in den Spiegel, wird ihm alles wieder einfallen. Und dann werden Fakten geschaffen.

Nicht einschlafen, Vanessa. Du wirst noch gebraucht, Josh braucht dich. Pieks, das hätte er besser gelassen, sie schläft nämlich gar nicht. Jetzt kriegt er Saures, Patsch. Das hübsche Piercing in ihrem Nabel, bzw. genauer gesagt: hübscher Nabel, Piercings sind prinzipiell so was von …

»Wenn du jetzt nicht aufhörst, werde ich dir dermaßen eine kacheln!«

Besonders lustig ist das nicht, trotzdem zieht ihn das runter, sein tolles Spiel kam nicht an: »Weiber ärgern«. Wie mit zehn, was für ein Idiot. Die Software für Frauen ist leider noch nicht erfunden. Vanessa hat keinen Bock auf Kindsköpfe, ihr nettes Strahlen, ja, Mädchen, ich mag dich auch. Und ich kann nicht nur das besser als Josh …

»Jo-o?! Wieso nennt Werner dich eigentlich nur Winkler?«

»Das geht auf unsere erste Begegnung zurück. Werner fand es komisch, dass ich mich ihm mit Nachnamen vorstellte. Er behielt das dann bei.«

»Wie bist du eigentlich in die Werbebranche geraten?«

»Einfach irgendwie reingerutscht, Vanessa. Damals war das … anders. Da gab es noch Zufälle. Wir haben in den frühen Achtzigern einfach angefangen zu arbeiten. Und dann war es auf einmal Werbung.«

Keine befriedigende Antwort, sie will wissen: Wie kriege ich einen Job, morgen, heute, am besten sofort. Aber das läuft nicht mehr, ich weiß selber nicht, wieso das damals so leicht war. Jetzt ist es doch sehr anders, wenigstens existiert diese Automatik nicht mehr, klar halten alle ständig die Augen auf nach hungrigem Nachwuchs, aber man hat so viele zur Auswahl, bei der Konkurrenz müssen sie sich mit Gewalt aufdrängen, zeigen, dass sie wirklich *wollen*. Von selber in die Pötte kommen, einfach mal was auszuprobieren, *trial and error.* Und nicht immer diese Fragen! Fragen, Fragen, Fragen. Stets absichern bei den Älteren, erklär es mir, zeig es mir, mach es am besten selber, und ich schaue zu …

»Und wie beurteilst du die jüngsten Entwicklungen? Wird die Werbebranche weiter florieren?«

»Ganz sicher. Je enger der Markt wird, desto mehr Notwendigkeit, Alleinstellungsmerkmale herauszuarbeiten und zu kommunizieren.«

Als Werbeexperte bin ich eine Kanone, sowieso, ich *mache* nicht nur, ich *denke* Werbung. Die meisten sind reine Bauchwerber, aber hier: die Reflexion, die gute, alte Philosophie hinter dem Ganzen, das ist mein Ding.

»Früher, in den Achtzigern, das war natürlich wie ein Goldrausch.«

»In den Achtzigern? Aber vorher …«

»Klar, vorher wurde auch geworben. Aber in den Achtzigern war ein Durchbruch. Konntest du ganz andere Sachen machen. Ironie, weg von dieser konservativen Sechsämtertropfen-ihr-Magen-wird-es-Ihnen-danken-und-jetzt-wissen-wir-auch-was-der-freundliche-Bahnbeamte-empfiehlt-Scheiße.«

»Äh, wie?«

»Ach ja, könnt ihr nicht kennen. Das waren so Siebziger-Spots. Das konnten wir alles hinter uns lassen, freies Land, wohin du sahst. Und es lief unglaublich, ein Boom ohne Ende. Dachten wir. Mitte der Neunziger fiel das Kartenhaus in sich zusammen, sind ziemlich viele auf die Schnauze geflogen. Eure Generation ist da klüger, ihr würdet da skeptischer sein.« Vanessa klebt an meinen Lippen, sehr vernünftig, denn hier kann sie was lernen.

»Wichtig ist vor allem, was man macht. Man muss den Kundenkontakt halten, mit den Ideen meine ich. Sachen, die sie verstehen. Nichts erfinden, so hat Werner das immer formuliert. Weise erdenken neue Gedanken und Narren verbreiten sie. Das ist genau, was wir sind, die Narren. Ohne uns würden diese Ideen aber gar nicht an den Start kommen.«

Findet Josh das etwa langweilig? Oder wieso liegt er auf der Theke und schnarcht? Der Kellner guckt schon, heute noch eine zweite Leiche beerdigen, ohne mich, der soll schön selber sehen, wie er zu seinem Zimmer kommt. Ein Versuch, nur einer, ein Rippenstoß, den hat er sich redlich verdient, wer sagt's denn, der ist empfindlicher als Werner. Knurren, Rappeln, na, wird er wach? Ja.

»Jo, du blödes Arschloch.«

»Willst du hier Wurzeln schlagen? Mach dich besser vom Acker, die Putzfrauen wischen dich sonst auf.«

Brummen, Kopfschütteln, und? Lieber auf dem Tresen weiterpennen, nein, das doch nicht. Rutscht vom Stuhl, trollt sich brav, den sind wir los. Ganz allein jetzt, die süße, kleine Vanessa und ich, ziemlich gute Titten, was machte sie noch mal vorher? Studium? Oder war da nicht was bei so 'nem Anzeigenblättchen?

»Ich nehme noch ein Bier, und du?«

»Ich dann mal einen Mojito.«

»Schön, dass wir mal reden, so ohne Stress, bist ja bereits eine ganze Weile bei uns …« Wie lang? Weiß nicht, kommt mir ewig lang vor, mal fragen? Ach, wozu denn. Irgendwas zwischen vier Wochen und einem halben Jahr.

»Bist du aus Köln?«

»Nein. Leider nicht ganz, im Gegenteil. Ich komme voll vom Land, Jo. Ich muss es gestehen. Aus dem Westerwald.«

Das hätte ich mir denken können, alle drängen sie in die Stadt, nichts erlebt, nichts im Kopf, aber reißen die Mäuler auf und schreien wie kleine Vogelbabys, damit man sie wahrnimmt.

»Wie auch immer, jetzt bin ich hier. Und ich will was werden in der Branche.«

»Warum gerade Werbung?«

»Schon deshalb, weil meine Eltern so unglaublich brave Bauern sind. Die sind so rückwärts gerichtet. Auf dem Land, da geht doch nichts, da hab ich echt keinen Bock mehr drauf. Ich will Glamour! Und ich will Geld verdienen, viel Geld, so viel Geld, wie sie mit ihren Runkelrüben noch nie auf einem Haufen gesehen haben. Und dann will ich ihnen einen Haufen Gold hinschmeißen wie Dagobert Duck, verstehst du?«

Absolut, aber ob sie jemals einen Haufen Gold ernten wird? Da sehe ich schwarz, nettes, kleines Mädchen, ganz lustig auch, aber den Drive, den hat sie nicht, wird sie nie, meine ich, müsste ganz anders bei uns auftreten. *Hey, ich heiße Vanessa, ich schmeiße euch den Laden besser als jeder von den runtergekommenen Alkoholikern, die bei euch die Zeit totschlagen. Die kriegen nichts mehr hin, altes Eisen, Auslaufmodell, auf der nationalen Out-Liste ganz oben.* Aber sie nur schüchtern, druckst rum: Darf ich dies, darf ich das und so weiter. Geht nicht, läuft nicht, war noch nie, ich bin ganz anders angekommen, aber ich will ihr ja nicht die Illusionen rauben.

»Gold Reklamen wäre schon eine gute Adresse für den Anfang? So im Lebenslauf?«

»Erstklassige Adresse. Klein, aber ein Name deutschlandweit.«

Lebenslauf-Gelaber, sie ist heiß auf einen Job, das ist verständlich, auch, dass sie die Lider nieder schlägt und die Brüste in Position bringt. Gut so, geh aus der Deckung, bring ein, was du hast. Aha, SMS, Margie, wurde auch Zeit: »Amüsier dich!« Wie passend, das tue ich gerade.

Allmählich sehr gefällig, das Ganze. Vanessa und wie sie sich schmiegt. Kannst dich gerne bei mir anlehnen. Eine Männerschulter, das ist das Richtige.

»Und? Hast du eigentlich einen Freund?« Beinahe hätte ich gesagt: schon einen Freund … So klein ist sie nun auch nicht mehr, also.

»Wieso fragst du mich das, Jo?«

»Rein interessehalber.«

»Nein, ich habe keinen.«

»Eigentlich erstaunlich … ich meine, du … du bist wirklich ziemlich hübsch …«

»Danke, Jo. Erstaunt mich, dass du das siehst.«

»Du kennst mich aber schlecht. Ich sehe alles, ich bin der Mann, der alles sieht und weiß.«

»Ach ja? Dann weißt du auch, was ich jetzt denke?«

»Ich kann es mir ungefähr vorstellen.«

»Nämlich?«

»Ob du noch einen Mojito trinken sollst oder nicht …«

»Dafür habe ich gar nicht genug Geld. Nicht vergessen, ich bin die unbezahlte Praktikantin von Gold Reklamen.«

»Aber eine sehr hübsche Praktikantin.«

»Du wiederholst dich.«

»Um die Zeche musst du dir keine Sorgen machen. Da kümmere ich mich drum.«

Leichte Trunkenheit, fügt sich alles ganz fein, die Theke ist ein leise schunkelndes Boot und sehr behaglich, wie spät ist es denn? Egal, das ist Urlaub, Freizeit und ich kann machen, was ich will.

»He, was hast du denn da für einen Ohrstecker? Darf ich mal sehen …?« Vanessa, Kleines, komm mal her, komm mal her zu mir.

»Klar, den habe ich aus Irland …«

»Schönes Teil, schönes Ohr.« Riecht nach Myrthe, Myrthe, ein Parfüm? Ihr Ohrläppchen schmeckt auch nach Myrthe und es ist winzig, dabei fleischig, ah, das gefällt ihr.

»Jo …« Nein, ich werde nicht aufhören, von wegen. Ich merke doch, dass es dir gefällt, warmer schlanker Mädchenkörper, Jungmädchenkörper, Superfigur, hätte ich gar nicht gedacht, ich versuch 's einfach mal, was soll schon …

Die gehen auf wie nichts, die Lippen, weiche Lippen, Zunge wie ein Zitteraal, hat ihr das mal jemand gesagt, man muss super-hektisch damit rummachen, das ist total geil. Scheiß drauf, die einzige Frage, die einzige Frage des Universums in diesem Augenblick. Die einzige Frage ist, ob sie mich ranlässt, probieren geht über studieren, Ohrläppchen, waren schon ganz gut, jetzt den Hals, lecken, saugen, eine Hand auf ihre Brust, die andere langsam zwischen ihre Beine. Hm, wie? Ah ja, wir sind nicht allein, der Barkeeper, er hat sich geräuspert. Dabei ist der Barkeeper ein Neutrum, nichts sehen, nichts hören, nichts sagen, außer er wird gefragt, nur die Drinks einschenken und Diskretion wahren. Aber in der Öffentlichkeit sind wir gewissermaßen schon.

Vanessa findet, dass er Recht hat. Kleiner, heißer Hauch an meinem Ohr, kitzelnde Säusel-Melodie: »Gehen wir?« Gute Idee. Alles auf meine Rechnung!

»Siebenundsechzigdreißig.«

»Fünfundsiebzig.« Zu viel, macht nichts, sieht Vanessa wenigstens, wie das geht. Mann von Welt, ich bin ein Mann von Welt, wie

James Bond, der Dalai Lama oder Werner. Ja, Werner, besonders heute. Scheiß Treppen, ich will trotzdem die Hand in ihren Schlüpfer kriegen, das kann doch nicht zuviel verlangt sein?! Na, also.

»Zu dir oder zu mir?«

Fader Witz von ihr, aber mein Zimmer ist näher.

»Da, zweihundertdrei.« Wo war denn diese beknackte Plastikkarte? Wehe, du funktionierst nicht. Diese Plastikdinger … nein, alles klar, ha, wie geschmiert. Wie geschmiert das und alles andere auch, Mensch, Licht an, nein, Schwachsinn, aus. Ich weiß, wo das Bett ist und ihr einen kleinen Schubs, klatsch, da liegt sie.

»He, gib mir mal was Decke. Ganz kalt hier.«

»Kind, es ist der wärmste Herbst seit einhundertsiebzehn Jahren. Stell dich nicht an.«

»Wer stellt sich hier an?« Zack. So haben wir nicht gewettet, gleich das ganze Bett, eine Zigarette …

»Zigarette?«

»Jetzt? Mitten in der Nacht?«

»Warum nicht. Oder weiterschlafen?«

»Nee, ist okay. Die Zigarette danach.«

–– ·· –– Ihr Kichern im Dunkel, ich kann sie gar nicht sehen, nur ahnen, wo ihr Gesicht ist. Wie sie jetzt schaut. Wo ist die Packung? Jacketttasche. Und wo das? Am Boden, neben dem Bett. Konnte nicht schnell genug gehen. Ah, hier, das Feuerzeug.

»Da. Nimm eine!«

»Na gut. Normal rauch ich gar nicht.«

»Ich weiß. Es ist eben ein besonderer Moment.« Zündeln, Lichtnase über ihrer verschatteten Miene. Dass sie eigentlich nicht raucht, sieht man ihr an, selbst bei dem Licht. Zurücklehnen. Die Decke muss irgendwo da oben sein. Oder nicht? Wenn da alles offen ist, komm ins Offene, das All, die Leere, das Nichts. Diffuses Licht, die Nachttischlampe. Dunkel kann ich nicht ertragen. Irgendwie nicht. – – ·· – –

»Ach, Jo, nicht. Das war so gemütlich.«

»Man sieht aber nichts.«

»Wie meistens in der Nacht.«

»Ich kann mein Hemd drüber hängen. Das dimmt.«

»Okay.«

Rauchen. Und sich wohlfühlen. Man muss eben im Moment leben, das ist geradezu prächtig, wo ist der Aschenbecher? Hat sie.

»Auf der Schule hatte ich Übergewicht. Jetzt ist es doch gut, oder?«

Und zum Beweis: Fühl mal, das sind meine Hüften, mein Bauch, meine Titten. – – ·· – – Und das? Was ist das?

»Lass das, Jo.«

»Wie jetzt?«

»Ich hab dich was gefragt. Ernsthaft.« Sie hält fest, nun gut, immerhin darf ich an ihre Brüste.

»Nein, wirklich. Sehr gut! Alles in Ordnung. Perfekt, würde ich sogar sagen.« Das ist die volle Wahrheit, ich bin ein Glückspilz, eine Zwanzigjährige, mit neunundvierzig kriegst du so was gewöhnlich nicht ins Bett, höchstens mal im Puff. Letztes Jahr, als Weingart uns einlud, in Hannover, das war eine geile Braut, leider mit Pariser und ziemlich betrunken. Senior Texter und Praktikantin, da wären wir direkt beim Porno, original so 'n Skript.

»Hast du gemerkt, dass ich Silikon drin habe?«

»Wo jetzt?«

»Wo wohl?!«

Nein, habe ich nicht, echt? Gleich noch mal fühlen, die haben eine tolle Form. Hier nicht, da nicht, kann man kaum was feststellen. Vielleicht da, könnte sein, kleines Polster am unteren Brustansatz, möglicherweise Einbildung, jetzt wo sie's gesagt hat, toll, die neue Technik. Wahnsinn, die machen dir alles heutzutage, neue Titten, neue Hüften, neue Lungen. Kein Grund zur Beunruhigung, selbst wenn's Probleme geben sollte – mit dem Husten.

»Super. Ganz ehrlich.«

»Ich hatte so beschissen winzige Titten vorher.« Mini-Hügel, kleine Wellen mit der Hand, sooo klein wohl auch nicht, so klein gibt's gar nicht.

»Die Leute können sagen, was sie wollen, aber ich bin voll glücklich darüber, mir geht es viel besser dadurch, echt, mein Leben hat sich verändert.«

Das reicht aus, um ihr Leben zu verändern.

»Es sieht wirklich gut aus.« Gleich wieder ein Schmatzer, wer sagt denn, dass Frauen schwer zu bedienen sind? Wenn man den entsprechenden Knopf drückt, tun sie genau das, was man erwartet.

»Ob ich mir die Nase auch noch machen lassen soll?«

Die Nase, die Nase? »Nee! Die ist süß. Kartoffelnäschen.«

»Eben! Das ist totale Kacke.«

»Was soll *ich* denn sagen?«

»Jo, du bist ein Mann!«

»Na und? Ästhetik ist auch bei Männern ein Thema! Heute lassen die sich alle operieren. Denk mal an die Nachrichtensprecher, Schlagersänger, Plastikzinken, wohin du schaust!«

Da lacht sie. Aber es ist die Wahrheit. Glaubst du, mir gefällt es, alt zu werden? Humbug, wer altert denn hier, noch ist es nicht so weit, das hier, das jetzt, das ist wohl ein schlagender Beweis, so schlecht kann's gar nicht sein.

Müde, wirklich, endlich müde, jetzt müsste es gehen mit dem Schlaf. Löffeln. Kleiner, süßer Babyarsch vor mir, das ist warm. Und ich kann rausgucken. Über ihrem Kopf steht der Nachthimmel, ein weißer Schweif. Dahin hat der Mond sich verkrochen, hinter Wolken. Dem ist kalt oder auch er muss mal pennen, ab ins Bett mit dir, paar Wolken drüber und dann schnarch ab. Das wäre für uns ebenfalls das Beste, eine Schlafeinheit. Ja.

Mein Schädel, oh Gott. Wie ein Medizinball, nein, Wasserball, aufgeblasen, ich brauche eine Kur, sofort. Da ist dieser Bumerang, der fliegt und fliegt und kehrt prompt wieder, bums, zurück. Halb betäubt noch, betrunken, was für ein Abend. Und der Tag. Die Wanderung mit Aggi, der ganze Wein, Bier. Viel Bier. Kann nicht gutgehen. Ein Wunder, dass ich überhaupt einen hoch gekriegt habe. Habe ich? Ich meine ja. Au Mann. Kegeln, aber echt, das war eine Kegelnummer. Eigentlich schon unter Ausschluss des Bewusstseins, nicht nur bei mir … Reinhard und Josh, Werner … was für ein Abend. Puh. Neben mir, das ist tatsächlich Vanessa, das war vorhin schon. Keine Sinnestäuschung, nicht schlecht, wir haben es getan, es ist geschehen, Neuauflage unwahrscheinlich. Vielleicht noch eine neue Runde? Aus der Reihe: Nütze den Tag, nütze die Gelegenheit, eine neue gibt es nicht, ist sie denn schon wach? Andererseits nee. Uh. In diesem Zustand, das ist lächerlich, brennendes Aufstoßen, Kotzen? Lieber nicht. Nicht das. Aha, jetzt.

»Guten Morgen!«

»Schön wär's. Also, ich …«

»Oh, mir geht's gut.« Oh ja, merke ich. Schwafelt in einer Tour, was sagt sie? *Werbung, Konzepte, Ideen und ganz neue Vorstellungen.* Ich verstehe nichts.

»Weißt du, Jo, ich habe Ambitionen in der Werbebranche. Ich mache das hier nicht nur zum Vergnügen. Ich weiß, es ist nur ein Praktikum. Unbezahlt. Aber glaubst du, ich hätte mich darauf eingelassen, wenn ich nicht denken würde, es bringt mich meinem Ziel näher? Du kannst mir glauben, ich weiß, was ich will. Ich weiß das ganz genau. Ich will mal eine große Nummer werden in der Werbebranche.«

Ohhhh. Das hatten wir gestern schon. Mir platzt der Kopf, kann sie nicht aufhören? -- ·· -- Ich brauche Aspirin, eine ganze Packung, hast du Aspirin?

»Hast du Aspirin?«

»Vielleicht kannst du dir mal mein Booklet ansehen? Mir paar Tipps geben, was ich besser machen kann?«

Ich brauche Hilfe, kein Booklet, ich bin bedürftig, Kopfschmerz, Wummern, Dröhnen, mir geht es *dreckig*, siehst du das nicht?

»Jo, was ist denn? Mein Booklet?«

Booklet, Booklet, bitte nicht, hat sie es etwa dabei, nein, zum Glück nicht. Nächste Woche in der Firma, von mir aus. Plappertplappertplappert drauflos. Ohne Gnade, wo ist das Klo? Mir ist wirklich schlecht, kann mich gar nicht erinnern, wann mir das letzte Mal derartig schlecht war.

»Jo, du kennst mich! Ich mache einen guten Job, auch wenn's nur ein Praktikum ist! Oder? Oder?«

»Ja, ja, klar. Machst einen guten Job.«

»Ich habe mich weiterentwickelt. In dieser kurzen Zeit. Jede Woche lerne ich dazu, ich bin besser geworden, das siehst du auch so, oder?«

»Sicher. Bist du.«

»Siehst du da nicht irgendeine Chance? Eine klitzekleine Chance, dass ich … bei euch unterkomme?« Jetzt ist es heraus, warte die ganze Zeit drauf. Aber ja, mein Schatz, ich halte lauter tolle Jobs in meiner Toga, und dir gebe ich den besten: »Wie unterkommen? Willst du einziehen bei mir und Margie?«

»Nee, *fuck!* In der Firma natürlich!«

»Ich weiß nicht. Das ist alles sehr eng.« In der Firma, in der

Firma, mir hängt dieses Gespräch zum Hals raus, kann sie nicht verschwinden? Augenblicklich? Ich zwinkere einmal, zweimal und weg ist sie? Mir ist wirklich schlecht, geh ich oder halt ich ein? Wird nicht besser davon, hätte gestern Nacht schon, am nächsten Tag bringt das nichts.

»Aber, Jo-o-o …« Jetzt noch dieser … kleinmädchenhafte Quengelton! »Kannst du nicht was für mich tun, irgendwas?«

Tun, tun.

»Wenn's darum geht, bist du mit dem Falschen in die Kiste gestiegen. Werner ist der Boss.«

»Du bist ein solches Arschloch!« Brauchst gar nicht so blöd zu gucken, ist doch wahr! Muss mir diesen weggespulten Scheiß anhören, ich weiß, ich bin schön, aber so schön auch wieder nicht: »Ich sag nur, wie es ist.«

»Na, prima.« Beleidigt, armes Teufelchen, was erwartet sie denn eigentlich, bin ich vielleicht der Personalchef von Gold Reklamen, und selbst wenn … Tu mir einen Gefallen und geh. Verschwinde einfach. Merkst du nicht, dass du störst, verdammt. Gut, abwiegeln, trösten, bitte, mach ich, aber dann geh: »Jetzt guck nicht so. Ist nicht bös gemeint. Aber die Situation ist nun mal schwierig heutzutage. Wir haben nicht umsonst so wenige Festangestellte. Was denkst du, was los ist in diesem Land? Versuch es erst mal als Freelancer!«

»Phhhh. Du bist echt …« Komm mal runter, ist das etwa meine Schuld? Die wirtschaftliche Lage und das alles? Ja, klar, dass ich so scheiße drauf sein kann, wo wir gerade … Was soll ich denn sonst sagen? »Nein, wirklich! Du sammelst Erfahrungen, baust Kontakte auf. So läuft das nun mal. Vielleicht kannst du später irgendwo unterschlüpfen. Auch als Freie kannst du viel Geld verdienen!«

Raus aus dem Bett, endlich, und immerhin: sehr elegant. Wie eine chinesische Geräteturnerin, wenn ich das jetzt täte, ohhhh …

»Du kannst mich mal! Und vielen Dank für die *tolle* Nacht!« Bitte sehr. Fand ich auch. Das kann sie sich natürlich nicht entgehen lassen. Und ich zittere, meine Männlichkeit, war es etwa nicht gut für sie, harhar, habe sie hecheln gehört, und selbst wenn, mir doch egal, ich hatte meinen Spaß, man kriegt nicht jeden Tag Frischfleisch in die Kiste. Sie sollte lieber danke sagen, danke, Jo, dass du mir allerlei Neues gezeigt hast. Ja, nimm deine Kleider und verschwinde … Nicht die Tür, mein Kopf, musst du sie so knallen, ich bin schon ein echtes Schwein, was?

Immer diese Zickereien. Männer und Frauen … verstehen sich nicht. Sie wollte was, ich wollte was, aber nachher will sie davon nichts mehr wissen, au Mann, Verena damals. Nicht dass Vanessa auch so eine Geschichte wird, schon lange her, zehn, fünfzehn Jahre? Da wohnten wir in der Braunsfelder, Margie war für drei Monate weg, auf dieser Schulung in ... Und dann in diesem Cocktail-Laden in Ehrenfeld. Woher kannte ich die eigentlich? Hatte die auch mit Werbung …? Nee, die war, die machte was Soziales, mit Pädagogik oder so. Anfangs gute Stimmung, Körperkontakte, und ich ihr direkt gesteckt: *Mehr als eine gemeinsame Nacht ist nicht drin.* Deutlicher geht wohl nicht, und sie: *Verstehe, ist okay. Sehe ich genauso.* Aber dann. Telefon-Terror, Sturmklingeln um vier Uhr nachts, *du hast mich benutzt! Ich bin kein alter Teppich! Du kannst mich nicht einfach so wegwerfen!* Warum überhaupt Teppich? Die schmeißt man nicht weg, sondern lagert sie auf dem Speicher, ewig und drei Tage, weil man immer denkt, also man denkt, man braucht den noch mal, die rennt überall rum, macht mich schlecht, verdreht die Tatsachen: Ich hätte ihr was vorgemacht, Liebe geheuchelt, um sie rumzukriegen. Der Sex selbst war schon komisch gewesen, sie völlig verkrampft, zu allem Überfluss reißt der Pariser und sie voll hysterisch: *Das musst du doch merken!* Echt lustig, wie soll man das merken, hm? Das war, also da musste, das große Treffen, in diesem Hippie-Café, diesem, wie hieß das? Um »zu reden«, das Ganze gütlich regeln, irgendwie. Das hätte ich mir sparen können ... Die ist einfach nicht ganz dicht gewesen, ganz sicher nicht, zunächst merkte man ihr das gar nicht an, nach außen wirkte die, sah ja super aus und nett war sie. Dann kriegt die da voll den Anfall, kreischt los, macht mir eine tierische Szene ... Musste sich da gar nicht extra hochfahren für, echtes Phänomen so was, Stand-up-Hysterikerin, das war vielleicht beängstigend, und als tragischen Höhepunkt hat sie mir ihren heißen Tee ins Gesicht ... Ohne jede Bedenken, die ganze Tasse, Verbrühungen dritten Grades. Was hätte ich machen sollen? Was macht man in einem solchen Fall, die Bullen rufen? Sie anzeigen? Vielleicht, aber. Wie erklärt man so etwas, also. Da machste nichts, da gehste raus. Aus diesem Hippieladen. Die meisten, die da saßen, dachten wahrscheinlich, der hat das verdient, schon weil ich keine Müslihufe an den Füßen hatte und mit Norwegerpullovern nichts im Sinn. Wirklich mannhaft, wortlos verschwunden. Du hast mich geschändet, misshandelt, gebrandmarkt, Schwamm drüber. Sah aus wie ein frisch abgekochtes Schwein, hab Margie gegenüber das Blaue vom Himmel runtergelogen. Irgendwie in der Küche ausgerutscht mit dem Wasserkocher in der Hand, abstruse Story, geglaubt hat sie mir nicht, aber nicht weiter nachgehakt, zum Glück. Wenigstens war es das dann auch, die Angelegenheit gegessen, heilte ab, und Verena ward nie mehr gesichtet.

Und wie spät? Zehn Uhr. Da läuft bei mir nichts mehr, oder? Nee. Eine Librium und ein Aspirin und noch was liegen bleiben. Ist mir übel, runter in den Frühstücksraum? Unmöglich. Obwohl, was essen wäre eigentlich … nicht schlecht. Oder doch: schlecht, *mir* ist schlecht. Ob ich versuchen sollte … Das Klo. Dieser Anblick macht es nicht besser, lassen wir das, liegen bleiben, irgendwie ausgären lassen. – – ·· – – Heute nichts trinken, vielleicht mittags nach Hause fahren, warten, bis es einigermaßen geht, und dann nichts wie weg. Weit ist es nicht, dauert bestimmt nur 'ne dreiviertel Stunde, das halte ich wohl noch durch. Zu Hause im Bett liegt es sich besser. Und dann Margie mit ihrem Liebhaber überraschen, *lasst euch nicht stören, ich mache mir nur eben ein Brot.*

Wenn es nur nicht so langweilig wäre, wie ein Käfer auf dem Rücken, versuchen sollte ich es mal. Oh Mann, das ist der Drehwurm, Drehwurm. Los jetzt: Klamotten an und raus, flirrender Flur, wer hat all die Flashlights aufgehängt, hm? Und die Arme, all die Arme, die da aus den Wänden und nach mir greifen? – – ·· – – Lasst das mal schön sein. Ihr seid nämlich gar nicht da. Die Treppe. Ist die Treppe ein Problem? Nein, es gibt ein Geländer, da kann man sich dran festhalten.

Mist, Büfett schon abgeräumt, Frühstückszeit vorbei. Ich muss was essen. Wie mache ich das? Wenigstens Kaffee, viel Kaffee. Ist zwar, wahrscheinlich ist das nicht so gut, wo mir eh schon flau ist, aber bringt mich wenigstens nach vorn. Gleich den ganzen Pott auf ex.

Wer ist denn da? Die anderen? Nein, nur Reinhard. Sieh mal an. Und? Gar nichts, bin wohl aus Glas. Als hätten *wir* uns gestritten, mal rüber? Neugierig wäre ich, was er so sagt, nee, lass mal, mein Problem ist das nicht, in dem Zustand bloß nicht überanstrengen mit irgendwelchen kruden Geschichten. Vermutlich sagt er gar nichts, spricht nicht mit mir, mit niemandem mehr, hat noch in der Nacht eine Schweigegelübde abgelegt für die nächsten zwanzig Jahre. Mal an der Rezeption fragen …

»Haben Sie Herrn Johst oder Frau Ziegler gesehen? Sind die noch auf ihren Zimmern …?«

»Moment … nein, sind beide ausgegangen, tut mir leid.«

Vanessa. Und? Schmollt noch. Aber nur zu fünfzig Prozent. So schlimm war's auch nicht, oder? Gut, lächelt wieder, hast dich wieder eingekriegt, besser so, wozu nutzlose Misstöne, wegen ein paar nächtlicher Freiübungen, immerhin haben wir jetzt etwas, das uns verbindet.

»Ich setze mich zu dir, Jo.«

»Gern. Und? Was liest du?«

»Ach, nichts. Mode.« Eines dieser … kleinformatigen Mädchen-Magazine, weiß gar nicht, wie die heißen … Glam, Ruhm, Style, Chic, sonst was.

»Und Josh?«

»Ach der.« Krauses Näslein, hat sie genug von ihm? Kein Wunder, mit dem möchte ich auch nicht länger rumhängen. Der hat so was …

»Und was machst du heute?«

»Mhm … Shoppen.«

»Wir können zusammen gehen, wenn du willst.« Das ist mein endgültiges Friedensangebot! Und? Was sagt sie? Gib dir einen Ruck, so schlecht bin ich nicht …

»Okay, ich zieh' mich nur kurz um.«

Bis sie zurückkehrt, das ist ein guter Moment, Margie anrufen. Einmal, zweimal, eigentlich kann man nach dem vierten Klingeln auflegen, lassen wir's, wahrscheinlich ist sie unterwegs, ein wirres Gespräch mitten im Straßen- oder Kaufhauslärm, das muss nicht sein. Keine Lust, Margie ist viel zu abgelenkt, wühlt da in den Kleidern, hört nichts, sagt nichts, bestimmt ist sie im Kaufhaus, ach

Quatsch, das Seminar, das ist heute auch noch. Sonst würde sie nicht erst abends zurückkommen. Sonst wäre ich, würde ich, nein, aber zumindest eine SMS, kann sie nichts sagen, denke an sie, absolut, das mit Vanessa, na ja, *Mir geht es gut, aber es ist langweilig hier. Morgen froh wieder zurück.* Das mit Vanessa, das wäre wohl.

»Da bist du ja schon!« Dachte, sie braucht mindestens 'ne Stunde.

»Ich bin ein schnelles Mädchen.« Wieder Jeans, dieses Mal noch enger, dazu wieder das Mickey-Mouse-Sweatshirt. Gutes Wetter heute, Frischluft fächelt, für Herbst? Da gibt es ungemütlichere Tage, mehr so November natürlich, aber manchmal, der Oktober kann schon garstig sein, ist ja nicht die Toskana hier. Seit der Klimakatastrophe allerdings, die haben wir bald eingeholt, verflucht guter Rotwein, braungebrannt wie Tuaregs nach dem Sonnen im Weinberg, und an der Nordsee ist die beste Badezeit. Irre viel Verkehr, Bad Neuenahr, wer hätte es gedacht? Von wegen Provinz, die Fußgängerzone quillt über, nur wegen dem Feiertag gestern, und jetzt der Samstag danach, endlich wieder einkaufen. Leben hier also doch Menschen …

»Was suchst du?«

»Nichts Besonderes, Jo. Gucken.«

Das mit dem Gucken nimmt sie aber wörtlich. Müssen wir bei *jeder* Boutique stehen bleiben? Und auch noch reingehen, nee, da bleibe ich lieber … Doch, hinterher, schauen, was sie macht, Jugend beim Aufstylen … Eigentlich nichts Bestimmtes, ihre Blicke, als wäre das alles irgendwie widerlich, von ansteckenden Flechten befallen. Da das *Ed-Hardy*-Shirt, da zupft sie immerhin etwas dran herum … alles nichts Besonderes, der ganze Laden nicht, näherer Betrachtung nicht würdig, nicht für Vanessa, für mich aber auch nicht.

Bekleidungsindustrie, arbeiten wir fast nie für, trotzdem die Trends natürlich, Ausstattung spielt eine Rolle, normal wär's mir schnurz, ich habe nur einen Geschmack, wer war das? Oscar Wilde, so und nicht anders. Aber das ist auch Lektüre, über die Straße gehen und die Psyche der Leute scannen, sag mir, was du trägst, und ich sage dir, was du sonst noch kaufst.

Zurück in den Menschenstrom, wo kommen die nur alle her? Aus sämtlichen umliegenden Dörfern, die laufen da womöglich vom Band, Modell Eifelbauer, Voreifel, die da nicht, die ist Modell Eigenbau, reimt sich fast, Eifelbauer, Eigenbauer, spindeldürres Mädel. Und so energisch. Mit jedem Schritt hackt sie ihren Absatz in den Asphalt, als wolle sie Abdrücke hinterlassen. Voran, voran, der Karriere entgegen. Oder der Familie, den Kindern, dem Sinn, anstrengendes Unterfangen offensichtlich, Magersucht inbegriffen.

»Die sieht aus wie 'ne Frau, die Slipeinlagen trägt.«

»Woran willst du das denn sehen?«

»Na, sie ekelt sich vor sich selbst, verstehst du? Bei manchen Mädels ist das halt so.« Lacht, laut heraus, wieder richtig gut drauf. So schlimm war das gar nicht, heute Nacht, sie hat jetzt schon ein regelrechtes Geflecht um ihre Augen, Lachfalten. Im Alter haben die sich tief eingegraben. Viel zu nett für die Werbeindustrie, sind nicht die schlechtesten Leute, die so aussehen, die hatten wenigstens Spaß. Und passen in jede Alpenwerbung, Frischkäse, Milch, die Alm, Bäuerin, solche Möpse, *Bio-Milch – deine Stärke*, die Natur bringt einen gut drauf, die gute Alpenluft, die Bäuerin, ziemlich das gesündeste Muttertier, das denkbar, da kann man nur sehr groß und sehr stark werden, bajuwarische Ausmaße, aber nee, die Alpen und eine rheinische Molkerei, funktioniert das? Eher nicht.

Schwindel, etwa wieder ein Anflug? Nicht dran denken, nicht dran denken, fließen lassen, vorbeifließen, es ist nur dieses Gefühl, Scheiß-Gefühl, wenigstens ist Vanessa da. Die kann mich auffangen, wenn ich zusammenklappe. Jetzt das wieder: eine Mutter mit Kinderwagen und sie hält direkt auf mich zu. Die haben es auf mich abgesehen, sie verfolgen mich, mich ganz persönlich, Horden aufgebrachter Mütter mit ihren Kindern, ihren Eutern, *du bist mir im Weg, ich werde dich überrollen und du darfst nichts dagegen tun, denn ich habe ein Kind!* Mütter aller Länder haben Kinder, die tragen sie mit sich herum und freuen sich des Lebens. Für die deutsche Mutter ist das Kind ein Manifest: *Ich bin nicht asozial, ich tue etwas für die Gemeinschaft, alle anderen sind der letzte Dreck.* Müssen die mich damit behelligen? Ja, hier, ist genug Platz, du blöde …, gibt es keine anderen Opfer?

Stopp! Second-Hand-Laden, Außenständer mit Pelzen, da kann sie nicht dran vorbei. Sondern muss wie gestört drin rumwühlen, steht nicht allein damit, das ist eine echte Droge für Frauen, die zwei Reichentrinen auch. –– ·· –– Die könnten sich genauso neue Pelze leisten, haben sicher noch nie in ihrem Leben gebrauchte Klamotten gekauft, nie im Leben, trotzdem. Griffeln an den Tierhäuten herum, blanke Wollust ist das. Irgendwie doch kühl. Der Wind? Bilde ich mir das nur ein? Eben war es noch ganz angenehm, aber es ist eben Herbst, bald ist es vorbei. Mit dem Schwindel ist gar nicht seltsam, nach gestern, normales Ausnüchtern ist das. Man nennt es auch Tagesentzug. Hilft nicht viel, wenn der Effekt derselbe ist, Hauptsache, ich kippe nicht um, warum habe ich nur. Gestern war gestern, da war's schön, aber jetzt. Ich könnte plärren, buh-hu, Mama, mach, dass der Alkohol meinen Körper verlässt. Wahnsinn: Vanessa hat was gefunden, Leopardenmuster, dreiviertellang.

»Ich probier die mal an, ja? Drinnen, ich brauche einen Spiegel.«

Komm ich halt mit, meine Lieblingsbeschäftigung, Frauen beim Einkaufsbummel zu begleiten. Reinschlüpfen, posieren, skeptisch gucken. Frauen. Wieso? Das Teil sieht abgefahren aus und sitzt wie angegossen.

»Tja, ich weiß nicht.« Immer dieses Kokettieren: »Die ist cool. Steht dir super.«

»Hm. Aber teuer.«

»Weißt du was? Ich schenk sie dir!«

»Echt? Nee, Jo, oder? Das ist … viel zu …«

»Ich hab's gesagt, oder? Du willst die Jacke, du kriegst die Jacke.« – – ·· – –

Nicht gleich um den Hals fallen, ist ja peinlich, auch ihr, sie ist noch so jung, die denken sowieso, das ist meine Tochter, dass wir, darauf kommt keiner, niemals. Also wir machen den Deal, einhundertfünfzig Euro, soll es mir wert sein. War ja gut.

»Ich behalt sie gleich an!«

Erst mal 'nen Kaffee. Nur nicht übertreiben in Sachen Stadtspaziergang, Fußgängerzone, all der Quatsch. Herzschmerz. Ja, ich weiß, die Zigaretten. *Du bringst dich noch um.* Wenig effektiv solche Kommentare, wenn man selber dermaßen süchtig ist. Margies Versuche aufzuhören, Mann, das ging derartig in die Hose, mit den Fingernägeln den Putz von den Wänden, wie so ein beschissener Junkie, blutunterlaufene Augen, die hört nie auf. Niemals.

»Guck mal, da sitzt man gut, war ich gestern schon. Mit Blick auf den Fluss.«

»Okay. Trinken wir 'n Cappuccino.«

Flussufer am Samstagnachmittag. Ob darauf Boote fahren? Höchstens Kajaks. Nicht tief genug. Bächlein. Sonne und Wolken schön abwechselnd, ist immer was geboten.

»Ich bin froh, dass ich durch den Job eine Regelmäßigkeit habe. Früher … da hing ich nur so rum, weißte …«

»Vanessa, das hört sich an, als wärst *du* neunundvierzig und nicht ich. In *deinem* Alter ist das doch normal, rumzuhängen, oder?«

»Wir fangen halt eher an.« Süßes Lächeln. Vielleicht können wir sie mal als Model einbauen.

»Auch wenn ich vom Land komme, bin ich nicht völlig unbedarft. Ein paar derbe Sachen habe ich schon erlebt.«

»Ich habe nichts gesagt! Vor allen Dingen nichts bestritten. Und was habt ihr für Dinger gedreht?«

»Tja, Dinger gedreht ... immerhin mal ’n Auto geklaut. Mit ein paar Freunden. Das heißt, eigentlich nur geliehen. Trotzdem, das war krass! Die Bullen waren hinter uns her. Wir konnten sie gerade noch mal abhängen. Danach habe ich gedacht, ich muss was ändern. Echt!«

Den Bullen abgehauen? Ob das stimmt. Muss sie selber bei dem Gedanken ungläubig lachen. Hätte ich ihr jetzt nicht zugetraut, überhaupt Leuten ihrer Generation nicht, die wirken alle so ...

»Das liegt zum Glück hinter mir. Ich bin vernünftig geworden.«

»Ach, vernünftig?!«

»Oh ja. Jetzt das Praktikum bei euch. Und vielleicht ein Studium anfangen, Kommunikationsdesign oder irgendwas mit Marketing. Wenn ich nicht direkt irgendwo einsteigen kann.«

Fängt sie schon wieder an?

»Du verstehst dich nicht mehr gut mit Werner, oder?«

»Wie bitte? Wie kommst du denn darauf?« – – ·· – –

»Na. Das ging rum.«

Das ging *rum*? Wo ging das rum? Wissen jetzt die Praktikanten Sachen, die ich nicht weiß? »Vanessa, da kann ich dich beruhigen, Werner und ich, wir stehen so.« Zeige- und Mittelfinger, wie aneinander gewachsen. Siehst du, wie es wirklich ist? Zwei wie Pech und Schwefel, vier Fäuste für ein Storyboard, Werner und ich, wir können nicht ohne einander. – – ·· – –

»Dann ist ja gut.« Klar. Schmerz muss sein. Weil ich nichts für sie tun kann, will mir durch die Hintertür einen reinwürgen. Oder gibt es wirklich eine Verschwörung? Aber wer? Werner selbst, Aggi, Josh, Reinhard, und, na ja, Mechthild, so recht ... glaube ich nicht, traue ich keinem zu, irgendwie. Die Stimmung ist stets recht gut gewesen und alle weitgehend okay miteinander. Jetzt alle hier antanzen lassen und einen nach dem anderen zur Rede stellen, Lügendetektor, das wär's: *Sag die Wahrheit, sonst ... wird irgendwas abgeschnitten. Deiner freien Wahl.* Aber ist Unsinn, Vanessa kann man nicht ernst nehmen, die erzählt viel, wenn der Tag lang ist. Auch wenn der Tag kurz ist, die hat überhaupt keinen Einblick. Einblick haben nur Aggi, Werner und ich, die anderen wissen nichts, wissen von gar nichts was. Wenn hier jemand was verheimlicht, dann sind es Werner und Aggi. Ganz klar. Vanessa hat natürlich Interessen. Wie Aggi sie vorgestern so angegiftet hat ... Werner und Vanessa. Unwahrscheinlich. Oder doch? Vielleicht sind sie ein Paar und verstecken es vor uns. Konspiration, Verschwörung, Intrige. -- ·· --Josh hat Recht, das Böse lauert überall.

»Was ist los, Jo?«

»Äh ...« Verdammt, die Tasse, voll aus der Hand ... und alles aufs Hemd, Cappuccino, ausgerechnet, was für eine Sauerei ...

»Du bist ja ganz bleich. Geht's dir nicht gut?« Das ist, das ist nichts. Die Tasse hinstellen, die Hände ruhig halten, alles ganz langsam und geordnet. Geordneter Rückzug.

»Das ist ... nichts. Kleiner Schwindel. Das habe ich öfter. Das hatte ich schon immer. Schon als Kind hatte ich das ab und zu. Ich geh mal aufs Klo.«

»Vielleicht besser.«

Wo geht's zu den Toiletten? -- ·· --Jetzt nicht lang hinschlagen, Ohnmacht, Kollaps, Zusammenbruch ... Das war schon, einen Moment war alles nur noch weiß. Oder schwarz? Da hinten, alle Cafés sind gleich oder wenigstens ähnlich. Zumindest, wenn man cool ist und sich auskennt. Wo sind sie? Hier Brusttasche,

Tablette, spülen mit Kranwasser, Vanessa hat das natürlich gemerkt. Ob das mit Werner und der Sache zusammenhing? Oder der Körper? Das Saufen … Nun, hier bin ich wenigstens allein. Allein auf dem Klo. Ruf ich gleich mal Werner an, warum denn nicht. Werners Handy. Das kostet mich rein gar nichts, mach ich glatt, mach ich direkt. Mist, keine Verbindung. Wozu gibt es diese Scheißteile, man erreicht nie jemanden. Ist er wieder in der Sauna? Oder hat sich noch mal pennen gelegt, bei dem Kater, den er haben muss. Viel schlimmer als ich. Jetzt mache ich auch weiter. Mal im Hotel fragen, die Nummer … Hatte ich doch gespeichert, für alle Fälle.

»Ja, hallo, ich wollte noch einmal nachfragen, ob Herr Johst inzwischen zurück ist?«

»N-n-nein, tut mir leid.«

»Hat er irgendeine Nachricht hinterlassen?«

»Nein, leider nicht.«

»Richten Sie Herrn Johst und auch bitte Frau Ziegler unbedingt aus, mich anzurufen, wenn einer von beiden ins Haus kommt. Winkler war der Name.«

Das gestrige Gruppenbesäufnis hat alle auseinandergesprengt. Jeder seines Weges. Keiner weiß vom anderen. Außer dass wir später ins Kasino gehen wollten, irgendwann, keine Zeit ausgemacht, allmählich wird das immer sinnloser. Bin hier echt abgemalt. In dieser ätzenden Kleinstadt, Seniorenghetto. Vanessa langweilt sich auch. Das sieht man ihr an.

»Und jetzt? Was macht man nur in dieser Scheiß-Stadt?«

»Wir können ins Kino gehen. Wenn sonst nichts geht, Nachmittagsfilm, irgendwas.«

»Keine schlechte Idee. Geht die Zeit wenigstens rum. Bis Abendessen und Kasino anstehen.«

»Ach ja, Kasino. Super. Ich war noch nie in einem.«

»Ich glaube, bis vor kurzem durftest du noch gar nicht.«

»Wieso?«

»Ist erst ab achtzehn.«

»Manno, ich bin schon seit mehr als zwei Jahren nicht mehr achtzehn.«

»Na, dann …« Langsam geht's mir besser, bestimmt die Tabletten. Was täte ich nur, wenn die mal versagten. Nicht da wären. Nicht mehr hergestellt, nicht mehr bezahlbar, irgendwas.

»Wie fandest du's?«

»Geht so. Viel Geballer, Story egal.«

»Nicht ganz deine Altersklasse, was?«

»Unsinn. Ich guck mir alles an, auch Science-Fiction.«

»Aber die Raumschiffe waren geil. Wie die da durchs All schrabbten, riesig groß. Und als die beiden gegeneinander krachten, das wirkte voll wie … wie unheimlich viel Gewicht.«

»Vanessa, Computer, alles Computer.«

»Echt?! Und ich dachte, die hätten das live gefilmt. Da oben!« Ihr Zeigefinger triumphiert zum Himmel. Hat durchaus Witz, die Kleine, könnte mir glatt gefallen, loses Mundwerk. Trotzdem, computergeneriert, das ist für die so normal, dass sie gar nicht mehr nach echten Bildern fragen, ist das denn wirklich gestrig? Die alten Filme, Schwarzweiß, Licht und Schatten, ausgefeilte Bildkompositionen, das hatte schon was, jede Einstellung minutiös und extra ausgetüftelt.

Die Dämmerung, das haben wir immerhin geschafft. Und den Weg zum Hotel auch, das war nicht weit, immerhin gut gelegen, die Bude. Runtergekommene. Bin mal gespannt. Aha, Werners Schlüssel ist da. Gleich anrufen. Nee, nichts, sein Telefon ist und bleibt ausgeschaltet. Dann eine SMS, nicht lockerlassen. Aggi und Josh? Ebenfalls außer Haus.

»Also, Vanessa, was meinst du? Treffen wir uns auf jeden Fall um halb acht in der Lounge? Und probieren bis dahin weiter, die anderen zu erreichen?«

Eine Dusche. Sofort. Raus aus den Klamotten. Hinschmeißen, wohin sie fallen. Margie ist ja nicht da. Die Brause funktioniert gut, besser als zu Hause. Voll heiß aufdrehen. Aua, doch zu heiß, alles zurück. So heiß, wie es gerade geht. Alles abwaschen, wegspülen. Diesen ganzen Horror, diese ständige Anstrengung, diese horrormäßige Anstrengung. Nie mehr aufhören zu duschen. Heimat, Geborgenheit, Mutterleib. *Mama, darf ich wieder rein?* Guter Clip, ein Kind, das sein Müsli nicht mag, bis es das supergeile *Wellnbacher*-Müsli bekommt. *Das kriegst du jetzt jeden Tag! – Dann bleibe ich doch hier!* Müsli und Milch, die Gesundheitsattacke. Calcium und Vitamin B12. Könnte ich auch gebrauchen. Jede Menge davon. Vielleicht im Koffer, Nahrungsergänzung hatte ich eigentlich, als ich in Moskau war, hatte ich da den Koffer mit, gleich mal nachschauen, wenngleich, so auf die Schnelle bringt das nichts. Müsste man erst zwei Wochen lang nehmen, dann erst. Vielleicht. Manchmal denke ich, das ändert gar nichts. Nimmste voll diszipliniert deine Brausetabletten jeden Tag, merkst aber gar nichts, alles wie sonst. -- ·· -- Gut, das reicht. Viel besser jetzt. Die Lebensgeister. Die Lebensgeister geistern. Geistern wohin. Margie. Immer noch nicht. Nein, jetzt nicht. Was sagt denn der Fernseher? Und Zigarette! Hab nach dem Kino noch gar keine geraucht. Keine einzige. Da wird's höchste Zeit. Aaaah, so lässt sich's leben. Wer sagt's denn, Nachrichten.

»Ein neuer Armutsbericht der Bundesregierung hat ergeben, dass die Schere zwischen Arm und Reich immer mehr auseinander klafft.« Das ist ja mal eine Überraschung. Also wirklich, das ist, wenn man ein klein wenig mit offenen Augen, aber die Politiker, die, mit offenen Augen durch die Stadt? Auf Schritt und Tritt Leute in Jogginghosen, besifft und beschmiert, speidick wie groteske Ballons, das Michelin-Männchen ist herabgekommen, in deinen Körper reingefahren, und jetzt ist die Haut nur eine lose Hülle, grob drumherumgepackt, Heere, wachsende Heere von Ausgemusterten, voll am Arsch mit der abgesenkten Stütze oder den miesen Jobs, die kaum drüber liegen, keine Chance nirgendwo. Seit Mitte der Neunziger ist das angeschwollen, kontinuierlich, konnte man bei zugucken, nur für Blinde war das nicht, das ist der Weg der globalen Wirtschaft, zwangsläufig, naturgesetzlich. Wer sollte daran etwas ändern, Politiker, Gewerkschaftler, Verwaltungsfunktionäre, wer beißt die Hand, die ihn füttert? Kirchen, Betschwestern und Sozialtussis mit ihrem frommen Augenaufschlag: Raubtierkapitalismus – böse! Auch so Nikoläuse mit ihren Winzruten vorm Riesenwirtschaftspanzer. Vergiss es, vergiss es einfach, kannst nur dafür sorgen, auf der richtigen Seite zu stehen. Der Seite derer, die was haben, sonst aua-aua.

Apropos. Laptop an. Milchmilchmilch. Das ist wirklich eine interessante Alternative: *Bio-Milch – meine Stärke*. Mehr sportlich ausgerichtet für die urbanen, körperbewussten Fitnessapostel. Super. Kraftstudio, überall Geräte, dann am besten 'ne Frau, keine Bäuerin, leicht geschwitzt, mit einem Handtuch im Nacken, labt sich an kalter Bio-Milch. Ich müsste kotzen, wenn ich in so einer Situation Milch tränke. Tja. Die meisten anderen auch. Aber das wissen die Milchleute nicht, dürfen sie nicht, Frau Segebrecht, die glauben, Milch ist ganz großartig, gesund, frisch und jeder will sie haben. – – ‥ – – Ich glaube, das ist es. Ist es wirklich. *Als die Polizei erlaubt* ist zwar besser. Aber. Das kriegen wir niemals durch, Frau Segebrecht, die ist selbst so was wie die Polizei, die erlaubt das nicht, viel zu wenig seriös … Gerade deshalb ist es gut, aber

Schwamm drüber … Ist nun mal kein Wunschkonzert, für sie ja, für uns nicht.

Bio-Milch – meine Stärke. Ich bin begeistert und mag mich. Ein Arbeitstier, wenn ich nichts tue, laufe ich heiß, dann geht's mir schlecht. Man muss nur duschen, unter der Dusche sprudeln die Einfälle. Und nicht nur das Wasser.

Das Handy, wo? Da, ah, Werner.

»Heja Safari, Winkler.«

»So aufgeräumt? Also gestern Abend …«

»Gestern Abend war gestern Abend. Neuer Tag, neues Glück, wie du weißt.«

»Und? Was haste heute Schönes unternommen?«

»Ach, dies und das.« Da kann ich mir jetzt dies oder das drunter vorstellen, nämlich nichts. Dieses heiße Pflaster, das uns unendlich viele Möglichkeiten bietet. Im Moorbad und dann Massage, Wellness-Programm, oder sich durchmassieren lassen von einem Ex-Catcher, Ganzkörpermassage – – ⋯ – – ⋯ – ·· – – Nicht, was du jetzt denkst, aber warum nicht, vielleicht gerade, vielleicht hat er die Brasilianerin angerufen, da hätte ich mich eigentlich, das wäre wirklich, aber wozu klagen, ich war ja versorgt. – – ·· – –

»Du warst echt hinüber, hab ich bei dir noch nie erlebt. Bedanke dich bei Schwester Aggi und mir, deinem kleinen Bruder. Ohne uns wärst du in der Gosse erwacht!«

Wie, er lacht nur? So lustig war das gar nicht. Blöde Schlepperei. Hätten wir ihn mal liegen lassen, hätte er sehen können, was er davon hat.

»Lass uns um acht im Foyer treffen, Winkler. Ich sage allen Bescheid. In Ordnung?«

»Okay.«

»Wir können dann essen, später in die Spielbank. Ich habe mich erkundigt, die haben heute bis sechs Uhr morgens auf, wegen des

Formel-1-Rennens in Asien, das wird am frühen Morgen live übertragen. Dann ist da noch Party.«

»Hört sich gut an. Da können wir ja Haus und Hof verballern!«

»Bis später, Winkler.« Hm, später. Ja. Margie anrufen, ob sie inzwischen zurück ist? Sofort dran. Hat wohl darauf gewartet? Oder auch nicht, ziemlich dichter Hintergrundsound.

»Hi, Schatz, wo bist du? Wieder in Köln?«

»Ich bin im Klii- ... in der Südstadt.« Was? Irgend 'ne Kneipe, echt zu laut, man kann, schreit dermaßen, mir tierisch ins Ohr. Was? Trotzdem. Nützt nichts, geh mal raus, dieser Lärm da, Gerede, Gläserklirren, Gelächter. Was? Was?

»... heute ... gegessen ... draußen dann Marcus getroffen ... Also hier isses ...«

»Ich kann dich kaum verstehen, Schatz, tut mir Leid.« Marcus getroffen, dachte ich mir. Wenigstens ist sie guter Dinge, hat anscheinend ein bisschen getankt. Das erspart mir weitere Vorwürfe, immerhin habe ich mein Versprechen gehalten ...

»Schatz, hör, ich rufe dich morgen früh an! Jetzt macht es keinen Sinn.«

»Okay! Bis morgen!«

Zappen, *my life*. Der große Bilder-Cocktail, ich bin der Regisseur, was habt ihr zu bieten für den großen Max? Aha, Tierfilm, gigantische Gnus, die sicher stinken wie die Seuche, wälzen sich im letzten Wasserloch in der Savanne, gleich wird alles austrocknen und dann ist Darben angesagt, kennen wir, in- und auswendig, was ist das? Spielshow, es geht um, pah, lächerliche 1500 Euro. Und hier? Ein Werbe-Special, immerhin. Clips aus aller Welt. Um zum hunderttausendsten Mal zu beweisen, dass woanders alles viel lustiger, lockerer, besser ist. Nicht so lahmarschig wie die Werbung in Deutschland. Wie ja alle immer nicht müde werden zu betonen ...

Die möchte ich mal mit dem Marketingleiter eines deutschen

Mittelstandsunternehmens verhandeln sehen. Frau Segebrecht. Die Deutschen sind nun mal nicht witzig, kein Humor, beziehungsweise ein ziemlich beschissener, Tatort-Gags, Der Schuh des, WiX-Xers, worüber der Deutsche lacht, also. Müssen wir uns nach richten, wir sind keine freien Künstler, die jeden Scheiß zu Geld machen können, wenn sie nur ordentlich einen reingeheimnissen, *ähem, ich wollte damit auf den mythischen Urgrund der kryptogermanischen Seele* und so Zeug ... Idioten. -- ·· -- Was ist das denn für ein Vogel? Ganz gelbgrün, kenne ich nicht. Willst du nicht mal schlafen gehen? Vögel müssen doch ins Bett, wenn die Sonne untergeht. -- ·· -- Dieser Scheiß-Husten. Kann der verdammte Arzt mir nicht irgendein Medikament geben, und dann ist das weg? Das Spray wirkt auch nur bedingt, dämliches Geplärr, Trailer, die nächste Sendung, *Gleich!* Oder *Morgen früh!* Oder *In zwei Wochen, abends.* Seuche. Für wen machen die das eigentlich? Kann niemand ertragen, keiner kann das. Denen wahrscheinlich egal, einmal eingeschaltet zählt es bereits, Einschaltquoten, goldenes Kalb der Moderne, alles dreht sich um die Prozentanteile von 1200 ausgewählten Nutzern oder wie viele waren das noch? Für jede soziologische Studie wäre das ein lausiger statistischer Sockel, für uns auch. Wenn du nur einem Teil von 1200 Leuten dein Produkt verkaufen kannst. Und draußen? Dunkel, das fahle Licht der Nachtlaterne, fahle Milch der Nacht, starke Milch der Nacht, he, das klingt wie ein Gedichtanfang, soll ich damit auch noch beginnen? Zigeunerin, ähm, Romafrau ... Wie aus dem politisch inkorrekten Bilderbuch entstiegen. Stiefelt mit Kind vorbei. Kind im Wickeltuch, schaut. Was denn? Nee, danke! Die will bestimmt Geld. Bettelt garantiert bis in den zweiten Stock hoch. Hier im dunklen Zimmer erkennt sie mich vielleicht gar nicht. Ich kann sie sehen, aber sie mich nicht. Oder? Sie krümmt den Zeigefinger, als riefe sie mich. Von wegen, ich komme wohl extra runter. Damit sie mir die

Zukunft aus der Hand liest. Könnte ich momentan allerdings gebrauchen, nur die guten Nachrichten bitte! Wer sagt's denn, schon fast acht. Die Abend-Pille, vorsorglich, und los.

Pow-Wow im Foyer. Aggi, Werner, Vanessa, Josh. Aufbruch, Hunger jetzt.

»Und Reinhard?«

»Er ist abgereist.«

Abgereist. Na ja, wen wundert's. Fünf Leute. Kärglicher Rest: »Hast du mit ihm geredet?«

»Ganz kurz.«

»Was hat er gesagt? Hat er sich entschuldigt?«

Er grinst wie ein Versicherungsvertreter, aber echt: »Winkler?! Du kennst doch Reinhard!«

»Und jetzt?«

»Er ist halt weg.« Stillschweigende Kündigung? Wohl nicht mehr nötig. Werners Auge schimmert in Grün und Blau und Gelb, beeindruckende Farben.

»Dein Veilchen müssen wir festhalten. Mit Mega-Zoom.«

»Mach ich mir 'n Bildschirmhintergrund draus.«

»Tapete.«

»Poppig.«

»Sixties-Tapete.«

»Schlagen wir los wie brennende Hamburger!«

»Wie was?«

»Kennst du das nicht? Das...«

»Hallo, Kommando links schwenkt!«

Kommando ist gut, fünf Nasen, der Feind hat uns größere Verluste beigebracht, brauchen wir nicht mal reservieren. Wohin? Oh nein, wieder der böhmische Laden, hätte ich mal vorher gefragt,

Werner ist schon drin, die anderen gleich hinterher, ist denen denn alles egal? Nee, aber, allein jetzt, auf eigene Faust, das ist schon langweilig genug hier. Dann eben böhmisch, in Herrgottsnamen, dann will ich voll die Schweinerei, Knödel mit saucetriefendem Braten.

Die Brasilianerin arbeitet wieder, wahrscheinlich ist Werner deshalb hier hin. Hab bestimmt Recht, er hat eine kleine Liaison mit ihr, das ist mir einer, ganz im Stillen, kommt zum Zug und sagt keinem was. Anmerken lassen sie sich nichts, beide nicht. Im Gegenteil, auffällig brav heute, Werner, keinerlei Baggerversuche. Verständlicherweise, mit dem blauen Auge wäre das ziemlich absurd. *Ich bin in der Dusche ausgerutscht, aber wir können trotzdem Freunde werden.* Freunde fürs Leben. Kann ich eigentlich an seiner Stelle, bin aber nicht recht in Stimmung, gar nicht recht. Alle nicht besonders gut drauf, wortkarg, runtergefahren, zu viel passiert. Das Schiff und ... Kein Wort zu Reinhards unrühmlichem Abgang. Als gäbe es ihn nicht, hätte es ihn nie gegeben, hat es ihn denn gegeben? Jeder ist ersetzbar. Vanessa hofft wahrscheinlich, dass *sie* Reinhard ersetzen kann. Genau. So wird's sein. Deswegen das, heute Morgen. Sie ist gar keine Grafikerin, warum sollten wir stattdessen den Textbereich ergänzen, da wäre wohl eher Josh an der Reihe, seine Trainee-Geschichte läuft bald aus, dann braucht er einen Job. Hab ich gar nicht daran gedacht, vielleicht war das sein Plan. -- ·· -- Reinhard wegkicken, selber nachrücken, für ihn hätten wir schon Verwendung, auch wenn er nervt. Ewig könnte ich die Fresse nicht um mich haben, mies gelaunt, jetzt zum Beispiel, maulig, ekligen Touch hat er sowieso. Und Aggi? Abwesend. Desinteressiert. Was hat sie heute gemacht? Nichts. Hier sitzen wir und spielen Beziehungsschach, keiner verrät mehr als nötig.

Ah, das Essen. Unsere schöne Brasilianerin mit 'ner Zirkusnummer, überall hat sie Teller, nur die drehen sich nicht. Hat das Kellnern wohl von der Pieke auf gelernt oder wie habe ich das? Ich könnte es nicht, sie ist schon wieder nach hinten gehuscht, geschmeidige Bewegungen, super, dem gesamten Tresen fallen die Augen raus. Was hat die wohl hierher verschlagen, Katalog-Heirat? -- ·· -- Dann geht die Geschichte voll in die Hose, sie haut ab und knechtet in dieser Kneipe, was immerhin besser ist als zu Hause in Brasilien am Hungertuch zu nagen. *Baby, ich rette dich, ich nehme dich mit nach Köln, als Zweitfrau.* Oder? Erstfrau ... na, Margie sollte ich schon noch behalten, wenngleich sich diese Dritte-Welt-Leute für nichts zu schade sind, die würde putzen, kochen, einkaufen, ohne zu klagen und abends schön die Beine breit machen. Einfach eine Frage der Einstellung, so Leute, die machen alles, nur wir, die westliche Welt, wir drücken uns um die ganzen schmutzigen Jobs und überlassen sie anderen, bis für uns gar nichts mehr zu tun übrig ist. Pochen auf die gewerkschaftlichen Rechte, *zu den Bedingungen kann ich nicht arbeiten, für das Geld kann ich nicht arbeiten,* dann sitzen die Polen, Ukrainer, Afrikaner, Türken längst auf diesen Stellen, reißen sich den Arsch auf für ein Butterbrot und sind gut drauf dabei. Gewerkschaften. Pah. Mitgliederschwund, Verteidigung der letzten Pfründe, Bedeutungslosigkeit. Sehe ich alles schon. -- ·· --

Hinter der Theke könnte ich nie arbeiten. Oder am Fließband. Man verödet, die veröden ja alle, Veränderung muss sein, ständig neue Anforderungen, Herausforderungen, sonst könnt ich mich gleich erschießen. Würde ich auch. Guck mal da, jeden Abend die Gläser wienern und die Gestalten vor mir sitzen haben, noch nett sein müssen zu denen, nee, hör mal, also jeder kann nur, was er kann. Niedere Tätigkeiten zuverlässig zu erledigen, ist 'ne Leistung, absolut, dafür musst du geschaffen sein.

Werner wieder Whiskey. Immer noch nicht genug? Müssen wir

ihn wieder nach Hause tragen? Diesmal bestellen wir einen Sattelschlepper. Einen Toast. »Auf die Zukunft unserer Firma!« Wie krampfig, er überhaupt, der ganze Werner, das ist seltsam. – – ·· – – Da ist was nicht in Ordnung, diese zwanghafte Fröhlichkeit, als wenn er sich selbst nicht glaubte. Und Aggi. Sagt nichts dazu. Schielt auf den Boden, hat sie was verloren? Nein, da ist nichts. Nippt, aber schaut uns nicht an, schaut keinem in die Augen.

»Los, jetzt! Ich will's wissen, ich will spielen!«

»Jo, warst du schon mal in der Spielbank?«

»Nein.« Oder? Nee. In einem Kasino eigentlich nie. Einmal, dieser kleine Club, das war an sich eine ganz normale Kneipe mit Hinterzimmer, wie bin ich da nur reingeraten, Friesenwall, Hinterzimmer, ganz koscher war das nicht, kleiner Gewinn. – – ·· – – Dachte schon, die folgen mir und auf der Straße gibt's was auf den Deckel. Grottiger Klotz, das Gebäude, Gründerjahre, direkt am Fluss. Zwei Livrierte vorm Drehkreuz, nicht unedel, erste Schleuse sozusagen, hier könnten die einen schon aufhalten, wenn man zu bezecht ist. Obwohl: Gewisser Alkoholspiegel muss für die gut sein, denkt man nicht mehr nach, verspielt alles, was man hat, merkt es erst am nächsten Tag, *was habe ich nur getan?* Und? Nee, überhaupt kein Problem. Keiner will irgendwas sehen, irgendwas wissen. Schon spannend jetzt, wie wird das sein? Wie sieht das aus. Die Livree, wahrscheinlich gehobenes Ambiente, nicht gerade Musikschiff, Mallorca muss leider draußen bleiben.

»Josh, hast du dein Mainboard mit? Kannst du das Roulette cracken?«

»Ich werde es versuchen, das schwöre ich.«

»Dann wirst du berühmt! Und reich, die Software kannst du überall hin verkaufen.«

»Wo sind denn Aggi und Werner geblieben? Die waren eben noch hier?«

»Keine Ahnung. Sind irgendwie zurückgefallen. Vielleicht bahnt sich da was an.«

»Jahrelang arbeiteten sie zusammen. Aber auf einem Betriebsausflug funkte es endlich!«

Abgedunkelter Schacht, überall mit Teppich ausgelegt, komischerweise nicht nur die Böden, sondern auch die Wand. Wie eine Gummizelle, genau, das macht Sinn, wenn die Verlierer in ihrer Verzweiflung mit dem Kopf dagegenrennen, tun sie sich nicht weh. Wenigstens keine Beulen, der Ruin ist schlimm genug. Da geht's los, Foyer, alles blinkt und blitzt, Geldspiel-Automaten, all die Melodien, und wie sieht das da aus? Einzelne Anzugträger, Frauen, jetzt nicht allzu gestylt. Wow, der Zigarettenrauch ist unglaublich dicht, wie Morgennebel. -- ·· -- Die Apparate sind abgefahren, Raumschiffarmaturen, da sitzt man sich paarweise gegenüber, tiefer gelegt, Typ Gynäkologen-Stuhl, *Mr. Sulu, Traktorstrahl einschalten - Ay, Käpt'n,* auch die Lightshow hat was von Outer Space.

Wo sind jetzt die anderen? Schon die Treppe hoch, da lang, da wollen wir hin, Atmosphäre, Upper Class, Eleganz und Stil, ich will fette Zigarren sehen, hundert Euro pro Stück. Vanessa steht noch da, hat sie auf mich gewartet, wie nett, ist Josh schon drin? -- ·· -- Langsam den Aufgang hinauf, wieder dieser dicke, rote Teppich, schluckt unsere Schritte, auch so ein Signal, alles edel, alles ruhig, große Stille umgibt dich, kein Grund zur Aufregung. Vor allen Dingen seriös. Seriös ist das zentrale Wort. Im Kasino Bad Neuenahr wie bei Frau Segebrecht. Halt im Gegensatz zu meinen Zockern im Hinterzimmer, eben nicht diese Nummer, du kommst raus aus dem Kasino und dann rauben die dich aus, das gab's in einem, kenne ich doch, dieser Film, schwarzweiß, komm nicht mehr drauf, wer spielte mit, wie hieß der, nein, Marmorwände, klar. Holzverkleidungen, Intarsien und eingelassene Spiegelrauten, mein Konterfei taucht auf und verschwindet wieder, regelmäßiger Rhythmus, hallo, wer bist du, das Gesicht ändert sich von Spiegel zu Spiegel, wenn du rausgehst und dir Stufe für Stufe bewusst wird, wie viel du verloren hast. Am Ende ein Bild des Jammers. Sicher sind hier Kameras, überall. Sie beobachten uns die ganze Zeit, dieses Spiegelkabinett, da sitzen die Kasino-Detektive drin und checken uns, winkewinke, wenn ihnen meine Nase nicht gefällt, sortieren sie mich aus?! Nee …

»Endlich. Hier ist der richtige Eingang.« Eher eng, nur die beiden Ledersofas da machen was her. Ebenfalls für die Bankrotteure, wieso denke ich die ganze Zeit an Verlierer, ich spiele System, ich werde als reicher Mann hier rausgehen … Die sacken einen Meter tief ein und wissen direkt, es ist vorbei, am Ausgang hilft nur noch die Kugel. Die müsste eigentlich auch gestellt werden, wäre nur fair. Josh hat schon angedockt, Eintritt? Na, warum das denn? Ich denke, wir lassen unsere Kohle an den Spieltischen. Er ist durch, Vanessa jetzt.

Was gibt es denn jetzt da für ein Problem, die Kleidung? Der Mickey-Mouse-Pullover ist allerdings wirklich nicht gerade …

»Wieso das denn? Ich bin über achtzehn.«

»Nein, ohne Ausweis können wir Sie nicht reinlassen!«

Sie hat ihren Ausweis nicht dabei, das hätte sie sich denken können. Mädchen, das musst du wohl, ich kann mal nachfragen, Erziehungsberechtiger sozusagen, Terz machen ist unsinnig. Kann man doch verstehen, immerhin geht es hier um viel Geld, Personalien wollen die wissen, wir könnten den Laden ja auch ausräumen wollen.

»Können Sie nicht mal eine Ausnahme machen? Ich bürge für die junge Dame. Sie ist Praktikantin in unserer Firma!« Nee. Da geht nichts, die Frau schüttelt den Kopf, bleibt knallhart. Jetzt reg dich nicht auf, sonst lassen sie dich gar nicht mehr rein: »Ist doch nicht weit! Du gehst zum Hotel, holst deinen Perso und kommst nach!«

»Verdammte Scheiße. Echt.« Mit der Faust auf die Theke, selbst wenn sie mit Ausweis wiederkommt, das wird nichts, garantiert Hausverbot wegen ungebührlichen Benehmens …

»Bis gleich!«

»Das muss ich erst sehen, ob ich hier überhaupt rein will …« Das wäre aber schade. Wo wir uns gerade erst kennengelernt haben, eine Nacht haben wir noch, wenigstens etwas Nettes in Bad Neuenahr, etwas, woran man sich später erinnern kann …

Leibesvisitation, wird man abgeklopft wie in Problemdiscos, was für Pranken, mammutgroße Anabolika-Opfer, geht es um Waffen? Narbige Glatzenfresse, komisches Tattoo im Nacken, die Zahl 18, wenig schmückend. Hieß das nicht irgendwas? Doch was?

Aber wir haben keine Waffen dabei und sind auch sonst okay. Offizielle Erlaubnis zum Ruin, vielleicht sollten die eher den psychischen Zustand der Leute kontrollieren. Werden sie bestimmt nicht tun, ohne die Spielsüchtigen könnten die Kasinos dichtmachen. Hier drinnen ist es aber … enttäuschend. Das Interieur gibt nichts her, ich denke, ausladende Säle, von Licht durchflutet, wurmstichige Spiegel mit Schnörkel-Deko, massenhaft Roulettetische, eine nervöse Menge, mondänes Setting, Knallen der Kugeln, ausrastende Gewinner, tobende Verlierer, nichts dergleichen. Eher … wie der Frühstücksraum unseres Hotels. Ein Dutzend Tische, nicht mal alle in Betrieb. Ist das nicht einigermaßen bekannt, Bad Neuenahr, dachte, das ist 'n Riesenteil, und jetzt so schmal und schmierig, das Publikum, gute Güte … Dorfkirmes oder was: Freizeitanzüge, Schnurrbärte, Goldketten, Tennisgott von Hillesheim trifft Sinziger Weinkönigin. Falsche Zähne, falsche Haare, falsche

Ärsche. Sind das die Reichen von Deutschland? Da kann es nur noch abwärts gehen.

Überall Fernseher, wegen des Rennens, bereits Vorberichterstattung. Erst mal was trinken. -- ·· -- Immerhin: Bad Neuenahr lockt mit ausgesprochen netten Barfrauen. Thai? Oder Vietnamesin? Macht eh keinen Unterschied, gib mir ein Getränk, gib mir Sekt!

»Sind Sie wegen Formel Eins da?!«

»Aber nein. Ich will Haus und Hof verspielen. Ich gehe hier nicht eher raus, bis ich nicht bettelarm bin.«

Sie lacht: »Ein Glück! Die Renntage sind gar nicht schön, wenn alle bis sechs Uhr hier sind und ganz besoffen werden, hihi.« Hm. Muss leider weiterarbeiten. Immer dasselbe, mit einer Theke zwischendrin, diese Unterbrechungen, das ist schwer. Dafür gucken. Scharf. Ganz grazil und trotzdem ... toll gebaut, das Paillettenkleid glitzert, eng wie eine Wurstpelle, die würde ich gerne mal abrollen. In Sachen Asien bin ich noch unbefleckt, da auch. Mal sehen, der Sekt ist sowieso alle, ein neuer muss her.

»Kann ich Ihnen vielleicht ein Glas spendieren?« Na? Lacht, zwinkert, wer sagt's denn? Gar nicht gedacht, fein, wer weiß, meine gewinnende Art.

Da sind Aggi und Werner ja.

»Wollt ihr auch was trinken?« Nichts, schieben wortlos vorbei, Aggi nach rechts, hinten zum Black Jack, wo Josh rumlungert, Werner nach links, direkt Richtung Chipkauf. Welche Laus ist denen denn über die Leber gelaufen.

»Ziemlich krass.«

»Schon.« Die fette Mamsell neben uns, was hat sie da an, Küchenschürze? Und diese hässliche Dauerwelle, die Hornbrille, der

Gesichtsausdruck voll verschärft, Haie der Großstadt, das ist hier die Richtung, aussehen wie Hack, zocken wie ein Profi. In drei Spielen mindestens fünfhundert Euro verloren. Teilnahmslos. Woher hat jemand, der so aussieht, derart viel Asche? Schon wieder ein Hunderter-Chip auf Zahl, als wäre es nichts. Ist doch ein Hunderter, oder? Die großen Grünen, das sind die Hunderter … Verdoppelt sogar. Spiel, nichts geht mehr, drrrr, bang, weg ist die Kohle. Nicht mal dreißig Sekunden. In der Stunde macht das … die Minute vierhundert Euro, sind vierundzwanzigtausend Euro die Stunde. Da braucht man einen Super-Stundenlohn … Jahresgehalt von, wie viel ist das, sagen wir, hundertsechzig Stunden, uff, schwierig im Kopf, hundertsechzig mal, sind eine Null, noch 'ne Null, vierundzwanzig, zweihundertvierzig, zwei Millionen vierhundert, dazu sechzig mal sind hundertzwanzig, vierundzwanzig, hundertvierundvierzig plus zwei Komma vier, nee, eins Komma viervier plus, macht … drei Komma achtvier Millionen Jahresgehalt … Der Typ daneben genau das andere Extrem. Bepflastert das gesamte Spielfeld. Rot, schwarz, *pair*, *impair*, alle Zahlen inklusive Null, bloß nicht verlieren. Natürlich hat er jedes Mal paar Gewinne dabei, aber bei dem Einsatz bleibt er gleichwohl immer im Minus. Eigentümliche Methode, gebremster Absturz oder ist da irgendein Trick bei?

Soll ich auch mal? Genau genommen sind wir deswegen hier. Ab zum Geldwechsel.

Rot ist meine Lieblingsfarbe. Rot wie die Liebe. Ein Zehner … schwups – ist er weg. Noch einen. Ich bleibe bei Rot. Aber sicher. Eine gewisse Treue muss sein. Ohne Treue keine Liebe, ohne Liebe kein Glück. Ja, nicht diese Treue. Schafstreue. Ochsentreue. Ab ins Joch und weitermarschiert. Nein. Nein. Nein. Wieder nichts. Rot ist nicht mehr meine Lieblingsfarbe. Vielleicht mal auf ein Karree … ha, wieder in der Gewinnzone. Also noch mal Karree. Und auf Rot.

Ich will mit Rot gewinnen, wenigstens einmal. Mein Rot. Margies Rot. Unser Rot. Na, endlich. Rot ist ein Treffer. Aber Karree war diesmal nichts. Nun. Rot und *impair*. Gerade ist eben blöd. Immer dieses Gerade. Geradeaus fahren. Geradeaus denken. Da kommt man zu nichts, ungerade ist viel besser. Immer der Querweg, der Umweg, Zickzack, tja, aber beim Roulette, da heißt das nichts. Na, Klasse, schon mehr als die Hälfte weg vom ersten Hunderter. Noch ein Versuch. Rot. Da lasse ich nicht mit mir reden. Na, also. Kleine Pause. Man muss es nicht übertreiben, ein Fünfziger Verlust. Bisschen Schwund ist immer. Aber wir haben ja Zeit.

»Hast du Werner gesehen?«

»Sicher. Da hinten.«

»Nee, was er macht.«

»… ?«

»Der spielt am Tisch ohne Limit. Und verliert in einer Tour, aber frag nicht nach Sonnenschein.«

»Wer viel wagt, der viel gewinnt.«

»Der verspielt eure Firma, du Idiot.«

»Eure? Wieso eure?«

»Ja … unsere.«

»Mach dir mal keine Sorgen. Er ist alt genug.« Will sich der kleine Josh etwa als Aufpasser gerieren? Auf wen oder was könnte der aufpassen?

»Ich mach mir keine Sorgen. Ganz im Gegenteil. Ich bin bester Dinge.«

»Wie schön.«

»Geradezu überschwänglich. Ich bin sogar bereit, dir einen auszugeben.«

»Du? Mir? Hast du gewonnen?«

»Nee, aber was zu feiern. Ich hab gerade eine sehr gute Nachricht gekriegt.«

»Und? Was ist es? Hauptrolle im nächsten Hollywood-Blockbuster?«

»Nicht ganz. Aber immerhin. Und, ein Sekt?«

»Ehe ich mich schlagen lasse.«

»Zwei Sekt für uns, bitte. Und … äh … darf ich Sie vielleicht auch auf ein Gläschen einladen? Geben Sie uns ruhig eine ganze Flasche und drei Gläser, ja?« Was hat der vor? Das ist mein Flirt! Ganze Flasche Sekt, hier im Kasino. Das muss ein sehr, sehr gute Nachricht sein, Lottogewinn?

»Nein, danke. Ich muss arbeiten! Ich bin schon von Ihrem Freund eingeladen worden, wenn ich noch einen, ha, dann kann ich das nicht mehr.«

»Danke. Ich mach selbst auf …«

»Ach ja, gerne, vielen Dank.«

»Seit wann arbeiten Sie denn hier?«

»Also an dieser Bar hier seit zwei Jahren. Ich bin aus Thailand.«

»Aha. Und dort? Haben Sie dort auch gearbeitet?«

Josh ist so ein Trottel, so was fragt man nicht, das muss sie in Verlegenheit bringen, thailändische Bars: »Sicher. Habe ich in Restaurant gearbeitet, auch in Thailand. Ich bin sieben Jahre in Deutschland.« Jetzt bin ich wieder dran, lass mir doch nicht von dem die Butter vom Brot nehmen.

»Aha, sieben Jahre schon. Deshalb sprechen Sie so gut Deutsch!« Was sie wohl in der restlichen Zeit gemacht hat? Studiert jedenfalls nicht, vermute ich mal. Und schon wieder weg. Drei Bauerntölpel, wanken, schwanken, winken, wollen Bier.

»Und Vanessa, wo ist die?« Nicht wieder aufgetaucht. Schade.

»Die kommt nicht mehr. Die hat glaub ich keinen Bock mehr nach dem Zoff von eben.«

Da ist sie wieder. Unterhalten wir uns noch ein bisschen.

»Wie heißen Sie denn, wenn ich fragen darf?«

»Ich heiße Mai.«

»Wie der Monat?!«

»Ja, hihi, genau.«

»Sind Sie von hier? Ich meine, wohnen Sie in der Gegend?«

»In Ahrweiler. Mit meinem Freund.«

Schade, Freund. Obwohl. Ist egal. Wenn alle Menschen auf Seitensprünge verzichteten, wären wir längst ausgestorben.

»Und was machen Sie, wenn Sie nicht hier arbeiten? In ihrer Freizeit?«

»Ah, shoppen geh ich gerne.«

»Ah … shoppen.«

»Sechs Bier bitte!« Wieder die Rennfans. Leider. Mal sehen, vielleicht halte ich durch bis zum Ende. Wenn sie frei hat. Begleite sie nach Hause. Ach, geht ja nicht, da ist ihr Freund. -- ·· -- Vielleicht ist der gar nicht da heute, auf Geschäftsreise, eher auf Montage wahrscheinlich, sie nimmt mich mit und dann darf ich ihr die Wurstpelle abstreifen, ein super Körper, sie küssen von oben bis unten, sie ist ja auch, mehr eine erwachsene Frau, trotz des zarten Körperbaus, nicht wie Vanessa, wer weiß, was die alles kann. Und Werner?

Sitzt da immer noch. Vielleicht doch mal nach dem Rechten sehen.

»Wie sieht's aus, Werner?« Hört er mich nicht?

»Hi, Werner!« Voll weggetreten. Da macht man einmal einen Betriebsausflug und lernt alle völlig neu kennen. Die weiße Kugel. Nichts geht mehr. Pling. Alles vorbei. Wieder verloren. Er rauft sich die Haare, ist völlig verschwitzt. Was für eine Nummer. Die Croupiers sacken nahezu sämtliche Chips ein, in Windeseile, wie so kleine Rafftiere, Hamster, Frettchen. Wie viel werden das sein, an die zwei-, dreitausend, auf einen Schlag, nur zwei Leute gewinnen paar schlappe Euro.

»Herzliches Beileid.«

»Das hole ich mir wieder. Eine kleine Reserve habe ich noch.«

Wie er aussieht, mehr so apathisch, als sei das zwar bedauerlich, aber nicht weiter schlimm. Nun ja, seine Sache. Obwohl.

»Findest du das schlau? Wie wär's mit Aufhören?«

»Winkler, ich bin alt genug.« Sag ich ja. Merkt man nur nicht allzu viel von. Soll das gesund sein? Sicher muss man als Agenturleiter auch mal zocken, drunter und drüber geht das manchmal, Hochs und Tiefs in rasender Abfolge, Risiko, manchmal muss man fast alles aufs Spiel setzen, dafür kriegt man am anderen Ende ordentlich was raus, der Kurvendurchschnitt muss eben stimmen. Gerade Werner behält sonst immer den Durchblick, weiß, wann er Gummi geben muss und wann er besser zurücksteckt. Aber jetzt?

»Und, Aggi? Gewonnen?«

»Mir reicht's.« Gähnt auch schon. Das gestrige Angebot zu erneuern, hat wohl keinen Sinn. Muss ich heute etwa allein ins Bett gehen, wo ist Vanessa? Im Hotel hockt sie bestimmt nicht, vielleicht kann ich sie finden?

»Warum? Wohin? Schlafen?«

»Mhm.« Nestelt an ihrer Handtasche rum. Das Schminkset, stehen groß ihre Initialen drauf, auf einem Schminkset, eigentümliche Idee, ein kostbares Zigarettenetui oder dergleichen, das könnte ich verstehen. Und überhaupt. Wozu legt sie Make-up auf, wenn sie pennen gehen will?

»Wir schlafen doch nicht, wir sind Werber.«

»Ich kann dein Gelaber nicht mehr hören … ein Typ wie du … also echt …«

»Was meinst du?«

»Du Arschloch. Letzte Nacht ...« Gestern Nacht, ja.

»Aggi, wir sind erwachsene Menschen. Ich dachte, es könnte auch für dich gut sein.« -- ·· --

»Für mich? Mir wird gleich schlecht! Ich rede von Vanessa!«

»Vanessa? Was ist mit ihr?«

»Sie hat's mir erzählt.«

»Vanessa hat dir ...«

»Genau. Dass du sie abgefüllt hast und dann ... Du bist ein solches Schwein. Kannst von Glück sagen, dass sie nicht mehr minderjährig ist.«

Minderjährig, abgefüllt. Schwein. Hä, was ist denn hier los? -- ·· -- Ich glaub, ich werd nicht mehr: »Das ... das ist völliger Schwachsinn. Gelogen ... Das war ... in beiderseitigem Einvernehmen.«

Die glaubt mir nicht. Meint echt, ich hätte die. Ja, was, missbraucht, vergewaltigt womöglich. Klar, den Männern glaubt man nie, braucht nur eine mal so 'ne kleine Andeutung machen ...

»Sie will uns gegeneinander ausspielen.«

Hinterhältige Schlampe, haben wir vielleicht nicht den ganzen Nachmittag nett miteinander verbracht, kein Wort hat sie gesagt, keine Vorwürfe mir gegenüber, hat sich völlig normal verhalten, und jetzt das.

»Das ist glattweg gelogen. Die war heute ... freiwillig, verstehst du, freiwillig, den gesamten Nachmittag mit mir zusammen. Wenn das so schlimm gewesen wäre, hätte sie.«

»Die arbeitet für dich, das ist deine Praktikantin! Hast du überhaupt nicht nachgedacht?«

Bist du vielleicht meine Mutter? Oder Margie? War nicht meine Schuld, bin da nur so ... reingerasselt. »Ich war besoffen. Hab gar nicht gemerkt, wie es passiert ist.«

»Trottel oder Schwein. Wir werden es nie erfahren.«

»Deine Moralpredigten kannst du dir sparen. Hast es ja gesagt, die ist volljährig, also was?! Die weiß, was sie tut. Die will einen Job bei uns, das ist alles. Und du fällst drauf rein. Frauen-Solidarität. Dass ich nicht lache.«

Nichts mehr. Gespräch beendet. Ihr verkniffener Mund, alte Jungfer, genauso sieht sie aus. Ist mir gleichgültig, was sie denkt, beziehungsweise, wenn sie das von mir denkt, dann ist es mir gleich. Aber Vanessa. Die nehm ich mir zur Brust, noch heute Nacht, wenn ich die erwische. Zwietracht säen, noch mehr Zwietracht.

»Okay, das ist alles so ekelhaft, ich gehe. Du kotzt mich an, ihr kotzt mich alle an. Ich nehme mir ein Taxi zum Bahnhof und gucke, ob noch ein Zug fährt.«

»Super Idee. Mach das, Aggi!« Toller Abgang. Tasche über die Schulter, kein Blick zurück. -- ¨ --

»Wo ist'n Aggi?«

»Die? Ist weg, Josh.« -- ¨ --

»Schade, wollte sie noch was fragen. Vanessa hat übrigens gerade eine SMS geschickt. Sie ist in dem Club von gestern. Ich geh auch dorthin, hier läuft doch nichts.«

»Ach, ja?« Vielleicht sollte ich mit, dann können wir's gleich klären. In der Disco. Schreie ihr ins Ohr, sie: *Was? Was??? Ich versteh nichts.* Und so weiter. Wird sich sowieso dumm stellen, hat gar nicht mit Aggi geredet, würde sie niemals tun. Und was weiß ich dann?

Werners Tisch, Tumult an Werners Tisch, Traube von Leuten. Nichts zu sehen. Von den anderen Roulettetischen strömen sie hinüber, Gedränge, was ist geschehen, ein Gewinner, seltene Ausnahme in diesem Kino. Wie hat der das geschafft? Betaute Glatze, winzige Schweißperlen, kein Wunder, jede Menge Chips-Türmchen, viele Tausend, eine echte Skyline. -- ·· -- Der muss mit Zahl gewonnen haben …

Und jetzt Werner. Der könnte kotzen. Hat sich um Kopf und Kragen gebracht. Und dann gewinnt der Typ neben ihm einen solchen Batzen. Jetzt sollte er wirklich mal aufhören, aber ich sage nichts dazu, ist mir echt zu dumm, muss er selber wissen. -- ·· -- Einen Sekt nehme ich noch, mehr läuft nicht. Die schöne Mai hin oder her. Sie hat ihren Freund.

»Was ist los da hinten.« -- ·· --

»Hat einer ziemlich viel gewonnen. Nicht Werner allerdings.« Wie er da hockt mit gekrümmtem Rücken. Wie ein Autist, krank, abstoßend, Werner, dieser Betriebsausflug wirft Fragen auf.

Und jetzt? Schnellt er hoch. Und raus. So plötzlich, das hat man kaum gesehen.

»Das war's dann wohl.« Hat nicht viel Mitleid, Josh, ich aber genauso wenig. Wenn man sich so wenig im Griff hat.

Hm? Der lacht, ganz leise, Weinen ist das nicht, nein, er lacht, dabei hat Werner sicher acht-, neun-, was weiß ich, zehntausend Euro verspielt.

»Findest du das lustig?«

»Du merkst gar nichts, Jo, gar nichts. Noch ein Sekt?«

Diese Herablassung, sind die alle total durchgeknallt? -- ·· -- Werner, Aggi, Vanessa, diese kleine Laus. Jetzt Josh. Macht mich hier an, ohne Grund, soll erst mal in mein Alter kommen, Trainee, der ist ein Frischling. Der weiß doch gar nichts, nicht trocken hinter den Ohren …

»Josh, du bist noch nicht trocken hinter den Ohren. Du bist Trainee, verstehst du? -- ·· -- Du wirst trainiert, geformt, du bist in der Ausbildung. Verdienst ja auch bloß einen Dreck. Du musst begreifen, wo dein Platz ist.« -- ·· --

Er lacht noch mehr. Richtigen Lachanfall, geradezu rasend.

Nicht mehr ganz dicht, alle nicht mehr ganz dicht. Okay, Aufbruch, das reicht, alles viel zu skurril, komme mir vor wie in 'nem Bild von, von diesem einen Fotografen, soll ich hier sitzen und mich von Josh anscheißen lassen? Nein. Das Kasino ist sowieso eine Beleidigung. Raubt mir Zeit und Geld. Zeit und Geld, aber bietet nichts, stumpf, stumpf, unnütz, stumpf. Tschüs, Mai, zuwinken, das wäre noch, sie, ihr sende ich einen Flugkuss zum Abschied, der hebt ab von der Handfläche und segelt ihr direkt auf den Mund, diesen rubinroten Mund, den hätte ich jetzt gerne, um zu. Einziger normaler Mensch in diesem Tollhaus, sie kichert wieder. Vielleicht wird sie das ihrem Freund erzählen. -- ·· -- Nichts wie weg. Auf Nimmerwiedersehen, ihr verschossenen Flure. Alles zu wenig Stil. Viel zu wenig Stil, stehen noch zwei im Gang. Knutschend. Also zumindest ein Abschleppparadies. Die kenne ich doch, sind das nicht? ... Ja, Schauspieler aus dieser Vorabend-Soap. Welcher? Weiß nicht mehr. Und die Namen von den beiden auch nicht. Natürlich nicht. Wer kennt von denen schon die Namen, die sind Produkte, wie Waschmittel, irgendein Warencover, austauschbar. *Wir müssen das Produkt updaten, die Zuschauer wünschen eine andere Frisur, ein anderes Gesicht,* angenehm die Luft, frisch, echt gut, aus den stickigen Räumen heraus zu sein. Wozu macht man das, wozu das Ganze, ich hätte mit Margie zusammen sein können. Verzichten sollen auf diese dämliche Fahrt. Vergesse immer, wie wichtig sie mir ist. Da muss ich nur ein paar Tage von zu Hause weg sein, dass ich es merke. Sollte ich ihr wohl mal sagen. Recken und Strecken. Durchatmen. Gleich viel besser.

Da ist Werner. Malerisches Bild: der Mond, der Fluss schillernd, und Werner auf der Uferflur, hingegossen, Dichter in der Nacht. Sturm und Drang, Goethe, Schiller, Johst. Hört mich gar nicht kommen. Hallo, Werner. -- ·· --

Nicht erschrecken. Tschuldigung, zuckt da hoch, zerrissener

Blick. Die Augen, die sind nass, au Mann, der heult ja. Noch nie, habe ihn nie weinen sehen. Immer stark, unwitzig, aber stark, Herr der Lage, und jetzt flennt er wegen ein paar tausend Euro? Warum spielt er *va banque*, wenn er es nicht verpackt?

»Werner, mein Gott! Was ist nur mit dir los?!« Keine Antwort, wieder keine Antwort. Er muss jetzt, muss endlich mal, hat er denn kein Vertrauen mehr zu mir. Nee. Knabbert nur an seiner Oberlippe. Druckst herum, findet keinen Anfang, keine Worte. Wieder etwas, was man nicht kennt. Nie um Worte verlegen, Werner, diese neue Seite an ihm, da fühlt man sich gleich etwas weniger unterlegen. Nein, unterlegen, ich doch nicht, Quatsch, nicht unterlegen, aber ist schon, wie soll man das sagen … fünfzehn Jahre … fünfzehn Jahre arbeiten wir zusammen, Werner immer: *Wie ein Kopf und ein Arsch.* Und ich: W*er ist was?* Und er wieder: *Was denkst du wohl, ich zahle, also bin ich der Arsch.*

»Hast du mal 'ne Zigarette?«

»Du willst rauchen?« Ausgerechnet Werner? Der uns das im Büro verbietet. Aber gut.

»Hier, hast du. Und Feuer.«

Ja. Sag endlich, was los ist. Verdammt.

»Ich hab's … ich hab's halt versucht.« Die Schultern sinken. Verstehe nicht.

»Was hast du versucht?«

Er reißt sich zusammen. Wischt sich die Augen trocken. Na, eben, Haltung, Alter.

»Wir sind am Ende. Es ist aus. Die Firma.« Seine Stimme. Zittert nicht mehr. Klingt wieder wie gewohnt. Es ist Werner. Doch was er da redet, das kann … »Das kann nicht sein.«

»Doch. Die Bank hat mir die zentralen Kreditlinien gekappt. Ich sitze auf dem Trockenen, komplett.«

»Aber das ist nicht … nicht das erste Mal, das sitzt du aus!«

»Diesmal ist es anders.« Er sieht mutlos aus, warum, irgendwie geht es immer weiter.

»Such dir 'ne andere Bank!«

»Winkler! Keiner gibt uns irgendeinen Heller in der momentanen Situation, die kämpfen selber alle ums Überleben.« -- ¨ --

»Kriegen wir nicht noch die Provision für den Handwerker-Spot ...«

»Genau. Der hat nicht bezahlt. Ist selber pleite. Aber selbst wenn.«

»Der Etat von der Fluglinie?« -- ¨ --

»Kommt zu spät, Winkler. Und würde nicht mehr helfen.«

»A-a-aber, warum?« Das passiert nicht wirklich. -- ¨ -- Ich träume nur. -- ¨ --

»Aggi. Sie lässt uns hängen. Was glaubst du, mit wem sie die ganze Zeit telefoniert? Sie geht zu Jung und Jung.« -- ¨ --

»Das kann nicht ...«

»Doch, Winkler. Die hat ihre Schäfchen ins Trockene gebracht.«

»Und wenn schon ... Wir schaffen das! Auch ohne sie.« -- ¨ --

»Wir sind nicht mehr vorn, Winkler. Wir waren es mal, aber jetzt ... Wir erreichen die Leute nicht mehr.«

Was soll dieser Fatalismus? Wir sind Kämpfer. Und es stimmt einfach nicht: »Aber ... das ist nicht wahr. Denk mal an meine Kampagne: Mit Rizz waschen Sie Ihre Hände in Unschuld! Das war in aller Munde! Ein *Hammer*-Claim!«

»Winkler, der Spruch ist Scheiße. Wenn der in aller Munde war, dann nur deswegen. Um die Wahrheit zu sagen, du hast schon lange nichts mehr geliefert, was wirklich fetzt.«

Ich? Das Blut heiß im Kopf. Das, das, das kann er nicht sagen. Das ist ... ungerecht. Seine ... seine miese Laune. Ausgerechnet ich soll schuld sein: »Also, wenn du einen Sündenbock suchst, lass nur alles raus. Und am Montag gehen wir wieder an die Arbeit.«

»Montag … Montag bleibt die Küche kalt.« Er gluckst, ziemlich irre, der Whiskey, bestimmt hat er erneut zuviel Whiskey gekippt, vielleicht fantasiert er, kann sein.

»Bist du besoffen?« -- ·· --

»Nicht die Spur. Es ist die Wahrheit und die Wahrheit ist bitter. Du kannst dich bei Aggi bedanken. Die hat uns den Rest gegeben.«

»Aber ich sage dir: Wir *brauchen* sie nicht. Wir haben den Laden ohne sie aufgebaut.«

»Sie hat uns die drei größten Etats der Agentur erschlossen, Sprinkler, Techno-Sam und Reichenhall. Ohne die hätten wir längst einpacken können. Und jetzt …« Ja, Werner, rück raus: »Jetzt nimmt sie die kurzerhand mit.«

Nimmt sie mit. Nimmt. Die Etats? Aber das: »Du meinst, sie nimmt die Etats mit zu Jung und Jung?« -- ·· --

»Ganz recht.« -- ·· --

»Aber … das kann sie nicht!«

»Oh doch. Dadurch hat sie Super-Konditionen für sich ausgehandelt. Die kriegt, schätze ich mal, das Dreifache wie bei uns. Die ist clever.«

»Ich glaube das einfach nicht. Sie *ist* nicht so.« Sie ist, ist immer fair oder nicht? Pflichtbewusst, stets bemüht, das Richtige tun.

»Winkler, du kennst die Menschen.«

»Warum verhinderst du das nicht? Das ist nicht in Ordnung. Strafbar. Du kannst ihr die Hölle heiß machen!«

Werner, was suchst du? -- ·· -- Gras, was willst du damit, rupfst Gras aus und wirfst es in den Fluss, wie ein Kind, der Fluss, der leise plätschert.

»Kann ich leider nicht. Sie … hat mich in der Hand.«

»In der Hand? Womit?«

»Ist doch egal. Sie weiß etwas, was du nicht weißt.«

»Hm?«

Er widerwillig, dann: »Na, jetzt ist es sowieso … Ich habe … Firmengelder abgezweigt. Es sah so gut aus, eine Riesenchance, Traumrendite, das hätte ich wieder in die Bilanz gesteckt … Hat nicht sollen sein. Alles weg. Dass Aggi das mitgekriegt hat, reiner Zufall …«

Er schüttelt den Kopf, raucht. Das alles … was … was soll ich sagen. Dazu. Darf nicht. – – ·· – – Das kann nicht sein, passiert nicht wirklich. Hab einiges getrunken, Werner hat, es ist dieser verdammte Alkohol in diesen Tagen, diese ganzen Konflikte, das ist … reinste Höllenfahrt, schlechter Traum, aufwachen, Jo, irgendeinen Ausweg. Es muss einen Ausweg geben, und wenn wir: »Wir gründen die Firma neu! Wir zwei. Ich werde Teilhaber. Wir ziehen den Karren aus dem Dreck. Und Aggi wird sich noch mal umgucken, wir werden sie …« – – ·· – – ···· – ·· – – ··· – – ·· – – ···· – ·· – –

Die Hand, Werners Hand, groß ist sie und warm, sein Mund, der ist auch groß, überdimensional groß, er starrt, Werner starrt mich an, wie ein Bann ist das: »Jo, *du* bist mein größtes Problem. Die Studenten, die Praktikanten, die kosten mich alle nichts. Du, Jo, bist zu teuer und du bringst nichts ein. Leider nichts mehr ein.« Haha. Er ist ganz übergeschnappt, komplett von Sinnen, der Whiskey, dieser ganze Whiskey, den er trinkt, seit zwei Tagen, er fantasiert, was sagt er? Sein Mund, diese großen roten Lippen, er spricht, er redet, formt Worte, aber sie kommen nicht an, lauter, ich höre nichts, da ist nichts zu verstehen! Stimme weg, nur der Mund, der große Mund, der bewegt sich, die ganze Zeit. Was sagst du, Werner? Das ist dermaßen weit weg, da ist diese dicke Membran, alles wie unter einer Glocke. – – ·· – –

Schlecht. Mir wird schlecht. Die Tabletten, wo? Zittern. Die Hand. Zittert. Muss sie festhalten, die soll nicht zittern, darf nicht zittern, darf jetzt nicht zittern. Er muss doch wissen, wie brutal das klingt. – – ·· – – Wenn er es gesagt hat, ich träume wohl wirklich, er hat das nicht gesagt oder er hat. Hat er es deswegen gesagt? Na klar. Er sagt das, um mir den Ernst der Lage klar zu machen. Ich will ihn retten, aber er glaubt nicht mehr daran, deshalb schiebt er alles auf mich. -- ·· -- Was jetzt? Was jetzt nur? Eigenartig, Tränen. -- ·· -- Wann habe ich denn das letzte Mal? Bei der Beerdigung meiner Mutter? Wäre möglich, aber sicher ... Weiß es nicht. -- ·· -- Werner soll das nicht mitbekommen. Abdrehen, abwischen.

Wir müssen darüber schlafen. Einfach darüber schlafen, es geht immer, wenn *er* schon den Mut verloren hat, ich finde einen Weg, zumindest für mich, für Werner habe ich keine Verantwortung, jetzt nicht mehr, nach dem, was er hier sagt, dieses, dieses. Morgen sehen die Dinge anders aus, wir reden in Ruhe, wir kriegen das hin mit der Partnerschaft. Winkler & Johst. Das klingt super. Nach vorne. Immer nach vorne. -- ·· -- Wir kriegen das hin, nur die Ruhe, sachlich werden. Sachlich darüber reden.

»Und was wird jetzt? Wie stellst du dir das vor?«

»Du hast es doch gesehen. Wo nichts ist ...«

»Das ist nicht ... dein Ernst. Du redest wie ein Verlierer! Bist du ein Verlierer? Aufgeben, wenn es brenzlig wird. Nein, sage ich. Wir machen einen Plan. Schon morgen hecken wir was aus.«

Glaubst du nicht? Ich habe Optimismus für zwei, ich bin seit fast zwanzig Jahren in diesem Geschäft, reite die Trends, immer die Kammlinie und dann ab in die Röhre, die Nacht, dieser porige, gelbe Rattenmond, direkt zwischen den Uferweiden. Alles in ein fragwürdiges Licht getunkt. Künstlich. Das ist auch gar nicht wahr jetzt. Flashback, wieder eins. Diese Tage ...

»Nein, Winkler. Es ist vorbei. Zumindest in dieser Form. Ich werde Insolvenz anmelden. Eine von den vierzigtausend Firmenpleiten dieses Jahres. Ende, aus, Micky Maus. Sozialamt ruft. Wenn ich Glück habe, kann ich mit Praktikanten oder Honorarkräften eine Ein-Mann-Klitsche an den Start bringen, ohne dass die Insolvenzverwalter mir den Saft abdrehen. Reinhard ist sowieso weg, zum Glück, ein Problem weniger. Josh … Der war eingeweiht, geht mit Aggi zu Jung und Jung. Bei ihr … ich wusste, dass sie verhandelt. Diese ständigen Anrufe … War nur noch eine Geldfrage. Vorhin auf dem Weg zum Kasino hat Aggi mir gesteckt, dass sie mit denen handelseinig geworden ist. Und zu welchem Preis. Ob es ihr Vorschlag war oder eine Bedingung von denen? Ich weiß es nicht, hätte nicht im Traum gedacht, dass die so was … unsere wichtigsten Kunden …«

Josh, dieser kleine Scheißer, lädt mich auf einen Sekt ein, dabei wusste der ja, ich verstehe nicht, wieso haben die nicht mit mir geredet, ich kenne die, ich kenne den Chef seit mehr als zehn Jahren, der hat immer große Stücke, oder Aggi, die hätte mit mir reden können, wir waren … Freunde, Arbeitskollegen, Freunde, deshalb diese Anspielungen. Josh, der Verschwörungstheoretiker. Hat er selber recht fein konspiriert. Das ist derartig unappetitlich, möchte gar nichts damit zu tun haben. -- ·· -- Gleich sagt Werner: *Reingefallen, alles zurück, war nur ein Scherz!* -- ·· -- Nein. Nichts. Werner bleibt stumm, gnadenloses Schweigen, der Fluss kräuselt seine Stirn. Das Kasino, ein Leuchten, als hebe es gleich ab. Raumschiff, Traumschiff, Alptraumfähre, wer singt? Männergruppe. Johlend aus dem Paulaner-Brauhaus, Arm in Arm, *Oh du schöner We-e-esterwald, Eukalyptusbonbon.* Vorbei an diesen ganzen Arztpraxen, Experten für Lymphdrainagen und Arteriosklerose, Orthopäden, Krankengymnasten. *Eukalyptusbonbon.* Werner? Und? Nichts, könnte auch gar nicht da sein, vollkommene Leere, *vollkommene* Leere …

Soll ich ihn, kann ich ihn irgendwie runterholen? … *Wie jetzt, Winkler?* Bin ich komplett bescheuert? Mache mir einen Kopf wegen dem? Sitze hier und überlege glatt noch, wie ich *ihn* trösten kann! Man muss das mal ganz kapieren, ich habe gesagt, ich habe ihm gesagt und auch diese Angebote gemacht und er: eiskalt, lässt mich eiskalt fallen hier, dieses Schwein. Er hat schon seinen Plan, in Wirklichkeit hat er längst einen Plan, der funktioniert. – – ·· – – Nur für mich, für mich ist es aus, aus und vorbei. – – ·· – – Das ... das dreht sich alles, kann hier nicht weiter sitzen bleiben, neben ihm, ich dachte immer, dachte tatsächlich, er wäre mein Freund, mein bester Freund. Mehr als mein Chef! So eine ... gottverdammte Enttäuschung.

»Werner, das ist eine ... gottverdammte Enttäuschung!«

»Was meinst du, was es für mich ist?«

»Du bist ein derartiger Wichser! Wichser ...«

Hoch. Muss hier weg. Auf die Füße. Hoch. Seltsam wackelig. Nur gehen erstmal, loslaufen.

»Noch ein Gedeck!« – – ·· – – Kommt schon. Den Schnaps gleich weg: »Noch einen.« Schon besser. Ruhiger. Zack ... das brennt. Trotzdem. Noch einen. Gleich hinterher.

Will mir nicht in den Kopf, wieso, wieso habe ich nichts gemerkt? Gearbeitet, wir haben gearbeitet, in einem fort, manchmal wochenlang die Nächte durch, wie kann das überhaupt sein? Bei diesen ganzen Aufträgen muss ein Geld geflossen sein, Millionen, irgendwas ist da schief gelaufen, das muss Werners Schuld sein, er hat sich verkalkuliert, muss das verbockt haben, verzockt so wie heute, all die Jahre schwammen wir obenauf. All die Jahre ...

Rappelvoll, lärmig, strenger Schweißgeruch, was ist das? Scheißegal, das Umfeld scheißegal, ausgeschaltet, schalte ich jetzt wieder aus, klack, auf den Knopf, habe ich denn die Tabletten, ich brauche eine, ich brauche unbedingt eine. – – ·· – – Die mir die Tarnkappe überstülpt, ich bin ein Neutrum, extra-terrestrischer Eindringling, merke nichts von den anderen, sie nichts von mir, hab mit niemandem was zu schaffen, mit nichts und niemandem mehr. Es ist die letzte Szene, verdammt, danach bin ich allein, was Werner da erzählt hat, ein verworrener Kram, soll ich das glauben, Aggi und ein solch schmutziges Verhalten? Erpressung inklusive? Vielleicht lügt Werner, vielleicht will er mich loswerden. Noch ein Gedeck? Ja, bitte. Nichts sehen, aufhören zu hören, nichts denken. -- ·· -- Der Tresen, das Holz ist rissig, der Lack blättert überall ab, die viele Flüssigkeit, Hunderte von Schnäpsen, Biergläsern, die sich in den Jahren über die Theke ergossen haben, eingedrungen in sein Inneres, aufgeweicht und die Oberfläche wellig aufgeworfen. Vanessa. Sie könnte mich trösten. Nein, die hat ja mitgespielt. In diesem ganzen Gemenge. Nein. Die lässt sich sowieso nicht mehr ein mit mir, *alter Sack, was kannst du mir schon nützen?* Margie? Nein. Das packe ich nicht, sie jetzt anzurufen. -- ·· -- Kriege ich 'n Heulanfall, was soll sie tun oder sagen? Was soll ich ihr sagen, das bringe ich nicht raus, auf keinen Fall, da muss ich allein durch, erst mal allein durch. Diese Hitze, Horror, wird mir zuviel, das fehlt noch, dass ich zusammenklappe. -- ·· -- Raus hier, Zahlen und Gehen.

Vanessa. Ich werde sie suchen. Sie ist hier, irgendwo in einer Disco, ich glaube nicht, dass sie Aggi so was erzählt hat. Wer seinen Chef erpresst und eine Firma mit fünfzehn Leuten ruiniert, völlig skrupellos, und dann tut die immer so moralisch, eben ihre Vorwürfe, wenn man mal alles zusammen rechnet, die wird sich rein zum Spaß diese Geschichte aus den Fingern gesaugt haben. Vanessa. Ist immerhin eine Frau, sie wird mich verstehen. Das Adressbuch meines Handys ... nein, ihre Nummer ist nicht dabei. -- ·· -- Hat Josh den Namen des Clubs erwähnt? Wenn ja, wenn überhaupt, keine Ahnung, fällt mir nicht mehr ein. Nichts fällt mir mehr ein.

Viele Läden kann es in Bad Neuenahr nicht geben. Läden, Läden, überall Lichter, *aber wenn du gehst, geh ohne Sorge.* Was? *Du sollst ohne Sorge sein,* das ist leicht gesagt, mein Gott, panisch durch die Nacht, regelrecht panisch. Keine weiteren Tabletten, keine Beruhigung, keine Hilfe. *Sei ohne Sorge*, bist du das, Vanessa? Ja, sie muss es richten, Vanessa allein. -- ·· -- Oder? Ist das nicht lächerlich? Sie. Praktikantin. Vanessa soll mir helfen? Ausgerechnet, ja, Vanessa, ich brauche einen Busen und sei er aus Silikon.

Wie trüb die Laternen. Das Haus, es lebt. Camouflage-Look, moosig, grün und angeschimmelt, Laubschatten lauert darüber wie eine zweite Haut, welch ein Bild, welch ein Sinnbild. Hier ist alles viel zu tot, hier gibt es nie im Leben einen Club, hier gibt es vor allem gar kein Leben, *nimm die Beine unter den Arm,* wieder Richtung Innenstadt. *Die Beine unter den Arm, unter den Arm, unter den Arm.* Was soll ich tun? *Die Beine* ... Ist das der korrekte Abzweig, *unter den Arm,* mein Gott, das alles geht über meinen Verstand, mein Kopf, mein Kopf. Deutscher Feiertag: trunken durch die Gassen, sieben oder acht Leute, Platz da, an die Häuserwand, nicht das auch noch. -- ·· -- Schaufenster simmern, milchiges Licht. Dicke Stahltür, die vibriert, *hier hinein.* Wieso? Bin ich denn ...? *Hier hinein,* Wahnsinn, vibriert im Rahmen, so laut die Bässe, das könnte es sein, könnte es wirklich sein. Ich drücke die Tür auf. Im Vorraum ein bulliger Typ, fast wie die im Kasino vorhin, nur noch bulliger. Was guckst du? Das bin ich, von oben bis unten, der will mich nicht reinlassen, für ihn bin ich ein Haufen Dreck, ein alter Haufen Dreck. Vielleicht bin ich das sogar. Nicht mehr. Mehr nicht mehr.

»Meine Tochter! Die ist da drin! Ich muss sie finden!« Und? Der lässt mich nicht rein. Nein, doch! Kurzes, abfälliges Nicken, Kinnrucken, das heißt es, rein, Mitleid, weil ich so abgefuckt aussehe.

Sowieso teuer genug. Zehn. Für so 'nen Provinzladen. Das Mädchen an der Kasse. Piercings im Gesicht, die Haare schwarz gefärbt. Zuckend im Takt, das ist ihre Tanzfläche, *komm' und sieh,* ich komme ja, ihre halbe Schulter, beide Arme tätowiert, schreiendes Geflecht aus Drachen und Deko. Da darf ich nicht drauf gucken, da wird mir schwindlig, von fast allem schwindlig, das bewegt sich, fast alles bewegt sich. Warum bin ich hier? Warum nicht im Hotel? Im Bett. Mit meinen Tabletten.

Super-stickig, heiß. -- ·· -- Den Mantel abgeben, obwohl ich jetzt nur kurz, vielleicht umsonst und gleich wieder weg, das halte ich nicht aus. -- ·· -- Auch sie wippt im Rhythmus, die ganze Zeit, die ganze Zeit, während sie den Trench aufhängt, Bikini-Oberteil, Hot Pants, Strasssteinchen im Bauchnabel, Garderobiere neuen Typs, Zettel abreißen, Geld einstreichen, Kaugummi kauen, alles im Beat.

Das ist alles ... überzeichnet, vielleicht geschieht es gar nicht. Vorsicht, der Wahrnehmung ist unter Umständen nicht zu trauen. Wir sind vielleicht wirklich in einer Brutröhre, die Maschinen versorgen uns mit Nahrung und Illusionen. Der Partyraum ist brechend voll, soll ich da wirklich rein? *Wo bist du,* ich komme. Das war nur ein Moment, zwischenzeitliches Zögern, ich komme.

Die Masse wogend, Kreischen, überlaut, mir platzt der Kopf. Feucht, Schweiß, die Luft tropft, schwitzt selbst. Nass, glitschig, die Leute im Gedränge nass und glitschig. -- ·· -- Ein Whiskey, noch ein Whiskey, der Preis sicher horrend, aber ich muss was trinken. An die Bar. Ja, verdammt, lass mich, will nur vorbei. -- ·· -- Ist ja gut. Ist ja gut.

»Zwei Whiskey!!! Doppelt!!«

Wie viel? Höre natürlich nichts, wie viel, achtzehn zeigt er. Behalt den Rest. Und da? Eine Empore, soll ich da hin? Vanessa, ist sie vielleicht? Diese zuckenden Körper, überall, man kann nicht – – ·· – – weiße Blitze, der DJ in seiner Kanzel, Verfolgerspot, doch, tatsächlich, da ist sie, da ist Vanessa! Du hast mich gesucht, hier bin ich, Josh sehe ich gar nicht. Sie tanzt. Nicht allein, wer ist das? Irgendwer, irgendein Typ ihres Alters, sie pseudo-rammeln, er hat sie um die Hüfte gepackt, Oberschenkel zwischen ihren Beinen. Wieso? Wieso hast du mich hierhin geholt, ich brauche dich und jetzt das! Und weg, der Suchscheinwerfer, weiter gewandert. – – ·· – – Vanessa, wo? Da. Erneut im Lichtkegel. Was ist im Dunkeln passiert, ihr BH, das T-Shirt ganz zerrissen. Der Typ. Zupft die letzten Fetzen runter, schnappt danach wie ein Hund. Und sie? Was denn, lässt das mit sich machen, sie lacht! Legt den Kopf in den Nacken und findet das gut …

Dennoch. Ich muss da hin, deshalb bin ich hier, es ist nur ein Irrtum, gleich wird sie ihm eine Ohrfeige geben und mit mir kommen. Mitten durch, einfach mitten durch, bugsieren und boxen, Ellenbogen raus, ja, motz du nur, jetzt ist mir alles egal. Patsch, ein bloßer Busen mitten ins Gesicht, was ist hier eigentlich los, Rudelbumsen? Weiter, zack, au, welcher Arsch? – – ·· – – Voll ins Kreuz, ach, du, Bodybuilder, Tanzmonster. Ich pack es nicht, der bleckt mich an mit einer Zahnreihe aus Gold, wie teuer muss das sein? Und der Waschbrettbauch, ist der echt? Oder auch nur aus Silikon?

Weiter, Vanessa, noch immer dort hinten, eng, kann kaum atmen – ·· – ··· – ·· – – ersticke – ···· – ·· – – ·· – Krampf – ··· – – Weiter, nur weiter: »Vanessa!!! Vanessa!!!« Hörst du nichts? Bin schon ganz nah, es ist wie eine Strömung, das Meer aus Leibern, hallo, Winken und Fuchteln, schau doch. Endlich, ich bin's, Jo! Sie lächelt leer, als kenne sie mich nicht. Was denn, Vanessa, he?! Ich bin's, du warst doch, du wolltest doch. Denkst du nicht mehr an gestern Nacht? Nein. Sie tanzt, ihr Partner hat die Hand auf ihrem Arsch, in ihrer Hose, zieht sie mit, sie verschwinden, im Getümmel, nicht mehr zu sehen. Die Strömung. Ich werde abgetrieben, unaufhaltsam. – – ·· – – Kein Halt mehr, kein Sinn mehr, kraftlos, lass es geschehen. Schwindel. Mir ist schwindlig. Gleich. Die Ohnmacht, der Sturz, die trampeln mich tot. Gleichgültig, ist mir gleichgültig, ihnen wird es Spaß machen, eine echte Leiche, tanzen und töten, die vergnügte Masse noch vergnügter, nein, werde ausgespien, da ist die Bar, der Ausgang, die Fluchtlinie, Abendluft, das Dunkel, gut, trotz allem. Den Mantel vergessen, aber nein, nicht mehr da rein, nie mehr da rein.

Wind, inzwischen ist ein Wind aufgekommen. *Wohin gehst du,* ich gehe, aber wohin weiß ich nicht. Der Wind, er ist gut, diese Hitze. Vorwärts sinken. Die Stirn gegen das Schaufenster, wie kühl das ist, ich liebe dieses Glas. Spielzeuggeschäft, Roboter, Lilifee, Lernlaptop. Alles für die Kinder von heute. Ich habe keine Kinder.

»Was los, Opa? Besoffen oder was?«

Wer bist du, fremde Stimme? Ein Jugendlicher. Eine ganze Bande. Der ist nicht groß, keine Gefahr, höchstens dreizehn, vierzehn, aber sein Gesicht, komisch, wirkt älter, faltig, als leide er an Frühvergreisung. Besoffen, ich? Nein: »Nicht so wie ihr.« – – ·· – –

Und sie? Werden sie? Sich auf mich stürzen? In die Gosse, wegklatschen, auf dem Boden liegend zusammentreten, Gewalt die einzige Münze, ich wäre ein williges Opfer. Mir wäre es recht, bin sowieso dem Untergang geweiht. Nein. Sind weg. Verschwunden in der Nacht. Fußgängerzone, Neon, Geschäfte, mengende Farben, was trinken, noch viel mehr trinken. Da zum Beispiel, drei Musketiere leuchten, »Seit 1878«. Das ist eine Empfehlung, uralt, antik geradezu. Passend für mich, meine Altersklasse, das Alte, das Gestrige, das, was vorbei. Tanzcafé, ältere Semester, fast nur Frauen.

Das Licht ist gedimmt, wie sieht das hier aus? – ·· – ·· – · – Man kann gar nichts erkennen, nur langsam, allmählich, die Sicht.

-- ·· -- Konturen, vor und hinter der Tanzfläche Separées, na, nicht wirklich Separées, so gusseiserne Trennschnörkel, da kann man schon durchgucken. Und sonst? Ansehnliche Sammlung von Humpen und Krügen, die da über der Theke baumelt, man trinkt Bier, ich auch, dazu ein Schnaps? … *musst aufbrechen*, weiß ich ja, es gibt keine Wahl.

»Ein Pils bitte … und ein Korn.«

Und wer ist so hier? Ein, nein, zwei Männer, mehr nicht. -- ·· -- Beim Paartanz mit Frauen mittleren Alters, dazu zwei rein weibliche Paare. Wie beim Feuerwehrball. Oder sind die lesbisch, nein, ist wohl nur, wer will das schon, Standardtänze … Ich bin auch ein Mann, gerade eben gekommen, sie werden sich auf mich stürzen, mich auffordern, zwingen, ich und tanzen. -- ·· -- Alles nur Traum eines falschen Gottes, die Buttons an der Theke sind bewundernswert, ach, sind gar keine Buttons, sondern die Wappen der deutschen Bundesländer. Anscheinend. Muss wohl, soll wohl, warum auch nicht, und auf ex. Gleich noch eins. Ja, ja, das hatte ich gemeint … Gute Bedienung. Sie liest einem die Wünsche von den Augen ab, wenn sie nur weniger mollig wäre. Ein DJ auch hier. Wo sitzt er? Irgendwo im Verborgenen, sagt die Titel sogar einzeln an:

»Und nun folgt ›How deep is your love‹ – in der Lover-Version.« Die Lover-Version, harhar. Wer bist du denn, grauhaarig, gut zehn Jahre älter als ich, so weit ist es gekommen, aber schlank immerhin, *ich zeige dir den Weg*, das ist auch besser so, ist sie der Weg?

»Darf ich Sie um diesen Tanz bitten?« Wie förmlich. Wohin bin ich geraten. Es ist Bad Neuenahr, und tanzen will ich nicht. Was soll das, ich will trinken, *ich zeige dir den Weg*, ich hab's ja gehört, aber wirklich, ist das nicht zu dumm? Partnertanz kann ich gar nicht, *den Weg, den Weg.*

»Okay. Wenn Sie meinen.« Zu betrunken, selbst wenn ich das könnte, viel zu betrunken. -- ·· -- *Der Weg, der Weg.* Oh, Verzeihung, trete ihr ständig auf die Füße, sie hat es selbst so gewählt, wollte unbedingt, gewarnt habe ich. -- ·· -- Torkelnder Tölpel, wenn du wüsstest, mit wem du es zu tun hast, was dieser Mann erlebt hat, heute und seit Anbeginn der Zeit.

»Ist nicht schlimm, Sie haben halt lange keine Praxis mehr.« Du weißt gar nicht, was schlimm ist. Schlimm ist, *keine Sorge,* wie soll das gehen, *keine Sorge,* die Berechtigung dahin, *keine Sorge,* die Existenzberechtigung, die Existenz. -- ·· --

»Und wie heißen Sie?«

»Hermine, wir duzen uns hier alle.« Hermine, Herminchen, der Name passt hierhin, das ist auch neunzehntes Jahrhundert, achtzehntes, Hermelinchen - ·· -- ··· - ·· --

»Gehst du öfter hierhin?«

»Jedes Wochenende. Ich bin geschieden, seit drei Jahren. Was soll ich zu Hause rumsitzen und Trübsal blasen?«

»Sicher, wozu?«

»Ich tanze für mein Leben gern.« Ganz nett eigentlich. Wenn nur der Schluckauf nicht wäre, ich bin ja hier, ein echter … Draufgänger, wäre ich, zwanzig Jahre, das ist wirklich, muss mal sehen, allmählich einsehen, wie es ist, mich mal in meiner Altersklasse umtun, sie ist sicher ein guter Mensch, und ich? -- ·· -- Da bin ich mir unsicher, die Dinge laufen, mein Leben läuft, alles wie im Zeitraffer, was habe ich getan, was habe ich unterlassen, all diese Bilder. Warum habe ich nicht, hätte ich doch, das Lehramtsstudium, dann hätte ich seit Jahren keinen Druck, hätte seit Jahren nicht mehr denken brauchen, nur noch leben. Anhalten, anhalten bitte diesen Film, hier und da etwas Sinnvolles tun, etwas Solidarisches, aber das Tempo erhöht sich, erhöht sich nur immer weiter. -- ·· -- Alles wird nur schmerzhafter, das Alter, die Leiden, und nichts bleibt übrig, von mir nicht, von dir nicht, Stimmungsmusik, diese seltsam ausgezehrten Mittfünfziger-Megären im Partylicht, Foxtrott, Rumba, Tango, von euch bleibt nichts übrig, das Gesicht dieser Frau, wie heißt sie, ach ja, Hermine, ihr Gesicht ist nah, es sieht freundlich aus, gutmütig, kenne ich sie nicht? -- ·· -- Kenne ich sie nicht seit Jahren, Hermine, rette mich, bring mich nach Haus. Tanzen, umschlungen, sie muss mich stützen, ich habe wirklich Schwierigkeiten. Es ist hoffnungslos. Alles ist aus und Chancen gibt es nicht. -- ·· -- Blues, wir tanzen Blues, Engtanz, meine Kindheit, meine Jugend, die ersten Berührungspunkte mit dem weiblichen Geschlecht, 10CC, Santana, Blues, wir tanzen Blues, auf der Rückreise einer Klassenfahrt zum Drachenfels, ich habe meine Jeansjacke oben vergessen, auf der Rückreise im Partywaggon der Deutschen Bahn, zum ersten Mal tanzen, zum ersten Mal Mädchen, so fühlen die sich an, anders, und sie duften. Auch Hermine duftet, ihre angegrauten Locken, weich, und ihr Mund? Ist es auch. Hermine, du bist ein junges Reh. Das sehe ich mit meinen geschlossenen Augen, I'm not in love, langsames Wiegen, eine stille Dünung, Alge, Plankton, getrieben, ohnmächtig im Walten der Gezeiten. -- ·· --

Und jetzt? Draußen, wie sind wir hierhin gekommen? In diesen Hofeingang, Küsse, Hermine, du geile kleine Schlampe -- ·· -- ich ... muss es dir besorgen. Wo geht's denn unter den Pullover? Da hinein. Das Reh, das Mädchen, wo ist sie hin? Die Haut ist nicht die eines jungen Mädchens. Vanessa. Der BH. Erschlaffte Brüste, ich muss nicht daran denken, meine Hände sind ebenfalls alt, sicher besprenkelt mit Altersflecken, meine Hände passen zu ihren Brüsten, und es ist egal, es ist eine Frau, an sie pressen, auspressen, keuchen, lecken, die Finger fahrig, nestelnd, kühl und es nieselt, ihre Finger, sie öffnet meinen Hosenschlitz, tatsächlich, sie fasst da rein, aber das darf sie nicht! -- ·· --

Was tue ich hier, *was tust hier,* mitten im Regen mit Hermine, einer wildfremden Frau, *geh,* wie komme ich hier überhaupt hin, *geh,* Werner hat mich gefeuert, alles ist Scheiße, alles ist verloren, es geht nicht mehr weiter.

»Weg! Was soll das?« Die Hose zu, wer bin ich denn, hast du mal in den Spiegel geguckt? Schubs gegen die Wand, lass mich bloß los, du. Verschwinden, flüchten, das hier ist nie passiert. Häuser, so stumm, nicht die geringste Ahnung, wo ich bin, wie komme ich zurück, wohin? Zum Hotel, richtig, es war ein Hotel, aber wo?

Der Wind, der Sturm viel stärker jetzt, Böen. Bäumende Birke im Geisterlicht. Sie windet sich, sie ächzt, die Krone wie unter einer Druckwelle, eine Bombe, eine Bombe beugt ihr das Haupt, die Blätter, Oszillograph aus Chlorophyll, etwas rüttelt in diesem Baum, aber was? Vielleicht ist es das Böse, vielleicht auch nur der Wind, Regen, der Regen. Stehen bleiben. In den Himmel schauen. Die Tropfen. Sie sind tröstlich, sie trösten mich, benetzen mein Gesicht mit ihren sachten, feuchten Fingern, es ist die Szene eines Films, den ich nie gesehen habe. Und lachen, *ja, lache,* Fiktion, Fiktion, da ist der Fluss, das ist schon mal gut.

Das Hotel ist in der Nähe. -- ·· -- Gleich hinter dieser Häuserreihe, das Hotel. Wo die anderen bereits schlafen, Aggi und Werner, denen ich das alles verdanke. Wenn Aggi nicht bereits weg ist, die Zelte abgebrochen, nach Köln oder gleich durchgestartet nach Hamburg, verbrannte Erde hinter ihr. Werner vorhin, sein Gesicht, dieser Ausdruck, grenzenlose Wut, glaubt er wirklich, er kann alles mit mir machen? *Lass es, lass es nicht zu,* ich bin stärker als er, könnte ihn erwürgen vom Fleck weg, ich hätte das Recht und die Genugtuung. -- ·· -- Er hat mir alles genommen mit einem Wimpernschlag, jetzt liegt er im Bett, schnarchend, ich schleiche in sein Zimmer, trete neben ihn: Meine Hände schließen sich um seinen Hals und drücken zu, er erwacht voller Schrecken, ja, du sollst das mitkriegen, merkst du das? – – ·· – – Ich will einfach nur, dass du tot bist. Du sollst wissen, wieso es geschieht und wer das macht, ich. Seine Augen quellen aus den Höhlen, das Letzte, was er sieht, sein Mörder, es ist zu spät, kein Entrinnen mehr …

Das Hotel, fast dunkel, einsam wacht der Nachtportier, ich liebe diesen Mann, denn er lässt mich rein. Bald, wer weiß, die Altersarmut, ausgestoßen aus der Gesellschaft, wie schnell das geht, ich mache mir da nichts vor, keine Illusionen, das war's und Werner hat das zu verantworten, er, seine Basedowaugen, blau läuft er an, befriedigende Vorstellung, ungeheuerlich, aber angenehm, ich könnte es tun, *worauf warten, ich zeige dir den Weg,* ich könnte es wirklich tun. Warum eigentlich nicht? Den Kreislauf durchbrechen, diesen ganzen Trugbildern etwas Authentisches entgegensetzen, da hast du's, das ist das reine Sein, die minimale Differenz zwischen Sein und Nicht-Sein. Und wenn, was wäre schon? Entweder ist das alles nur ein Traum, dann ist es egal, denn im Traum darf man alles. Oder es ist wahr, dann wäre seine Strafe berechtigt, die Höchststrafe. *Worauf wartest du, worauf?* Ich habe Werner meine besten Jahre gegeben, habe ihm viel Geld eingebracht, bei der ersten größeren Komplikation lässt er mich fallen, heiße Kartoffel, daher meine Beulen, vom Sturz, heiße Kartoffeln, heiß, sehr heiß, man kann sie nicht pellen.

Worauf … ich zeige, zeige dir, zeige dir den Weg, ich kann es tun, muss nur zu ihm gehen. – – ·· – – Sicher stellen, dass niemand mich sieht, dass ich nichts berühre, keine Spuren, so viele Krimis, man kennt das, keine Fingerabdrücke, genetische, am besten Handschuhe. Oder ein Handtuch, *worauf du achten musst,* ach, Quatsch. Nein. Ich könnte es tun. Es muss nur gut überlegt sein.

Gut überlegt, geplant, konzentriert durchgezogen, überlegt, kalte Rache, meine kalte Rache.

Der Nachtportier ... schon wieder hinten in seinem Kabuff, lässt sich nicht blicken, hat nicht gesehen, wer kommt, mich nicht gesehen, ein Zeuge weniger, ich bin bereits seit zehn Uhr abends im Zimmer gewesen, nein, wer kann das bezeugen, niemand, ich könnte danach in die Disco zurück, Vanessa wird glauben, dass ich die ganze Zeit da war, an der Bar, wenn ich ihr das sage. Sie war im Rausch, hat nicht gemerkt, wo ich bin, *wer handelt, hat Zeit zu denken,* die Treppe – hoch in den zweiten Stock, was drückt da, der Atem, geht schwer, und dann wieder -- ·· -- dieser Schmerz, ist das Asthma, bekomme ich Asthma oder Lungenkrebs? -- ·· -- hhhhhh, dann macht es keinen Unterschied mehr, die Zimmernummern, 207, 209, 211, das ist Werner. Vollkommene Stille. Niemand ist hier, niemand auf dem Flur, keine Zeugen, vor Werners Tür, und siehe da, sie steht leicht offen, nur angelehnt, zu betrunken war er, um zuzumachen. -- ·· -- Das ist ein Zeichen. Ich stehe hier, ich muss nur da rein, *wozu noch überlegen,* dunkel, alles dunkel, brauche nur hinein zu schleichen, der Rest ist ein Kinderspiel, niemand sieht mich, keiner kriegt was mit, der Flur menschenleer. -- ·· -- Wo sind meine Hände? Brauche nur in Werners Zimmer. Seinen Atemzügen lauschen, meine Schritte davon lenken lassen, nichts anfassen! Ein Kissen nehmen. Ich nehme sein eigenes Kissen. Kinderleicht. Kinderleicht ist das, da die Umrisse, weiß, Kontur des Bettes, da liegt er. Nichts anfassen, nicht anecken. Werner. Da unter mir, wo ist das Kissen? Muss es fest auf sein Gesicht drücken, *du musst es nur fest auf sein Gesicht drücken,* das Gesicht, das darf nicht sein Hinterkopf sein, sonst funktioniert es nicht, wenn er etwa auf dem Bauch schläft, schläft er auf dem Bauch?

Nein, er liegt platt auf dem Rücken wie ein Käfer und grunzt, nur das Kissen nehmen, kurzen Prozess machen. *Dann bist du weg*, weg für immer, und kannst nie mehr, mir nie mehr …

Oder? *Nie mehr was tun.* Nein. Ich kann nicht. *Nie mehr.* Das kann ich nicht machen. Ich kann da nicht rein. Warum nicht? *Keine Gewissensbisse*, nein, Werner hat es verdient zu sterben. *Nie mehr.* Aber. *Kein aber.* Wie lange stehe ich schon hier? Vor Werners Zimmer. Nun, mach schon! Nein. Die Tür zuziehen, sie schnappt ein, zu spät, jetzt ist es zu spät, jetzt geht es nicht mehr. Abdrehen und gehen, *Verlierer*, das war die Chance. Niemand hätte es beweisen können, mein Zimmer ist fast nebenan, Flurlicht? Brauche ich nicht. Doch, fürs Schloss, bei mir ist abgeschlossen. Das Bett, ich falle, tiefer Fall …

Das ist. Das war. Das ist … der Morgen. Wie mit Eisenstangen … zerschlagen. Wieder ein Traum: Besprechungszimmer, riesengroß mit Eichenholzvertäfelung, ich präsentiere ein Konzept, der Führungsmannschaft von Daimler. Werner und Aggi beobachten skeptisch meine Versuche. Es läuft schlecht, die Manager rutschen auf ihren Stühlen herum, ich verhaspele mich, der Vorstandsvorsitzende erhebt sich und sagt: *Vielen Dank, Herr Winkler, das reicht uns.* Ich merke, das war nichts, Werner und Aggi schauen mich verächtlich an, ich entschuldige mich mit dem Hinweis: *Ich musste die ganze Zeit auf die Toilette.* Versagen, ein Versagenstraum, das kommt nicht von ungefähr, das ist Realismus.

Gleich sieben. Koffer packen. Bloß keine Mühe, die paar Sachen nur reinschmeißen. Den Laptop noch, war's das? Ja. Weg hier. – – ·· – – Keine Nachricht, kein Kommentar, habe mich in Luft aufgelöst, das stimmt, das ist so, ich existiere gar nicht mehr. Wer was anderes glaubt, erliegt einer groben Täuschung. Vanessa, ist sie da? Sie noch mal sehen, ein letztes Mal, nein, auch sie hat mich gelinkt, was wollte ich da gestern nur, ondulierte Wolken, blutig angelaufen, glühender Kondensstreifen am Morgenhimmel, wie von einer Drachenklaue eingeritzt. Irgendwohin fliegen, andere Welt, anderes Leben, anderes Ich.

»Taxi!«

»Zum Bahnhof.« Nebel. Totenstille. -- ·· -- Fassaden, Kulissen, diese Stadt hat mich fertig gemacht, diese Stadt ist eine Leichenhalle. -- ·· -- Sie will mich gleichfalls tot sehen, weg hier.

»Der Hauptbahnhof. Macht sechs Euro achtzig.« Sechs Euro achtzig für das Ausstiegsticket, Ausstieg aus diesem Traum, Einstieg wohin. Wo ist die Anzeigetafel? Nur Papieranschläge. Rückständig. -- ·· -- Da, 7:32 h, in einer Viertelstunde, Zug nach Bonn, dort umsteigen. Umstieg, Ausstieg, Notausgang, weg hier. Der Bahnsteig ist verlassen, in der Mitte von Nirgendwo, Brachland, Dämonenland, meine Tabletten, sie liegen im Hotelbad. Schlimmer kann es ohnehin nicht mehr werden.

Zigarette. Der Rauch. -- ·· -- Alles hinter diesem Rauchvorhang. Gestern. Das war gestern. Die Ereignisse. Schemen, Fetzen, Sinnestäuschung. Das, was gesagt wurde, von Aggi, Vanessa, Josh, Werner, ihre Worte, ihre Gesichter, alles ist düster eingefärbt, als habe von Beginn an alles auf dieses Ende hingewiesen. Wenn ich morgens bereits geahnt hätte, was mich abends erwartet, dann wäre ich …

Der Zug, Regionalbahn, ältestes Baujahr, letztes Jahrtausend, sowieso. -- ·· -- Komplett leer. Niemand, bin der einzige Reisende. Kein Mensch, kein Mensch aus Fleisch und Blut verlässt um halb acht Uhr den Bahnhof Bad Neuenahr. Auf diesen Polstersitzen, durchgesessenen Polstersitzen, die Krakeleien an Fenstern und Armaturen, die Risse, die Kratzer, Spuren von Wirklichkeit, Spuren von Existenzen, ja, weiß man das denn? Die Luft muffig, wurde hier nie ein Fenster geöffnet? Es ist höchste Zeit, man muss frische Luft hineinlassen, hier, überall, das ganze Land leidet unter Stickluft, doch die Fenster lassen sich nicht öffnen, hier nicht, nirgendwo.

Das Land, das Land, es fliegt vorbei und sieht harmlos aus, gute Erde, ein braver Boden, Dampf schwelt über Äckern. Sonne auf Halbmast, dem Augenblick angemessen, orangerot. Wie wird mein Leben ab jetzt verlaufen. Welches Leben? Was tue ich morgen. Welches Morgen? Noch mal ins Büro, überhaupt noch mal? Wozu, wenn Werner kein Geld mehr hat, kein Geld für die Abfindung, wahrscheinlich nicht mal für meine letzten Gehälter. Wozu? Wozu das alles? Ich kann klagen, sicher werde ich klagen, einem nackten Mann zieht man nichts mehr aus den Taschen, *hättest du ihn,* hätte ich ihn mal, denn Strafe muss sein, die Vergeltung.

Und dann? Zum Arbeitsamt, mich einreihen, die Schlangen? In unserer Branche ... in unserer Branche ist man nicht arbeitslos, man wechselt, man wechselt intern wie Aggi oder man hört auf, zieht sich zurück auf die Finca, das Arbeitsamt hat damit nichts zu tun. *Aber wohin gehst du,* wenn man übriggeblieben ist, in einem Unternehmen, das Schiffbruch erlitten hat, den Absprung nicht früh genug geschafft, die Zeichen nicht erkannt hat, wieso habe ich die Zeichen nicht erkannt, mit neunundvierzig wechselt man nirgendwohin, was für eine Empfehlung? Die Karre schon einmal in den Dreck gefahren, kenne mich mit Krisenlagen aus, dieser Geruch, Geruch der Verlierer. Alles, was früher war, zählt nicht mehr, die Erfolge von einst – nur noch ein Fliegenschiss. -- ·· -- Muss mir keiner noch extra verklickern.

Schläfe heiß, so heiß, das tut gut, das kalte Fenster, die Vibrationen des Zuges. -- ·· -- Fast ein Schmerz, aber auch angenehm, ständige Massage, die Kolonne der Verdammten, mittendrin ich, Morast, Schlamm, Pesthauch der Verwesung wallt über unseren

Köpfen, langsam und gebrochen vorwärts stolpernd. Die Kapos am Rand mit ihren Peitschen machen Witze, für uns hat alles ein Ende, und das ist hier. Vor im Gänsemarsch … die Kommandos bellen, die Rampe entlang, links und rechts Stacheldrahtverhaue, keine Flucht denkbar, es ist das Ende, der Eingang der Bundesagentur.

Felder strotzenden Kohls. Die Meiler der großen Werke schon fast in Sicht, ihr weißer Auswurf jedenfalls. Margie. Jetzt ist es an der Zeit, ich rufe sie an, irgendwann muss es sein, sie muss es richten, *aber was?* Sie muss es richten, irgendwas wird sie, muss sie … eben richten.

»Hallo, Schatz. Wie geht's dir?«

»Mir … Ich. Beschissen. Bin auf dem Rückweg. Alles ist vorbei. Werner … die Firma – ·· – ···· – – ·· – ·· – wir sind am Ende.«

»Was?«

»Ja. Wir sind am Arsch. Ich sitze auf der Straße.«

»Ach, Jo. Das kann doch gar nicht …«

»Ist aber so, egal. Wie reden gleich darüber. In 'ner Viertelstunde bin ich am Bahnhof.«

»Okay. Ich komme.«

Dammbruch, komplett. Das Meer hat die maroden Deiche überschwemmt, ihre Stimme, allein ihre Stimme. Das Ganze sonnenklar und brutal vor meinen Augen, zum Glück allein im Abteil. – ··· – ·· – ·· – ···· – – ·· – – Mann. Ich heule hier wie ein Kind, unglaublich. Aber … das ist kein Problem, nicht mehr, ist gar kein Problem mehr, denn ich kann tun und lassen, was ich will, bin jetzt vogelfrei, habe nichts, nichts als mein nacktes Leben. Das ist nichts wert, kein Tauschobjekt, kein Unterpfand, ich weiß, umso besser, ihr könnt mir nichts nehmen, denn ich besitze nichts.

Bald. Geschwindigkeit verringert sich, Vororte, Güterbahnhof

Köln-Süd. Margie. Gleich, was wird sie sagen, wie geht sie damit um, glaubt sie mir überhaupt, es kommt so plötzlich, falle ich aus als Beiträger unserer Lebensgemeinschaft, von einem Tag auf den anderen. Liege ihr auf der Tasche, bin abhängig von ihr, bin gar nichts mehr. Wer hätte sich das träumen lassen, ich nicht.

Balkengewölbe des Hauptbahnhofs, diese interessanten Verästelungen, Netzwerk, Grobgeflecht wie der Kapitalismus selbst, diese ganzen Streben und Abhängigkeiten, das ist wie immer und trotzdem neuerdings bedeutungslos. Die ganzen Leute da draußen, auf dem Bahnsteig, die ahnen nichts, die wissen ja nichts. Die wissen nicht, was ihnen droht. Endlos lang, die Einfahrt, die letzten Meter, ist es bald gut, halten wir irgendwann mal an? Da ist Margie, jetzt könnte er wirklich stehen bleiben, der Zug, das würde passen. Ja. Endlich. Raus. Sie ist bleich, das schon. Sie glaubt mir und zweifelt nicht. Hat wohl überzeugend geklungen, das, die Stimme brüchig, ich klage dir mein Leid, mein Liebes, bin ein gebrochener Mann, eine gescheiterte Existenz, das alles sagte der Ton der Stimme. Mancher ergraut in einer Nacht, und ich? Habe gar nicht in den Spiegel geschaut. Sie sagt nichts. Keine Vorwürfe, keine Tröstungen, nur ihre Umarmung, das fühlt sich auch gut an: »Tja. Scheiße.« Wischt mir das Gesicht ab, alles nass. Heule, ohne es zu merken, der reinste Schlosshund.

»Ich hätte das nie gedacht. Besonders von Werner hätte ich das nie gedacht.«

Um uns herum Tausende von Leuten, was für eine Szene, ich möchte in keiner Szene sein, ein Einzelschicksal, brauchst dir keine Gedanken drum zu machen, von wegen Einzelschicksal, Ausflügler, Frühaufsteher auch, die verteilen sich auf diese trostlosen S-Bahn-Züge und schauen gar nicht hin. Auch vor denen möchte ich nicht die Fassung verlieren, das müssen die nicht sehen. Obwohl: Fassung? Davon ist nichts mehr übrig.

»Lass uns erst mal einen Kaffee trinken.«

»Na gut.« Einen Kaffee? Bestimmt nicht, jetzt kann ich auch weitermachen, ab jetzt mache ich immer weiter, zum Espresso-Shop. Kann man sogar draußen sitzen, Alutische und Schirme.

»Wir gehen raus, geschlossene Räume, im Moment, das geht nicht. Ich nehme einen Whiskey. Und du?«

»Cappuccino.«

Alustühle, der Stuhl wackelt und ist unbequem, das Knie an der Tischkante, wahrscheinlich zu klein, der Tisch, zu kurze Beine oder meine zu lang. Schweigen. Schweigen unterm Dom. Margie, und? Was sagst du, wieso sagst du nichts? Verachtest du mich jetzt? Rührt in ihrer Tasse rum, als langweile sie sich. Macht sie sich gar keine Sorgen?

»Machst du dir gar keine Sorgen?«

»Jo, das ist nicht Afrika hier, du hast deinen Job verloren, aber wir werden schon nicht verhungern.«

»Wo denkst du hin? Die Zeiten verschlechtern sich rapide.«

»Nicht immer alles so schwarz sehen. Und wenn du selber einen Laden aufmachst?«

»Unsinn, Margie. Das Geschäft ist nichts für mich. Ich bin Texter.«

Gewiss. Schöne Vorstellung. Warum nicht? Ich baue meine eigene erfolgreiche Agentur auf, mache Werner fertig, räche mich für alles, was er mir angetan hat. Kaufe ihm die letzten Reste von Gold Reklamen unterm Arsch weg. Stehe in einem lichtdurchfluteten Atelier, Werner kommt angekrochen und ich sage: *Ehrlich gesagt, ich weiß gar nicht, ob ich das brauche, ob ich mir das leisten kann, das schlechte Image und all das.* Und er bettelt und macht Kratzfüße, ich denke nach, lege die Stirn in Falten, dann erst, an den Schreibtisch, widerwillig, aber barmherzig, Gnade vor Recht, schreibe ihm einen Scheck aus, er hascht danach wie ein Ertrinkender, dann kann er gehen, und ich bester Dinge, pfeife mir eins, lege die Beine hoch, weil mein junges, gut gelauntes Team die gesamte Arbeit für mich macht. Vanessa darf mithelfen, ab und an auch mit etwas Sex, das ist sie mir schuldig nach ihrem feigen Verrat, nur bei ganz wichtigen Fällen schalte ich mich selber ein, ansonsten leuchtet ein rotes Lämpchen über meiner Bürotür, *Bitte nicht stören, Chef denkt!*, das wäre …

»Und wenn du in die Lehre gehst wie ich? Mit deinem Know-how! Die werden sich um dich reißen!«

»Wer? Die Volkshochschule oder was?«

»Warum nicht Volkshochschulen, die zahlen auch Geld!«

»Die paar Kröten …« Ich als Lehrer?! Das ist alles so … pseudovernünftig, die Situation ist ausweglos. Reden hat keinen Zweck, man muss den Tatsachen ins Auge sehen, ich bin raus, Ende, Schluss, noch ein Whiskey, ich werde nicht mehr aufhören, Whiskey zu trinken, dafür wird die Sozialhilfe noch reichen.

Wieder Regen, das passt, ein paar dicke, schwere Tropfen, wird bald mehr werden, das hält der Sonnenschirm nicht aus. Der Dom, sein Raketen-Schatten, es riecht ranzig, der Reibekuchenstand, was tun? *Warum fragen, handeln.*

Konsequent, darauf kommt es an, handeln, jetzt direkt, Margie ist keine Hilfe, austrinken, nichts verkommen lassen. Nichts. Hoch und losstürmen. *Da lang!* Richtung Unterführung, Margie hinterher.

»Jo! Jo! Was ist denn, wo willst du hin?« Sie ist zu langsam auf den Pumps, ich hänge sie ab, ihre Stimme, ihre Stimme so gell. Kann ihr das nicht erklären, ist auch unnötig, sie wird schon verstehen, Pissecken, Berber, beißende Geruchsblumen in der Nase, Heinrich-Böll-Platz. Margie? Immer noch hinter mir. Wie im Schlepptau, klebt an mir, aber der Abstand wird größer, *sie braucht das nicht zu wissen,* redet, ich höre gar nichts. *Da lang!* Sie will wissen, was los ist, sicher, aber sie muss ja nur begreifen. Begreifen, dass es nicht geht, ich sage nichts, ich werde nichts sagen, sondern nur weiter laufen und immer weiter. *Ja, immer weiter!* Nichts anderes habe ich vor, immer … weiter … Hier vorgestern, hier fing alles an, hier war alles noch in Ordnung. Schien. *Bleib nicht stehen,* die Rheinuferstraße, Ampel grün, das wird mich nicht umbringen, das nicht. Durchschlängeln, die hupen, rasende Autokaskaden, was wollt ihr? Kommt doch! Kommt doch her! Einem Toten könnt ihr gar nichts mehr tun, ich stecke dir deine Hupe in den Arsch, Margie auf der anderen Seite, Margie traut sich nicht, Margie heult, *kümmere dich nicht, du musst weiter, du bist auf deinem Weg,* sie stampft auf und ruft etwas, aber was? Wie ein kleines Mädchen. Sie war eigentlich immer ein kleines Mädchen. Ist sie je erwachsen geworden? Bin ich es …

Die Treppe, ja, die Treppe, da muss es sein, zum Fluss, zur Landungsbrücke.

»Mein Gott, was machst du? Bist du völlig verrückt geworden?«

Warum kreischt sie, sie weiß doch, müsste wissen, dass ich das nicht ertrage, meine Ohren, sie sind überempfindlich, der Lärm, überall dieser Lärm, auch jetzt, die Autos, die Stadt und Margie, ich muss mir die Ohren, die Ohren, muss mir die Ohren zuhalten, *nein, weiter, nicht ablenken,* schon gut, schon gut, ich mache, zwei Spaziergänger, Bürger, was glotzt ihr, lasst das Glotzen sein, haltet euch, haltet euch einfach raus … Der Rhein, unser Fluss, *keine Zeit, keine Zeit verlieren,* das Wasser schmatzt, wie ein Tier schmatzt das Wasser, will es mich essen, das wäre nicht nett, es stiert, es stiert mich trübe an, guck nur, ich tue, was ich will. Margie steht immer noch drüben, die endlose Karawane der Automobile, sie reißt nicht ab, der Strom der Beschäftigten, Aktivität, Fortschritt, Bewegung, wie schön. Und nun? *Wieder diese Fragen, wo sind die Antworten,* habe ich Antworten, muss ich Antworten haben, *du musst,* muss was? *Da rüber*, ja, ich muss da rüber, das Wasser, es ist gar nicht kalt, *die andere Seite,* muss auf die andere Seite, *Sibirien,* Sibirien, das ist es, Rufe, vereinzelte Rufe, wer ist das, Passanten, Touristen, abschalten, weghören, aus, nur noch Stille, *diese wunderbare Stille,* ein Singen, *fabelhaftes Singen,* es umgibt mich ganz, nimmt mich auf, nimmt mich mit, ich treibe, die Morgenluft, das Brausen eines ICEs über mir, Lichtreflexe, ich bin da, bin in meinem Element, Sibirien naht, *Sibirien,* ich komme.

Danksagung

Ich danke Dietmar Pokoyski und Axel Hollander für fachliche Beratung sowie Kirsten Adamek, Doris Formanek, Jörg Sundermeier und A. J. Weigoni für Anregungen, Kritik und Lektorat.

VERBRECHER VERLAG

Enno Stahl
DIESE SEELEN
Roman

Hardcover
266 Seiten
22,90 €

ISBN: 978-3-940426-12-3

Enno Stahls Roman »Diese Seelen« erzählt Geschichten aus der neoliberalen Wirklichkeit. Der realitätsferne Soziologe Robert rutscht in die Arbeitslosigkeit. Seine Ex-Freundin, die TV-Journalistin Tess scheitert an ihrer Skrupellosigkeit. Jürgen, ein Junge aus dem Kölner Kleinbürgertum, träumt von der großen Karriere als Tänzer in der Show von Tess, versagt aber auf ganzer Linie. Seine Schwester Mika, Arbeitsvermittlerin, sucht ordentliche Verhältnisse und stürzt in die Katastrophe …

Enno Stahl, geboren 1962, Studium der Germanistik, Philosophie und Italianistik (1997 Dr. phil.), lebt in Neuss. Er veröffentlichte Prosa, Lyrik, Essays, Glossen und Kritiken in Zeitungen und Rundfunk sowie in Zeitschriften und Anthologien. Zahlreiche Stipendien und Preise, zuletzt Hörspielstipendium der Filmstiftung NRW e.V. 2008, Sieger der Sparte Experiment bei der Literaturbörse des Steirischen Herbst 2002.